C. R. RODENWALD

DIE WELT
DER DREI
FRAGEZEICHEN

riva

Bibliografische Information der Deutschen Nationalbibliothek
Die Deutsche Nationalbibliothek verzeichnet diese Publikation in der Deutschen Nationalbibliografie. Detaillierte bibliografische Daten sind im Internet über http://dnb.d-nb.de abrufbar.

Für Fragen und Anregungen
info@rivaverlag.de

Wichtiger Hinweis
Ausschließlich zum Zweck der besseren Lesbarkeit wurde auf eine genderspezifische Schreibweise sowie eine Mehrfachbezeichnung verzichtet. Alle personenbezogenen Bezeichnungen sind somit geschlechtsneutral zu verstehen.

Originalausgabe
7. Auflage 2023
© 2017 by riva Verlag, ein Imprint der Münchner Verlagsgruppe GmbH
Türkenstraße 89
80799 München
Tel.: 089 651285-0
Fax: 089 652096

Redaktion: Desirée Šimeg
Umschlaggestaltung: Isabella Dorsch
Umschlagabbildung: Isabella Dorsch; Shutterstock.com/NEILRAS, Rawpixel.com
Vorlage Illustration (Cover): Nadya Severina
Satz: Daniel Förster, Belgern
Druck: GGP Media GmbH, Pößneck
Printed in Germany

ISBN Print 978-3-7423-0123-9
ISBN E-Book (PDF) 978-3-95971-547-8
ISBN E-Book (EPUB, Mobi) 978-3-95971-548-5

Weitere Informationen zum Verlag finden Sie unter

www.rivaverlag.de

Beachten Sie auch unsere weiteren Verlage unter www.m-vg.de.

Inhalt

Für Tatiana, Katharina & Charlotte

Vorwort

»Darf ich Ihnen unsere Karte geben?« – eine simple Frage und dennoch sind so viele Assoziationen, Erinnerungen und Erwartungen damit verbunden. Was in den 1960er-Jahren als kleine Buchreihe begonnen hat, ist längst zum Kult geworden.

Das Erfolgsrezept dieses generationenübergreifenden Massenphänomens ist einfach genial und doch genial einfach: Drei Juniordetektive aus einer fiktiven kalifornischen Kleinstadt übernehmen und – noch wichtiger – lösen jeden Fall. Über 200 davon sind es bisher und ein Ende ist längst nicht in Sicht.

Die meisten von uns begleiten die Detektivgeschichten gefühlt schon ein Leben lang. Ich kann mich noch ganz genau an den Tag erinnern, als ich mir meine erste Kassette gekauft habe. Das war irgendwann Anfang der 90er Jahre. Seitdem gehören Justus, Peter und Bob irgendwie zu meinem Leben dazu. Vielen anderen geht es genauso: Als Kinder haben wir uns bei den spannendsten Fällen gegruselt, heute lassen die Bücher und Hörspiele nostalgische Gefühle aufkommen, helfen uns beim Einschlafen oder unterhalten uns beim Joggen.

Jeder hat seinen Lieblingsdetektiv, seine Lieblingsära oder seinen Lieblingsfall.

Doch wer steckt eigentlich hinter dem Erfolg? Wie hat sich das Phänomen *Die drei ???* entwickelt und was wissen wir wirklich über die Figuren, die Zentrale und das legendäre Rocky Beach? Natürlich gibt es ein eigenes Wiki und ein paar tolle Fanseiten im Internet – aber ein Buch, das das alles einmal bündelt, habe ich vermisst. Ich habe das Buch also selbst geschrieben. Das Resultat haltet ihr in den Händen.

Im letzten Jahr habe ich unzählige Bücher gewälzt und mir Hörspiele am laufenden Band angehört. Schnell musste ich feststellen: In der Welt der drei Detektive wirft oft jede Antwort eine neue Frage auf. Da ich nicht nur bereits Bekanntes zusammenfassen wollte, habe ich diejenigen gefragt, die es am besten wissen müssen: die Autoren selbst. Für dieses Buch habe ich 20 Interviews geführt. Ich habe nicht nur alle aktuellen Autoren befragt, sondern auch viele ehemalige – darunter auch einige aus den USA. Von deren Hilfsbereitschaft und Aufgeschlossenheit bin ich immer noch begeistert. *Die drei ???* sind nämlich nicht nur für uns Fans eine Herzensangelegenheit.

Doch zurück nach Rocky Beach: Um ehrlich zu sein, auch die Autoren haben hier mitunter den Überblick verloren. Heute gibt es Autorentreffen, früher hingegen gab es kaum Abstimmungen untereinander. So zum Beispiel ist die Erstellung eines Steckbriefs für jeden der drei Detektive daran gescheitert, dass die Beschreibungen weit auseinanderliegen: Mal ist eine Figur blond, mal brünett, mal blauäugig, mal hat sie braune Augen. Wer von euch schon einmal versucht hat, die Ausmaße der Klein(!)stadt Rocky Beach zu rekonstruieren, wird sehen, dass dies nur teilweise gelungen ist. Auch unter den Autoren herrscht keine Einigkeit, wie groß Rocky Beach eigentlich ist oder – besser gesagt – sein müsste. Den Geschichten tut das allerdings keinen Abbruch.

Ich habe versucht, hier ein bisschen Licht ins Dunkel zu bringen, Ereignisse in eine chronologische Reihenfolge zu setzen und Widersprüche aufzudecken. Dass das nicht immer geglückt ist, liegt in der Natur der Sache – denn so gut wir sie auch zu kennen glauben, die drei ??? sind und bleiben Fiktion und an ihren Geschichten waren über die Jahre hinweg zahlreiche Menschen mit eigenen Ideen, Vorstellungen und Idealen beteiligt.

Doch nun will ich euch nicht länger auf die Folter spannen. Ich wünsche euch viel Spaß und gute Unterhaltung in der Welt der drei Fragezeichen!

Euer C. R. Rodenwald

TEIL I

Die Geschichte hinter den Geschichten

Eine Folge, die in der Zeit spielt, bevor Justus, Peter und Bob ihr Detektivunternehmen gründeten, gibt es nicht. Die drei Freunde waren aber offenbar immer schon begeisterte Rätselknacker. Um ihrem Hobby einen festen Rahmen zu geben, gründeten sie ganz offiziell einen Knobelclub. Ein alter Wohnwagen diente ihnen als Vereinsheim und kein Preisausschreiben war vor ihnen sicher. Bei einem davon gewann Justus einen Rolls-Royce samt Chauffeur für 30 Tage. Am gleichen Tag gründete Justus Die drei ???, inthronisierte sich selbst als Ersten Detektiv und druckte entsprechende Visitenkarten. Was den »drei Bengeln« jetzt noch fehlte, war ein richtiger erster Fall. Oder besser gesagt ein Auftraggeber – und das war kein Geringerer als der berühmte Regisseur Alfred Hitchcock höchstpersönlich! Wie es dazu kam, erfahrt ihr – sofern ihr es nicht schon längst wisst – in Teil II.

Wie alt Justus, Peter und Bob sind, als sie ihren ersten Fall lösen, steht ebenfalls nirgendwo – doch als detektivisch versierte Leser könnt ihr sicher einige Rückschlüsse ziehen: Einerseits besitzt keiner der drei Detektive einen Führerschein, den man in den USA (dort spielen die Geschichten schließlich) unter Umständen bereits mit 14 Jahren machen kann. Ihr Erzfeind Skinny Norris hingegen ist nur wenig älter, kurvt aber schon mit einem eigenen Auto durch die Gegend. Andererseits werden Acht- bis Zehnjährige von den Jungs immer abgrenzend als »Kinder« bezeichnet. Nichtsdestotrotz trinken Justus, Peter und Bob neben ihrer Limonade gerne und oft zur Erfrischung ein Glas Milch. Daraus folgt: Die drei ??? dürften in ihren Anfangstagen Teenager im Alter von 12 oder 13 Jahren sein.

Irritierend ist auch der zeitliche Ablauf: Die drei Detektive lösten innerhalb der 30 Tage, in denen ihnen der Rolls-Royce leihweise zur Verfügung stand, sieben größere Fälle: Sie enttarnten das blaue Phantom, sie gewannen ihren ersten Wettlauf mit Victor Hugenay, sie brachten die flüsternde Mumie zum Schweigen, sie ließen den grünen Geist auffliegen, sie vereitelten einen Bank- und Museumsraub, sie entzauberten die Legende um Sarah Farrington und fanden das feurige Auge. Mit den Zeitangaben darf man es aber nicht allzu genau nehmen. In Rocky Beach ticken die Uhren nämlich nicht nur anders, sondern vor allem auch langsamer – viel langsamer. Sehr viele Abenteuer der drei ??? ereignen sich »in den langen Sommerferien amerikanischer Schuljungen«. Da Justus, Peter und Bob jedoch nicht merklich altern, fallen aufmerksamen Lesern und Hörern hier zu Recht leichte Unstimmigkeiten auf. Die wahren Gründe für diese und viele andere Ungereimtheiten liegen oft noch im Dunkeln – doch in diesem Buch werden sie ein Stück weit gelüftet.

The Three Investigators

Robert Arthur: Der geistige Vater der drei ???

Eine Sache gleich vorweg: Alfred Hitchcock ist weder der Erfinder noch der Verfasser oder Herausgeber der beliebten Detektivgeschichten. Die drei Detektive und ihre Abenteuer hat sich der amerikanische Schriftsteller Robert Arthur ausgedacht. Zumindest zu Beginn. Über die Jahre schrieben weitere Autoren Geschichten für die Buchreihe – was die unterschiedlichen Schwerpunkte und Eigenheiten so mancher Bände erklärt.

Robert Arthur wurde im Jahr 1909 als Sohn eines Soldaten auf den Philippinen geboren. Nach vielen Versetzungen landete die Familie schließlich in Michigan, wo der Vater Universitätsprofessor für Militärwissenschaften wurde. Eigentlich sollte sein Sohn ebenfalls Soldat werden, doch Robert wollte lieber schreiben als kämpfen. Bereits als Schüler veröffentlichte er im Jahr 1926 seine ersten Kurzgeschichten. Später studierte er Anglistik und Journalistik an der Universität von Michigan und zog anschließend nach New York. Ab Mitte der 1930er Jahre verfasste er Hunderte Kurzgeschichten, die in verschiedensten Groschenromanen, den damals in den USA sehr beliebten *Pulp*-Magazinen, veröffentlicht wurden.

In den 1940er-Jahren arbeitete Robert Arthur größtenteils beim Radio. Er war Autor und Produzent der beliebten Krimi- und Mystery-Serien *The Mysterious Traveler* und *Murder by Experts*. Zusammen mit seinem langjährigen Partner David Kogan realisierte er fast 450 Hörspiele. Die beiden erhielten von Mystery Writers of America, einem Verband amerikanischer Kriminalschriftsteller, in den Jahren 1949 bis 1953 viermal einen Edgar Allan Poe Award in der Kategorie »Best Radio Drama«.

In den Anfangstagen des Kalten Kriegs wurde hinter jedem Baum und Strauch ein Kommunist vermutet. Viele Künstler und Intellektuelle kehrten in dieser Zeit den Vereinigten Staaten den Rücken. Auch Robert Arthur geriet im Jahr 1953 ins Visier der Ermittler. Obwohl er sich nachweislich nichts hatte zuschulden kommen lassen, war seine Rundfunkkarriere damit zu Ende.

Arbeitslos war Robert Arthur deshalb aber noch lange nicht! Als Redakteur und Autor war er für diverse Alfred-Hitchcock-Anthologien tätig. Ab Mitte der 1950er Jahre schrieb er zum Beispiel für das monatlich erscheinende *Alfred Hitchcock's Mystery Magazine*. Im Jahr 1959 zog er dann nach Hollywood, wo er erstmals für das Fernsehen arbeitete. Er gehörte zum festen Produktionsteam der TV-Serie *Alfred Hitchcock Presents*. Für die jeweils halbstündigen Episoden schrieb er unter anderem auch die Drehbücher. Dank seiner guten beruflichen Kontakte – auch zu Alfred Hitchcock persönlich – wurde er im Jahr 1961 Herausgeber der gleichnamigen Buchreihe *Alfred Hitchcock Presents*, die bei Random House erschien. In der Reihe veröffentlichte

Robert Arthur regelmäßig, jedoch oftmals unter Pseudonym, eigene Geschichten – und jeder Sammelband enthielt stets ein fiktives Vorwort von Alfred Hitchcock. Alles, worauf »Hitchcock« stand, verkaufte sich damals wie warme Semmeln.

In Kalifornien hielt es Robert Arthur jedoch nicht allzu lange aus. Besonders mit der kalifornischen Wegwerfkultur hatte er so seine Probleme. Auch der im Vergleich zum Osten viel schlechter ausgebaute öffentliche Personennahverkehr störte ihn. Bereits im Jahr 1962 kehrte er daher zurück an die Ostküste. Seiner Tätigkeit bei Random House tat das jedoch keinen Abbruch, im Gegenteil. Seine Arbeit für Alfred Hitchcock und seine Zeit in Kalifornien inspirierten ihn zu einer neuen, eigenen Buchreihe, die er ganz ähnlich, aber für ein viel jüngeres Publikum konzipierte: *The Three Investigators*, kurz *T3I*.

Im Sommer 1963 begann Robert Arthur mit der Arbeit an seinem ersten Band. Die drei Detektive hießen im ersten Entwurf noch Jason, Dick und Bob. Aus Jason wurde Jupiter und aus Dick schließlich Peter. Der Erste Detektiv hatte ursprünglich einen Spitznamen: Genius. Robert Arthur entwickelte die Serie in engem Austausch mit seinem Verlag. Nicht in allen Fragen herrschte Einigkeit. Die Textstruktur und die Kapitelanordnung wurden umgestellt. Hier und da gab es Streichungen und Ergänzungen. Auch hatte der Autor seinen ersten Entwurf aus der Ich-Perspektive geschrieben.

??? Startschuss ???

Am 24. September 1964 erblickten Die drei ??? mit ihrem ersten Fall *Alfred Hitchcock and the Three Investigators in the Secret of Terror Castle* in den USA das Licht der Welt. Im Jahr 1968 erschien mit *Die drei ??? und das Gespensterschloss* die erste deutsche Ausgabe.

Arthur verfasste zwischen 1964 und 1969 insgesamt zehn Bücher in der Reihe *Alfred Hitchcock and the Three Investigators*. Neben *Die drei ??? und das Gespensterschloss* waren das *Die drei ??? und der Super-Papagei*, *... und die flüsternde Mumie*, *... und der grüne Geist*, *... und der verschwundene Schatz*, *... und die Geisterinsel*, *... und der Fluch des*

Rubins, ... und die silberne Spinne, ... und der seltsame Wecker sowie
... und der sprechende Totenkopf.

In diesen zehn Bänden legte Robert Arthur die Grundlage für all das, was *Die drei ???* bis heute ausmacht. Neben den Hauptcharakteren Justus, Peter und Bob erschuf der Autor viele Nebenfiguren, die seitdem mehr oder weniger regelmäßig in den Büchern auftauchen. Dazu gehören Onkel Titus und Tante Mathilda, die Eltern von Peter und Bob, einige treue Gefährten wie Chauffeur Morton oder Kommissar Reynolds, aber auch Skinny Norris, der Erzfeind der drei Detektive, und der international gesuchte Kunstdieb Victor Hugenay. In seinen ersten beiden Büchern lieferte Robert Arthur zudem detaillierte Beschreibungen von Rocky Beach, vom Schrottplatz sowie von der Zentrale der drei ???. Auch das Telefon samt der dazugehörigen Telefonlawine, der Rolls-Royce, die Walkie-Talkies, Peilsender und Wanzen sowie die Druckerpresse, mit der sich die drei Detektive ihre berühmten Visitenkarten druckten, gibt es schon seit den Anfangstagen.

??? Telefonlawine ???

Zum Markenkern der drei ??? gehört von Beginn an eines ihrer wichtigsten Ermittlungsinstrumente: die Telefonlawine. Jeder der drei Detektive ruft eine bestimmte Anzahl Freunde an und bittet diese um Hilfe. Diese sollen dann wiederum Freunde anrufen und so weiter. Wenn Justus, Peter und Bob fünf Freunde anrufen, die allesamt wieder fünf Freunde anrufen, sind in der vierten Welle schon über tausend Kinder und Jugendliche zwischen Los Angeles und Malibu auf den Beinen, um die Amateurdetektive bei ihrer Arbeit zu unterstützen. Kam die Telefonlawine erst einmal ins Rollen, war das Netz schnell überlastet.

Das hat sich mittlerweile natürlich alles geändert. Die Telefonlawine kommt nur noch ganz selten zum Einsatz, denn das Internet hat auch die Ermittlungsmethoden der drei Detektive revolutioniert. Später wird die Telefonlawine gar zur E-Mail-Lawine.

Von den zehn Arthur-Fällen spielen sieben in Rocky Beach oder der näheren Umgebung, also Hollywood, Los Angeles oder Malibu. Ein richtiges »Auswärtsspiel« haben Justus, Peter und Bob das erste Mal in *Die drei ??? und der grüne Geist*, der zum Teil in der Nähe von San Francisco sein Unwesen treibt, und die Geisterinsel liegt vor der Südostküste der USA. Noch weiter kommen sie in *Die drei ??? und die silberne Spinne*, denn diese Geschichte spielt in Varania, einem fiktiven Land in Europa – zumindest in der amerikanischen Version.

??? Wo war das ???

In der deutschen Ausgabe wurde der Schauplatz von der Übersetzerin nach Magnusstad in Texas verlegt (➤ S. 32).

Robert Arthur konnte den Erfolg seiner Serie leider nicht lange genießen; er verstarb mit nicht einmal 60 Jahren im Jahr 1969. Als letzter Band aus seiner Feder erschien *Die drei ??? und der sprechende Totenkopf*.

Der Autor hinterließ der Nachwelt ein schier unüberblickbares Werk. Seine Kinder machten es sich später zur Aufgabe, die vielen Hundert Erzählungen und Manuskripte, die er neben den *drei ???* unter seinem richtigen Namen oder einem Pseudonym verfasst hatte, zusammenzutragen. Ob seine unveröffentlichten Ideen und Entwürfe zu Fällen wie *The Mystery of the Lost Wagon Train* jemals herausgegeben oder ausgearbeitet werden, steht in den Sternen. Allen Fans der drei ???, die gut Englisch können und ein wenig über den Tellerrand schauen möchten, seien Robert Arthurs Kurzgeschichtenbände *Ghosts and More Ghosts* (1963) sowie *Mystery and More Mystery* (1966) ans Herz gelegt.

Die Nachfolger: Arden, Carey & Co.

William Arden alias Dennis Lynds

Robert Arthurs Tod kam nicht völlig unerwartet; er hatte schon länger gesundheitliche Probleme, was sich auch auf seine Produktivität auswirkte. *The Three Investigators* lief jedoch so gut, dass der Verlag lieber mehr als weniger Bücher auf den Markt bringen wollte. Da ihm seine Buchreihe sehr am Herzen lag, machte sich der Autor eigenhändig auf die Suche nach einem Partner und Nachfolger. Einen geeigneten Kollegen fand er in Dennis Lynds (1924–2005), der sich bereits einen Namen als Autor von Krimis und Mystery-Kurzgeschichten gemacht hatte. Beide kannten sich zwar lange, aber nur relativ flüchtig.

Obwohl er noch nie für ein jüngeres Publikum geschrieben hatte, erklärte sich Lynds dazu bereit, unter dem Pseudonym William Arden neue Fälle zur *T3I*-Buchreihe beizusteuern.

??? Inkognito ???

Wie er auf dieses Pseudonym kam, erzählte seine Frau Gayle anlässlich der Veröffentlichung des Bildbands *Die drei ??? und die geheimen Bilder*. Dennis Lynds Pseudonym setzt sich aus dem Vornamen eines seiner engsten Freunde und Autorenkollegen William Campbell Gault und dem Firmennamen Arden Milk zusammen.

Im Zeitraum von 1968 bis 1986 verfasste William Arden insgesamt 14 Detektivgeschichten. Er ist der einzige Autor, von dem noch zu Lebzeiten von Robert Arthur ein *The Three Investigators*-Fall in die Buchhandlungen kam. Damit die Leser den Autorenwechsel nicht bemerkten, fasste Arthur in einer Serienbibel die wichtigsten Merkmale zusammen. Beide Autoren tauschten sich zudem mehrfach telefonisch und schriftlich aus. Der Nachfolger erfüllte die Erwartungen voll und ganz. Sein Debüt *Die drei ??? und der Teufelsberg* fügte sich nahtlos ein. Selbst Robert Arthur meinte anerkennend, das Buch könnte auch von ihm selbst stammen. Die Handlung spielt zwar nicht in Rocky Beach, sondern rund hundert Meilen nördlich an der Küste auf der Mendoza Ranch in der Nähe von Santa Carla. Doch Arden hielt sich bei den Charakteren akribisch an die Vorgaben der Serienbibel.

Nach Arthurs Tod erschienen noch die beiden Titel *Die drei ??? und der lachende Schatten* sowie *Die drei ??? und die schwarze Katze* aus William Ardens Feder. Doch mit dem letztgenannten Band war Random House nicht zufrieden; dem Verlagshaus war die Geschichte nicht unheimlich genug. Als der Verlag mit Nick West und M. V. Carey zwei weitere Autoren ins Boot holte, endete die Zusammenarbeit zwischen Random House und Dennis Lynds – zumindest vorerst.

Denn nach einem Jahr Funkstille bat der Verlag den Schriftsteller innerhalb von nur einem Monat um einen neuen Titel, da die anderen beiden Autoren einen Engpass hätten. Arden hatte *Die drei ??? und die rätselhaften Bilder* parat. Der Verlag gab sich damit zufrieden, obwohl auch dieser Fall wenig mysteriös ist. Unter anderen Umständen wäre die Geschichte vermutlich abgelehnt worden, doch Random House hatte keine Wahl.

Zwischen 1969 und 1986 verfasste Arden neben den bereits erwähnten Titeln auch *Die drei ??? und der Phantomsee, … und die gefährliche Erbschaft, … und der tanzende Teufel, … und das Aztekenschwert, … und der Doppelgänger, … und das Riff der Haie, … und der rote Pirat, … und der Automarder, … und das Gold der Wikinger* sowie *… und die Automafia.*

Ardens Markenzeichen war das Verweben selbst erfundener Sagen und Legenden mit historischen Tatsachen aus dem 19. Jahrhundert, wie zum Beispiel in *Die drei ??? und der Teufelsberg* (➤ S. 119). Nur selten thematisierte er Ereignisse der jüngeren Geschichte. Doch in *Die drei ??? und das Riff der Haie* erfährt der Leser vom ersten Angriff auf das Festland der Vereinigten Staaten seit 1812: Im Jahr 1942 nahm ein japanisches U-Boot die kalifornische Küste in der Nähe von Santa Barbara unter Beschuss, jedoch ohne größeren Schaden anzurichten. William Arden packte aber auch soziale Themen wie Rassismus (*Die drei ??? und der Doppelgänger*) und Umweltverschmutzung (*Die drei ??? und das Riff der Haie*) an.

???   In geheimer Mission   ???

In *Die drei ??? und das Riff der Haie* hat sich William Arden selbst in die Geschichte geschrieben: Hinter dem Schriftsteller John Crowe, der den Protest gegen die Ölplattform organisiert, steckt Arden selbst. Denn unter diesem Pseudonym veröffentlichte Arden in den 1970er Jahren einige Krimis. Dass der Fall in und um seinen Wohnort Santa Barbara spielt, ist also kein Zufall. Und dass sich Crowe als Fan der drei ??? outet, auch nicht!

Nick West alias Kin Platt

Hinter dem Pseudonym Nick West steckte der Schriftsteller Kin Platt (1911–2003), der auch als Bildhauer, Maler und Comiczeichner – unter anderem für Walt Disney – arbeitete. Für sein 1966 erschienenes Buch *Sinbad and Me* wurde er mit dem Edgar Allan Poe Award in der Kategorie »Bestes Buch für Kinder und Jugendliche« ausgezeichnet und auch *Mystery of the Witch Who Wouldn't* aus dem Jahr 1969 war für diesen Preis nominiert. Er passte demnach perfekt ins Profil. Die Zusammenarbeit mit dem gestandenen Schriftsteller entpuppte sich jedoch als schwieriger als gedacht; das enge inhaltliche Korsett behagte ihm nicht.

Nick West schrieb in den Jahren 1970 und 1971 zwei Bücher. *Die drei ??? und der unheimliche Drache* lehnte sich sehr stark an frühere Titel an: Zunächst werden Justus, Peter und Bob mit der Suche nach einem entlaufenen Haustier beauftragt. Auch den unterirdischen Bankeinbruch hatte es in anderen Geschichten schon gegeben. Einige Szenen übernahm der Autor sogar fast wortwörtlich aus *Die drei ??? und der verschwundene Schatz*. Auf rocky-beach.com sind die Passagen einander gegenübergestellt. In *Die drei ??? und der rasende* Löwe möchte Justus mithilfe einer Eisenstange einen Riegel an die Wohnwagentür bauen. Auf diese Weise könne die Tür ganz einfach verschlossen und der Zugang erleichtert werden. Diese Passage von Nick West widerspricht allem, was davor und danach über den Sinn und Zweck der geheimen Zugänge in die Zentrale gesagt und geschrieben wurde (mehr dazu erfahrt ihr in Teil 2). Dieser Band war sein zweites und zugleich letztes Buch.

M. V. Carey alias Mary Virginia Carey

Viele Jahre bildete William Arden zusammen mit Mary Virginia Carey (1925–1994) ein Autorenduo. Die gebürtige Britin hatte zuvor für Walt Disney gearbeitet, wo sie Bücher zu Filmklassikern wie dem *Dschungelbuch* schrieb. Wenige Monate nach Robert Arthurs Tod hatte sie Kontakt zu einem hochrangigen Vertreter von Random House, wobei auch ein mögliches Engagement für *The Three Investigators* zur Sprache kam. Im November 1969 schickte die Autorin ein Exposé sowie drei Kapitel von *The Mystery of the Flaming Footprints* (*Die drei ??? und die flammende Spur*) an den Verlag.

Careys Erstlingswerk war eine regelrechte Zangengeburt. Der Verlag war zwar angetan von ihrem sicheren Umgang mit den Figuren; die Charakterisierung gelänge ihr noch besser als Robert Arthur selbst. Der Verlag begrüßte auch, dass die Autorin das enorme Potenzial von Tante Mathilda herausarbeitete. Von der Geschichte selbst war man bei Random House jedoch wenig begeistert. Trotzdem wollte der Verlag mit Mary Virginia Carey weiterarbeiten. Immer wieder wies man die Autorin auf den zu dünnen Plot und andere Schwächen im Handlungsaufbau hin. Am Ende blieb von der tragischen Geschichte um ein Mitglied der russischen Zarenfamilie nicht mehr viel übrig. Auch gegen Careys Absicht, den Potter am Ende als Räuber zu enttarnen, legte der Verlag sein Veto ein. Ein sympathischer Verbrecher sollte in einem Kinder- und Jugendbuch tabu bleiben.

??? Wirklich ???

Über diesen Band war man in Deutschland derart irritiert, dass Kosmos ernsthaft darüber nachdachte, ihn nicht herauszugeben. *Die drei ??? und die flammende Spur* erschien dann aber doch, allerdings mit einigen Änderungen: Aus dem fiktiven europäischen Zwergstaat Lapathia wurde Rumänien und es ging auch nicht mehr um einen Kronschatz, sondern um eine wertvolle Ikone.

Nach diesen Anlaufschwierigkeiten gelang es der Autorin dennoch, der Serie über viele Jahre ihren ganz eigenen Stempel aufzudrücken. Sie musste jedoch auf Wunsch des Verlags ihre Vornamen zu M. V. abkürzen. Denn Random House hielt es für wenig förderlich, wenn herauskäme, dass die Detektivgeschichten von einer Frau geschrieben wurden. Dabei stehen ihre Geschichten denen ihrer männlichen Vorgänger und Kollegen in nichts nach, im Gegenteil! In puncto Härte legte sie sogar eine ordentliche Schippe drauf. Careys Erzählungen sind deutlich brutaler als die der anderen Autoren. Noch nie war für Justus, Peter und Bob die Gefahr, niedergeschlagen zu werden, so groß. Explosionen und Brandstiftungen waren in ihren Geschichten ebenfalls keine Seltenheit. *Die drei ??? und der Karpatenhund* ist ein erstklassiger Mystery-Thriller mit hoher Handlungsdichte und jeder Menge Action. Auch *Die drei ??? und der Ameisenmensch* ist nichts für zarte Gemüter. Neben ziemlich vielen Schock- und Ekelelementen gab es selten zuvor derart viele Verdächtige und am Ende auch tatsächlich Schuldige.

Ein (vorläufiges) Alleinstellungsmerkmal ist Careys Affinität zu Okkultismus und Esoterik, die unter anderem in *Die drei ??? und die singende Schlange* und *Die drei ??? und der magische Kreis* thematisiert werden. In diesen beiden, aber auch in anderen Fällen spielen charismatische (Ver-)Führer eine große Rolle. In *Die drei ??? und das Narbengesicht* erfindet M. V. Carey die venezolanische Sekte Mesa d'Oro und zeichnet deren Entwicklung seit ihrer Gründung anno 1860 detailliert nach. In *Die drei ??? und die bedrohte Ranch* finden sich Justus, Peter und Bob von der Außenwelt abgeschnitten auf dem Landgut des durchgeknallten Ehepaars Barron wieder. Während sich Mr Barron für die kommende Machtübernahme von Sozialisten und Gewerkschaften einrichtet, erwartet seine Frau die Ankunft der Retter von Omega. Beide liegen falsch: Mit Ronald Reagan zog am 20. Januar 1981 ein überzeugter Antikommunist und Befürworter der Aufrüstung ins Weiße Haus ein. Und die Verheißungen aus dem Buch *Sie sind an unserer Seite* von Vladimir Contreras erfüllen sich erst 15 Jahre später. Oder doch nicht? Die »Geheimakte Ufo« blieb vorerst noch geschlossen.

Die Jungen müssen zwar auch bei M. V. Carey keinen Mord aufklären, aber es gibt durchaus Tote: In *Die drei ??? und die Silbermine* entdecken die Amateurdetektive beispielsweise eine Leiche in einem Minenschacht. Der Todeszeitpunkt liegt zwar schon ein paar Jahre zurück, die Leiche wird aber detailliert beschrieben. Auch in *Die drei ??? und der magische Kreis* kommen Menschen ums Leben: Bei einem Autounfall wird der Freund von Madeline Bainbridge aus dem Auto geschleudert. Man findet »ihn an einem Baum am Straßenrand, eingeklemmt in einer Astgabel. Da hing er, mit schräg abgewinkeltem Kopf. Er hatte sich das Genick gebrochen.« Am Ende gibt es sogar noch den ersten Toten in »Echtzeit« während der laufenden Handlung. Der Fluchtversuch des Übeltäters im Finale des Falls endet tödlich am Straßenbaum.

Auch einige Tiere müssen in den Geschichten von M. V. Carey ihr Leben lassen: In *Die drei ??? und die Silbermine* erschlägt Peter – zugegebenermaßen in einer Notwehrsituation – eine Klapperschlange. In *Die drei ??? und der Ameisenmensch* werden Ameisen massenhaft mit Insektenspray vernichtet. In *Die drei ??? und der heimliche Hehler* überführt das Trio einen Hundefänger und ein überfahrener Hund landet einfach in der Mülltonne. Doch *Die drei ??? und der Höhlenmensch* stellt dies alles noch in den Schatten: Hier spielen Tierversuche an Pferden, Schimpansen und Nagetieren eine große Rolle.

Die von M. V. Carey verfassten Geschichten sind trotz ihrer erkennbaren Grundmuster sehr vielseitig. Der Zwergstaat Ruffino aus *Die drei ??? und der Zauberspiegel* existiert weder in Wirklichkeit noch in der Welt der drei ???. In Wahrheit sind die Vorgänge in und um Ruffino eine Parabel auf Geschehnisse in einem südamerikanischen Großkonzern. In *Die drei ??? und das Bergmonster* können die drei Detektive das erste und einzige Mal nicht nachweisen, dass hinter einer mysteriösen Erscheinung nur ein Mensch oder raffinierte Technik steckt. So streift Bigfoot wohl immer noch durch die Wälder Amerikas …

Ähnlich wie bei William Arden fallen auch bei M. V. Carey spätere Fälle, wie etwa *Die drei ??? und der höllische Werwolf* oder *… und der schrullige Millionär*, gegenüber früheren Titeln ab. Das soll aber nicht darüber hinwegtäuschen, dass aus ihrer Feder einige absolute Klassiker stammen. Oliver Rohrbeck, die deutsche Hörspielstimme von Justus Jonas, bezeichnet *Die drei ??? und der Karpatenhund* sogar als seine Lieblingsfolge. Auch Hendrik Buchna, einer der aktuellen Buchautoren der Reihe, zählt diesen Fall zu seinen absoluten Favoriten – wegen der »kammerspielartigen ›Fenster zum Hof‹-Atmosphäre«.

William Arden bediente die Traditionalisten, M. V. Carey setzte zahlreiche neue Akzente – das Autorenduo ergänzte sich perfekt. Während Arden Figuren wie Skinny Norris am Leben erhielt, erfand Carey eine ganze Reihe neuer Nebencharaktere, wie etwa den Krimiautor Albert Hitfield, Peters Großvater Bennington Peck, Allie Jamison oder Professor Barrister von der Universität Ruxton (mehr über diese Figuren erfahrt ihr in Teil 2).

Nach 20 Jahren nutzte sich die Serie langsam ab. Sie war in den USA zwar immer noch erfolgreich, doch die Verkaufszahlen waren rückläufig. Random House versuchte diesen Trend zunächst mit ein paar sanften Kursänderungen umzukehren. Die drei Detektive alterten nach wie vor nicht, dafür wurden ihre Fälle erwachsener: Geister, mysteriöse Vorkommnisse und Rätsel wichen Themen wie Terrorismusfinanzierung, Spionage, Versicherungsbetrug oder Kidnapping. Dieser Trend setzte ungefähr ab Folge 30 ein.

Marc Brandel alias Marcus Beresford

William Arden gelang es immer seltener, Random House für seine Themenvorschläge zu begeistern. Im Jahr 1983 wurde Marcus Beresford (1919–1994), der unter dem Pseudonym Marc Brandel schrieb, ins Boot geholt. An dessen Debüt *Die drei ???* und der *Super-Wal* ließ Schriftstellerkollege Arden in einem Interview auf rocky-beach.com kein gutes Haar: »Brandels Buch über den gestrandeten Wal fand ich extrem dünn, vor allem weil so etwas in Kalifornien ganz einfach nicht passieren kann. Man kümmert sich hier sehr um Wale und Seehunde.« Insgesamt verfasste Brandel nur vier Bücher für die Reihe. Er hatte dabei offenbar eine Vorliebe für Tiermotive, die in drei von vier Fällen eine zentrale Rolle spielen: ein gestrandeter Wal, Brieftauben (*Die drei ???* und die *Perlenvögel*) und ein wilder Esel (*Die drei ???* und der *riskante Ritt* ➤ S. 28). *Die drei ???* und der *gestohlene Preis* machte sich um viele Details rund um Justus' Schauspielvergangenheit verdient (➤ S. 142).

Find Your Fate: Die Mitratefälle

Megan und Bill Stine

Parallel zu den regulären Bänden kamen zwischen 1985 und 1987 in den USA vier Spielbücher heraus, bei denen die Leser mitträtseln und Einfluss auf die Ermittlungen nehmen konnten. *Find Your Fate*, kurz *FYF*, hieß dieser neue Trend. Bei Random House erschienen insgesamt acht solcher Mitratebücher, von denen aber nur vier (*FYF 1, 2, 7* und *8*) von den drei Detektiven aus Rocky Beach handelten. Den Auftakt für dieses neue Format machten *Die drei ???* und der *weinende Sarg* sowie *Die drei ???* und das *Volk der Winde*, für die mit dem

Ehepaar Megan und H. William »Bill« Stine beziehungsweise Rose Estes frische Autoren gewonnen wurden. Megan (Jahrgang 1950) und Bill Stine (Jahrgang 1944) schrieben zusammen insgesamt fünf Bände. Die beiden wurden vom Verlag gezielt angeworben, weil sie in der Vergangenheit bereits über 60 Kinder- und Jugendbücher verfasst hatten. Wie die Arbeitsteilung zwischen beiden ablief, erzählte Bill Stine 2002 in einem Interview auf rocky-beach.com:

> »[Es gab] keine Rollenverteilung, zum Beispiel einer für die Handlung, der andere für das Schreiben. Wir denken uns die Geschichte gemeinsam aus, auch wenn Megan darin besser ist. Einer von uns schreibt die erste Fassung, danach besprechen wir alles und nehmen Veränderungen vor, bis schließlich jemand die zweite Fassung schreibt. Im Laufe der Zeit hat es sich so entwickelt, dass ich lieber ein weißes unbeschriebenes Blatt Papier fülle, als eine bereits fertige Fassung zu überarbeiten. [...] Klar gibt es ab und zu Meinungsverschiedenheiten, wenn es um Figuren geht, und vielleicht ist der eine auch mal der Ansicht, dass ein Absatz nicht so gut geschrieben ist, aber dies als Streiten zu bezeichnen, wäre übertrieben.«

Für den deutschsprachigen Markt arbeitete die Übersetzerin Leonore Puschert die Spielbücher zu regulären Fällen um, sodass die Leser vom ursprünglichen Mitratecharakter nichts mehr bemerkten. Oder besser gesagt: fast nichts. Denn insbesondere bei *Die drei ??? und der weinende Sarg* holpert der Start erheblich. Die Geschichte wird zunächst aus der Perspektive eines Jungen namens Michael erzählt, der gerade mit seinen Eltern seinen Sommerurlaub in Rocky Beach verbringt. Michael übernimmt in diesem Fall sozusagen die Rolle des Vierten Detektivs. Es ist offensichtlich, dass sich der Leser ursprünglich mit ihm identifizieren sollte.

Rose Estes

Rose Estes (Jahrgang 1940) verfasste nur einen Band: *Die drei ??? und das Volk der Winde*. Wie kam es dazu? Die Journalistin landete im Jahr 1978 bei TSR Hobbies, einem Unternehmen, das für das Pen-&-Paper-Rollenspiel *Dungeons & Dragons* bekannt ist. Estes war dort für die Öffentlichkeitsarbeit zuständig. Im Jahr 1981 stieß sie auf das Buch *Choose Your Own Adventure* von R. A. Montgomery und stellte das neue interaktive Format begeistert ihrem Arbeitgeber vor. Sie stieß damit zwar nicht auf große Begeisterung, bekam aber freie Hand. »Sie sagten mir, wenn ich davon so überzeugt sei, solle ich nach Hause gehen und es selbst machen. Und das machte ich«, erinnerte sich Estes viele Jahre später.

Mit ihrer Idee traf sie voll ins Schwarze: Zwischen Juni 1982 und Juli 1983 legte sie mit acht Büchern den Grundstock zu der erfolgreichen Spielbuchreihe *Endless Quest*. Ihre Bücher wurden in 28 Sprachen übersetzt und gingen stolze 16 Millionen Mal über die Ladentheke. Auch in Deutschland waren die Bücher in der 1980er Jahren sehr populär.

Auf der amerikanischen Buchmesse gehörte Rose Estes im Jahr 1983 zu den gefragtesten Autoren und am Ende entschied sie sich für Random House. Der Verlag hatte ihr einen Vertrag über zehn Bücher angeboten. In dem Paket war neben einem *Indiana Jones*-Buch auch ein Fall für *The Three Investigators* enthalten. Das einzige Manko bei der ganzen Sache: Die Schriftstellerin hatte in ihrem ganzen Leben noch nie etwas von den drei Detektiven aus Rocky Beach gehört. »Sie gaben mir zur Orientierung ein paar andere Bücher aus der Reihe zu lesen. Es gab keine Serienbibel«, so Estes in einem Interview aus dem Jahr 2017.

Die drei ??? und das Volk der Winde handelt nicht nur von der Suche der drei Detektive nach ihrem alten Bekannten, dem pensionierten Professor für Völkerkunde Arnold Brewster, der sich beim sagenumwobenen Volk der Winde versteckt hält. Die Geschichte erzählt auch von der Liebe zwischen dem indianischstämmigen Martin Ishniak und Arnolds Brewsters (weißer) 19-jähriger Nichte Marie. Im Katalog der Detektivserie geht der Fall leider ein wenig unter. Und es folgte auch kein zweiter aus ihrer Feder. Im Geschäft blieb Rose Estes trotzdem: Die Autorin schrieb insgesamt 38 Bücher, viele davon wurden zu Bestsellern.

Weitere Mitratefälle

Die 1986/87 in den USA erschienenen Mitratefälle *House of Horrors* und *Savage Statue* wurden in Deutschland zunächst nicht veröffentlicht. Über die Gründe mutmaßte Bill Stine, der Koautor von *House of Horrors*, dass womöglich »die Handlung und die Schauplätze etwas zu sehr amerikanisch« waren, um die Bücher verständlich in andere Sprachen zu übersetzen.

Erst in den Jahren 2011 und 2014 wurden die beiden Mitratefälle als Bestandteil von zwei Top-Secret-Editionen mit je drei unveröffentlichten Bänden in Deutschland herausgebracht. Dabei wurde ihr Charakter als Spielbuch bewahrt. *House of Horrors – Haus der Angst* spielt größtenteils auf einem Rummelplatz beziehungsweise in einer Geisterbahn. Der Leser übernimmt hier selbst die Initiative, kann aber durch zu gutes Kombinieren auch damit »bestraft« werden, den Fall zu schnell zu lösen. Andererseits gibt es etliche Sackgassen, an deren Ende sogar mehrfach der Tod steht! In *Savage Statue – Grausame Göttin* geht es um Kidnapping und – wie bei Carey nicht unüblich – um eine geheimnisvolle Sekte. Im Gegensatz zu *House of Horrors* ist dieser Mitratefall nicht in der Ich-Perspektive geschrieben. Der Leser wird nicht ständig direkt angesprochen, was dem Lesefluss zugutekommt. Auch läuft der Leser nicht mehr Gefahr, sich oder die drei ??? aufgrund schlechter Kombinationsgabe ins Jenseits zu befördern.

Abschied!

Mit M. V. Careys *Savage Statue* sowie *Die drei ??? und der schrullige Millionär* erschienen im Jahr 1987 vorläufig die letzten Abenteuer von Justus, Peter und Bob in den USA. Sie schied aus dem Autorenteam aus.

??? Mysteriös ???

Die Autorin hinterließ einen Mythos: das angeblich unvollendete, noch unveröffentlichte Manuskript von *The Mystery of the Ghost Train*. Auch im Rahmen der beiden Top-Secret-Editionen konnte es nicht aufgestöbert werden. Der amerikanische *Die drei ???*-Experte Seth T. Smolinske hat starke Zweifel, dass es das Manuskript überhaupt gibt: »Ich hatte die Möglichkeit, mit einigen Verwandten von M. V. Carey und auch ihrem literarischen Nachlassverwalter zu sprechen. Keiner von ihnen wusste, ob ein Manuskript zu ›Ghost Train‹ existiert oder nicht. Ich würde sagen, es gibt keins.«

The 3 Investigators Crimebusters

Das Jahr 1989 war nicht nur in der Weltpolitik das Jahr der großen Veränderungen. Während *Die drei ???* in Deutschland die unangefochtene Nummer eins unter den Jugendbuchreihen und Hörspielserien war, standen Justus, Peter und Bob in ihrem Heimatland unter gewaltigem Konkurrenzdruck. Die *Hardy Boys*, die Brüder Frank und Joe Hardy, erlebten schon seit 1927 mysteriöse Abenteuer und entwickelten sich zur beliebtesten Jugendbuchreihe in den Vereinigten Staaten. Im Jahr 1987 unterzogen die Macher die Reihe einem Relaunch: Aus *Hardy Boys* wurde *Hardyboys Casefiles*. Es ging jetzt um Spionage, Mord und Totschlag und insgesamt deutlich härter zur Sache als jemals zuvor.

Random House zog nach: Aus *The Three Investigators* wurde *The 3 Investigators Crimebusters*. Justus, Peter und Bob alterten auf einen Schlag um ein paar Jahre. Plötzlich waren die drei Jungs mit 16 bis 17 Jahren im besten Teenageralter – mit allem, was dazugehört. Die drei Detektive klärten zwar nach wie vor keine Mordfälle auf, dafür gab es jetzt wilde Verfolgungsjagden, explodierende Autos und überhaupt reichlich Action. Justus, Peter und Bob beherrschten auf einmal Kampfsportarten (ja, auch der unsportliche Justus!) und lieferten sich wilde Raufereien mit ihren Gegnern. Ganze Banden wurden auf diese Weise zur Strecke gebracht. Mysteriöse Vorkommnisse und Geistererscheinungen gehörten endgültig nicht mehr zum Repertoire.

Das Privatleben der drei Detektive rückte mehr als je zuvor (und danach) in den Vordergrund. Die drei Freunde bekamen nicht nur nach und nach Freundinnen, sondern hatten alle auch einen Führerschein und gingen (neuen) Nebentätigkeiten nach. Justus musste lernen, dass er viele Probleme mit seinem Grips bewältigen konnte, abgesehen von seiner Schüchternheit gegenüber Mädchen und seinem Übergewicht. Peter überwand erstaunlicherweise für einige Zeit seine Angst und trieb einen Fall sogar dann proaktiv voran, wenn es laut Justus gar keinen gab. Bob veränderte sich am meisten. Seit er bei der Talentagentur Rock Plus arbeitete und zum Mädchenschwarm mutierte, kam er relativ oberflächlich rüber. Für Recherchen und Archiv sah er sich nicht mehr so richtig zuständig. Das Detektivunternehmen stand hinter seinem Job und den zahlreichen Affären lediglich an dritter Stelle. Dieser Umstand stellte die drei ??? mehrfach auf eine harte Bewährungsprobe.

Mit den *Crimebusters* betrat eine ganze Reihe neuer Nebenfiguren die Bühne: die Freundinnen Kelly, Lys und Elizabeth, Justus' Vetter Ty sowie Bobs Chef Sax Sandler. Leider verschwanden dabei auch einige liebgewonnene Charaktere in der Versenkung. Die Dienste des treuen Chauffeurs und Vertrauten Morton wurden plötzlich nicht mehr benötigt. Onkel Titus, Tante Mathilda und die Eltern von Peter und Bob traten – wenn überhaupt – nur noch sporadisch auf. Gleiches galt für Kommissar Reynolds: Obwohl ungefähr die Hälfte der *Crimebusters*-Fälle in Rocky Beach spielte, trat der örtliche Polizeichef nur zweimal in Erscheinung. Auch die Telefonlawine gehörte nun der Vergangenheit an. Lediglich Justus' Zupfen an der Unterlippe und die charakteristische Visitenkarte blieben den Fans erhalten. Die kultige Übergabe mit der obligatorischen Frage nach der Bedeutung der drei Fragezeichen auf der Karte waren jedoch passé.

In den *Crimebusters*-Fällen wurden vermehrt aktuelle Trends und Entwicklungen aufgegriffen. Zwar zockten die drei Jungs damals schon gerne Videospiele, das Internet steckte aber noch in den Kinderschuhen. Das erste Mal dozierte Justus über die bahnbrechende Erfindung einer »PC-Nachrichten-Börse« in *Angriff der Computer-Viren*: »Dadurch sind alle Terminals, die über ein spezielles Modem verfügen, miteinander vernetzt. Die Anwender können Informationen und Anfragen an alle Teilnehmer richten, auch persönliche Briefe schreiben, Software tauschen … und Tipps bei Computerproblemen geben.« Auch die ersten Handys tauchten auf, wurden aber als »schnurlose Telefone« bezeichnet. Für Peter war das damals alles noch Neuland. Als Justus erschrocken feststellte, dass sich ihr Firmenrechner einen Virus eingefangen hatte, entgegnete der zweite Detektiv: »Na, ich hab' gute Abwehrkräfte.«

Stilistisch kam es ebenfalls zu einigen Veränderungen. Es wurde viel mehr Wert auf die detailgetreue Darstellung von Nebensächlichkeiten gelegt. So wurden beispielsweise Klamotten in allen Einzelheiten beschrieben und es wimmelte von Fachbegriffen aus Judo und

Karate, wie etwa »Yoko-geri-kekomi-Tritt« oder »Shuto-uchi-Rückhand«.

Obwohl sechs verschiedene Autoren für insgesamt 13 *Crimebusters*-Bücher im Einsatz waren, hielten sich Fehler und Widersprüche in Grenzen. Woran das lag, erklärte der fünffache Koautor Bill Stine in einem für dieses Buch geführten Interview:

»Es gab eine sehr detaillierte Serienbibel und wir mussten uns eng an die dort vorgegebenen Beschreibungen zu den einzelnen Charakteren, ihren Interessen, Talenten, Gewohnheiten und ihrer bestimmten Rolle als Detektiv halten. Aber die Autoren wurden dazu ermutigt, auf dieser Basis neue Elemente zu entwickeln. Justus war zum Beispiel immer auf Diät, aber die Autoren kamen stets mit neuen und verrückteren Diätplänen an. Den Autoren wurde auch erlaubt, den Charakteren eigene Namen zu verpassen. Und in der Tat haben Megan und ich oft Charaktere nach Freunden und Verwandten benannt. Ty und Kelly sind beides Namen von sehr guten Freunden aus College-Tagen.«

??? Durcheinander ???

Ebenso wie die ursprüngliche Buchreihe wurden die *Crimebusters*-Fälle in Deutschland in einer abweichenden Reihenfolge veröffentlicht.

Die *Crimebusters*-Autoren

Der altbewährte William Arden

In den USA machte mit William Arden ein alter Bekannter den Anfang. Zu *Die drei ??? und die Automafia* inspirierten ihn wahre Begebenheiten, erinnerte sich seine Witwe Gayle an die Zeit, in der ihr Mann an dem Fall schrieb:

»In den Nachrichten wurde häufiger über einen sogenannten ›chop shop‹ in Los Angeles berichtet, wo junge Autodiebe teure gestohlene Wagen in ihre Einzelteile zerlegten und diese dann verkauften. Autoteile ausfindig zu machen, ist so gut wie unmöglich, daher war dieses Vorgehen sehr schlau, um nicht gefasst zu werden.« (*Die drei ??? und die geheimen Bilder*, S. 23)

Dieser Band war leider auch Ardens letzter, in dem Justus, Peter und Bob die Hauptrolle spielten. Verbittert gab er Jahre später auf rockybeach.com zu Protokoll:

»Der Verlag war nie WIRKLICH daran interessiert, die Jungs altern zu lassen. Sie wollten das Unmögliche: äußerlich so tun, als wäre die Reihe überarbeitet worden, doch sie im Inneren unberührt lassen. Tja, das habe ich nie so ganz begriffen, wie man in der Automafia unschwer erkennen kann. Jennie [gemeint ist die Lektorin Jenny Fanellis, Anm. d. Verf.] hat danach all meine weiteren Ideen für einen *Crimebusters*-Band abgelehnt – meine Plots seien zu erwachsen.«

G. H. Stone alias Gayle Lynds – die zweite Frau in der Autorenriege

Dafür stieß seine Frau Gayle neu zum Autorenteam. Beide hatten sich an dem Tag kennen gelernt, als Arden gerade den ersten Entwurf zu *Die drei ??? und der rote Pirat* fertig gestellt hatte. Damals kannte sie die drei Detektive aber schon – von ihrem Sohn, einem riesigen *Die drei ???*-Fan.

»Jede Woche brachte er ein Buch nach Hause. Und dann traf ich Dennis Lynds, der, wie sich herausstellte, in der Welt der drei ??? als William Arden bekannt war. Dennis und ich verliebten uns ineinander und heirateten. Mein Sohn war begeistert, William Arden nicht nur zu kennen, sondern mit ihm zusammenzuleben. Sie wurden einander immer vertrauter, und ich fing an, Bücher für *Die drei ???* zu schreiben.« (*Die drei ??? und die geheimen Bilder*, S. 75)

Gayle Lynds musste ihre Fälle unter Pseudonym verfassen, weil der Verlag ein öffentliches Bekenntnis zu weiblichen Autoren nach wie vor für verkaufsschädigend hielt. G. H. Stone musste auch sonst gegenüber Random House harte Überzeugungsarbeit für ihre Themenvorschläge leisten. Eine Erfahrung, die neben ihrem Mann allerdings auch viele Autoren machten. Nichtsdestotrotz lässt keiner der Autoren etwas auf die langjährige *T3I*-Lektorin Jenny Fanellis von Random House kommen.

Von G. H. Stone stammen *Die drei ??? und die gefährlichen Fässer*, *... und die Musikpiraten*, *Angriff der Computer-Viren* sowie *High Strung – Unter Hochspannung*. In ihre Bücher flossen viele persönliche Erlebnisse ein: In *Die drei ??? und die gefährlichen Fässer* war es eine zurückliegende Rucksacktour durch die Berge und die interethnische Liebesbeziehung eines Familienmitglieds. In diesem Fall fliegen Justus, Peter und Bob mit Mr Andrews in einer kleinen Privatmaschine in Richtung des Touristenorts Diamond Lake, wo Bobs Vater für eine heiße Story recherchieren möchte. Doch obwohl Mr Andrews ein sicherer Pilot ist, müssen die vier mitten in der Wildnis notlanden. Als Bobs Vater dann auch noch spurlos verschwindet, überschlagen sich die Ereignisse.

In *Die drei ??? und die Musikpiraten* setzte G. H. Stone William Ardens Tochter ein kleines Denkmal. In einem Interview plauderte sie aus den Nähkästchen:

> »In den 1980er Jahren hatte meine Stieftochter Deirdre Lynds eine grandiose Rockband in Kalifornien. Sie spielte die Leadgitarre, komponierte die Songs und sang auch gelegentlich. [...] Als ich ›Reel Trouble‹ für die *Crimebusters* schrieb, nahm ich ihre Band als Blaupause für die Rockband [die Hula Whoops, Anm. d. Verf.]. Ich habe das sehr genossen, besonders weil sie immer ein Fan der drei ??? war und jedes Buch gelesen hatte.«

In *Angriff der Computer-Viren*, einem »Abstecher in die elektronische Zukunft«, lernen sich Justus und Lys kennen und verlieben sich ineinander. Glück in der Liebe – das war für den Ersten Detektiv ein absolutes Novum. Selten hat man ihn so erlebt wie in diesem Fall. Natürlich hagelte es auch dafür Kritik, dafür ist diese Folge aber bis heute relevant und gilt als *die* Hipster-Folge schlechthin.

Das bekannte Autorenduo Megan & Bill Stine

Megan & Bill Stine schrieben drei *Crimebusters*-Fälle. In *Die drei ??? und der giftige Gockel*, das im Original den herrlich zeitlosen Titel *Murder To Go* trägt, geht es um krebserregende Stoffe in Lebensmitteln und Massentierhaltung – ein auch heute noch hochaktuelles und viel diskutiertes Thema. Doch auch der Humor kommt bei dem Autorenehepaar nicht zu kurz:

»So fanden wir es lustig, den ewig mit Diäten kämpfenden Justus mit einem unwiderstehlichen, süchtig machenden neuen Fastfoodprodukt zu verführen: einem Sandwich mit Hühnerfleisch und der Sauce innendrin. Dann ergänzten wir es um die Bedrohung, die geheime Zutat könnte vielleicht Gift sein! Das Sandwich wirkte völlig überzogen und wie Science-Fiction, als wir es uns ausdachten. Wir hatten keine Ahnung, dass die Auswüchse der amerikanischen Fastfoodwelt unsere Idee später eher brav aussehen lassen würden.« (*Die drei ??? und die geheimen Bilder*, S. 41)

Während *Die drei ??? und der verschwundene Filmstar* eher weniger überzeugte, stellte das Duo in *Gekaufte Spieler* Peter, Basketball und Bestechung in den Vordergrund. Herrlich ist hier gerade Justus' humorvoller Auftritt im Papageienkostüm als Maskottchen. Für seine kecken, die gegnerische Mannschaft diffamierenden Sprüche erntet der VIP – »Very Important Papagei« – zwar frenetischen Jubel von den eigenen Fans, wird dafür aber von den anderen nach dem Spiel windelweich geprügelt.

Ein Wiedersehen mit Marc Brandel

Von dem bereits serienerprobten Marc Brandel stammt der Fall *Die drei ??? und der riskante Ritt*. Brandel hielt sich zwar wie vorgegeben an die Serienbibel, doch die Handlung hätte auch gut in die Zeit gepasst, als *Die drei ???* noch keine *Crimebusters* waren: Die drei Detektive treten eine gewonnene Reise auf eine einsame Ranch in Mexiko an, obwohl sie mehr oder weniger ahnen, in welche Gefahr sie sich damit begeben. Am Ende stirbt der habgierige Bösewicht bei einem Vulkanausbruch in den Lavafluten.

Laut Brandel war es der erste Todesfall, den die drei Detektive live miterlebten. Doch mit dieser Einschätzung lag er leider falsch und sollte besser noch einmal einen Blick in eines von M. V. Careys Bücher werfen oder auf Seite 17 zurückblättern. Dafür servierte Brandel in bester Tradition von William Arden seinen Lesern einen Exkurs in die Zeit der mexikanischen Revolution ab 1910 und sie bekamen darüber hinaus einen kleinen Spanischgrundkurs frei Haus.

William McCay und Peter Lerangis – von der Konkurrenz

Die beiden Autoren William McCay und Peter Lerangis verband ein ähnliches Schicksal – zumindest im Zusammenhang mit den drei ???. Die Freunde hatten beide beruflich mit der großen *T3I*-Konkurrenz, den *Hardy Boys*, zu tun. McCay hatte als Redakteur die *Hardy Boys Casefiles* konzipiert, ebenjene Buchreihe, der die *Crimebusters* jetzt nacheiferten. Lerangis war für die Konkurrenz als Autor tätig gewesen. Bevor sie bei Random House anheuerten, hatte keiner von beiden auch nur einen einzigen *Die drei ???*-Band gelesen. Beide arbeiteten sich parallel zum Schreiben in die ihnen vollkommen unbekannte Serie ein.

William McCay veröffentlichte seine Bücher meistens unter einem Pseudonym. *Die drei ??? und die Comic-Diebe* war eines der ersten, das unter seinem richtigen Namen erschien. In dem Bildband *Die drei ??? und die geheimen Bilder* erzählte der Autor einiges über die Unwägbarkeiten bei der Gestaltung des Buchcovers für den amerikanischen Markt:

> »Das Cover stellte für meinen amerikanischen Verlag eine ziemliche Herausforderung dar, weil die Geschichte auf einer Comic-Convention spielt, zu der viele Teilnehmer in abgefahrenen Kostümen erscheinen (das geht so weit, dass Leute darauf hingewiesen werden, dass Nacktheit kein Kostüm darstellt). Kein Wunder, dass mein Lektor sich beschwerte, der Zeichner solle seine realistische Darstellung eines Mädchens im Superheldinnenkostüm etwas abmildern, weil sie ›zu üppig und drall‹ gezeichnet sei.«

Mit dem Mädchen im Superheldinnenkostüm ist das Stellara Stargirl gemeint, in das sich Justus in diesem Fall unsterblich und noch dazu unglücklich verliebt. Daneben prangert McCay die zunehmende Kommerzialisierung an, die in diesem Fall die Comicszene betrifft.

Sein zweiter und zugleich letzter Fall *Shoot the Works* handelt von Paintball. Dieser Band wurde zwar in den USA, aber nicht in Deutschland veröffentlicht. Zur damaligen Zeit, Anfang der 90er, gab es die Vermutung, dass der Paintballfall aufgrund seines paramilitärischen Charakters zu gewalttätig war, was selbst McCay für möglich hielt. Im Rahmen der Veröffentlichung als Bestandteil der zweiten

Top-Secret-Box verlautbarte der Kosmos Verlag lediglich, dass *Shoot the Works* und die anderen Fälle nicht veröffentlicht worden waren, »weil sie ein recht untypisches Bild von Justus, Peter und Bob vermittelten«.

Peter Lerangis stieg mit *Gefahr im Verzug* in die Buchreihe ein. Der Musicalfall hat zwar thematische Bezüge zu *Die drei ??? und der gestohlene Preis*, ist aber keine Fortsetzung dessen. Lerangis, der selbst einmal Musicaldarsteller war, knüpfte in seinem Debüt auch an ein Erlebnis aus seiner eigenen Broadway-Vergangenheit an. Einem Freund war einst während einer Show etwas Ähnliches passiert wie George Brandon, dem Hauptdarsteller von *Gefahr im Verzug*: Er wurde auf der Bühne von einem herabstürzenden Teil des Bühnenbilds getroffen.

??? Gefloppt ???

Die *Crimebusters* fielen bei den amerikanischen Lesern durch. Anstatt mit dem Modernisierungsschub neue (jugendliche) Leser zu gewinnen, verscherzte es sich Random House auch noch mit den Stammlesern. Der Verlag zog die Notbremse. Die Reihe wurde mitten im Betrieb eingestellt, obwohl Lerangis und G. H. Stone ihre Manuskripte zu *Brainwash* beziehungsweise *High Strung* bereits fertig gestellt hatten.

In *Brainwash* verarbeitete Lerangis abermals persönliche Erlebnisse. Als der Autor noch aufs College ging, musste ein Verwandter aus den Fängen eines religiösen Kults gerettet werden. Als er den Fall um die Sekte SynRea verfasste, hatte Lerangis dieses viele Jahre zurückliegende Ereignis vor Augen. Dass sein bis dato persönlicher Lieblingsfall nicht mehr veröffentlicht werden sollte, frustrierte ihn sehr. »Braindead – so fühlte ich mich, nachdem ich vom Aus der Serie und des Buchs erfuhr«, sagte er Jahre später. Dass der Verlag den Stecker zog, war für die betroffenen Autoren auch finanziell eine Katastrophe, denn die prozentuale Beteiligung an den Verkaufserlösen, für die Random House von seinen Autoren immer so geschätzt wurde, zeigte jetzt ihre Kehrseite.

Erst als Bestandteil der ersten Top-Secret-Box feierten *Brainwash – Gefangene Gedanken* und *High Strung – Unter Hochspannung* nach 20 Jahren Weltpremiere.

Die drei ??? in Deutschland

In Deutschland wurden die Bücher von der Franckh'schen Verlagshandlung (heute Kosmos Verlag) in einer gänzlich anderen Reihenfolge veröffentlicht als im Original und bei den seit 1979 unter dem Label Europa erscheinenden Hörspielen ist die Durchmischung noch bunter. Das damit einhergehende Chaos wird bei der Lektüre dieses Buchs immer wieder auffallen.

Eine kleine Kostprobe: Der zweite Originalfall, *The Mystery of the Stuttering Parrot,* ist in der deutschen Ausgabe der achte Band, nämlich *Die drei ??? und der Super-Papagei.* Als Hörspiel machte dieser Fall hierzulande den Auftakt, wohingegen die Hörer auf *Die drei ??? und das Gespensterschloss* – den ersten Band der deutschen sowie der amerikanischen Buchreihe – länger warten mussten: Es ist Folge 11 der Hörspielserie.

Wieso dieses Durcheinander? Am Anfang rechnete schlicht und ergreifend niemand mit einem solch durchschlagenden Erfolg und so pickte sich jeder erst einmal die (vermeintlichen) Rosinen heraus. Aus heutiger Sicht ist das schwer nachvollziehbar, doch für die Leser oder Hörer stellt es ohnehin kein größeres Problem dar, denn *Die drei ???* sind schließlich kein Fortsetzungsroman, sondern es handelt sich stets um abgeschlossene Geschichten. Bei der Übertragung der Bücher ins Deutsche war die Übersetzerin Leonore Puschert dennoch sehr darauf bedacht, Ungereimtheiten und Widersprüche zu glätten. Ganz beseitigen konnte sie sie nicht. Bei den Hörspielen wurde naturgemäß inhaltlich gekürzt und verdichtet, wodurch viele Hintergrundinformationen verloren gingen.

Abweichungen zwischen Original und deutscher Ausgabe – ein paar Beispiele

Namen der Detektive

Aus Jupiter Jones wurde in der deutschen Übersetzung Justus Jonas, aus Peter Crenshaw wurde Peter Shaw. Nur der Dritte Detektiv heißt sowohl in der amerikanischen als auch in der deutschen Version Bob Andrews.

Farbige Kreide

Gleich im ersten Abenteuer kommt die berühmte Kreide vor, mit der Justus, Peter und Bob unauffällig ihre weißen, blauen und roten Fragezeichen hinterlassen. Im Original verwendet Bob grüne Kreide, in der deutschen Ausgabe hingegen rote – vermutlich als Anspielung auf die »Stars and Stripes« der amerikanischen Flagge. Im deutschen Logo der drei ??? steht Bobs rotes Fragezeichen vor dem blauen Fragezeichen von Peter, obwohl Letzterer der »Zweite Detektiv« ist.

Adaption an den deutschen Markt

Streng genommen handelt es sich bei einigen Büchern nicht um eine Übersetzung, sondern um eine Überarbeitung. Ein gutes Beispiel ist *Die drei ??? und die silberne Spinne.* Hier hat Leonore Puschert mit ihrer Übersetzung aus dem kleinen Land Varania eine Stadt namens Magnusstad gemacht. Zwar blieb die Handlung relativ unverändert, den Kontext krempelte sie aber komplett um. Im Original geht es um die Thronfolge in dem monarchisch regierten Land, in der deutschen Fassung steht die Übernahme einer Firma durch den Nachfolger an. Auch der schwedische Einschlag geht auf die Kappe der Übersetzerin. Im Original heißen die Akteure unter anderem Prince Djaro (= Lars Holmqvist), Duke Stefan (= Direktor Forsberg) und Prinz Paul (= Graf Magnus).

Während die Mitratefälle von der Übersetzerin noch für den deutschen Markt in »reguläre Fälle« für die drei ??? umgeschrieben werden konnten, mussten die zahlreichen Veränderungen bei den *Crimebusters* größtenteils übernommen werden. Zumindest wurden in den Übersetzungen einige (Fehl-)Entwicklungen etwas abgefedert.

Die in den USA vorgenommene Namensänderung in *Crimebusters* machte der Kosmos Verlag aber nicht mit: *Die drei ???* blieben *Die drei ???*.

Die »deutschen« *Die drei ???*

Auch in Deutschland hatte das Interesse an den drei Detektiven seit dem Ende der 1980er Jahre etwas nachgelassen, wovon auch die Hörspiele betroffen waren. »Der ganze Hörspielmarkt litt damals unter der Einführung neuer Medien für Kinder, dem, wie wir ihn scherzhaft nennen, ›Gameboy-Knick‹«, erzählte Corinna Wodrich, genannt »die Schaltstelle«, in *Die drei ??? – 30 Jahre Hörspielkult*. Wodrich war bei Europa als Produktmanagerin für Kinderhörspiele viele Jahre für die Veröffentlichung und Vermarktung der *Die drei ???* verantwortlich.

Die drei ??? hielt sich trotzdem ganz gut auf dem deutschen Buch- und Hörspielmarkt. Das hatte mehrere Gründe: Die Bücher erschienen hierzulande weiterhin als Hardcover, während man in den USA irgendwann auf das billigere Paperback-Format umgestiegen war. Die charakteristischen Coverillustrationen von Aiga Rasch verliehen der Buchreihe zusätzlich ein ikonenhaftes Äußeres mit hohem Wiedererkennungswert. Zudem hielt man hierzulande an der wie auch immer gearteten Verbindung zwischen Alfred Hitchcock und den drei Detektiven fest: Die Vorworte und Kommentare fielen zwar in den Büchern weg, auf dem Cover blieb aber alles wie gehabt und in den Hörspielen wurde Hitchcock weiterhin als Erzähler aufgeführt. Ohnehin waren und sind die Hörspiele ein gewaltiges Zugpferd für die gesamte Marke, die den Amerikanern fehlte.

Der Kosmos Verlag entschloss sich dazu, *Die drei ???* in Eigenregie weiterzuführen. Nachdem im Jahr 1992 mit Angriff der Computer-Viren der letzte »amerikanische« Fall in die deutschen Buchhandlungen kam, sollte es aber aus Kostengründen mit heimischen Autoren weitergehen. Da die Bücher und Hörspiele in Deutschland immer erst einige Zeit später als in den USA auf den Markt kamen, blieb dieser tiefgreifende Einschnitt in der Geschichte der Buchreihe weitgehend unbemerkt.

Brigitte Johanna Henkel-Waidhofer

Zwischen 1993 und 1996 setzte der Verlag einzig und allein auf Brigitte Johanna Henkel-Waidhofer als Autorin für *Die drei ???*. Die im Jahr 1958 in Wien geborene Journalistin hatte in Österreich Germanistik und Geschichte studiert, bevor sie anno 1980 nach Stuttgart zog, wo sie für mehrere Zeitungen beziehungsweise Nachrichtenagenturen arbeitete. Für den Kosmos Verlag hatte sie währenddessen sieben Kindersachbücher für die Reihe *Guck mal!* verfasst. Obwohl Krimis für die Journalistin komplettes Neuland waren, gab ihr der Verlag eine Chance.

Henkel-Waidhofer hatte zwar als Kind gerne *Die drei ???* gelesen, dann aber das Interesse an der Reihe verloren. Bevor sie sich ans Schreiben machte, arbeitete sie auch die jüngeren Fälle durch und legte schließlich rund 20 Exposés vor, die sie sich zusammen mit ihrem Mann ausgedacht hatte. Ihre Buchideen testete die Autorin auch an Kindern – und zu ihrer eigenen Überraschung erhielt dabei *Tatort Zirkus* den größten Zuspruch. Da das Gras bekanntlich nicht dem Bauern, sondern den Kühen schmecken soll, wurde dieser Fall als erster veröffentlicht.

Obwohl die beiden Fälle inhaltlich nichts miteinander zu tun haben, knüpft *Tatort Zirkus* direkt an *Angriff der Computer-Viren* an, denn gleich zu Beginn der Geschichte wird der immer noch nicht kompensierte Datenverlust aus dem nun schon einige Monate zurückliegenden Fall aufgegriffen. Wer aber dachte, dass alles weiterlaufen würde wie bisher, sollte eines Besseren belehrt werden. Auf Wunsch des Verlags wurden Justus, Peter und Bob verjüngt, ohne sie wieder jünger zu machen. Dafür bediente sich Henkel-Waidhofer ein paar einfacher Tricks: Justus musste wieder auf dem Schrottplatz mit anpacken und Onkel Titus und Tante Mathilda sowie die Eltern von Peter und Bob rückten wieder stärker in den Vordergrund. Die drei Detektive mussten sich wieder an Ausgehzeiten halten, auf ihre Anwesenheit bei den Mahlzeiten wurde wieder mehr Wert gelegt. Auch Taschengeld wurde gelegentlich erwähnt. Erwachsene wurden gesiezt, Justus, Peter und Bob aber konsequent geduzt. Die drei Detektive fuhren wieder viel mehr Fahrrad, das Auto kam nur selten zum Einsatz. Längere Fahrten übernahm der reaktivierte Chauffeur Morton mitsamt Rolls-Royce. Schluss war auch mit den ausschweifenden

Nebentätigkeiten: Peter motzte nebenbei keine alten Autos mehr auf und auch die Schmiergrube auf dem Schrottplatz verschwand. Bob arbeitete zwar immer noch für Sax Sandler, war aber im Detektivbüro wieder mit ganzem Herzen zuständig für Recherchen und Archiv.

Die Actionszenen wurden in den Büchern von Brigitte Johanna Henkel-Waidhofer deutlich zurückgefahren, genauso wie die detaillierten Klamottenbeschreibungen und Justus' abgefahrene Diätpläne. Er versuchte es fortan mit Müsli und nahm sogar ab. Die Rolle des Charmeurs übernahm mehr und mehr Peter; Bobs Zeit als Womanizer war abgelaufen. Dafür rückten Lys, Kelly und Elizabeth, deren Rolle laut Henkel-Waidhofer bislang »stellenweise wirklich peinlich und von vorgestern« war, (noch) stärker in den Vordergrund. In *Fußball-Gangster* gründen Lys, Kelly und Elizabeth sogar kurzerhand das Konkurrenzunternehmen Die drei !!!, weil Justus, Peter und Bob ihre Hinweise nicht ernst nehmen.

Die Sportfälle der drei ??? werden seit jeher gehasst und verdammt – oder vergöttert. Die Idee zu diesen Geschichten stammt von Henkel-Waidhofer. Sie erinnert sich:

> »Es war damals ziemlich schwer, dieses Thema im Verlag durchzusetzen. Das unsportliche Lektorat fand keinen Gefallen an dem Sujet. Vielleicht hätte ich es nie realisieren dürfen, wenn ich nicht mit der Europameisterschaft 1996 in England hätte argumentieren können.«

Letztlich hatte die Autorin aber den richtigen Riecher, denn wenige Bände der Reihe verkauften sich so gut wie *Fußball-Gangster*.

Auch die Europareise der drei ??? geht auf eine ihrer Ideen zurück. Die drei Detektive werden zum Dank für die Überführung der Fußball-Gangster mit einem Trip nach London zum Länderspiel England gegen USA belohnt. Auf dem Reiseplan steht auch ein Ausflug nach Rotterdam in den Niederlanden, wo die drei Touristen einem Diamantenschmugglerring auf die Schliche kommen. Ausgestattet mit einer üppigen Belohnung von Scotland Yard geht es nicht wie ursprünglich geplant zurück nach Hause, sondern weiter nach Rom. Dort lernen die drei Jungs aus Rocky Beach Alexandra aus Stuttgart kennen, die gerade einige Zeit als Au-pair-Mädchen bei einer italienischen Familie verbringt. Alexandra wird wie Justus das Opfer von Taschendieben. Zusammen nehmen sie den Kampf gegen die Diebe und die Schattenmänner dahinter auf – natürlich erfolgreich. Alexandras Erzählungen über den sagenhaften Blautopf und die vielen Höhlen in der Schwäbischen Alb faszinieren die drei ??? derart, dass sie das Mädchen kurzerhand für eine Woche in ihre Heimat begleiten. So betreten Justus, Peter und Bob im Jahr 1996 also erstmals deutschen Boden, um das Geheimnis der Särge zu ergründen. Neben der Schwäbischen Alb besuchen die drei Detektive auf ihrer Europareise auch noch das Kloster Zwiefalten, bevor es weiter nach Wien geht.

Kosmos wünschte sich kurzfristig noch einen Fall für die Schweiz, sodass Henkel-Waidhofer im Eiltempo *Schatz im Bergsee* schrieb. Von Wien aus geht es also weiter nach Zürich, wo die drei ??? ihren Anschlussflug zurück in die USA verpassen. Um die Wartezeit sinnvoll zu nutzen, entschließen sie sich zu einem Rundflug mit einer kleinen Chartermaschine. Es kommt, wie es kommen muss: Notlandung mitten im Nirgendwo. Dass es ihrem polnischen Piloten Jerzy um mehr geht als um Rundflüge für Touristen über die Schweizer Bergwelt, kapieren sie erst spät – aber wie immer gerade noch rechtzeitig. Das kommerzielle Kalkül hinter der Europareise ging auf: Gerade in Österreich und in der Schweiz waren die beiden Länderfolgen sehr gefragt.

In ihren Geschichten bewies Henkel-Waidhofer nicht nur in heimischen Gefilden ein hohes Maß an Ortskenntnis. »Ich war selber mehrfach an der amerikanischen Westküste, kannte also die ›Umgebung‹ von Rocky Beach und habe immer darauf geachtet, dass alle Angaben jenseits dieser fiktiven Stadt der dortigen Geografie entsprachen«, erzählt die Autorin. Sie besuchte Sedona (*Giftiges Wasser*), Lake Tahoe (*Geisterstadt*) und weitere Schauplätze. Nicht zuletzt weil *Geheimnis der Särge* in ihrer (Wahl-)Heimat spielt, gehört dieser Fall zu ihren Lieblingsfolgen. Sämtliche dort erwähnten Höhlen und sogar Tichys Eisdiele in Wien existieren wirklich.

Henkel-Waidhofers Fälle beruhen oft auf wahren Begebenheiten oder sind zumindest realitätsnah und nachvollziehbar. Die drei Detektive jagen bei ihr Geldfälscher, Schmuggler, Versicherungsbetrüger und machen einen Gammelfleischskandal publik. Es geht um Börsengeschäfte und Entführungen – aber nicht um Gespenster. Nur in *Geheimnis der Särge* ließ die Autorin mit den Auftritten der unheimlichen Höhlenfrau Babette Nostalgiegefühle aufkommen. Sie erklärt ihre Beweggründe so:

> »Ich konnte mit diesem Mystery-Genre nie viel anfangen. ›Realität‹ fand und finde ich deutlich spannender und ergiebiger als irgendwelche Fantasien und Spielerei mit schummrigen Unheimlichkeiten, die sich dann ja doch irgendwann als Fake herausstellen müssen. Vermutlich spielt da mein Hauptberuf, nämlich der einer mit Politik beschäftigten Journalistin, eine wesentliche Rolle.«

Giftiges Wasser thematisiert den klassischen Konflikt zwischen Wirtschaftswachstum und Umweltschutz: Seilschaften verhindern, dass ein Enthüllungsartikel über Umweltverschmutzungen erscheint. Der Chefredakteur feuert eine couragierte Journalistin, die daraufhin drogenabhängig wird, sich später bei einem Indianerstamm versteckt und einen Entzug macht.

Um Rauschgift geht es auch in *Dreckiger Deal*. Im Kiosk neben der Highschool von Rocky Beach werden Drogen gefunden. Die drei ??? glauben nicht an die Schuld des sympathischen Kioskbetreibers, den schwarzen Malcolm King. Nebenbei packte Henkel-Waidhofer dabei noch das Thema Diskriminierung von Afroamerikanern an.

Gerne führte Henkel-Waidhofer ihre Themen auch subtil ein. Im Radio wird über eine Klimakonferenz der Vereinten Nationen berichtet, auf der sich die Staaten wieder einmal nicht auf ein gemeinsames Vorgehen gegen den Klimawandel einigen konnten. Als die drei Freunde in der Schwäbischen Alb ein Windrad entdecken, setzt Justus zu einem Kurzvortrag darüber an, dass die Deutschen lieber auf Atomkraft statt auf Windenergie vertrauen. In *Schüsse aus dem Dunkel* präsentierte sie das erste gleichgeschlechtliche Pärchen: Die erfolgreiche Modeschöpferin Sally Samson ist lesbisch. In *Die drei ??? und die Rache des Tigers* will ein Unternehmen auf einem verwilderten Gelände einen modernen Vergnügungspark bauen. Natürlich formiert sich sofort eine Bürgerinitiative, die statt des kommerziellen Parks ein Jugendzentrum fordert.

Auch das Stadtoberhaupt von Rocky Beach bekommt in einem Dialog zwischen Peter und Justus sein Fett weg: »Du redest wie unser Bürgermeister, wenn er seine Vorträge über Einsparungen bei Krankenhäusern oder Kindergärten hält«, wirft Peter dem Ersten Detektiv an den Kopf. »Mit einem Unterschied: Er hat unrecht und ich hab' recht«, entgegnet Justus. Auf den »erhobenen Zeigefinger« in einem Interview mit den Machern von rocky-beach.com angesprochen, antwortete die Journalistin: »Ich bin mir [...] ganz sicher, dass diese Randthemen, wie Umweltbewusstsein, auch euch interessieren (Achtung Zeigefinger: sollten).«

Brigitte Johanna Henkel-Waidhofers Geschichten sind also deutlich politischer und gesellschaftskritischer als die anderer *Die drei ???*-Autoren. Das heißt aber keinesfalls, dass die von ihr gesetzten Themen per se falsch oder schlecht wären. Biosprit aus Raps oder Wasserkuren nach Pfarrer Kneipp haben ihre Vorteile. Allein die Häufung fällt auf. Vielleicht auch gerade deshalb, weil solche Themen zuvor unterrepräsentiert waren. Vegetarier und die vegetarische Lebensweise kamen beispielsweise bis dato überhaupt nicht gut weg. Entweder ist die fleischlose Ernährung nur eine Masche (*Die drei ??? und der lachende Schatten*) oder der Vegetarier wird schablonenhaft als pedantischer Eiferer dargestellt (*Die drei ??? und das Bergmonster*). In *Gefahr im Verzug* schildert der Erzähler detailliert, wie Justus einen Veggieburger mit einer »schrumpeligen gräulichen Masse« sowie »warme Hafer-Kleie-Kroketten« verspeist. Bei den schrecklichen Tierversuchen in *Die drei ??? und der Höhlenmensch* oder der Massentierhaltung in *Die drei ??? und der giftige Gockel* werden die Leser seitens der Autoren ziemlich alleinegelassen. Von einer kritischen Einordnung fehlt jede Spur. Für junge Leser dürften gerade diese beiden Bände daher eher schwere Kost sein.

Unter den *Die drei ???*-Fans werden die Fälle aus der Henkel-Waidhofer-Ära kontrovers diskutiert. Einige Meinungsäußerungen gehen dabei sogar fließend in die Kategorie »Hetze« über.

Unter dem Strich lohnte es sich aber für Kosmos, *Die drei ???* auf eigene Faust weiterzuführen. Aufgrund des Erfolgs erschienen ab 1996 nicht mehr vier, sondern sechs neue Fälle pro Jahr, »jeweils mit einer Startauflage von 20.000 Exemplaren, was im Buchmarkt völlig außergewöhnlich ist. Zudem war diese Startauflage in aller Regel in kurzer Zeit verkauft und musste nachgedruckt werden«, ist Henkel-Waidhofer auch heute noch stolz.

Nach 16 Büchern war für die Autorin dennoch Schluss. Im Jahr 1996 erschien ihr letzter Fall: *Dreckiger Deal.* Da sie Geschichten nur nebenbei schrieb und endlich einmal wieder Freizeit oder Urlaub haben wollte, stieg sie aus. Es sei letztlich auf eine Entweder-oder-Entscheidung hinausgelaufen; allein von *Die drei ???* könne sie nicht leben, erklärte sie im Jahr 2001. In einem anderen Interview drei Jahre später antwortete Henkel-Waidhofer auf die Frage nach ihren Beweggründen nebulös: Es sei »eine lange Geschichte«. Mit der lautstarken Fankritik an ihren Fällen hatte es jedenfalls nichts zu tun. Wie sie in einem aktuellen Interview anvertraute, ging es unter dem Strich um Vertragsdetails. Belassen wir es bei diesem Hinweis.

Als ehemalige Sportjournalistin hätte Henkel-Waidhofer gerne noch ein Buch geschrieben, das »im Rennsport-/Formel-1-Milieu« spielt. Wie sie bereits vor einiger Zeit in einem Interview auf diedreifragezeichen.de erzählte, gab es zu diesem Fall sogar schon ein Exposé (ein Gokartfall, der in der Formel 1 endet, mit Parallelen zu den Schumacher-Brüdern Michael und Ralf). Weitere nicht mehr verwirklichte Exposés waren »eine Hacker-Geschichte rund um einen Sektenchef, ein Fall rund um ein Überlebenstraining in der Mojave-Wüste [...] oder eine Rodeo-Betrügerei«. Eine andere Idee sah einen Täter mit selbst gebastelten Schuhsohlen vor. Die Sohlen waren so gefertigt, dass man beim Fährtenlesen nicht erkennen konnte, wo vorne und hinten ist. Führte die Spur zum Haus hin oder davon weg? Selbstverständlich hätte Justus diese Frage am Ende klären können – wenn denn der Band geschrieben worden wäre. Der Autorin mangelte es selbst Jahre später nicht an neuen Fällen für die drei ???. Etwas wehmütig mutet ihre Aussage an, auch nach ihrem Ausstieg alle weiteren Bücher gelesen zu haben.

Als Journalistin und Buchautorin arbeitet Brigitte Johanna Henkel-Waidhofer noch heute. Auch ihren Themen blieb die Wahl-Stuttgarterin in gewisser Weise treu: Als Korrespondentin für Landespolitik in Baden-Württemberg war sie geradezu prädestiniert, im Jahr 2011 zusammen mit ihrem Mann Peter Henkel eine Biografie über den ersten grünen Ministerpräsidenten in der Geschichte Deutschlands, Winfried Kretschmann, vorzulegen.

Jeder Autor drückte der Serie bisher seinen eigenen Stempel auf – oder verschwand schnell wieder in der Versenkung. Bei aller verständlichen und berechtigten Kritik hat Henkel-Waidhofer einen entscheidenden Anteil am heutigen Erfolg der Serie. Sie hat Peters Dietrich, Mathildas Kirschkuchen und den Ruf des Rotbauchfliegenschnäppers erfunden. All das gehört heute – genauso wie die Sportfälle – wie selbstverständlich zu den drei ???.

»Egal wie man zu den Büchern von Frau Henkel-Waidhofer steht: Ohne sie hätte die Serie die Zeit zwischen dem Ende der US-Ausgaben und dem Wiedererstarken der Serie der letzten Jahre nicht überstanden. Frau Henkel-Waidhofer hat damals ihr *Die drei ???*-Konzept an die *Crimebusters* angeschlossen und etwas in ihrem Sinne verändert. Auch sie war mit großem Engagement dabei und die drei ??? bedeuten ihr heute noch sehr viel«, bricht Ben Nevis, einer der dienstältesten Autoren im *Die drei ???*-Universum, eine Lanze für seine Vorgängerin, deren große Leistung erst im Nachhinein so richtig deutlich geworden ist. Nach ihrem Ausstieg übernahm eine neue Generation Autoren das Ruder: André Marx, André Minninger und Ben Nevis.

André Marx

Den dreifachen Auftakt machte im Februar 1997 André Marx (Jahrgang 1973) mit *Poltergeist*, *Die drei ??? und das brennende Schwert* sowie *Die Spur des Raben*. Marx war zu diesem Zeitpunkt gerade einmal 24 Jahre alt. Der Studienabbrecher (Germanistik, Sprachwissenschaften und Kunst) war ein langjähriger *Die drei ???*-Fan mit Traumberuf Schriftsteller.

Seit er mit seinem Bruder im zarten Alter von sechs Jahren das erste Mal *Die drei ??? und die schwarze Katze* gehört hatte, war es um ihn geschehen. Er wurde wie viele andere in diesem Alter zum Kassettenkind. Mit dem Eintritt in die Pubertät schwand sein Interesse für die Detektivserie zwar wieder, doch eines Tages wurde Marx beim Stöbern in einer Buchhandlung darauf aufmerksam, dass *Die drei ???* mittlerweile von einer deutschen Autorin verfasst wurden. Das konnte er sich gar nicht erklären und fragte bei Kosmos nach. Nach Aufklärung seitens des Verlags haute er in die Tasten und schloss im Winter 1994/95 das Manuskript zu seinem ersten Fall ab: *Das versunkene Schiff*. Es gefiel dem Verlag zwar, doch Henkel-Waidhofer saß zu dieser Zeit noch fest im Sattel. Als die Autorin dann ein halbes Jahr später ausstieg, kam Marx wieder ins Spiel. *Das versunkene Schiff* wurde dennoch erst fast 20 Jahre später in leicht abgewandelter Form in der zweiten Top-Secret-Box veröffentlicht, weil dem Autor sein zweites Manuskript *Poltergeist* besser gefiel.

Mit *Poltergeist* setzte eine Rückbesinnung auf den Markenkern der alten drei ??? ein. Alle Zeichen standen jetzt auf Retro. Auf einen klassischen Fall, die Inszenierung einer Geistererscheinung, um von einem realen Verbrechen abzulenken, hatten die Fans lange warten müssen. Noch dazu feierte Victor Hugenay sein Comeback! In Stil und Inhalt distanzierte sich Marx nicht nur klar von Henkel-Waidhofer, sondern auch von den amerikanischen *Crimebusters*-Autoren. »Ich habe von diesen ganzen Actionsachen nicht viel gehalten und könnte so etwas auch nicht schreiben, weil ich dazu keine Lust habe. Mir haben die alten Sachen immer schon besser gefallen, deswegen mache ich auch solche Geschichten«, bekannte Marx in einem Interview mit rocky-beach.com im September 1997.

Bei Marx bekamen es Justus, Peter und Bob wieder mit Geistern, Aliens, Seeungeheuern, Feuerteufeln, Geisterschiffen oder Monstern zu tun. Es wurde auch wieder viel gerätselt. In den Büchern wimmelte es nur so von Anspielungen auf vergangene Fälle: Ein Wiedersehen mit Kapitän Jason in *Meuterei auf hoher See* oder Post von Allie Jamison in *Das leere Grab*. In *Geheimsache Ufo* verneigte sich Marx vor M. V. Careys *Die drei ??? und die bedrohte Ranch* und baute Vladimir Contreras in die Geschichte ein. »Ich finde es einfach unlogisch, dass die drei ??? [...] nie einen alten Bekannten in Rocky Beach wiedertreffen. Und deswegen versuche ich, in jedem Buch wenigstens in einem Nebensatz etwas von früher zu erwähnen. Einfach, um so ein bisschen mehr Kontinuität hereinzukriegen«, so Marx in einem Interview mit rocky-beach.com. »Dann finde ich es auch unlogisch, wenn man dann wieder jemand Neues einführt, obwohl man ja bereits eine passende Figur hat, oder die drei ??? jemand kennen, der ihnen diese oder jene Frage beantworten könnte«, lieferte der Autor in einem Interview auf 3fragezeichen.de eine weitere Erklärung.

Einem neuen Leser fallen solche Anspielungen und Rückgriffe nicht auf, wer sie aber bemerkt, freut sich in der Regel. Bei Henkel-Waidhofer hatte dies noch Seltenheitswert. Gerade mit *Späte Rache* eckte sie an. Der eigentlich sehr spannende Entführungsfall fiel bei vielen Fans durch, weil er sich auf ein Verbrechen bezog, das außerhalb dieser Geschichte nie Gegenstand der Ermittlungen der drei Detektive gewesen war. Viele Fans rätselten mit, wer es aus einem früheren Fall speziell auf Peter abgesehen haben könnte – und wurden am Ende enttäuscht. Für Henkel-Waidhofer waren »Fortsetzungen und Anknüpfungen tabu«, für ihre Nachfolger wurden sie zum Stilmittel. Marx setzte voll auf Morton, widmete ihm sogar mit *Tödliche Spur* einen eigenen Fall. Er baute kein eigenes Arsenal an dominanten Nebenfiguren auf; Ausnahmen wie Jelena Charkova bestätigen dabei die Regel. Lys, Kelly und Elizabeth, die eine Zeit lang sehr präsent waren, rückten wieder in den Hintergrund. »[Es] ist unglaublich schwierig, nicht nur mit drei Figuren, sondern plötzlich mit sechs Figuren, die alle gleichzeitig agieren müssen, umzugehen«, erklärte Marx im Jahr 1998 gegenüber rocky-beach.com.

Eigentlich sollte Marx an dem von Henkel-Waidhofer eingeschlagenen Weg festhalten, auch von Hugenays Comeback soll Kosmos zunächst nicht begeistert gewesen sein. Dennoch vertraute der Verlag auf seinen Autor, der als Fan für Fans schrieb. Marx stand den Entwicklungen der *Crimebusters*- und Henkel-Waidhofer-Ära zwar kritisch gegenüber, stellte aber auch nicht alles grundsätzlich infrage. In einem Interview mit rocky-beach.com von Oktober 2006 schätzte Marx die Situation realistisch ein: »130 Mystery- und Rätsel-Bücher hätte die Reihe nicht verkraftet. Alle inhaltliche Innovation [...] mag nicht immer den Geschmack der Fans getroffen haben. Aber es hat die Serie definitiv lebendig gehalten.« Aus diesem Grund schrieb Marx neben Grusel- und Rätselgeschichten auch Abenteuerromane und klassische Krimis. Der Erfolg und seine Beliebtheit bei den Fans gaben André Marx recht. Doch wo viel Licht ist, ist bekanntermaßen auch etwas Schatten. Mit *Das leere Grab* haderte der Autor später selbst. Der Fall, in dem Justus im Alleingang nach Südamerika fliegt, um im Dschungel nach seinen totgeglaubten und vielleicht doch am Ende nur verschollenen Eltern zu suchen, sei weder ein richtig gutes Psychodrama noch eine spannende Abenteuergeschichte. »Da würde ich im Nachhinein sagen, das würde ich noch mal komplett anders machen. Ich weiß zwar nicht, wie, aber irgendwie anders«, gibt Marx in erfrischender und sympathischer Offenheit in einem Interview mit 3fragezeichen.de im Januar 2005 zu.

Im Nachhinein räumte Marx sogar eine kleine Schaffenskrise ein. *Die drei ??? und das Geisterschiff*, *Das schwarze Monster* und *Botschaft von Geisterhand* sieht er in der Rückschau kritisch. Das letztgenannte bezeichnete er rückblickend sogar als »doofes Buch«. Die Geschichten seien in der Zeit nach seinem Umzug von Osnabrück nach Berlin in einem völlig deprimierenden Umfeld – zwischen Umzugskartons – entstanden. »Da war ich kurz davor, den Job hinzuschmeißen. Ich dachte: Mir reicht's, mir fällt nichts mehr ein, ich will nicht mehr, lasst mich mit dem Ganzen in Ruhe«, erklärte der Autor gegenüber 3fragezeichen.de. Doch er hatte noch so einiges in der Pipeline. Neben dem Jubiläumsband *Toteninsel* wurde besonders *Das Erbe des Meisterdiebs*, in dem die drei Detektive erneut auf Victor Hugenay treffen, gut aufgenommen. Marx war beim Schreiben – nicht zuletzt wegen der tragischen Liebesgeschichte zwischen Justus und Brittany – selbst wie elektrisiert. Die Drillingsgeschichte in *Doppelte Täuschung*, Bobs Reisetagebuch in *Nebelberg*, die Tetrachromat-Auflösung in *Das Auge des Drachen* – Marx beherrscht den Spagat zwischen Markenkern und Innovation wie kein Zweiter.

André Minninger

André Minninger (Jahrgang 1965) war seit jeher ein Fan von Hörspielen. Direkt nach dem Abschluss der Handelsschule fing er im Jahr 1983 bei Europa an, wo die »Hörspielkönigin« Heikedine Körting das Zepter schwang. Zunächst war er hauptsächlich für die Tontechnik zuständig.

Die erste Folge, an der Minninger aktiv mitarbeitete, war *Die drei ??? und die bedrohte Ranch*. Ab und an sprach er auch kleine Nebenrollen, unter anderem in *TKKG*, *Die Funkfüchse*, *Asterix* & Co. Im Jahr 1995 trat er in die großen Fußstapfen von H. G. Francis (eigentlich Hans Gerhard Franciskowsky), der bis dahin die Hörspielskripte auf Grundlage der Bücher verfasst hatte. Ab Folge 61, *Die drei ??? und die Rache des Tigers*, war der einstige Praktikant für die Dialogbücher verantwortlich.

Als der Kosmos Verlag sich im Jahr 1996 bei ihm erkundigte, ob er Teil des neuen Autorenteams werden wollte, ließ sich Minninger nicht zweimal bitten und legte das Manuskript zu *Stimmen aus dem Nichts* vor. Der Fall zählt heute zu den absoluten Klassikern und ist sogar die Lieblingsfolge von Jens Wawrczeck, dem Sprecher von Peter Shaw. Der Band ist zugleich die erste Folge einer losen Trilogie, denn auch in *Rufmord* und *Signale aus dem Jenseits* bekommen es die drei Detektive mit der skrupellosen Psychiaterin Clarissa Franklin zu tun.

Wie sein Kollege André Marx gehört André Minninger mit seiner offensichtlichen Vorliebe für mysteriöse Vorkommnisse zu den Traditionalisten. Während Marx' Motive aber eher an William Arden erinnern, steht Minninger mit seinen subtilen Psychogruselgeschichten eher in der Tradition von M. V. Carey. Dass Minninger *Die drei ??? und der Ameisenmensch* als seine Lieblingsfolge bezeichnet, ist daher kein Zufall. In *Insektenstachel* versteckte der Autor sogar einen Hinweis auf seine eigene Lieblingsfolge. Der Insektenforscher Dr. Charles Woolley, den Justus, Peter und Bob während seiner Studien über Wanderameisen in den Bergen von Rocky Beach kennen lernten, hilft den drei Detektiven bei der Aufklärung des Falls. Leider musste Minninger Woolley im Hörspiel herauskürzen.

Nicht nur bei *Insektenstachel* spürte Minninger am eigenen Leib, wie bitter es ist, wenn ein 128-seitiges Buch auf etwa eine Stunde Hörspiel zusammengekürzt werden muss. Zu *Stimmen aus dem Nichts* gibt es sogar einen 96-minütigen Director's Cut, da man zunächst eine Veröffentlichung als Zweiteiler ins Auge fasste. Auch von *Im Bann des Voodoo* und *Die Karten des Bösen* gibt es unveröffentlichte Langversionen. »Die mitgeschnittenen Aufnahmen besitze ich nur noch privat auf MC!«, erzählt Minninger. Interessanterweise fallen gerade in diesen beiden Fällen die Buchvorlagen mit 117 beziehungsweise sogar nur 107 Seiten deutlich kürzer aus, weil der Autor kein überflüssiges Füllmaterial einfügen wollte, um auf die sonst üblichen 128 Seiten zu kommen.

??? Hip-Hop ???

Im Hörspiel *Im Bann des Voodoo* hat die deutsche Hip-Hop-Band Fettes Brot einen Gastauftritt: Die Rapper geben als Wet Boys den Hit »Mehr Schein als Sein« zum Besten. Wie kam es dazu? Alles begann damit, dass sich die drei Jungs von Fettes Brot in einer Fernsehsendung des Bayerischen Rundfunks als *Die drei ???*-Fans outeten. Der Fernsehsender vermittelte ihnen daraufhin einen Besuch im Hamburger Europa-Tonstudio. Leider waren die Sprecher der drei Detektive an diesem Tag nicht da, dafür aber André Minninger – und der baute im Handumdrehen drei Minirollen in das Hörspiel zu *Stimmen aus dem Nichts* ein. Die Sänger wünschten sich jedoch nichts sehnlicher als einen größeren Auftritt. Auch diesen Wunsch erfüllte Minninger ihnen gerne.

Aus Minningers Feder stammt auch der Bestseller *Die drei ??? und das Hexenhandy*. In diesem Fall tritt erstmals eine Transsexuelle auf: Monique Carrera. Sie ist Sekretärin bei Vanity Phone World und wird von den drei Detektiven verdächtigt, hinter den Kindesentführungen zu stecken. In *Der Mann ohne Kopf* geht es um den kopflosen DJ und eine Oma, die im Drogenrausch auf der Tanzfläche das Zeitliche segnet, und auch Monique Carrera feiert hier ihr Comeback: als Popstar. Nach acht *Die drei ???*-Büchern zwischen 1997 und 2002 war für André Minninger als Buchautor erst einmal Schluss. Das galt jedoch nicht für die Hörspielskripte – für diese ist er bis heute ununterbrochen verantwortlich.

Ben Nevis

Wer genau hinter dem Pseudonym Ben Nevis steckt, ist ein gut gehütetes Geheimnis. Einige – darunter zumindest anfangs auch André Minninger – vermuten, dass es Brigitte Johanna Henkel-Waidhofer sein könnte. Andere nahmen sogar ein am 1. April 2002 auf rockybeach.com veröffentlichtes vermeintliches »Enthüllungsinterview« für bare Münze. Demnach sollte der damalige Bundesaußenminister Joschka Fischer hinter dem Pseudonym stecken.

Es gibt einen Whisky und einen Berg in Schottland, die beide Ben Nevis heißen. Nach dem Berg hat sich Nevis benannt, auf den Whisky wurde er erst später aufmerksam. Mehr war aus ihm bisher nicht herauszukriegen – außer was er alles nicht ist: Er ist nach eigener Aussage weder ein Politiker noch ein bekannter Schriftsteller oder in irgendeiner anderen Weise berühmt. »Ich bin so etwas von unberühmt, das glaubst du gar nicht! Wenn ich meinen Namen hier hinschreiben würde, würden alle sagen: Aha! Soso! Und jetzt? Und wie wird das Wetter morgen?«, versicherte Ben Nevis in einem Fan-Chat im Oktober 2004.

Womöglich möchte Nevis mit der Geheimniskrämerei lediglich sein Privatleben schützen oder seine Autorentätigkeit passt nicht zu seinem Hauptjob, denn für *Die drei ???* ist er nur nebenberuflich tätig. »Ich arbeite viel und bin froh, wenn ich irgendwann die Zeit für die drei ??? finde. Sie sind mir wichtig, eine Art Gegengewicht zu meiner Arbeit. Freiraum, Fantasie, Spaß, es ist die Konzentration auf etwas ganz anderes«, erklärte Nevis in einem Interview auf 3fragezeichen.de. Der Kosmos Verlag ließ in einer Pressemitteilung 2014 nebenbei fallen, dass Nevis hauptberuflich Journalist ist.

Auch Ben Nevis ist ein langjähriger *Die drei ???*-Fan, doch anders als Marx und Minninger las er lieber die Bücher, als sich die Hörspiele anzuhören. Wie er ins Autorenteam kam, lässt er ebenfalls im Nebulösem. »Ich hatte Kontakt zu der damaligen Lektorin – das muss so 1997 gewesen sein. Sie war gerade auf Autorensuche. Sie hat mich mal schreiben lassen, sie hat es geprüft und so ging's los«, schrieb er in einem Fan-Chat im Oktober 2005.

Ben Nevis war von Anfang an in der *Die drei ???*-Community umstrittener als seine Kollegen Marx und Minninger. Das lag auch daran, dass er nicht einfach nur kellnerte, was die Fans bestellten. Weil mit Marx und Minninger – im ganz positiven Sinne – bereits zwei rückwärtsgewandte Autoren im Team waren, hatte der Verlag gezielt noch jemanden für moderne Themen und Sport gesucht. Und so erschien im August 1997 sein von *Geisterstadt* inspiriertes Debüt *Pistenteufel* (Arbeitstitel: »Schock im Schnee«), in dem es um Attentate auf das deutsche Ski-Ass Karen Sulzenberger geht. Der Fall hat ordentlich Tempo. Es gibt wilde Verfolgungsjagden mit Skiern und Snowboards über die Pisten von Vail in Colorado, wo im Jahr 1999 tatsächlich die Alpinen Skiweltmeisterschaften stattfanden.

Pünktlich zur Fußballweltmeisterschaft im Sommer 1998 in Frankreich legte Ben Nevis mit *Verdeckte Fouls* einen neuen Sportfall vor. Hier versucht die Sekte Futurio, einen ganzen Fußballverein, nämlich den 1. FC Borussia aus Deutschland, zu kapern. Der Verein befindet sich gerade in Rocky Beach im Wintertrainingslager, wo es ein Unbekannter auf den Star der Mannschaft, Julio DaElba, abgesehen hat. Bei den vielen Anspielungen auf Clubs und Spieler geriet Ben Nevis die Geschichte etwas aus dem Ruder. Nicht nur die Fans, auch der Autor selbst sah *Verdeckte Fouls* im Nachhinein kritisch. Auch *Todesflug*, in dem Bob von einem durchgeknallten Ex-NASA-Mitarbeiter ins All geschossen wird, war für einige zu viel des Guten, gefiel dem Autor selbst aber gut.

Feuerturm (inspiriert von *Die drei ??? und der Phantomsee*) und *Tal des Schreckens* spielen in einem Umfeld, das atmosphärisch besser zur Serie passt. Eigentlich wollte Nevis Justus, Peter und Bob in *Feuerturm* in Schottland ermitteln lassen, doch die damalige Lektorin bei Kosmos legte ihr Veto ein, »weil die Europareisen der drei ??? [aus der Henkel-Waidhofer-Ära, Anm. d. Verf.] mächtig in der Kritik« standen, wie Ben Nevis Jahre später im Interview auf 3fragezeichen.de ausplauderte. Also verlegte er die Handlung in den fiktiven Kings Nationalpark, der aber über alle Attribute des gängigen Schottlandklischees verfügte – inklusive schottischer Burg. In *Tal des Schreckens* wimmelt es von Anspielungen auf alte Indianermythen, die traditionell ein willkommenes Hintergrundmotiv für *Die drei ???*-Geschichten sind.

Ein glückliches Händchen bewies Ben Nevis allerdings beim Entwerfen neuer Nebenfiguren. In *Gift per E-Mail* stellte der Autor den drei ??? erstmals den zwielichtigen Detektiv Dick Perry entgegen (➤ S. 236). »Das hat verdammt viel Spaß gemacht und ich konnte den drei ??? ab und zu mal so richtig eins auswischen«, gab Nevis, der übrigens Peter und Bob mehr mag als Justus, in einem Interview auf 3fragezeichen.de zu. In *Die drei ??? und der Schatz der Mönche* betritt der Stadtstreicher Rubbish-George das erste Mal die Strandpromenade von Rocky Beach. Rubbish-George widmete Ben Nevis einige Jahre später sogar mit *SMS aus dem Grab* einen eigenen Fall – und schickte die drei Detektive nach Ägypten, um dort dessen geheimnisumwitterte Vergangenheit zu ergründen (➤ S. 213).

Nicht alle seine Fälle kommen bei allen gleich gut an, aber das ist auch nicht der Anspruch des Autors. Mit der Zeit fand Ben Nevis trotz anfänglicher und teils heftiger Fankritik seinen Platz in der Seriengeschichte. Die »verhassten Sportfälle« überließ er – bis auf *Skateboardfieber* – größtenteils seinen Kollegen.

Ben Nevis ist heute einer der dienstältesten *Die drei ???*-Autoren. In der Regel dürfen sich die Fans einmal pro Jahr über einen neuen Fall aus seiner Feder freuen.

Katharina Fischer

Im Jahr 1999 stieß mit Katharina Fischer wieder eine Frau zum Autorenteam. Auch sie hatte in ihrer Kindheit die Bücher gelesen, wurde aber erst im Rahmen ihres Studiums – genauer: in einem Seminar über Kinderliteratur – wieder auf *Die drei ???* aufmerksam. Auf die Idee zu den ausgeklügelten Rätseln in *Wolfsgesicht* kam sie in einem Werbeseminar, wie sie in einem Interview auf rocky-beach.com im Mai 1999 erzählt:

> »Der Trainer erzählte von diesen psychologischen Modellen, dass man sich im Gehirn die Wirklichkeit aus verschiedenen Informationen sinnvoll zusammenbastelt und dass man da auch ganz schön falschliegen kann, weil man zum Beispiel auch immer besondere Zusammenhänge gerne herstellen will oder eben darauf geeicht ist.«

In ihrem beachtlichen Debüt geht es (vordergründig) um ein Attentat auf den Präsidenten, der in Rocky Beach zu einer Wahlveranstaltung erwartet wird. Nach *Die drei ??? und der rote Rächer* stieg Fischer leider aufgrund von Zeitmangel nach ihrem zweiten Fall wieder aus und widmet sich seitdem voll und ganz ihrem Hauptjob in der Werbebranche.

Jubiläum: Der 100. deutsche Fall für die drei ???

Im Jahr 2001 war es endlich so weit: Auf der Toteninsel lösten Justus, Peter und Bob ihren 100. Fall. Erstmals erschien ein Dreiteiler. Die Idee, zu diesem besonderen Jubiläum auch etwas Besonderes zu machen, hatte André Marx. Aus diesem Grund wurde ihm auch die große Ehre zuteil, den Jubiläumsfall zu verfassen. Die Trilogie ist gespickt mit mehr oder weniger offensichtlichen Hinweisen und Anspielungen auf die vorausgegangenen 99 Titel. Alle Kapitel tragen den Namen eines früheren Falls. Nachdem Skinny Norris in *Feuerturm* (➤ S. 224) von Ben Nevis ein paar Jahre zuvor eher beiläufig reaktiviert worden war, kam ihm gerade im ersten Teil, *Das Rätsel der Sphinx*, eine tragende Rolle zu.

Toteninsel wurde vom Verlag als »der bisher größte und gefährlichste Fall in der Geschichte der drei ???« beworben. Das kann man durchaus so stehen lassen – nicht nur wegen des Umfangs. Der Fall führt Justus, Peter und Bob im Schlepptau der geheimnisumwitterten Forscherorganisation Sphinx auf eine verlassene Insel im Südpazifik. Es geht um Atomsprengköpfe, Regierungsgeheimnisse und illegalen Waffenhandel. Mehrfach müssen die drei Freunde sogar über Leichen gehen. Und ihr Gegenspieler im dritten Teil stellt alles bisher Dagewesene in den Schatten: Es ist der amerikanische Geheimdienst.

Auch äußerlich hieß die Devise nicht kleckern, sondern klotzen. Die Trilogie erschien in einem ansehnlichen Schuber mit drei Bänden, nicht als einzelnes dickes Buch. Die drei Cover ergeben nebeneinandergelegt ein Gesamtbild der Toteninsel. Das (finanzielle) Risiko lohnte sich: Es war die Zeit, in der die Serie nach dem Zwischentief Anfang und Mitte der 1990er Jahre ihren zweiten Frühling erlebte.

Das ebenfalls dreiteilige Hörspiel erhielt kurz nach Veröffentlichung eine Goldene Schallplatte für mehr als 100.000 verkaufte Tonträger. Die Verkaufszahlen verdoppelten sich. Jährlich gingen insgesamt knapp drei Millionen Hörspiele über die Ladentheke.

Die drei ??? live

Das 1997 in Wuppertal gegründete Vollplaybacktheater »avancierte vom Geheimtipp zum Phänomen« (André Marx). Nachdem das Ensemble erfolgreich zwei *Die drei ???*-Hörspiele als lippensynchronisiertes Theaterstück auf die Bühne gebracht hatte, tat sich Europa sogar mit dem Vollplaybacktheater zusammen: Zeitgleich mit der Veröffentlichung der 100. Hörspielfolge ging die Theatergruppe mit *Toteninsel* auf Deutschlandtour.

Stefanie Burkart – *Master of Chess*

Im Herbst 2002 zogen *Die drei ???* nach. Oder besser gesagt – die Hörspielsprecher Oliver Rohrbeck (Justus Jonas), Jens Wawrczeck (Peter Shaw) und Andreas Fröhlich (Bob Andrews). Die drei Detektive aus Rocky Beach betraten erstmals die Bretter, die die Welt bedeuten. Für die Liveauftritte wurde eigens mit *Master of Chess* ein neuer Fall verfasst. Bis dahin lag jedem Hörspiel eine Buchvorlage zugrunde. Für das Hörspielmanuskript war keiner der Stammautoren, sondern Stefanie Burkart, eine junge Schriftstellerin und Schauspielerin aus Hamburg, verantwortlich.

»Wie so oft spielen Zufall, Umwege und Begegnungen im Leben eine Rolle«, erinnerte sich Burkart 15 Jahre später an die Entstehung von *Master of Chess*. Eine Freundin hatte der sympathischen Schauspielerin von den Plänen berichtet, die Helden ihrer Kindheit auf Tournee zu schicken. »Als Schauspielerin ist mir die Bühne und das Hörspiel vertraut, die drei ??? waren mir als Kollegen bekannt und als Autorin hatte ich bereits einige Drehbücher für eine TV-Kindersendung geschrieben. Vielleicht war gerade diese Mischung eine gute Voraussetzung für das Projekt und so habe ich ein Exposé geschrieben und es vorgestellt.«

Stefanie Burkart genoss bei ihrem Fall weitgehend künstlerische Freiheit, nur einige Eckpunkte (wie zum Beispiel Schach und Schloss) wurden vorab festgelegt. Zunächst hörte Burkart wochenlang *Die drei ???*-Hörspiele und recherchierte alles über Schach, Irland und die gälische Sprache. Dann machte sich die Schauspielerin, die man sonst aus *Tatort* oder *Großstadtrevier* kennt, ans Werk:

»Ursprünglich hatte ich das Schloss Blackstone im Irland des 15. Jahrhunderts […] angesiedelt. Der dunkle Marmor des Schachtisches sollte aus Kilkenny, der Stadt des schwarzen Marmors, stammen und auch nach einem verheerenden Brand im 19. Jahrhundert auf unerklärliche Weise erhalten bleiben. Familie Gallagher ließ daraufhin den Schachtisch nach Kalifornien verschiffen, wanderte aus, um schließlich ihr Schloss Blackstone im Central Valley wiederauferstehen zu lassen.«

Und genau dort – mitten im Nirgendwo – landen Justus, Peter und Bob nach einer Autopanne. Der unheimliche Graf Gallagher gewährt den drei Detektiven zähneknirschend in seinen alten Gemäuern Quartier. Schnell bemerken die drei, dass es auf Schloss Blackstone nicht mit rechten Dingen zugeht. Wer oder was steckt hinter dem unheimlichen Schachgeist, der jede Nacht einen Zug auf dem Schachbrett macht?

Den Namen des Grafengeschlechts wählte die Autorin nicht zufällig. »Die Familie Gallagher gehörte zu den alten irischen Familien, deren Name übersetzt so viel wie ›fremde Hilfe‹ bedeutet. Es ist eine Anspielung auf den mysteriösen Schachtisch, der die Erbfolge der Gallaghers seit Jahrhunderten bestimmt und diese sonderbar leitet«, verrät Stefanie Burkart.

??? Eine Reise wert ???

Wer den Ort des Geschehens selbst einmal in Augenschein nehmen möchte, findet ihn übrigens in der irischen Grafschaft Tipperary. Die mit Efeu überwachsene Ruine – das Vorbild für Schloss Blackstone – steht in der Nähe des Örtchens Golden.

Voller Erfolg: Ausverkauft!

Wer Zweifel am Konzept oder dem Zuschauerinteresse hatte, wurde gleich am ersten Tourtag in Hamburg eines Besseren belehrt. Die Show war restlos ausverkauft. 1.700 Zuhörer wollten es sich nicht nehmen lassen, ihre Helden endlich einmal live und in Farbe zu sehen. Die *Master of Chess*-Tour war ein voller Erfolg und bescherte den drei ??? nicht nur in Hamburg ausverkaufte Häuser. Insgesamt begeisterten Rohrbeck, Wawrczeck und Fröhlich fast 70.000 Zuschauer. Die Stimmung war euphorisch. Die Sprecher wurden gefeiert wie Popstars. Der 105-minütige Auftritt in Berlin wurde aufgezeichnet und im November 2002 ungekürzt plus einer halben Stunde Outtakes veröffentlicht.

Mit *Master of Chess* war das *Die drei ???*-Intermezzo für Stefanie Burkart schon wieder vorbei. Auch der großartige Erfolg und der tolle Fall änderten nichts an ihrer Entscheidung, sich wieder anderen Dingen zuzuwenden. Neben ihrer Schauspielerei schreibt Stefanie Burkart heute ihre *Rubinsteingeschichten* und parallel dazu Bühnenstücke.

Die Karriere von Oliver Rohrbeck, Jens Wawrczeck und Andreas Fröhlich nahm indes nach *Master of Chess* erst richtig Fahrt auf. Im Jahr 2004 feierten *Die drei ???* vor 12.000 Zuschauern in der Hamburger Color Line Arena (heute Barclaycard Arena) ihr 25-jähriges Hörspieljubiläum mit einer Liveaufführung von *Die drei ??? und der Super-Papagei.*

Die Hörspielserie *DiE DR3i*

Ein spezialgelagerter Sonderfall

Wer denkt, in der Welt der drei ??? herrschte immer nur Friede, Freude, Eierkuchen, irrt sich gewaltig. Erst hinter und schließlich auch vor den Kulissen tobte zwischen dem Kosmos Verlag und Sony BMG, zu dessen Entertainment-Imperium das Hörspiellabel Europa inzwischen gehörte, sowie anderen Akteuren ein erbitterter Rechtsstreit. Im Jahr 2007 landete die ganze Sache sogar vor Gericht.

Die Ausgangslage

Doch der Reihe nach: Wie wir bereits wissen, ermittelten die drei ??? in den USA bereits seit 1964 unter dem Titel *The Three Investigators.* Robert Arthur schrieb insgesamt zehn Bände – im Folgenden der Einfachheit halber »Arthur-Werke« genannt –, die von Random House verlegt wurden. Nach Arthurs Tod führten andere Autoren die Reihe weiter. Seit 1968 erschienen im deutschen Kosmos Verlag bearbeitete Übersetzungen unter dem Titel *Die drei ???.* Für die Verwertungsrechte in Deutschland zahlte Kosmos Lizenzgebühren an Random House.

Die Rechte an der Serie fielen nach Arthurs letztem Willen an die Universität Michigan, mit der er zeit seines Lebens eng verbunden war. Nach Aussage seiner Tochter Elizabeth Ann hatte ihr Vater diese Entscheidung aber nur aus steuerrechtlichen Gründen getroffen. Da Robert Arthur Anwälten grundsätzlich misstraute, beauftragte er mit der Abwicklung der Erbschaft einen alten Freund und Nachbarn. Dieser war zum Zeitpunkt der Niederschrift des Testaments jedoch nicht mehr als Anwalt tätig, sondern mittlerweile Priester in einer presbyterianischen Gemeinde. Elizabeth Ann Arthur, die zum Zeitpunkt des Todes ihres Vaters erst 15 Jahre alt gewesen war, stellte viele Jahre später mehrfach dessen Kompetenz offen infrage. Einen Nachlassverwalter gab es nicht. Wozu sollte ein verstorbener Autor von Groschenromanen auch einen brauchen? Zu seinen Lebzeiten hatte Robert Arthur 16.000 Dollar mit seinen zehn *The Three Investigators*-Büchern verdient. Das war zwar gar nicht so schlecht, aber Ende der 1960er Jahre konnte keiner ahnen, dass seine Hinterlassenschaft einmal Millionen wert sein würde. Erst im Jahr 1973 konnte Arthurs Vertrauter der Universität Michigan das Werk seines verstorbenen Freundes einigermaßen geordnet übergeben. Da es seitens der Universität anscheinend an Interesse mangelte, herrschte hier – von Anfang an – ein heilloses Chaos.

Random House musste nun also Tantiemen an die Universität überweisen, um die Buchreihe weiterführen zu dürfen. Für Kosmos änderte sich nichts. Seit 1979 vergab der deutsche Verlag eine Unterlizenz an Europa zur Produktion von Hörspielen auf Grundlage der Bücher. Das Label musste gleichzeitig aber auch Lizenzgebühren direkt an den Originalverlag überweisen.

Die Frage aller Fragen: Wer besitzt die Rechte?

Anfang der 1990er Jahre stellte Random House die Zahlungen an die Universität Michigan allmählich ein, da sich der Verlag unsicher war, wer mittlerweile die Rechte besaß. Denn das beim Abschluss der Verträge zwischen Robert Arthur und Random House geltende amerikanische Urheberrecht sah zwei Schutzfristen vor: Nach 28 Jahren fielen alle Rechte an den Autor oder dessen Erben zurück. Die zweite Schutzfrist dauerte 47 Jahre, sodass ein Werk 75 Jahre geschützt war, bis es jedermann veröffentlichen durfte. Nach Ablauf der ersten Schutzfrist musste das Copyright lediglich neu beantragt werden.

Random House ging davon aus, dass Arthurs Kinder, Elizabeth Ann und Robert Andrew Arthur – im Folgenden der Einfachheit halber als »Arthur-Erben« bezeichnet –, mittlerweile im Besitz der Urheberrechte waren. Daher schloss der Verlag im Jahr 1991 mit ihnen einen Nutzungsvertrag, der Random House die Rechte für weitere Veröffentlichungen einräumte, mit Ausnahme der Vermarktungsrechte und der elektronischen Verwertungsrechte. Von der Universität Michigan war bei alldem kein Widerspruch zu hören.

Nachdem die Buchreihe in den USA eingestellt worden war, bemühte sich der Kosmos Verlag erfolgreich um eine Lizenz für die Weiterführung in Deutschland. Europa produzierte seine Hörspielserie weiter wie gehabt. Im Jahr 1999 sicherte sich Kosmos die Markenrechte für *Die drei ???* in Deutschland und 2003 dann europaweit. Das Sichern von Markennamen war damals sehr in Mode. Im selben Jahr brachte Kosmos (mit Lizenz von Random House) auch den Serienableger *Die drei ??? Kids* für jüngere Leser auf den Markt. *Kids*-Hörspiele wurden zunächst nicht produziert, da Kosmos selbst vom Autor Ulf Blanck gelesene Hörbücher herausbrachte.

Die Verhandlungen der Arthur-Erben

Der Nutzungsvertrag zwischen Random House und den Arthur-Erben aus dem Jahr 1991 enthielt eine Klausel, die besagte, dass alle Rechte wieder an die Arthur-Erben zurückfielen, wenn der Verlag die Bücher vom Markt nehmen sollte. Da die Lizenzzahlungen aus Deutschland ein sehr einträgliches Geschäft waren, achtete der amerikanische Verlag darauf, diese Klausel mit minimalem Aufwand einzuhalten. Ende der 1990er Jahre erschien eine Neuauflage der ersten elf Fälle der drei Detektive; sie verschwanden dann aber im Frühjahr 2002 wieder aus den Regalen.

Elizabeth Ann Arthur ärgerte sich schon lange darüber, dass dem Werk ihres Vaters in den Vereinigten Staaten nicht mehr Bedeutung beigemessen wurde. Sie schrieb Random House einen Brief, in dem sie den Verlag aufforderte, entweder die Rechte zurückzugeben oder die Bücher wieder zu veröffentlichen. Der Brief blieb mehr als 60 Tage unbeantwortet, die Frist war damit verstrichen. Zähneknirschend gab Random House im April 2003 die Rechte an den Arthur-Werken rückwirkend zum 30. Juni 2002 an die Arthur-Erben zurück. In dieser Zeit begannen auch Verhandlungen zwischen den Arthur-Erben und dem Kosmos Verlag: Elizabeth Ann Arthur plante zwar neue amerikanische *The Three Investigators*-Bücher, wollte aber die lukrative Einnahmequelle aus Deutschland nicht versiegen lassen.

Filmrechte vs. Markenrechte

Im August 2003 verkauften die Arthur-Erben die Aufführungsrechte an das Film- und Fernsehproduktionsunternehmen Studio Hamburg, das drei Kinofilme und eine siebenteilige Fernsehserie mit den drei ??? produzieren wollte. Die Arthur-Erben räumten Studio Hamburg dabei auch das Recht ein, in ihrem Namen mit etwaigen Interessenten – also Kosmos Verlag und Sony BMG – über weitere Verwertungsrechte zu verhandeln. Um weiterhin eigene Bücher auf Grundlage der amerikanischen Vorlagen veröffentlichen zu dürfen, sollte sich der deutsche Verlag also mit Studio Hamburg zusammensetzen. Doch es kam anders. Da Kosmos die EU-weiten Markenrechte an *Die drei ???* besaß, musste sich die Filmproduktionsfirma letzten Endes mit dem Verlag einigen, um einen Film mit diesem Markenzeichen drehen zu können.

Die drei ??? versus *DiE DR3i*

Ende Dezember 2004 kaufte Kosmos Random House für 750.000 Dollar alle Rechte an den amerikanischen *Die drei ???*-Bänden ab, die nicht Robert Arthur verfasst hatte. Elizabeth Ann Arthur verstand die Welt nicht mehr, denn ihrer Ansicht nach war der amerikanische Verlag zu diesem Geschäft gar nicht berechtigt.

Wer über welche Rechte verfügte und wer zu welchem Zeitpunkt darüber Bescheid wusste, wäre spätestens jetzt ein Fall für die drei Detektive. Die deutsche Fangemeinde bekam von alldem aber zunächst gar nichts mit: Da verschiedene Lizenzen und Sublizenzen noch gültig waren, erschienen weiterhin Bücher und auf deren Grundlage auch Hörspiele. Doch als der Veröffentlichungstermin der 121. Hörspielfolge *Spur ins Nichts* immer wieder verschoben wurde, begann die Ge-

rüchteküche zu brodeln. Denn *Spur ins Nichts* und auch *Die drei ???
und der Geisterzug* waren bereits fertig produziert, ein entsprechender
Studiobericht schon längst online auf der Homepage von Europa.

Mitte Juni 2005 verordnete Sony BMG den drei ??? »eine kurze
Auszeit«, »um die Marketingstrategie zu überdenken«. »Wichtiger
als der kurzfristige Erfolg […] ist der behutsame Umgang mit der
Marke«, hieß es in einer Pressemitteilung. Deshalb würden nun »die
rechtlichen Grundlagen überarbeitet, auf deren Basis neue Marke-
ting- und Produktkonzepte einen langfristigen Erfolg der Serie sichern sollen«. Welche Auswirkungen dies auf die beliebteste deutsche Hörspielserie haben könnte, wurde mit einem Blick auf die
neuen Folgen von *Hanni und Nanni* deutlich. Die Grundkonstellati-
on war ähnlich wie bei den drei ???: *Hanni und Nanni* war eine Erfindung der berühmten Kinder- und Jugendschriftstellerin Enid Blyton,
die nach ihrem Tod von anderen Autoren fortgesetzt wurde. Europa
produzierte die dazugehörigen Hörspiele – seit Mitte 2005 ohne da-
zugehörige Buchvorlage.

Auf eine Entkopplung von Büchern und Hörspielen lief es auch
bei den drei ??? hinaus. Sony BMG übernahm die Initiative und ver-
handelte selbst mit den Arthur-Erben. Aus den einstigen Partnern
Kosmos und Europa waren erbitterte Konkurrenten geworden. Im Januar 2006 erhielt Sony BMG von den Arthur-Erben den Zuschlag für
die Verwertungsrechte am Werk ihres Vaters.

Was Kosmos als treulosen Verrat darstellte, deutete Sony BMG
als Rettungstat im Sinne der Fans. Kosmos stellte sich als Opfer eines
Branchenriesen dar. Aus Sicht von Elizabeth Ann Arthur rettete sie
aber gerade dieser Branchenriese vor einem maßlosen Mittelständ-
ler. Der Kosmos Verlag bestritt mittlerweile, dass die Arthur-Erben
überhaupt im Besitz der Rechte waren, über die die ganze Zeit ver-
handelt wurde. Jede Seite konnte plausibel darlegen, warum gerade sie
nicht nur im Recht, sondern auch moralisch integer war. Das machte und macht die Beurteilung dieses spezialgelagerten Sonderfalls so
schwierig.

Wie es jetzt mit *Die drei ???* in Deutschland weitergehen sollte, stand
in den Sternen. Sony BMG und Kosmos hatten sich jedenfalls gegenseitig patt gesetzt: Kosmos machte die weltweiten Nutzungsrechte für

insgesamt 140 *Die drei ???*-Bände für sich geltend, während Sony BMG aus den zehn Arthur-Werken ebenfalls einen Anspruch auf die gesamte Serie ableitete; alle späteren Fälle seien im Sinne des Urheberrechts Bearbeitungen (»Fabel«) der Arthur-Werke. Sony BMG bezog sich dabei auf Paragraf 23 im deutschen Urheberrechtsgesetz. Dort heißt es: »Bearbeitungen oder andere Umgestaltungen des Werkes dürfen nur mit Einwilligung des Urhebers des bearbeiteten oder umgestalteten Werkes veröffentlicht oder verwertet werden.« Diese Einwilligung hatten die Arthur-Erben Sony BMG erteilt und nicht Kosmos. Der Verlag hätte sich demnach um eine Sublizenz bei Sony BMG bemühen können – oder vielleicht müssen? Oder weder noch?

Die Geburtsstunde von *DiE DR3i*

Sony BMG besaß zwar mittlerweile die Rechte, um auf Grundlage der von Robert Arthur geschaffenen Personen und Schauplätze eigene Hörspiele ohne Buchvorlage zu produzieren, konnte aber die Serie nicht einfach so weiterlaufen lassen. Denn zwischen den zehn Arthur-Bänden und den deutschen Buchtiteln gab es einige signifikante Unterschiede: Kosmos hatte der Reihe seinerzeit einen neuen Namen verpasst; sie hieß nicht *Die drei Detektive* als wörtliche Übersetzung von *The Three Investigators*, sondern *Die drei ???*. Auch waren die Hauptfiguren Jupiter Jones und Peter Crenshaw in Justus Jonas und Peter Shaw umbenannt worden – ebenso wie eine Reihe weiterer Charaktere neue Namen bekam. In einem Interview auf rocky-beach.com aus dem Frühjahr 2004 bedauerte die einstige Kosmos-Übersetzerin Leonore Puschert noch die auf Wunsch des Verlags vorgenommenen Umbenennungen:

»Oh, hätte man das damals nur gelassen. Heutzutage ist alles voller fremdländisch und exotisch klingender Namen. Na ja, aber es ist nun mal passiert. Und heute wäre der Name *Jones* überhaupt kein Problem mehr. Und *Crenshaw* zu *Shaw* zu machen, also das ist wirklich brutal. Ich habe mich damals nicht gesträubt, sondern die Vorgaben gehorsam angenommen und meine Übersetzungen gemacht. Ich war am Anfang nicht sonderlich traurig darüber, hinterher ist es erst gekommen: ›Mensch, hätten wir doch bloß nicht dies und das verändert!‹ Die Namen waren ja nicht unaussprechlich, sondern alle in Englisch. Ja, das ist wirklich schade.«

Wenig später stellten sich die vermeintlichen Fehlentscheidungen aus dem Jahr 1968 als Glücksgriffe heraus. Die Umbenennungen hielten Kosmos genauso wie die charakteristische Umschlaggestaltung von Aiga Rasch im Rennen. Aus diesem Grund sah sich Sony BMG dazu gezwungen, *Die drei ???* unter einem neuen Titel fortzusetzen: »Die drei ??? verabschieden sich von ihren Satzzeichen«, hieß es im April 2006 in der lang erwarteten Pressemitteilung über die Zukunft der drei Detektive. Die Lizenzzahlungen an Kosmos zur Nutzung der Buchvorlagen hatte Sony BMG zu diesem Zeitpunkt schon längst eingestellt. Nach und nach musste Europa die bisherigen *Die drei ???*-Hörspiele aus dem Katalog nehmen.

Als Gerüchte aufkamen, dass Sony BMG *Die drei aus Rocky Beach* als neuen Serientitel ins Auge fasste, warf Kosmos im September 2006 einen gleichnamigen Doppelband in geringer Auflage auf dem Markt. Die Wiederveröffentlichung der beiden längst bekannten Fälle *Wolfsgesicht* und *Doppelte Täuschung* diente vermutlich dem Zweck, Sony BMG diesen Namen wegzuschnappen.

Im September ließ Sony BMG die Katze aus dem Sack: Die neue Serie trug den Namen *DiE DR3i*. Damit sollte auf den ursprünglichen Serientitel *The Three Investigators* angespielt werden, der in den USA mit *T3I* abgekürzt wurde. Und die drei Detektive trugen wieder ihre ursprünglichen Namen Jupiter Jones, Peter Crenshaw und Bob Andrews. Am 6. Oktober 2006 wurde die »neue alte« Serie dem Publikum auf der Frankfurter Buchmesse vorgestellt. »Manchmal gibt es zwei Originale« war das Motto der Marketingoffensive für *DiE DR3i*. Neben zwei Vertretern von Sony BMG und Europa waren auch einige neue Autoren sowie Oliver Rohrbeck, Jens Wawrczeck und Andreas Fröhlich anwesend. Die drei Sprecher trugen einen 25-minütigen Ausschnitt aus einer der neuen Folgen vor. In der anschließenden Fragerunde kam es zum Eklat. Ein Vertreter des Kosmos Verlags erinnerte wortgewaltig an das mittlerweile zerrüttete Verhältnis der einstigen Partner. Es dauerte eine Weile, bis eine Mitarbeiterin wieder für Ruhe im Lesezelt sorgen konnte.

DiE DR3i-Autoren

Hendrik Buchna

Am Freitag, den 13. Oktober 2006, kamen die ersten drei Folgen von *DiE DR3i* auf den Markt. Die Auftaktfolge *Das Seeungeheuer* stammt von Hendrik Buchna. Der gebürtige Hamburger (Jahrgang 1976) durchlief die typische *Die drei ???*-Fankarriere. »Sowohl die Hörspiele als auch die Bücher waren fester Bestandteil meiner Kindheit und haben sie entscheidend mitgeprägt«, erzählte er auf 3fragezeichen.de.

Bereits 2001 hatte er sich als *Die drei ???*-Autor beworben. Irrtümlich reichte er jedoch sein Manuskript nicht beim Buchverlag, sondern beim Hörspiellabel Europa ein. Die zuständige Produktmanagerin Corinna Wodrich leitete den Text daraufhin an Kosmos weiter. Trotz positiver Beurteilung bestand dort jedoch aufgrund der damaligen Autorenkonstellation keine Verwendung dafür. »Umso größer war meine Überraschung, als ich fünf Jahre später einen Anruf von Frau Wodrich erhielt, die mir mitteilte, dass sie zufällig auf eine Kopie meines *Seeungeheuer*-Entwurfs gestoßen sei«, erinnert sich Buchna. Welch wunderbare Ironie des Schicksals! Auch viele Jahre später ist der Autor der damaligen Produktmanagerin noch »von Herzen« dankbar.

??? Versteckt ???

Hendrik Buchnas Anspielungen auf die Band Nick Cave and the Bad Seeds und deren Songs sind bis heute weitgehend unentdeckt geblieben. »O'Malley's Bar«, »John Finn's Wife«, »The Curse of Millhaven« und der Killer Richard Slade aus »The Kindness of Strangers« wurden namensgebend für wichtige Elemente des Manuskripts. Die Titel befinden sich allesamt auf dem im Jahr 1996 veröffentlichten Cave-Album »Murder Ballads«, das somit gewissermaßen zum geheimen Soundtrack der ersten *DiE DR3i*-Folge wurde. Dass der finstere Anwalt während der finalen Auflösung als ein Mann namens Nicholas Caveton entlarvt wird, ist also alles andere als ein Zufall.

André Minninger arbeitete die Vorlage in gewohnter Manier in ein Hörspieldrehbuch um, wobei notgedrungen viele Anspielungen auf alte Fälle (zum Beispiel das aus *Die drei ??? und der Super-Wal* bekannte Ocean World) eliminiert werden mussten.

Das Seeungeheuer war nicht nur der erste Fall, den Jupiter »Jupe« Jones, Peter Crenshaw und Bob Andrews lösten, sondern er erschien auch noch als Doppelfolge. Eine große Ehre für einen Debütanten, der für seinen Traumjob schließlich seine Doktorarbeit in Literaturwissenschaft auf Eis legte. Es bot sich aus zweierlei Gründen als Doppelfolge an. Zum einen hatte das zugrunde liegende Buchmanuskript mit umgerechnet circa 200 Seiten deutliche Überlänge, zum anderen müssen die Detektive darin zwei voneinander unabhängige Fälle lösen, die letztlich aber doch miteinander zusammenhängen.

Von Buchna stammt auch *Verschollen in der Zeit*, in dem die drei Detektive beim Überfliegen des Bermudadreiecks ins Jahr 1952 katapultiert werden. »Als Teenager hatte ich eine Phase, in der ich nahezu sämtliche Bücher zu diesem Thema [...] verschlungen habe. Die Wurzeln von *Verschollen in der Zeit* liegen also nicht in einer vergleichsweise neuen Mystery-TV-Serie [gemeint ist *Lost*, Anm. d. Verf.], sondern in effektheischerischen Pseudosachbüchern der 70er und 80er Jahre. Nicht zu vergessen das sensationelle Hörspiel *Das Geheimnis des Bermuda-Dreieck* (Maritim 1978), das für mich bis heute zu den mitreißendsten Adaptionen dieses Themas zählt«, erzählte Buchna auf 3fragezeichen.de zur Entstehungsgeschichte seines zweiten Falls.

Über seine eher humorvoll angelegte Folge *Das Haus der 1.000 Rätsel* verrät der Autor: »Beim Schreiben von Hörspiel-Manuskripten ist es oft so, dass mir bereits bei der Entwicklung eines Charakters eine konkrete Stimme vorschwebt. [...] Mein Wunschsprecher für den knorrigen Gentleman-Casanova Jack Doolan war von Anfang an Eckart Dux, der über fast ein Jahrzehnt hinweg dem ewig nörgelnden Arthur Spooner alias Jerry Stiller in der TV-Serie *King of Queens* seine Stimme lieh.«

Die von Buchna verwendeten Motive sind sehr abwechslungsreich. Da er nicht nur auf bereits ausgetreten Pfaden wandeln wollte, beschritt er mitunter experimentelle Wege. Das *Haus der 1.000 Rätsel* kommt zum Beispiel komplett ohne Bösewicht aus.

Tim Wenderoth

Tim Wenderoth ist eines von mehreren Pseudonymen eines 1971 in der hessischen Wetterau geborenen Gelegenheitsautors. Nur eine Handvoll Eingeweihte kennen seine wahre Identität. Auf Pressebildern wendet er sich entweder ab, hält sich etwas vor sein Gesicht oder trägt eine Maske. Wenderoth ist gelernter Maschinenschlosser mit anschließender Ausbildung in einem weiteren technischen Beruf und hat seitdem einen »Vollzeitjob in Staatsdiensten, der ihm aller Widrigkeiten zum Trotz noch immer Spaß macht«. Der auch als Fotograf und Fachautor für Zeitschriften tätige Workaholic ist – wie viele der anderen Autoren – seit frühester Kindheit *Die drei ???*-Fan und ein hervorragender Kenner des gesamten Serienuniversums. Bereits in den 1990er Jahren hatte Wenderoth »nur so aus Spaß« für sich selbst Geschichten geschrieben.

Aufgrund seiner Mitarbeit an Fanprojekten rund um *Die drei ???* hatte Wenderoth einen guten Draht zu Corinna Wodrich. Der Produktmanagerin gefielen seine Manuskripte. Zwei davon wurden zu *DiE DR3i*-Hörspielen umgearbeitet. In *Zug um Zug* müssen DiE DR3i einen zwölf Jahre zurückliegenden Überfall auf einen Postzug am alten Bahnhof von Rocky Beach aufklären. Damals wurden 500.000 Dollar erbeutet und blieben trotz der Verhaftung der Täter verschwunden. In »seinen« Hörspielen hat Wenderoth kleine Gastauftritte, so wie es Alfred Hitchcock in seinen Filmen auch gerne tat. In *Zug um Zug* spricht er Doc Brown (der Name ist eine Hommage an die *Zurück in die Zukunft*-Trilogie), in seinem zweiten Fall einen Lkw-Fahrer.

DiE DR3i und der kopflose Reiter erinnert sehr stark an *Sleepy Hollow* mit Johnny Depp. Der Kinoblockbuster geht aber wiederum über einige Ecken auf ein altes Sagenmotiv aus Deutschland zurück. Vor allem im Rheinland wimmelte es in alten Zeiten von kopflosen Reitern. Im Jahr 2007 versetzte ein solcher Rocky Beach in Angst und Schrecken: »In nebligen Herbstnächten taucht er um Mitternacht auf und reitet durch die Stadt. [...] Bevor DiE DR3i sich versehen, stehen sie dem gefährlichen Gegner und seinem Schwert machtlos gegenüber ...« Den Film *Sleepy Hollow* kannte Wenderoth damals aber gar nicht, vielmehr sei diese Wunschfigur aus Liebe zu den alten *John Sinclair*-Hörspielen entstanden. »Ursprünglich hieß der Reiter übrigens völlig anders und auch das Ende ist, in der ursprünglich aus einem 128-Seiten-Manuskript entstandenen Geschichte, eigentlich ein ganz anderes. Es ging nämlich um ein Golddepot«, verrät Wenderoth.

Markus Winter

Im Gegensatz zu Tim Wenderoth ist Markus Winter ein offenes Buch und auch über persönliche Dinge sehr auskunftsfreudig. Der Autor der achten *DiE DR3i*-Folge, *Der Jahrhundertstein*, wurde 1973 in Düsseldorf geboren und war nach eigenen Angaben im Grunde schon immer Autor und Musiker. Sein erster Roman *Der Rächer* erschien im renommierten Ullstein Verlag. Ebenfalls 1993 kam sein erstes Album *Invisible Tears* in die CD-Regale. Ein Lied daraus, »Longing for Fire«, wurde sogar in Belgien und den Niederlanden zum Radiohit. Im Jahr 2002 gründete er die Crossover-Band Hertzton, mit der er drei vor allem in der Gothicszene beachtete Alben veröffentlichte.

Der drei ???-Fan wollte sich eigentlich immer schon einmal als Autor bei Kosmos bewerben. Aber immer kam irgendetwas dazwischen. Als er davon hörte, dass Europa neue Autoren für *DiE DR3i* suchte, packte er die Gelegenheit beim Schopf. »Ich hatte eine Geschichte zu 90 Prozent fertig. […] Dies war nun ein willkommener Anlass, diese fertig zu stellen«, erzählt Winter. Die Rückmeldung von Europa war positiv. Allerdings brauchte man dort keinen ausformulierten Text, sondern ein Hörspielskript. Das Umschreiben des Textes stellte für Winter aber keine größere Hürde dar. Er hatte »schon fürs Theater geschrieben, was ja ähnlich ist«.

In der Eingangsszene besuchen Peter und Bob ein Clubkonzert der Gruppe Medieval. Im Hörspiel wurde dafür als Hintergrundmusik das Lied »Schattentänzer« von Markus Winters Band Hertzton verwendet. Während Bob davon total begeistert ist, fällt Peter ein vernichtendes Urteil: »Also wenn ich 'ner Katze auf den Schwanz trete, dann klingt das genauso.« Peter geht lieber vor die Tür, wo ihm ein hübsch verziertes Holzkästchen in die Finger fällt – und ehe er sich's versieht, haben DiE DR3i einen neuen Fall.

Der Arbeitstitel der Folge lautete »Der einarmige Bogenschütze«, was andeutet, dass der Fall von *Der grüne Bogenschütze* von Edgar Wallace inspiriert ist. Der britische Meister des Gruselkrimis war immer für einen Ganoven in einem ausgefallenen Kostüm gut. Der letztlich gewählte Titel *Der Jahrhundertstein* trifft es aber auch ganz gut, denn der einarmige Bogenschütze ist hinter diesem geheimnisumwitterten Stein her.

Ivar Leon Menger

Von Ivar Leon Menger stammen die Idee und das Skript zum Mitmachfall *Hotel Luxury End*, der Ende 2006 als Doppel-CD herauskam. Menger wurde 1973 in Darmstadt geboren. An der Universität Hildesheim studierte er Kommunikationsdesign. Fünf Jahre arbeitete der Diplom-Designer dann in einer Werbeagentur, bevor er sich 2001 selbstständig machte. Auf der Berlinale gewann er ein Jahr später mit *Geteiltes Leid* den Preis für den »Besten Kurzfilm Deutschlands«.

Beflügelt von diesem Erfolg schrieb Menger seinen ersten Spielfilm *Der Prinzessin*, der jedoch bei allen Produktionsfirmen auf Desinteresse stieß. Ein befreundeter Synchronsprecher regte an, das Manuskript zu einem Hörspiel umzuarbeiten. Gesagt, getan – und Menger konnte sogar Jens Wawrzceck, den Sprecher von Peter Shaw, für das Projekt gewinnen. Das Thriller-Hörspiel für Erwachsene wurde schließlich über das von Oliver Rohrbeck (Sprecher von Justus Jonas) jüngst gegründete Label Lauscherlounge herausgebracht.

Wawrzceck wiederum empfahl den ambitionierten Menger an Corinna Wodrich, die nach wie vor auf der Suche nach neuen Autoren für *DiE DR3i* war. Der Produktmanagerin von Europa gefiel seine 20-seitige Arbeitsprobe – und los ging's! Schon als Kind hatte Menger die Spielbuchserie *Merlins Zeitmaschine* geliebt und etwas Ähnliches sollte er nun für *DiE DR3i* entwickeln. Das Prinzip hinter *Hotel Luxury End* gleicht den amerikanischen *Find Your Fate*-Büchern. »Mit einem Knopfdruck auf deinem CD-Player kannst du mitbestimmen, welche Lösungswege die drei Detektive bei diesem mysteriösen Abenteuer einschlagen sollen. Auf 2 CDs erwarten dich viele ungelöste Rätsel und Geheimnisse sowie 16 alternative Enden!«, wurde den Käufern versprochen.

Leider durften die Hörer den drei Detektiven nur ein einziges Mal beim Ermitteln helfen. An Menger lag das aber nicht. Was er anfasst, wird in der Regel zu Gold – wie zum Beispiel dieser Mitmachfall, der mehr als 100.000 Mal über den Ladentisch ging. Der Fall überzeugte nicht nur die Käufer, sondern auch die Kritiker. Der Autor wurde dafür mit dem Goldenen Hörspiel-Award 2006 in der Kategorie »Bestes Einzelhörspiel (Kinder/Jugendliche)« ausgezeichnet.

Von Ivar Leon Menger liegt bis heute eine nicht veröffentlichte *DiE DR3i*-Folge im Tresor von Sony. Auf Nachfrage sagt er: »Es war auch ein Special, über das ich aber leider nicht reden darf. Jedoch kein Mitratefall. Nur so viel: Die Laufzeit war doppelt so lang als normal.« Mehr ist aus ihm dazu nicht herauszukriegen.

Der altbekannte André Minninger

Der einzige alte Bekannte unter den *DiE DR3i*-Autoren ist André Minninger. Von ihm stammen zwei *DiE DR3i*-Folgen. *Die Pforte zum Jenseits* ist ein typischer Minninger-Fall: Sylvester Meyzel, ein alter Mann, den Jupiter Jones per Zufall in einem Spielzeuggeschäft kennen lernt, wird nachts von schrecklichen Albträumen heimgesucht – Träume, die kurze Zeit später Realität werden. Wer oder was dahintersteckt, können sich die drei Detektive zunächst auch nicht erklären. Der Fall erhielt den Goldenen Hörspiel-Award 2006 in der Kategorie »Beste Serienfolge (Kinder/Jugendliche)«.

In *Tödliche Regie* geht es um Anschläge auf die Synchronsprecherin der erfolgreichen Zeichentrickfigur Panic-Porkey. Hier stellt Minninger die grundsätzliche Frage: Wer ist austauschbar? Wer ist wichtiger: die Marke selbst (Panic-Porkey) oder die Macher (Synchronsprecherin? Und dennoch handelt es sich dabei nach Auskunft des Autors nicht um eine subtile Anspielung auf den Rechtsstreit zwischen Kosmos und Europa: »Die Idee zu ›Tödliche Regie‹ hatte nichts mit dem damaligen Rechtsstreit zu tun! Es war eine eigenständige Story aus dem Tonstudio-Milieu!«

Nahtloser Anschluss

Obwohl die Autoren der Hörspielbücher bis auf eine Ausnahme neu in der Welt der drei Detektive waren, unterschieden sich *DiE DR3i* – mit Ausnahme von *Hotel Luxury End* – nicht merklich von *Die drei ???*. Sony BMG setzte voll auf Kontinuität. Es gab für die neuen Autoren aber keine Serienbibel oder anderweitige Vorgaben. »Die haben darauf vertraut, dass wir Fans sind und uns auskennen. Im Grunde war ja auch klar, wie es auszusehen hat. Wie eine typische *Die drei ???*-Folge, nur dass wir eben die Originalnamen verwenden sollten. Ich habe im Grunde einfach drauflosgeschrieben. Corinna [Wodrich, die Produktmanagerin, Anm. d. Verf.] selbst, André [Minninger] und Frau Körting [die Hörspielproduzentin] haben dann wohl drübergesehen, ob es passt«, erinnert sich Markus Winter viele Jahre später.

Der wertvollste Trumpf von *DiE DR3i* waren ohnehin die Sprecher Oliver Rohrbeck, Jens Wawrczeck und Andreas Fröhlich. Auch wenn die drei Detektive nun anders hießen, ihre Stimmen – das Hauptidentifikationsmerkmal – waren immer noch dieselben. Blacky krächzte wie eh und je, und auch Peters Dietrich und Tante Mathildas Kirschkuchen blieben Bestandteil der Serie, obwohl sie genau genommen nicht zur »Urausstattung« gehörten, sondern eine Erfindung der Kosmos-Autorin Brigitte Johanna Henkel-Waidhofer waren.

Dafür gab es eine neue Titelmelodie und das gesamte Artwork musste sich wandeln. Die beliebten Buchcover mit den Illustrationen von Aiga Rasch (oder nach ihrem Vorbild) sowie die »???« durften nicht mehr für die Hörspielcover verwendet werden. Aus Inspektor Cotta wurde Inspektor Milton, da Cotta nicht von Robert Arthur geschaffen worden und Kommissar Reynolds inzwischen längst in Rente war. Letzterer feierte dafür aber ein Comeback in *Zug um Zug*.

Um die Kontinuität von *Die drei ???* und *DiE DR3i* zu unterstreichen, wurden Hinweise und Anspielungen versteckt: Die Nummerierung wurde zum Beispiel insgeheim weitergeführt. Auf dem Cover der ersten *DiE DR3i*-Folge ist neben dem untergehenden Schiff ein Schild mit der Aufschrift »Liberty Bell – RB 121-3« zu sehen. Bei der nächsten Folge findet sich die 122 in der Hausnummer eines Spielzeuggeschäfts wieder. Auch in den Hörspielen selbst waren für die Fans mehr oder weniger leicht erkennbare Fingerzeige auf Klassikerfolgen versteckt. So zitiert Blacky am Ende von *Seeungeheuer* seinen berühmten Spruch aus der allerersten Hörspielfolge: »Da guckste in die Röhre, was?« Und in *Jahrhundertstein* gibt es ein Wiedersehen mit Taro Togati aus *Die drei ??? und der verschwundene Schatz*.

Die Macher von *DiE DR3i* wiederholten nicht die Fehler der *Crimebusters*. Die drei Detektive alterten nicht, auf Mord und Totschlag wurde weiterhin ebenso verzichtet wie auf Liebeskitsch oder gar Sex. »Da wir dieselben Sprecher sind, die Figuren sich nicht geändert haben, die Seele der Figuren quasi unangetastet blieb, sich außer Musik und Cover nichts Grundsätzliches verändert hat, wird der Aufschrei gar nicht stattfinden«, war sich Jens Wawrczek in einem Interview auf hoerspiele.de sicher. Zum Teil eine Fehleinschätzung, wie sich zeigen sollte. Neben aufgeschlossener Vorfreude sahen sich die Macher der Serie von Anfang an mit einem gewaltigen Shitstorm und Hasskommentaren im Internet konfrontiert. »Gerade in den ersten Monaten [fiel] es außerordentlich schwer, zwischen berechtigter Story-Kritik auf der einen und vehementem Rechtsstreitsfrust auf der anderen Seite zu unterscheiden«, erinnerte sich Hendrik Buchna später. Ähnlich erging es Markus Winter. »Nach der Veröffentlichung meiner Folge [*Der Jahrhundertstein*, Anm. d. Verf.] musste ich erst einmal mit den verschiedenen, teils harschen Reaktionen in der Öffentlichkeit klarkommen, was mir anfangs zugegebenermaßen schwerfiel«, beschrieb er seine Gefühlslage im Januar 2009.

Einigen Fans gefielen die neuen Plots aber sogar besser und die Verkaufszahlen sprachen ohnehin für sich: Die ersten fünf *DiE DR3i*-Hörspiele erhielten allesamt Gold für mehr als 100.000 verkaufte Einheiten. Insgesamt gingen über eine Million *DiE DR3i*-Hörspiele über die Ladentheke. Obwohl DiE DR3i also nicht boykottiert wurden, wünschten sich viele Fans nichts sehnlicher als die Beilegung des Rechtsstreites und die Fortsetzung unter dem alten Namen.

Die Rufe der Fans wurden jedoch (noch) nicht erhört.

Die Wiederkehr der *drei ???*

Kosmos veröffentlichte weiter seine Bücher, obwohl der Verlag nach Deutung von Sony BMG nicht das Recht dazu hatte. Am 23. Oktober 2006 erwirkte Sony BMG mit einer einstweiligen Verfügung, dass Kosmos seine beiden neuen Bücher *Spuk im Netz* und *Der Fluch des Drachen* nicht mehr verkaufen durfte. Im Herbst 2006 hätte eigentlich die neue Hörspielserie *Die drei ??? Kids*, die aus nachvollziehbaren Gründen nicht von Europa, sondern von der Kosmos-Tochter USM produziert wurde, ihr Debüt feiern sollen. Auch hiergegen ging Sony

BMG erfolgreich mit einer einstweiligen Verfügung vor. Das Landgericht Düsseldorf untersagte mit seinem Urteil vom 15. November 2006 die Veröffentlichung der vier *Die drei ???* Kids-Hörspiele *Panik im Paradies*, *Radio Rocky Beach*, *Invasion der Fliegen* und *Chaos vor der Kamera*.

Verhärtete Fronten

Wie viel Porzellan mittlerweile zerschlagen war, machte ein Interview mit André Marx auf rocky-beach.com deutlich. Sein Band *Der Fluch des Drachen* war damals gerade vom Markt genommen worden. Der Autor war von der Spaltung der Serie, die ihm so viel bedeutete, tief deprimiert und schlug sich auf die Seite von Kosmos. Ein Angebot, bei *DiE DR3i* als Autor einzusteigen, lehnte er ab, auch wenn ihm gerade die ausbleibenden Einnahmen aus den Hörspielen ans Portemonnaie gingen. Von den »Kreativen« bei Europa erwartete Marx mehr Solidarität mit den drei ???. Von den Bossen bei Sony BMG hatte er indes kein anderes Verhalten erwartet:

> »Sie haben keine Ahnung von der Serie. Sie wissen nicht, dass die Reihe eine Seele hat. Sie kennen nur Verkaufszahlen und Markennamen und Rechte und kümmern sich einen Scheiß um das, was den Fans wichtig ist.«

Die »Kreativen« – allen voran die Sprecher – sahen das aber aus ihrer Perspektive ganz anders. Andreas Fröhlich, der Sprecher von Bob Andrews, sagte in einem Interview auf hoerspiele.de: »[Der Rechtsstreit] hätte für uns natürlich auch der Punkt sein können, mit der Serie aufzuhören. Wir hingen sehr an dem Namen – wir waren *Die drei ???*. Aber nach fast 27 Jahren identifizieren wir uns so mit den Figuren, dass wir nicht einfach von heute auf morgen alles hinschmeißen konnten.«

Sony BMG antwortete indes André Marx umgehend mit einem offenen Brief, in dem Goliath David nochmals seine Sicht der Dinge erklärte. Beide Seiten – Kosmos und Sony BMG – betonten weiterhin, verhandlungsbereit zu sein, ließen den Worten aber keine (nach außen erkennbaren) Taten folgen. Elizabeth Ann Arthur ließ indes keinen Zweifel daran, für welche Seite ihr Herz schlug: In einem In-

terview auf rocky-beach.com bezeichnete Arthurs Tochter die Mit-
arbeiter von Sony BMG als »engagiert, gewissenhaft und moralisch«.
Das genaue Gegenteil treffe auf die Verantwortlichen bei Kosmos zu.
Diese seien »gänzlich unmoralisch«.

Dass man die Welt der drei Detektive nicht so einfach in Schwarz
und Weiß einteilen konnte, zeigte ein Interview mit der Hörspielproduzentin Heikedine Körting im *ABC der drei Fragezeichen*. Darin
führte die »Mutter der Hörspielreihe« die Fortsetzung der Serie als
DiE DR3i als Ereignis an, das ihr in besonders schöner Erinnerung geblieben sei: »Die Hauptsache war, dass es überhaupt weiterging.« Die
Hörspielkönigin ließ aber keinen Zweifel daran, dass sie am liebsten
wieder unter dem Titel *Die drei ???* weitermachen wollte:

> »Natürlich! Dann könnte ich auch die drei zuletzt produzierten wundervol-
> len ???-Hörspiele aus dem Keller holen: ›Spur ins Nichts‹, ›Fußballfieber‹ und
> ›Der Geisterzug‹. Mir wurde sogar schon richtig viel Geld angeboten, wenn
> ich die Bände heimlich herausgäbe. In die drei Hörspiele habe ich mein gan-
> zes Herzblut gegeben. Dann kam aber leider dieser Streit um die Rechte.«

Showdown

Eigentlich sollten sich Kosmos und Sony BMG am 10. Januar 2007
in Düsseldorf vor Gericht wiedersehen. Doch als der Buchverlag
kurzfristig das Testament von Robert Arthur beischaffte, wurde der
Verhandlungsbeginn wegen der neuen Beweislage kurz vor dem Ge-
richtstermin um einige Monate verschoben. Die Heimatzeitung von
André Marx, die *Neue Osnabrücker Zeitung*, war nah am Geschehen
und titelte: »Bringt ein Testament die Wende im Rechtsstreit?« Die
Zeitung hatte den richtigen Riecher. In dem Testament vom 29. Juni
1969 stand eindeutig, dass Robert Arthur nach seinem Tod alle Rechte
an seinen Veröffentlichungen und alle in seinem Namen ausgestellten
Urheberrechte einzig und allein der Universität Michigan vermachte.
Seine beiden Kinder bedachte er gleichermaßen mit allen bis zu seinem Tod erwirtschafteten Einnahmen daraus.

Doch das Testament schuf zunächst wieder nur neue Unklar-
heiten. Während Kosmos sich in seiner Haltung bestätigt sah, dass
die Arthur-Erben nie im Besitz der Rechte gewesen waren, sah Sony

BMG dies genau andersherum. Denn zu Robert Arthurs Lebzeiten sei Random House im Besitz der Urheberrechte gewesen und nicht der Autor. Folglich habe dieser nie die zehn *The Three Investigators*-Bände an die Universität Michigan vererbt, sondern nur andere Teile seines Werks. Nach dem Auslaufen des Vertrags zwischen Random House und den Arthur-Erben zum 30. Juni 2002 seien die Kinder die rechtmäßigen Besitzer aller Rechte an den ersten zehn Bänden geworden. Diese Auffassung bestätigte auch Elizabeth Ann Arthur mit einer eidesstattlichen Versicherung vom 15. Februar 2007.

Im Namen des Volkes

Dem Oberlandesgericht Düsseldorf stand mittlerweile eine umfangreiche Sammlung von Unterlagen, Materialien und Beweisen zur Verfügung. Die Sachlage stellte sich nach Ansicht des Gerichts folgendermaßen dar: Random House hatte von Arthur nie die Urheberrechte an seinen Geschichten, sondern ausschließlich Nutzungsrechte erworben. Die Inhaberin der Urheberrechte war und ist demnach seit Arthurs Tod ununterbrochen die Universität Michigan – bis zum Jahr 2039, denn so lange gilt die uneingeschränkte Schutzfrist nach dem Tod des Autors. Über das Verhältnis zwischen der Universität Michigan und Random House ließ sich das Gericht nicht aus. Die Richter ließen aber keinen Zweifel daran, dass die eidesstattliche Versicherung von Arthurs Tochter nicht das Papier wert war, auf dem sie geschrieben wurde.

Spannend war auch die Frage, wer im Besitz der Audioverwertungsrechte war. Denn in dem Vertrag, den Random House und Robert Arthur im Jahr 1964 geschlossen hatten, erlaubte der Autor »mechanical sound reproduction« nur nach vorheriger Zustimmung. Die konnte Arthur aber im Jahr 1979, als Europa mit der Serie an den Start ging, nicht geben, da er zu diesem Zeitpunkt bereits zehn Jahre tot war. Die Universität Michigan wusste offenbar gar nichts von dem einträglichen Geschäft mit den Hörspielen, jedenfalls hat sie nie ihre Einwilligung oder Genehmigung gegeben. Vielmehr stellten die Richter fest, »dass nicht unerhebliche Summen für die Audiorechte gerade für den deutschsprachigen Raum (unberechtigterweise) an die insoweit nichtberechtigte Tochter geflossen« waren.

Das Oberlandesgericht Düsseldorf wies mit Urteil vom 24. April 2007 den Antrag auf den Erlass einer einstweiligen Verfügung zurück. Kosmos durfte wieder alle Bücher verkaufen; Sony BMG musste die Verfahrenskosten tragen.

Am 7. November 2007 trafen sich die Streitparteien abermals vor Gericht wieder. Diesmal sollte das Landgericht Düsseldorf im Hauptverfahren eine grundsätzliche Entscheidung treffen. Doch nach der ersten mündlichen Verhandlung vertagte sich das Gericht sogleich wieder. »Sony BMG akzeptiert das vom Oberlandesgericht Düsseldorf im April angewandte Schutzland-Prinzip, baut aber jetzt eine neue Argumentationskette auf Grundlage verschiedener Verträge auf. Wir werden in den nächsten Monaten sehen, wie sie die neue Rechtekette untermauern«, kommentierte Kosmos-Geschäftsführer Michael Fleissner den Ausgang des ersten Verhandlungstermins. Das Düsseldorfer Landgericht gab Sony BMG zwei Monate Zeit dafür. Im März 2008 sollte weiterverhandelt werden. Doch dazu kam es nicht mehr.

Endstation Archiv für *DiE DR3i*

Die Streithähne rauften sich letzten Endes zusammen. Am 14. Februar 2008 gaben Kosmos und Sony BMG öffentlich die nie für möglich gehaltene außergerichtliche Einigung bekannt. Im Großen und Ganzen sollte alles so weiterlaufen wie vor dem ausufernden Rechtsstreit. Der unbeteiligte Beobachter mag zu dem Urteil neigen, dass man sich das Ganze dann auch hätte sparen können. Doch zumindest war jetzt rechtlich alles in trockenen Tüchern. »Mit freundlicher Genehmigung der Universität Michigan – Based on characters by Robert Arthur«, steht seitdem vorne in den von Kosmos veröffentlichten Büchern, auf dessen Grundlage Europa bis heute Hörspiele produziert. Auch die Produktion von *Die drei ??? Kids*-Hörspielen ging auf das Label über.

DiE DR3i wanderten hingegen ins Archiv. »Auch wenn ich tief in meinem ›Fanherz‹ wusste, dass die Rückkehr zum Original für die Serie ein richtiger und wichtiger Schritt war, empfand ich es doch als sehr traurigen Moment, als endgültig klar war, dass meine überaus spannende Autorentätigkeit für die drei Detektive – vorerst – beendet war«, erinnert sich Hendrik Buchna an das Ende von *DiE DR3i*.

»In der Rückschau betrachte ich *DiE DR3i* innerhalb der traditionsreichen Partitur der drei Detektive als ein kurzes, dafür jedoch umso aufregenderes Zwischenspiel, an das ich mich trotz manch schwieriger Momente immer mit Freude und Dankbarkeit erinnern werde.« Auch Tim Wenderoth sieht das Ende von *DiE DR3i* mit einem lachenden und einem weinenden Auge:

»Im Nachgang trauere ich natürlich um die tolle Zeit in Rocky Beach und die Möglichkeiten, sich dort kreativ zu entfalten. [...] Sicherlich hätten auch wir noch eine Menge Potenzial gehabt, der Serie ein paar neue Ideen mitzugeben; ausreichend Einfälle waren und sind jedenfalls vorhanden.«

50 Jahre *Die drei ???*

Alles wieder gut – unter diese Überschrift könnte man getrost das Jahr 2008 stellen. Kosmos lud alle *Die drei ???*-Autoren nach Stuttgart ein, um gemeinsam das 40-jährige Bestehen der Buchreihe in Deutschland zu feiern. Gerade die amerikanischen Autoren beeindruckte die Deutschlandreise sehr. »Wir hatten eine wunderbare Zeit. [...] Während dieses Besuchs haben wir erst richtig verstanden, wie beliebt hier gerade die Hörspiele und Liveauftritte sind. Was für ein Unterschied zur Wahrnehmung der Bücher in den USA!«, erinnerte sich Megan Stine Jahre später. »Wir waren vorher noch nie in Deutschland und hatten eine wundervolle Zeit«, schwärmt auch ihr Mann Bill noch heute. Auch Peter Lerangis erzählt gerne von dem »wunderschönen Besuch in Deutschland«. »Kurze Zeit später machte ich mit meiner Frau Urlaub in der Karibik. Und wir fanden heraus, dass der Besitzer der Ferienanlage ein *Die drei ???*-Fan war! Bei vielen Deutschen, die ich über die Jahre getroffen habe, ist das so. Und das macht mich immer sehr stolz«, plauderte der zweifache *Die drei ???*-Autor aus dem Nähkästchen.

Auch den deutschen Autoren gefiel das Event zum 40-jährigen Jubiläum, etwa Ben Nevis:

»Das Treffen hat eine Menge Motivation freigesetzt, und auch viel *Die drei ???*-Spirit. Irgendwie war es wie eine Wiedervereinigung: Mit den

Autoren aus den USA und aus Deutschland kamen die vielen Geschichten um die drei ??? zusammen, die verschiedenen Phasen und Zeiten. Alle Autoren verband, dass für sie das *Drei ???*-Schreiben nicht nur Beruf, sondern immer auch eine Herzenssache war.«

André Marx meint im Nachhinein mit einem Augenzwinkern: »Ich glaube, insgeheim hielten uns die Amerikaner auch für einigermaßen durchgeknallt.«

Im gleichen Jahr veröffentlichte Europa sieben neue Hörspiele. Am 30. März 2008 feierten 600 Fans zusammen mit den Sprechern ihrer Lieblingsdetektive die Wiederauferstehung der drei ??? auf einer Record-Release-Party in Hamburg. Gleich zu Beginn gab es ein Telefonat zwischen Justus Jonas und Jupiter Jones auf die Ohren. DiE DR3i räumten das Feld, fortan sollten nur noch die drei ??? in und um Rocky Beach ermitteln. Wenige Tage später standen die beiden jahrelang zurückgehaltenen Hörspielfolgen 121 und 122 in den Regalen.

Darüber hinaus war *Master of Chess* jetzt auf (Doppel-)DVD inklusive Tourtagebuch in der Deluxe-Edition erhältlich. Auch eine neue Tour mit *Die drei ??? und der seltsame Wecker* wurde für den Herbst 2009 angekündigt.

Die Produktion weiterer Hörspiele lief bereits auf Hochtouren, schließlich hatte Kosmos knapp 20 neue Buchvorlagen Vorsprung, darunter war der dreiteilige Jubiläumsband *Feuermond*: Mit Folge 125 knüpfte André Marx an den Fall *Das Erbe des Meisterdiebs* an. Justus, Peter und Bob bekommen es darin wieder mit Victor Hugenay und der undurchschaubaren Brittany zu tun, Rocky Beach feiert sein Stadtjubiläum und die drei Detektive fahren – ja fahren (!) – ihre Zentrale zu Schrott (➤ S. 137).

Auf die Idee mit der Anamorphose kam Marx aber nicht selbst, sondern die Lektorin von Kosmos: »Mir war klar, dass es irgendwie um Gemälde geht, und es musste natürlich irgendein Rätsel her, und ich glaube, ich klagte ihr mein Leid, dass mir langsam die Rätselideen ausgehen. Dann sagte sie: Hast Du schon mal was von Anamorphosen gehört? Hatte ich nicht, also erklärte sie mir, um was es sich handelt, und mir war sofort klar: Das baue ich ein!«, erzählt Marx in einem Interview auf PopSpots anlässlich der Veröffentlichung des Jubiläumsfalls.

Uneinigkeit herrschte zwischen Autor und Verlag aber – wie so oft – bei der Wahl des richtigen Titels. Marx favorisierte *Götterdämmerung* und *Feuersturm,* die Kosmos aber als zu erwachsen beziehungsweise als zu militant empfand. Der Gegenvorschlag *Flammen über Rocky Beach* passte hingegen dem Autor nicht, sodass man sich irgendwann auf *Feuermond* einigte.

Umbruch bei den *drei ???*

Obwohl Kosmos und Europa mit tiefen Lungenzügen die Friedenspfeife geraucht hatten, hörte André Marx auf. »Nach der Einigung war ich natürlich erleichtert, doch die Unbeschwertheit und damit auch die Kreativität kehrten deshalb nicht von heute auf morgen zurück«, erinnert sich der Autor an die Umstände seines Ausstiegs. Dem Verlag blieb er aber erhalten. Zusammen mit Boris Pfeiffer, einem der Autoren von *Die drei ??? Kids,* schrieb er zwischen 2007 und 2012 die 15-teilige Kinderbuchreihe *Das wilde Pack.*

Auch von André Minninger kamen lange Zeit keine Buchvorlagen mehr. »Der Rechtsstreit hatte nichts mit meiner ›Schaffenspause‹ bei Kosmos zu tun. Nach acht Büchern wollte ich nur mal etwas Neues angehen und hatte mich deshalb mehr auf die Themen *TKKG* und *Hanni und Nanni* konzentriert. Das war allerdings keine große Umstellung für mich, sondern eher eine willkommene Abwechslung!«, erinnert sich Minninger an die Zeit nach *DiE DR3i.* Als der Erfinder von *Ein Fall für TKKG,* Stefan Wolf, im Jahr 2007 im Alter von nur 68 Jahren starb, trat André Minninger in dessen große Fußstapfen. Bis 2012 verfasste er die (Dialog-)Bücher zu 14 *TKKG*-Geschichten.

??? Recycelt ???

Das 2010 veröffentlichte *TKKG*-Hörspiel *Das lebende Gemälde* hatte Minninger ursprünglich sogar für *DiE DR3i* geschrieben und arbeitete es später um.

Von den drei Autoren, die die Serie aus ihrem Tief der 1990er Jahre geführt hatten, machte nur Ben Nevis weiter. »Dass der Streit nicht gerade motivierend für das Schreiben war, steht außer Frage. Das galt auch für mich. Diese Zeit war nicht einfach. Aber an das Aufhören dachte ich (noch) nicht«, erzählt er im Rückblick auf diese bewegte Zeit. Nevis schrieb nach Ende des Rechtsstreits nur noch ein Buch im Jahr – wenn überhaupt. Dafür verfasste er aber auch drei *Die drei ??? Kids*-Bücher. Von klassischen Fällen auf Kids umzuschalten, sei keine unerhebliche Umstellung, »aber eine sehr spannende«, findet er:

> »Die Handlung der Kids ist knapper, die Sätze sind kürzer, die Dialoge haben einen größeren Anteil, und es ist ein knackiger Humor in den Büchern. Ulf Blanck hat beim Grundkonzept tolle Arbeit geleistet und das zusammen mit Boris Pfeiffer fortgeführt. Die Kidsbände haben mir also viel Spaß gemacht.«

Marco Sonnleitner

Der Umbruch im Autorenteam war in vollem Gange. Nachdem Marx und Minninger eine kreative Pause einlegten, trugen andere die Verantwortung – allen voran Marco Sonnleitner (Jahrgang 1965). Der gebürtige Münchner studierte nach dem Abbruch eines vierjährigen Medizinstudiums Deutsch, Geschichte und Sozialkunde auf Lehramt. Seit 1996 unterrichtete er diese Fächer an einem Gymnasium in Memmingen in der Nähe von Augsburg. Als er im Jahr 2002 das Manuskript zu seinem ersten Fantasy-Jugendroman *Tom O'Donnell – Feuer in Atlantis* bei verschiedenen Verlagen einreichte, lehnte Kosmos dieses zwar ab, mit seinen schriftstellerischen Qualitäten hatte die Absage aber nichts zu tun. Denn im gleichen Atemzug fragte man ihn, ob er nicht als Autor bei *Die drei ???* einsteigen wolle. Und ob er das wollte! Die Bücher hatte Sonnleitner schließlich schon als Kind gerne gelesen.

Panik im Park überzeugte das Lektorat. Neben diesem eher klassischen Fall erschienen im Jahr 2003 zwei weitere Bände von ihm: *Gefährliches Quiz* und *Schlucht der Dämonen*. In Letzterem schlug sich Sonnleitners Liebe zum Reiten nieder. Seitdem kommen Jahr für Jahr mindestens ein, manchmal aber auch vier neue Bücher des Bayern in die Buchhandlungen. »Ich war einfach froh darüber, so viel schreiben zu können, ich hatte die Ideen und nahm mir die Zeit, auch wenn es manchmal recht eng wurde, da ich ja auch noch als Gymnasiallehrer tätig bin und beides unter einen Hut kriegen musste«, erinnert sich Sonnleitner an die Hochleistungsjahre 2007 und 2008. Zusammen mit André Marx gehört Marco Sonnleitner heute zu den Autoren, die mit Abstand die meisten *Die drei ???*-Geschichten erfunden haben.

Der Autor hat mittlerweile ein sehr gutes Gespür dafür entwickelt, woraus später mal ein Fall für die drei ??? werden könnte. Die Inspiration saugt der Bayer überall auf:

»Ideen hatte ich schon aus der Zeitung, aus dem Fernsehen, von einem Opernbesuch, einem Gang über den Jahrmarkt, Ideen zu zwei Büchern hatte ich auf meiner Reise durch die USA – die Ideen liegen überall, man muss sie nur sehen.«

Natürlich könne man das Rad nicht komplett neu erfinden und Dopplungen gänzlich ausschließen, aber bei etwa 200 Bänden ließe sich das sowieso nicht vermeiden.

Für zwei seiner Fälle erhielt Marco Sonnleitner das Goldene Fragezeichen, ein von 3fragezeichen.de verliehener Fanpreis. Im Jahr 2006 verlieh man ihm die begehrte Trophäe für seinen Fall *Haus des Schreckens*. In diesem Fall jobben Justus, Peter und Bob in einem Gruselhaus auf einer einsamen Insel. Doch das vermeintliche Spiel gerät außer Kontrolle. Aus Spaß wird plötzlich bitterer Ernst.

??? Gespenstisch ???

Das Marriott House hat ein reales Vorbild: das Winchester Mystery House im kalifornischen San José. Auch dort kann man sich gegen Bares in Angst und Schrecken versetzen lassen.

Im Jahr 2008 erhielt Sonnleitner für *Stadt der Vampire* ein Goldenes Fragezeichen. In diesem Fall landen die drei Detektive bei einem Wanderausflug in einem kleinen Dorf namens Yonderwood. Im Ort herrscht eine bedrückte, angstvolle Stimmung. Viele Bewohner haben das Dorf bereits verlassen und diejenigen, die geblieben sind, trauen sich überwiegend nicht mehr aus dem Haus. Denn die Gefahr, von einem unheimlichen Vampirwesen angefallen zu werden, ist viel zu groß.

Marco Sonnleitner hat sich gewissermaßen auch auf die ungeliebten Verkaufsschlager spezialisiert: Fußballfälle. Nach *Fußball-Gangster* und *Verdeckte Fouls* war viele Jahre kein solcher Fall erschienen. »Diese Thematik wieder in Angriff zu nehmen, wuchs [...] nicht auf meinem Mist, sondern das war ein Vorschlag, eine Bitte des Lektorats. Und ja, zunächst riss sich tatsächlich keiner so wirklich darum. Mir allerdings schwirrten ein paar Ideen im Kopf herum und ich konnte mir das auch gut vorstellen«, blickt Sonnleitner zurück. Dabei ist er kein eingefleischter Sportfan. »Ich schaue mir gerne Fußballspiele an, das ist kurzweilig und man muss nicht denken«, so der Autor mit einem Augenzwinkern. »Meistens halte ich dabei zu dem jeweiligen Underdog.«

Fußballfieber, Die drei ??? und die *Fußball-Falle, Die drei ??? und das Fußballphantom, Fußball-Teufel* sowie *Die drei ??? und der gestohlene Sieg* sind alle von Marco Sonnleitner. Die Sportfälle sind seit eh und je höchst umstritten, verkaufen sich aber gut.

??? Unsportlich ???

Die drei ??? lösen übrigens selbst auch nicht gerne solche Fälle. Als Peter in *SMS aus dem Grab* ein Fußballheft mitbringt, bemerkt der Erste Detektiv ironisch: »Oh, wie spannend! Ich hoffe, es droht uns nicht wieder ein neuer Sportfall!«

»Im Augenblick pausieren wir damit aber – mal schauen, wie lange«, gibt Sonnleitner einen Ausblick. Die Ultras unter den Fans dürfte das freuen. Aber der Fannachwuchs wird auch oder gerade über diese Fälle gewonnen. So verwundert es natürlich nicht, dass bei *Die drei ??? Kids* Fußball ebenfalls eine große Rolle spielt. Neben *Fußball-Alarm, Fußballgötter, Falsche Fußballfreunde, Fußballhelden* und dem

Sammelband *Fußballwunder* erschien pünktlich zum Saisonbeginn 2016/17 das Special *Bundesliga-Alarm*.

Astrid Vollenbruch

Seit 2005 werden *Die drei ???*-Geschichten auch wieder von Frauen verfasst. Die nach M. V. Carey, Brigitte Johanna Henkel-Waidhofer und Co. siebte Autorin in der Historie der drei ??? ist die 1964 geborene Rheinländerin Astrid Vollenbruch. Schon als Kind schuf sie sich ihre eigene Fantasiewelt. Aus dieser Zeit stammt ihr Faible für Fantasy-Abenteuer. Ihre *Die drei ???*-Karriere verlief äußerst untypisch. Die Detektivserie war kein Bestandteil ihrer Kindheit, sie las damals viel lieber Mädchen- und Pferdebücher.

Aufmerksam auf Justus, Peter und Bob wurde sie erst dank eines Brieffreundes – einem gewissen André Marx. Die beiden verbindet seit vielen Jahren eine innige und vertrauensvolle Freundschaft. Doch während Marx nach seinem Studienabbruch zur unangefochtenen Nummer eins hinter den drei ??? wurde, verlief Vollenbruchs Lebenslauf weniger geradlinig. Nach ihrem Studienabbruch schulte sie zunächst zur Verlagskauffrau um, arbeitete dann als Sekretärin. Eine Zeit lang war sie vom heimischen Rechner aus für einen Zeitschriftenverlag tätig. Das Schreiben – insbesondere von Fantasy-Geschichten – war schon immer ihre Leidenschaft, aber eben doch nur ein Hobby.

Als Astrid Vollenbruch im Jahr 2003 arbeitslos wurde, überredete André Marx die Hobbyschriftstellerin, es mit einem *Die drei ???*-Buch zu versuchen. Dieser Vorschlag war nicht abwegig, denn Vollenbruch war für Marx eine wichtige Ideen- und Impulsgeberin. Beide tauschten sich regelmäßig und intensiv aus. Bei *Labyrinth der Götter* erhielt sie dafür sogar Credits. Dass die tragische Geschichte um den ungesühnten Mord (!) letztlich so gut geworden ist, hat Marx auch ihr zu verdanken. Erfolgreich redete sie ihm am Telefon die Idee eines Meteoritenabsturzes aus. Wer am Ende welchen Anteil hatte, daran konnte sich Vollenbruch in einem Interview auf rocky-beach.com aus dem Dezember 2004 nicht mehr genau erinnern: »Wir haben den Plot in einem zweistündigen Telefonat so lange besprochen, bis er endlich stand. Wer letztlich welche Idee hatte, wissen wir beide nicht mehr.«

Irgendwann las Vollenbruch nicht nur die Bücher ihres Studienfreunds, sondern auch alle anderen. Schon länger gärte die Idee einer Zuggeschichte in ihr. Während ihrer Arbeitslosigkeit verfasste sie im Jahr 2004 das Manuskript zu *Die drei ??? und der Geisterzug*. Der Verlag veröffentlichte es im Jahr darauf. Von dem gleichnamigen unveröffentlichten, unvollendeten und unauffindbaren Manuskript *The Mystery of the Ghost Train* von M. V. Carey erfuhr sie erst später. Den Fall selbst – ein klassisches *Die drei ???*-Abenteuer – schrieb sie in persönlicher Rekordzeit von nur vier Wochen. Dabei musste sie sogar noch einige Szenen, etwa eine Verfolgungsjagd zweier Lokomotiven, streichen, um die vorgegebene Seitenzahl nicht zu überschreiten. Ihr Debüt kam bei den Fans sehr gut an.

Mit dem Vorwurf, nur dank ihrer guten Beziehungen für *Die drei ???* schreiben zu dürfen, ging Vollenbruch souverän um. Lieber ließ die Quereinsteigerin ihre Bücher für sich sprechen, und davon erschienen mit *Schwarze Madonna*, *Schatten über Hollywood* und *Spuk im Netz* im Jahr 2006 gleich drei Stück. In letzterem rückte Vollenbruch eine altbekannte Nebenfigur in den Vordergrund: Carol Bennett, Bobs ehemalige Chefin. Die Leiterin der Bibliothek von Rocky Beach verschwindet in dem Fall von heute auf morgen. Justus, Peter und Bob müssen einige Gefahren auf sich nehmen, um sie wiederzufinden.

??? Doppeltes Pech ???

Der Rechtsstreit zwischen Kosmos und Sony BMG traf sie gleich doppelt: Drei Jahre musste Astrid Vollenbruch warten, bis ihr bereits fertig produzierter Debütfall *Die drei ??? und der Geisterzug* endlich als Hörspiel erhältlich war, und *Spuk im Netz* durfte wegen der von Sony BMG erwirkten einstweiligen Verfügung einige Zeit gar nicht ausgeliefert werden.

In den Jahren 2007 und 2008 erschien mit *Pfad der Angst* (Arbeitstitel: »Das hörende Auge«) und *Das Geheimnis der Diva* jeweils nur noch ein reguläres Buch von ihr. Dafür schrieb sie unter dem Pseudonym Sophie Matuschka zusammen mit einem namentlich unbekannten Koautor die Bücher zu den beiden *Die drei ???*-Kinofilmen

Das Geheimnis der Geisterinsel und *Das verfluchte Schloss.* Zu diesem Zeitpunkt hatte sie innerlich aber bereits einen Schlussstrich unter die drei ??? gezogen: »[Spätestens] nach *Pfad der Angst* war mir klar, dass es nichts für mich war. Meine Ideen funktionierten dort nicht, die Bücher wurden nicht so, wie ich sie haben wollte, die vom Verlag festgelegten Titel passten nicht zu dem, was ich geschrieben hatte, und die Hörspiele waren grausig. Das war nicht mein Weg«, gesteht Astrid Vollenbruch offen auf ihrer Homepage.

Trotzdem schrieb die Autorin noch den Fall zum 150. Jubiläum: *Geisterbucht.* Ursprünglich sollten Marx und Vollenbruch die Trilogie gemeinsam schreiben, doch ihr ehemaliger Kommilitone hatte keine Lust: »Sowohl ›Toteninsel‹ als auch ›Feuermond‹ waren echte Kraftakte für mich. Für ein weiteres Projekt dieser Größenordnung hatte ich damals nicht die Zeit und Energie.« Also musste die Schriftstellerin *Geisterbucht* alleine verfassen, denn abspringen konnte und wollte sie nach eigenen Angaben nicht.

Eine Geisterbucht kam in dem Dreiteiler allerdings nur am Rande vor. Die Geschichte handelt von der jahrzehntelangen Jagd nach einem wertvollen Edelstein. Aus diesem Grund sollte die Trilogie ursprünglich auch *Blutstein* heißen. Astrid Vollenbruch ärgert sich noch heute über die Änderung, die die ursprüngliche Einheit von Titel und Geschichte sprengte:

»Ich hatte Spuren und Hinweise auf den ›Blutstein‹ eingebaut, aber eine Woche vor der Abgabe des Manuskripts teilte man mir mit, dass der Titel jetzt ›Geisterbucht‹ sein sollte. Also liefen all meine Hinweise plötzlich ins Leere, und ich musste eine Geisterbucht einbauen, die es vorher nicht gegeben hatte. Es war eine Entscheidung der Marketingabteilung, die ich bis heute nicht nachvollziehen kann. Und ich bin der Meinung, dass sie der Trilogie dadurch geschadet haben, weil alle Leser natürlich fragten, was der Titel eigentlich mit der Geschichte zu tun habe.«

Insbesondere aufgrund der Titelwahl kann sich die Autorin heute nicht mehr mit *Pfad der Angst* und *Geisterbucht* identifizieren – »ganz abgesehen davon, dass ich mit den Geschichten heute auch nicht mehr zufrieden bin«, gibt sie offen und ehrlich zu.

Nach einer längeren Pause – nur zwei Top-Secret-Fälle übersetzte sie zwischendurch – ließ sie im Jahr 2012 auf ihrer Homepage die Katze aus dem Sack:

»Mir war [...] von Anfang an klar, dass ich nicht für immer an dieser Serie mitschreiben würde, weil sie einfach absolut nicht dem entspricht, was ich sonst lese und schreibe. Ich bin eine Fantasyautorin; Krimis liegen mir nicht. Außerdem bin ich eine begeisterte Emanze, und spätestens als man anfing, mir meine Frauengestalten vorzuwerfen, weil sie nun mal anderes zu tun hatten, als ständig Kirschkuchen zu backen, wusste ich, dass ich bei den ??? keine Zukunft hatte.«

Was war passiert? Nach *Schatten über Hollywood* habe man ihr »kruden Erweckungsfeminismus« vorgeworfen. »Dabei hatte ich nur einfach mal ein bisschen echte Geschichte ins ???-Universum geholt und ›den bösen Schurken‹ mal weiblich sein lassen. Rachegeschichten sind offenbar für manche Fans nur dann erlaubt, wenn der Bösewicht männlich ist«, erzählt Astrid Vollenbruch, der *Das Geheimnis der Diva* ähnliche Reaktionen einbrachte. »Auf diese Sichtweise hatte ich absolut keine Lust.« Als dann noch Ideenlosigkeit und Frust überhandnahmen, war endgültig Schluss. Ihre Entscheidung bereut sie bis heute nicht, obwohl sie jetzt nicht mehr alleine vom Schreiben leben kann. Sie übersetzt heute Fantasy-Romane aus dem Englischen ins Deutsche (die *Myranda*-Reihe von Joseph R. Lallo) und zeichnet Landkarten (zum Beispiel für *Memiana* von Matthias Herbert, *Pentamuria* und *Paranaea* von Wolf Awert und *Land der Wächter* von Anne Brünjes). Aber auch als Autorin ist Astrid Vollenbruch nach wie vor tätig. Während ihrer Zeit als *Die drei ???*-Autorin schrieb sie die sechsbändige Fantasy-Reihe *Einhornzauber*, die sie später in Eigenregie fortsetzte. Mittlerweile arbeitet sie an Band neun. Fans von Fantasy-Abenteuern sei auch ihre Saga *Rabenzeit* empfohlen.

Kari Erlhoff

Im Jahr 2008 veröffentlichte Kosmos den ersten *Die drei ???*-Fall von Kari Erlhoff. Die gebürtige Hamburgerin (Jahrgang 1979) studierte Anglistik, Soziologie und Politikwissenschaften. Schon währenddessen arbeitete sie bei einer Fernsehnachrichtenagentur, landete später als PR-Assistentin bei einem Comicverlag und machte sich schließlich als freie Texterin und Auftragsautorin selbstständig. Im Jahr 2007 veröffentlichte sie ihr erstes Buch, den Jugendroman *Alles Anders*. Im Herbst des gleichen Jahres stellte sie das Werk auf der Frankfurter Buchmesse vor und kam dort mehr oder weniger zufällig mit einer Mitarbeiterin vom Kosmos Verlag ins Gespräch. Die Lektorin fragte die Schriftstellerin wenig später ganz unverblümt, ob sie sich vorstellen könne, ein *Die drei ???*-Buch zu schreiben. Obwohl Kari Erlhoff bereits als Kind *Die drei ???* gelesen hatte und sich selbst als Kassettenkind bezeichnet, lehnte sie erst einmal ab. *Die drei ???*-Hörspiele hatten in ihrem Leben zugegebenermaßen keine allzu große Rolle gespielt. Sie hörte lieber den Geisterjäger *John Sinclair* und – Achtung! – TKKG.

Zwei Monate später meldete Kari Erlhoff sich dann aber doch bei Kosmos. Ihr Exposé für den Fall *Tödliches Eis* überzeugte die Lektorin, sodass sie innerhalb von nur einer Woche grünes Licht erhielt. Die Geschichte führt Justus, Peter und Bob nach Alaska, wo sie der Journalistin Carol Ford – bekannt aus *Meuterei auf hoher See* – bei einer Reportage über ein großes Schlittenhunderennen helfen sollen. Die Beschreibung der örtlichen Begebenheiten wirkt sehr authentisch. Das liegt daran, dass Erlhoff selbst einmal am Polarkreis war und dort eine Schlittenhundefarm besuchte – inklusive Schlittenhundefahrt. Eigentlich hatte die Autorin die drei Detektive mit Bobs Vater auf die Reise schicken wollen, sich dann aber doch anders entschieden. Später haderte sie ein wenig mit dieser Entscheidung.

Der Fall polarisierte die Fans. Einige störten sich an den vielen Charakteren, die Buch und Hörspiel etwas unübersichtlich machten. In einem Interview mit 3fragezeichen.de gestand die Autorin: »Ich selbst bin nur zu 60–70 Prozent zufrieden mit ›Tödliches Eis‹, aber für mich ist das schon sehr gut. Sonst liegt der Zufriedenheitspegel eher bei 0–10 Prozent. […] Natürlich kann man es nicht allen recht machen – und mir schon gar nicht.« Aber andererseits war *Tödliches Eis* auch Balsam für die Seele der Nostalgiker, denn die aus *Die drei ??? und der Karpatenhund* bekannte Paste, die schwarze Flecken auf den Fingern hinterlässt, die sich nicht abwaschen lassen, kommt hier wieder einmal zum Einsatz.

Im Jahr nach ihrem Debüt kamen gleich drei Fälle aus Kari Erlhoffs Feder auf den Markt. In *Der Biss der Bestie* versuchen sich die drei ??? als Babysitter, um die Nacht in einem Geistermuseum verbringen zu können. Nicht nur weil Peter Hundefutter mit Schokoknuspermüsli verwechselt und der kleine Jamie danach seinen Namen rülpsen kann, sollten die drei Detektive das Hüten von Kindern besser anderen überlassen. Der Fall ist gespickt mit Anspielungen auf vergangene Fälle: Justus' Cousin Jimboy (*Fußball-Gangster*), die Fernsehreporterin Jenny Collins von Network TV (unter anderem *Die drei ??? und das Hexenhandy*), die Schrottplatzgehilfen Patrick und Kenneth sowie der Kunstdieb Victor Hugenay werden allesamt beiläufig erwähnt. In *Die drei ??? und die feurige Flut* feiert Allie Jamison (aus dem Lieblingsfall der Autorin *Die drei ??? und die singende Schlange*) ihr von vielen Fans bereits gefordertes Comeback. Diesmal hat sich allerdings kein Scharlatan bei Allie eingenistet, sondern das Mädchen wohnt selbst in einer »Zauberer-WG« – und lädt einen todbringenden Fluch auf sich.

Der Gangsterboss Grey

»Ich entwickele immer zuerst den Fall und gucke dann, wer in die Geschichte passt. Entweder entwickele ich dann eigene Charaktere, oder ich gucke, wer von den bestehenden Charakteren geeignet ist. Ich habe daher auch keine langfristigen Pläne, wen ich unbedingt mal wieder einbauen will. Es muss in erster Linie zum Fall passen«, erläutert die Autorin die Reaktivierung von Nebencharakteren aus dem *Die drei ???*-Universum. Doch sie erfindet auch neue Figuren, wie etwa William M. Grey. Mit ihm bekommen es Justus, Peter und Bob in *Botschaft aus der Unterwelt* und *Straße des Grauens* zu tun. Grey ist nicht nur von Professor Moriarty inspiriert, er bezeichnet sich gegenüber Justus zunächst sogar selbst so. »Allerdings hat sich der Charakter beim Schreiben weiterentwickelt. Er entspricht also nicht nur seinem Vorbild aus den Sherlock-Holmes-Geschichten«, erklärt die sympathische Norddeutsche.

Wie Hugenay versucht Grey, den Ersten Detektiv vom rechten Weg abzubringen, ist aber viel skrupelloser als der Franzose. William M. Grey ist ein gefährlicher Mafiaboss, aber gleichwohl ein fairer Verlierer – auch wenn die Niederlage eine Gefängnisstrafe für den querschnittsgelähmten Verbrecher bedeutet. Einige Fans sehen diese Widersprüche in seinem Charakter kritisch, Kari Erlhoff keineswegs. »Widersprüche sind menschlich. Sie zeigen, dass niemand nur gut oder böse ist. Mr Grey ist ein mächtiger Mann, aber er ist auch ein Spieler. Er hat Stärken und Schwächen – gerade so viel von beidem, wie man es auf 126 Seiten unterbringen kann«, geht die Autorin auf Fankritik in ihrer Fragenbox auf rocky-beach.com ein. Grey wird auch weiterhin in den Fällen von Erlhoff sein Unwesen treiben:

> »Allerdings gilt auch hier wieder: Er muss in die Geschichte passen. Mr Grey braucht eine bestimmte Art von Plot. Ich will den Charakter nicht einfach in eine beliebige Krimihandlung pressen.«

In *Der namenlose Gegner* klärte Erlhoff endlich auch viele offene Fragen, wie etwa den richtigen Vornamen von Bobs Vater (John William Melvin Roger Andrews) oder den genauen Wohnort von Inspektor Cotta (Hillwoodterrace). Zudem gewährt sie dem Leser Einblick in die Psyche von Skinny Norris. Der »innere Ausbau« der Serie war in vollem Gange. Das kam bei den Fans sehr gut an. Sie bekam ein Goldenes Fragezeichen als Autorin des Jahres 2009. Auch in der Kategorie »Bestes Buch« sahnte sie mit *Der Namenlose Gegner* den begehrten Publikumspreis ab.

Die drei ??? und der Meister des Todes wurde im Jahr 2010 mit einem Goldenen Fragezeichen in der Kategorie »Bestes Buch des Jahres« ausgezeichnet. In dem gruseligen und spannenden Fall wird Peter gegen Ende angeschossen; in einer früheren Textversion starb der Zweite Detektiv sogar, wie Erlhoff in einem Interview verriet. Im gleichen Jahr wurde sie erneut zur Autorin des Jahres gewählt.

In *Botschaft aus der Unterwelt* gelang ihr sogar ein Brückenschlag zu *Die drei ??? Kids*. Denn Justus, Peter und Bob treffen sich in der Geschichte in der »Kaffeekanne«, ihrem alten Geheimversteck aus der Zeit, bevor ihnen Onkel Titus den ausrangierten Wohnwagen zur Verfügung stellte. Die Kaffeekanne ist eigentlich ein alter Wassertank für Dampflokomotiven, sieht aber genauso aus – nur ein bisschen überdimensioniert.

Der Sonderfall der blutenden Bilder

Normalerweise suchen sich die Autoren ihre Themen selbst aus und reichen beim Verlag ihre Exposés ein. *Die blutenden Bilder* ist hingegen eine Auftragsarbeit – eine »Kooperation zwischen Kunst und Krimi«. Alles begann im Jahr 2005 mit einem Sensationsfund in der Kunsthalle Bremen: Eine Restauratorin entdeckte mithilfe von Röntgenaufnahmen hinter der Leinwand des Gemäldes *Das Kind und der Tod* von Edvard Munch (*Der Schrei*) ein bis dahin unbekanntes Ölbild des weltbekannten Künstlers aus Norwegen.

Von Oktober 2011 bis Februar 2012 zeigte die Kunsthalle die beiden Bilder sowie andere Werke Munchs in einer viel beachteten Sonderausstellung »Edvard Munch – Rätsel hinter der Leinwand«. In diesem Kontext kam es auch zu einer Kooperation zwischen der Kunsthalle Bremen und dem Kosmos Verlag. »Wir haben überlegt, wie wir auch jüngere Menschen für diesen rätselhaften Bilderfund begeistern können«, heißt es in einer Pressemitteilung. »Wir traten an den Kosmos Verlag heran, weil wir uns gut vorstellen konnten, dass daraus eine abenteuerliche Geschichte für die drei jungen Detektive aus Rocky Beach werden könnte.«

In dem Fall um den rätselhaften Bildermörder verwob Kari Erlhoff geschickt Realität mit Fiktion und Bremen mit Rocky Beach. Als Kunsthalle diente die aus *Poltergeist* bekannte Art Gallery Hall von Rocky Beach. In der Geschichte gibt es wieder Begegnungen mit alten Bekannten: Justus' Vetter Ty (bekannt aus den *Crimebusters*-Fällen) schaut mal wieder auf dem Schrottplatz vorbei, auch beim Potter, dem alten Töpfer (*Die drei ??? und die flammende Spur*), ist alles noch beim Alten. Dafür trauern alle Patrick und Kenneth nach: Der neue Schrottplatzgehilfe Brock Duff taugt nichts.

Mit *Im Schatten des Giganten* stellte Kari Erlhoff eindeutig unter Beweis, dass Autorinnen in puncto Härte ihren männlichen Kollegen in nichts nachstehen. Immer wenn der geistig behinderte Junge Steven stoisch sein »Hier leben jene! Und sie töten!« aufsagt, läuft es dem Leser/Hörer eiskalt über den Rücken. Dasselbe gilt für den gruseligen Anblick in der Waldhütte … Dennoch würde Erlhoff bei diesem Fall die Altersempfehlung (10 bis 13 Jahre) nicht nach oben setzen:

»Die Kinder sind heute schon abgehärteter. Das glaube ich zumindest. Aber ich finde die Szenen […] selbst unheimlich. Im Nachhinein denke ich, dass ich dem eher beschaulichen Urlaubsfeeling der Folge noch etwas entgegensetzen wollte.«

??? Tonangebend ???

Manchmal ist Kari Erlhoff auch bei Hörspielen mit von der Partie. Für die Vertonung einer ihrer Kurzgeschichten (*Das Lehrstück*) spielte sie ein kurzes Klavierstück ein. Für *Im Zeichen der Schlangen* lieh sie Felicity ihre Stimme.

Die drei !!!

Seit 2015 schreibt Kari Erlhoff auch für *Die drei !!!*. Bei dieser Serie handelt es sich um einen *Die drei ???*-Ableger, der ebenfalls im Kosmos Verlag erscheint. Wie Justus, Peter und Bob lösen auch Kim, Marie und Franzi erfolgreich spannende Fälle. *Die drei !!!* wurde zwar speziell für Mädchen konzipiert, hinter vorgehaltener Hand bekennt sich aber auch der ein oder andere Junge als Fan. Von Erlhoff stammen *Der Fall Dornröschen* sowie die beiden Pocket-Bücher *Die Pony-Verschwörung* und *Nacht der Prinzessin*.

Die Umstellung von *Die drei ???* auf *Die drei !!!* fällt der Autorin nach eigenen Angaben nicht sonderlich schwer, da sie nicht parallel an beiden Serien schreibt:

»Wenn ich mit den drei *???* fertig bin, stelle ich mich gedanklich um und setze mich an die drei *!!!*. Obwohl es sich jeweils um drei Detektive handelt, sind die Fälle und Welten so unterschiedlich, dass man sie gedanklich auch nicht vermischt.«

Die vielseitige Autorin hat früher sogar Horoskope für Mädchenzeitschriften verfasst. »Ehrlich gesagt bin ich weder Wahrsagerin noch Astrologin. […] Es gab eine grobe Vorlage, die ich dann im Stil des Magazins umformuliert habe. Eigentlich eine reine Texterarbeit. Aber es hat Spaß gemacht«, gibt Erlhoff offen zu.

Der dreiTag

Die drei ??? *und der dreiTag* zeigte auf beeindruckende Art und Weise, wie viel Gras mittlerweile über den Rechtsstreit zwischen Kosmos und Sony BMG gewachsen war. Denn erstmals in der langen *Die drei ???*-Geschichte erschien ein Hörspiel vor der Buchfassung. Und das war nicht irgendein Hörspiel. Es waren gleich drei – und was für welche!

Jeder der drei Fälle beginnt mit derselben Szene: Die drei ??? feiern gerade Justus' neuestes Schnäppchen in Jill's Place, einem Fastfoodrestaurant im Westernstil im Zentrum von Rocky Beach, während Bob gerade noch sein Protokoll zu einem der kniffligsten Fälle ihrer Firmengeschichte zu Ende bringt. Dann entscheidet ein vermeintlich unscheinbares Ereignis über den weiteren Fortgang.

Ein und derselbe Tag verläuft dabei gänzlich unterschiedlich, sodass die drei ??? einen völlig anderen Fall lösen müssen. In *Der Fluch der Sheldon Street* stehen Justus und sein neuer Filmprojektor im Mittelpunkt. In *Fremder Freund* muss Peter Autogramme schreiben und bekommt es mit einem Stalker zu tun. Bei *Im Zeichen der Ritter* ist ganz und gar Bobs Recherchetalent gefordert. Die drei Fälle können problemlos unabhängig voneinander gehört (und gelesen) werden. Nur wer alle drei kennt, bemerkt das gemeinsame Gerüst der Geschichten. Die Verknotung der drei Handlungsstränge gelingt mithilfe von Personen, Ereignissen oder Schauplätzen.

Die Idee zu diesem besonderen Special geht auf die Zeit zurück, als DiE DR3i noch parallel zu den drei ??? in Rocky Beach ermittelten. Bereits im Oktober 2007 fand in Frankfurt das erste Arbeitstreffen zwischen Europa und den drei Autoren Hendrik Buchna, Ivar Leon Menger und Tim Wenderoth statt. Doch das Ende von *DiE DR3i* begrub das Projekt vorläufig und die drei Autoren widmeten sich anderen Dingen. Menger gründete 2009 einen eigenen Hörbuchverlag, die Psychothriller GmbH, um seine eigene Serie *Darkside Park* herauszubringen. Als Autor war auch Buchna an vier Episoden der 18-teiligen Thriller-Serie beteiligt.

Zwei Jahre nach Ende des Rechtsstreits wurde die Idee zum dreiTag samt den damaligen Skizzen wieder aus der Schublade geholt. »Die Verteilung unserer Charaktere hatten wir schon nach fünf Minuten festgelegt. So war sofort klar, dass Hendrik [Buchna] mit seinem analytischen Verstand Justus übernehmen und Tim [Wenderoth], der über ein unglaubliches *Die drei ???*-Wissen verfügt, über Bobs Archivarbeit schreiben würde. Und da ich ursprünglich aus dem Thriller-Bereich komme, hat mir der ängstliche Peter natürlich gleich gefallen«, erzählte Ivar Leon Menger in einem Interview zur Entstehung von *Die drei ??? und der dreiTag* auf dreifragezeichen.de.

Es hatte aber noch einen weiteren Grund, warum sich Menger für Peter Shaw entschied. Auf diese Weise konnte sich der Autor bei Jens Wawrczeck für dessen Engagement bei *Der Prinzessin* bedanken. Denn dort hatte der Sprecher seinerzeit die verstörende Rolle des Stalkers übernommen. Jetzt hetzte ihm Menger selbst einen Stalker auf den Hals – gesprochen von Gerrit Schmidt-Foß, der Synchronstimme von Leonardo DiCaprio!

Die drei Autoren konnten aber nicht einfach frei drauflosschreiben, sondern mussten wegen der verschiedenen Verknotungen sämtliche Details eng miteinander abstimmen. »Eine echte Mammutaufgabe mit diversen Hürden und Tücken, die wir in monatelanger Teamarbeit gemeinsam mit Corinna Wodrich zu bewältigen hatten«, gewährte Buchna in einem Interview auf der offiziellen Homepage der drei ??? einen Blick hinter die Kulissen. Dabei wurden viele Ideen diskutiert und genauso viele Ideen wieder verworfen. »Interessant war übrigens damals auch das Feintuning: Es wurden fast sämtliche Rollen mit von uns vorgeschlagenen Sprechern besetzt, viele Details der drei Hörspiele wurden von uns in mehreren Hördurchläufen der ersten Sprachabmischungen notiert und vom Studio wunderbar umgesetzt«, erinnert sich Wenderoth einige Jahre später. Die Melodie des Eiswagens von Meadow Fresh sei zum Beispiel nicht mehr im Studio vorhanden gewesen. Die drei Autoren wollten aber keinesfalls darauf verzichten. »Und so hat Andreas Beurmann sie noch mal neu für uns eingespielt. Das sind ganz wunderbare Erinnerungen, die besonders mit diesem Projekt zusammenhängen«, so Wenderoth.

»Eine Idee war ursprünglich ein gemeinsames Ende. Also einen ganz großen, zusammenhängenden Fall zu schaffen. Dies haben wir aber aus Spannungsgründen wieder verworfen, weil wir uns bewusst gegen ein chronologisches Konzept entschieden hatten. Außerdem sollten es ja eigentlich nur drei völlig ›normale‹ Fälle werden, die aber zeigen, wie ein kleines unscheinbares Detail – ein umfallendes Cola-Glas – einen Tagesablauf total verändern kann«, ließ Wenderoth die Fans über den Entstehungsprozess dieses Mammutprojekts wissen. »Drei unterschiedliche Tagesabläufe, die am Ende in einen großen Fall münden, hätten ein Zeitparadoxon verursacht, das wäre echt schwierig geworden«, fügt er schmunzelnd hinzu.

Geschmäcker sind bekanntlich verschieden, aber beim *dreiTag* waren sich alle einig. »Lange hat es keine so guten, spannenden und schlüssigen Folgen des Europa-Dauerbrenners gegeben«, hieß es beispielsweise in einer Rezension des *Bücher-Magazins*. »Trotz seines stark experimentellen Charakters und diverser Unwägbarkeiten stieß dieses Dreier-Special auf ein überaus erfreuliches Echo und bestärkte uns darin, dass man nie aufhören sollte, an seine Träume zu glauben – auch wenn es manchmal ziemlich verrückte Träume sind«, betonte Buchna noch Jahre später in einem Interview mit *Schwarzaufweiss*.

Viele unveröffentlichte Fälle

Für Buchna &. Co. schloss sich der Kreis. Mit einer weiteren Veröffentlichung im *Die drei ???*-Universum hat es bei Tim Wenderoth leider bis heute nicht mehr geklappt. »Ich war und bin jedenfalls froh, dass wir damals einen ›Point‹ setzen konnten, gerade mit jenem dreiTag«, so Wenderoth, der »hin und wieder rein aus Lust am Schreiben« für sich selbst einen Fall zu Papier bringt. »Ich bin da sehr entspannt, ich mache das ja alles einfach nur so, für mich. Es muss mir Spaß machen«, erzählt der Hesse, von dem es auch noch einige unveröffentlichte Fälle aus der *DiE DR3i*-Zeit gibt. Dazu gehören *Der flammende Engel*, *Der Mann mit dem Koffer* und eine dritte, komplett fertige Hörspielfolge, die Wenderoth zusammen mit »einem guten Freund und Berater« geschrieben hat.

Auf seiner Festplatte befinden sich aber auch einige Kurzgeschichten, mehrere Buchmanuskripte und jede Menge Ideen, größtenteils im Entwurfsstadium – allein noch vier weitere für *DiE DR3i*. »Eine der alten Geschichten habe ich umgeschrieben und in einer anderen Serie verwendet. Das war sehr spannend zu sehen, wie die Story plötzlich in einem anderen Rahmen funktionieren sollte. Immer wenn ich die Folge heute mal höre, lausche ich einem Hörspiel, das gefühlt in Rocky Beach zu Hause ist, aber mit anderen Protagonisten auf eine völlig andere Art und Weise total toll geworden ist. Und keiner der Hörer ahnt etwas«, erzählt Wenderoth mit einem Lächeln im Gesicht.

Markus Winter und die drei Rosen

Markus Winter, Autor des achten und letzten *DiE DR3i*-Falls *Der Jahrhundertstein,* kam hingegen bis heute nicht im Autorenteam der *Die drei ???*-Reihe unter. Seine beiden bereits vorhandenen weiteren *DiE DR3i*-Geschichten wurden nicht mehr veröffentlicht. Winter erinnert sich:

> »Ich war damals sehr enttäuscht und frustriert, dass die Serie einfach so wieder beendet und ich fallengelassen wurde, dass ich auch gar keine Lust mehr auf *Die drei ???* und alles, was damit zu tun hat, hatte. Ich habe seit dem Neustart auch keine einzige Folge mehr gehört. Ich hätte mich ja auch einfach mit einem Buch bei Kosmos neu bewerben können, eventuell wäre es genommen worden. Aber da war ich damals einfach zu stolz und zu verletzt. Dumm von mir – aber so war es leider – und jetzt habe ich – glücklicherweise – ja mein eigenes Label etablieren können und viel zu tun.«

Auf seinem Label Winterzeit brachte er unter anderem eine eigene Hörspielserie heraus: *Ein Fall für die Rosen.* Dass die drei Rosen – Sophie, Marc und Pascal de la Rose – an die drei Detektive aus Rocky Beach erinnern, kommt nicht von ungefähr. Denn der ursprünglich für *DiE DR3i* eingeplante Fall *Die Kathedrale der Macht* wurde später in einer Doppelfolge von den Rosen gelöst.

An den Inhalt des zweiten unveröffentlichten *DiE DR3i*-Falls *Im Zeichen des Harlekin* kann sich der Autor zehn Jahre später gar nicht mehr erinnern:

> »Die fand ich im Nachhinein nicht mehr so gelungen, also habe ich sie nicht anderweitig verwendet. Vielleicht wäre sie auch bei den *DR3i* nie erschienen, weil sie durch das Qualitätsraster gefallen wäre, wer weiß. Sie war auf jeden Fall kein Highlight meiner Schreiberkarriere, denke ich.«

Die Fans der drei ??? sollten aber in jedem Fall einen Blick in den Katalog des Hörspiellabels Winterzeit werfen. Neben dem verschollenen *DiE DR3i*-Fall gibt es dort Sherlock Holmes, Edgar Wallace und vieles mehr zu entdecken.

Neue alte Ideen der *DR3i*

Hendrik Buchna hatte mit einem ehemaligen *DiE DR3i*-Stoff mehr Erfolg. Als die Serie beendet war, reichte der Autor nach Rücksprache mit Europa das überarbeitete Prosamanuskript einer Geschichte namens *Schatten der Vergangenheit* bei Kosmos ein. Bis zum Erscheinen seines Erstlingsbuchs bei den drei ??? dauerte es dann jedoch noch einmal gut drei Jahre, die Buchna unter anderem mit seiner Beteiligung an Ivar Leon Mengers Thriller-Hörbuchserie *Darkside Park* überbrückte.

Als im Frühjahr 2011 mit *Die drei ??? und die Geisterlampe* erstmals ein Sammelband mit insgesamt zwölf Kurzgeschichten veröffentlicht wurde, war neben Kari Erlhoff und Marco Sonnleitner auch Buchna vierfach vertreten. In *Das Rätsel der schwarzen Nadel* wird Bob von einem Einbrecher in der Dunkelkammer der Zentrale der drei Detektive überrascht. Die Szene war ursprünglich Bestandteil von *DiE DR3i – Das Seeungeheuer* und musste aus Platzgründen komplett gestrichen werden.

Das Schreiben einer Kurzgeschichte ist schwerer, als viele denken. »Schließlich muss man sich der Aufgabe stellen, auf äußerst begrenztem Raum einen kompletten Fall aufzubauen, dramaturgisch zu konstruieren und aufzulösen«, erzählt Buchna zur Entstehung seiner Kurzgeschichten in einem Interview mit 3fragezeichen.de.

Nach vier Hörspielen (*Das Seeungeheuer*, *Verschollen in der Zeit*, *Das Haus der 1.000 Rätsel* und *Der dreiTag*) kam 2011 zeitgleich mit den Kurzgeschichten auch endlich Buchnas erster richtiger *Die drei ???*-Fall heraus: Aus *DiE DR3i – Schatten der Vergangenheit* wurde *Im Zeichen der Schlangen*. »Damit schloss sich ein Kreis, der schon zehn Jahre zuvor mit meinem falsch eingereichten Seeungeheuer-Manuskript seinen Anfang genommen hatte – das war definitiv der beste Fehler, den ich jemals gemacht habe«, erinnert sich Buchna mit einem Schmunzeln.

»Erst in der Rückschau ist mir übrigens so richtig bewusst geworden, dass am Anfang der zwei bedeutsamsten Momente in meiner Schriftsteller-Laufbahn jeweils eine komplette Umwandlung des ursprünglichen Textes stand. [...] Nach vielen turbulenten Wirren und Wendungen war ich nun endgültig bei jener Serie angekommen, die wie keine zweite mein Leben begleitet und bereichert hat. Und noch heute ist es ein geradezu surreales Gefühl, die Helden meiner Kindheit Justus, Peter und Bob in Abenteuer aus meiner eigenen Feder begleiten zu dürfen.«

Für sein Erstlingswerk, das eigentlich gar keines war, bekam Buchna sehr viel Lob, mitunter wurde jedoch die überraschende Cleverness des Gegenspielers Skinny Norris moniert. Dazu meint der Autor: »Hier hätte ich in der Tat stärker akzentuieren können, dass Skinny nicht das Mastermind der Gruppe ist, sondern beim finalen Showdown lediglich gewohnt großspurig das Wort an sich reißt und so den Eindruck erweckt, als sei er der gewiefte ›Macher‹.«

Hendrik Buchnas nächster Band, *Der schreiende Nebel*, sollte ursprünglich bereits als Kurzgeschichte im ersten Sammelband erscheinen. »Deren Potenzial erschien mir nach einiger Abwägung jedoch als zu groß, um sie in ein 12-Seiten-Fomat zu pressen«, so der Autor. Woher die Inspiration zu dem Fall kam, klärte er in einem Interview auf popspots.de auf:

»Lustigerweise hatte Oliver Rohrbeck an der Idee für dieses Buch maßgeblichen Anteil – allerdings nicht in seiner Paraderolle als Justus Jonas, sondern als Julian Kirrin von den *Fünf Freunden*. In der Hörspielfolge 10 *Fünf Freunde im Nebel* geraten Julian, Dick, Anne und George nämlich in besagten unheimlichen Nebel, der immer wieder über die Gruselheide (welch großartiger Name!) hereinbricht.«

Die Idee mit dem ehemaligen Kavalleriefort mitten im Nirgendwo von South Dakota hatte Buchna bereits in einem sehr frühen Stadium der Manuskriptentwicklung. Der Auftraggeber in *Der schreiende Nebel* ist ein alter Bekannter: Professor Arnold Brewster aus *Die drei ??? und das Volk der Winde*. Auch Martin Ishniak, der ehemalige Assistent des Völkerkundlers, feiert am Ende ein Comeback. Ishniak ist mittlerweile nicht nur Brewsters Schwiegersohn, sondern hat auch einen Doktortitel.

Während sich andere Autoren gar nicht für die Hörspieladaptionen ihrer Bücher interessieren, nimmt Buchna noch immer regelmäßig Kontakt zu Europa auf. »Im Vorfeld der Studioaufnahmen sende ich Heikedine Körting traditionell einige Vorschläge zu den Sprechern, sofern ich für bestimmte Rollen schon Stimmen im Ohr habe«, so Buchna. Als Horst Naumann nach 25-jähriger Pause wieder in die Rolle von Professor Brewster schlüpfte, ging ein »großer Herzenswunsch« des Autors in Erfüllung.

Mit seinem nächsten Fall, *Die drei ??? und das blaue Biest*, war Hendrik Buchna ebenfalls erfolgreich. Hier treffen Justus, Peter und Bob auf Andy Carson (*Die drei ??? und die schwarze Katze*). Und obwohl es stolze 35 Jahre her war, dass Stefan Schwade dem Zirkusjungen seine Stimme verlieh, konnte er die Rolle erneut übernehmen. Andy hat dem Zirkustreiben seines Vaters mittlerweile den Rücken gekehrt und arbeitet jetzt in einem Filmpark. Doch dort passieren merkwürdige Dinge und es kommt zu Sabotageakten, die die drei Detektive natürlich aufklären müssen. So viel sei verraten: Der einzigartige Gabbo hat damit nichts zu tun. Denn dieser sitzt immer noch im Gefängnis.

Die Lösung des Falls ist so fantastisch wie natürlich. Und obwohl sich Buchna selbst seit frühester Kindheit für die Wunder der Tierwelt interessiert, konnte er zunächst nicht glauben, auf was für ein Wesen er zufällig bei einer ganz anderen Recherche gestoßen war. Aber selbst die Wissenschaft kennt keinen Namen für jene blaue Laune der Natur, die im Movie Empire ihr Unwesen treibt.

Die drei ??? und der unsichtbare Passagier spielt während einer Fahrt mit dem Luxuszug Coast Imperial. Kurz nach Abfahrt verschwindet ein Fahrgast spurlos. Doch das glaubt den drei Detektiven zunächst niemand, weil der Vermisste wenig später wieder auftaucht – und doch ist es nicht derselbe. Ein äußerst verzwickter Fall! Die drei ??? durchsuchen den gesamten Zug von vorne bis hinten nach dem Entführten, stoßen zunächst jedoch nur auf andere Merkwürdigkeiten wie einen wahrlich spezialgelagerten »*Verführungsfall*«.

Bei *Der unsichtbare Passagier* reizte Buchna vor allem die Herausforderung, einen Fall für die drei Detektive zu entwickeln, der sich
kammerspielartig fast ausschließlich in den unterschiedlichen Wagen
des Coast Imperial entfaltet. »Gewissermaßen eine Aneinanderrei-
hung von Miniwelten, die Stück für Stück untersucht werden müssen
und immer wieder mit Überraschungen aufwarten«, erzählt Buchna
über seinen von *Mord im Orient-Express* und anderen Krimiklassi-
kern inspirierten Fall. Ganz bewusst wollte er den Ablauf eines Un-
tersuchungs- und Beschattungsprozesses beschreiben, der absolut
nicht nach Plan verläuft, sondern immer wieder von Rückschlägen,
falschen Fährten und Fehldeutungen gekennzeichnet ist. »Detektivarbeit als Knochenjob. Wille, Hoffnung, Versagen – gipfelnd in einem
krachenden Final-Irrtum des Ersten Detektivs.«

Die Nebencharaktere werden absichtlich diffus und unpräzise dargestellt. Auf diese Weise will der Autor den Eindruck vermitteln, dass
es die drei ??? mit einer »weitgehend gesichtslosen Passagier-Masse«
zu tun haben. Nicht zuletzt wegen gewisser Eisenbahnerwurzeln in
seiner Familie betrachtet Buchna das Werk rückblickend als eines seiner intensivsten Projekte, in das neben umfangreicher Recherchear-
beit auch sehr viel Herzblut floss. Der Autor verrät noch: »Indirekt
zitiere ich in meiner Geschichte den Hitchcock-Film *Eine Dame verschwindet*, denn der Name des entführten Ray Whitty ist eine Hommage an die damals entschwundene Schauspielerin May Whitty alias
Miss Froy.«

Doch auch Hendrik Buchna kommen die Ideen nicht einfach so
zugeflogen. »Allgemein zitiere ich beim Thema ›Ideen‹ gern Tschai-
kowsky, der einst sagte: ›Inspiration ist eine Besucherin, die nicht immer bei der ersten Einladung erscheint.‹ Tatsächlich lässt sich im Vorfeld eines Projekts nicht planen oder forcieren, wann und wo diese
geheimnisvolle Besucherin erscheint. Das kann durch ein außerge-
wöhnliches Erlebnis, eine interessante Person, einen beeindruckenden Ort, eine spannende Reise oder durch einen rätselhaften Traum
geschehen«, gewährt der Autor einen Blick hinter die Kulissen seiner Schreibarbeit. »Oft liefert mir auch meine ???-begeisterte Familie
(Eltern, Brüder, Schwester, Schwägerinnen) und mein Freundeskreis
wertvolle Anregungen und Denkanstöße für einzelne Figuren, Schau-

plätze oder ganze Szenarien. Wichtig ist, in diesen entscheidenden Momenten Stift und Papier zur Hand zu haben, um die Ideen festzuhalten.«

Buchna gelingt es wie kaum einem anderen, die Tradition mit der Moderne zu verbinden. Er ist ein Meister darin, Anspielungen und Fingerzeige in seinen Fällen zu verstecken; seine Plots sind sehr subtil. Das Publikum dankt es ihm. Gleich in seinem ersten Jahr wurde er als bester Autor des Jahres mit einem Goldenen Fragezeichen ausgezeichnet.

Christoph Dittert

Mit Christoph Dittert wurde das Autorenensemble im Jahr 2011 nochmals erweitert. Der 1974 geborene Rheinland-Pfälzer studierte Germanistik. Obwohl er mit einem Promotionsstipendium ausgestattet war, brach er seine Doktorarbeit auf dem Gebiet der Kirchenliedforschung ab, um sich als freier Autor selbstständig zu machen. Im Jahr 2004 erschien sein erstes Buch. Danach schrieb er am laufenden Band für den Bastei Verlag unter anderem *Professor Zamorra*- und *Jerry Cotton*-Hefte sowie bis heute unzählige *Perry Rhodan*-Groschenromane. »Vom Dämonenjäger zum Weltraumhelden« ist alles dabei. Unter seinem Pseudonym Christian Montillon avancierte Dittert zu einem der »vielseitigsten Phantastikautoren Deutschlands« (Literra).

Bei seinem ersten Kontakt mit Kosmos war Christoph Dittert also schon ein gestandener Schriftsteller. Dennoch bezeichnet der Autor den Schritt als Wagnis. Denn *Die drei ???* waren die Helden seiner Kindheit. »Ich war ein ›Kassettenkind‹ und habe die Hörspiele, die es damals bereits gab, rauf und runter gehört. Die Idee, mich als Autor für die Serie zu bewerben, kam ganz klar, weil ich Fan der drei ??? bin«, bekannte er in einem Interview mit *Schwarzaufweiss*. Er bekam jedoch keinen Korb vom Verlag: »Nach einem netten Kontakt mit den Kollegen dort schickte ich einen sehr, sehr ausführlichen Romanplan dorthin – daraus entstanden dann die ›Geheimnisvollen Botschaften‹.«

Nach seinem Debüt gab es seitens der Fans ein geteiltes Echo. Alan Jones, der »Peitsche knallende Indiana-Jones-Verschnitt ist [...] eine ziemlich lächerliche Figur«, fällten die Macher von 3fragezeichen.de ein relativ vernichtendes Urteil. Dabei war Professor Jones bewusst an den berühmten Schatzsucher gleichen Namens angelehnt. Europa gelang es sogar, für die Hörspielumsetzung Wolfgang Pampel zu gewinnen, die deutsche Synchronstimme von Indiana Jones!

In *Die drei ??? und die brennende Stadt* hatte Dittert eine kleine Sensation parat: Wie früher gab es im laufenden Text kursiv gedruckte Kommentare. Daneben prangte aber nicht mehr das stilvolle Konterfei Alfred Hitchcocks, sondern der Fingerabdruck von Samuel Reynolds. In dem Fall beauftragt nämlich der ehemalige Kommissar die drei ??? damit, ihm bei der Enträtselung des Testaments seines verstorbenen Bruders zu helfen. Dittert unterlief dabei ein kleiner Fehler: Beim ersten Zusammentreffen der drei Detektive mit Samuel Reynolds wird behauptet, es sei ihre erste Begegnung seit der Pensionierung des Kommissars. Doch die vier waren bereits zuvor mehrfach (zum Beispiel in *Auf tödlichem Kurs*) aufeinandergetroffen. Unweigerlich musste Dittert dafür in den Fanforen eine Tracht Prügel einstecken. Der Fehler wurde korrigiert, was die erste Auflage heute zu einem Sammlerstück macht. »Deswegen den Untergang des Abendlands herbeizurufen oder fast einen Herzanfall zu bekommen und alles hinten und vorne zu verdammen, finde ich völlig übertrieben«, kommentierte Dittert in seinem Blog die ärgerliche Angelegenheit. Als *Die drei ???*-Autor muss man aber eben mit allen Wassern gewaschen sein!

Zu *Der gefiederte Schrecken* hatte Christoph Dittert zuerst nur einen Titel. »Kein Inhalt dazu, nix«, wie der Comicfan den Lesern seines Blogs anvertraute. »Es dauerte Monate, bis auf einem völlig anderen Weg ein Inhalt dazukam und ich dachte: DARAUS muss ich ein ???-Buch machen. Nur hatte dieser Inhalt irgendwie so rein gar nichts mit dem Titel zu tun. Das war eine Herausforderung. Dann dauerte es noch mal viele Wochen, bis die zündende, verbindende Idee kam.« Ausgerechnet beim Kauf eines Aquariums! Nach vielen Jahren haben es Justus, Peter und Bob wieder einmal mit einem Comicfall zu tun. Es gibt darin allerdings keinerlei Anknüpfungspunkte zu *Die drei ??? und die Comic-Diebe.*

Die entscheidende Idee zu *Mann ohne Augen* kam dem Schriftsteller, als es bei ihm im Dorf brannte. Der größte Schaden entstand aber gar nicht durch die Flammen, sondern durch das Löschwasser. »Über solche Dinge hatte ich mir nie Gedanken gemacht, und auf einmal fragte ich mich: ›Was, wenn durch den Brand eine Geheimkammer freigelegt würde?‹ Der Rest, wie man sagt, ist Geschichte«, erzählt er. In dem Fall geht es gar nicht um Brandstiftung, sondern um eine viele Jahre zurückliegende Serie von Kindesentführungen.

Während Dittert zu *Mann ohne Augen* von einem Ereignis aus der Nachbarschaft inspiriert wurde, war es bei *Im Bann des Drachen* eine Chinareise. »Ich war in Shanghai und habe dort sehr, sehr viele für europäische Augen skurrile Dinge gesehen«, verrät der Autor. Aber was für einen Europäer seltsam anmutet, ist für einen Asiaten ganz normal – und umgekehrt. »Die Dinge und Verhaltensweisen sind natürlich nicht skurril, aber auf uns wirken sie so, weil sie so anders sind«, so Dittert. In der Geschichte wacht Peter völlig ahnungslos, benommen und allein in einem Luxushotel in Shanghai auf, während seine Kollegen ebenso ahnungslos in Rocky Beach nach ihm suchen! Die Leser werden »mit Peter in eine völlig fremde Umgebung geworfen und erleben dieses Fremde völlig authentisch mit – und erkennen, dass es eben nicht seltsam, sondern ›anders‹ ist«, erklärt der Autor seinen spannenden Erzählansatz. »Das Schwierigste bei diesem Fall war übrigens die Frage: Wie kommen die ??? plausibel dorthin?« Wer es noch nicht kennt, sollte unbedingt einen Blick in das Buch werfen!

Eigentlich sind Auslandseinsätze der drei Detektive nicht gern gesehen. Dittert bekam dennoch von Verlag und Autorenkollegen grünes Licht für seinen Shanghaifall. Somit fehlt nur noch ein Antarktisfall. Denn bis auf den Südpol hatten die drei ??? auf allen anderen Kontinenten schon ein Gastspiel.

Christoph Dittert ist neben Ben Nevis der einzige Autor, der auch noch für *Die drei ??? Kids* schreibt. »Die finde ich ganz, ganz großartig. Ich liebe diese Bücher, gerade in ihrer, hm, teilweise ›Comicartigkeit‹ und ihrem Witz. […] Außerdem lieben so viele Kinder die Kids, die noch zu jung sind, um die ›normalen‹ ??? zu lesen, allein das ist super«, schwärmte Dittert in einem Interview mit *Schwarzaufweiss*. Von ihm stammen die *Die drei ??? Kids*-Fälle *Das Rätsel der Marabus, Astronaut in Gefahr, Monster-Trucks, Insekten-Alarm, Die Matschbombe, Jagd im Dunkeln* (allesamt im Midi-Format) sowie die Sammelbände

Räuberjagd und *Alarmstufe rot.* »Es ist etwas ganz anderes, die Dramaturgie, die Schreibweise, die Art der Fälle ... und ja: Das ist nicht einfach, da umzudenken«, so Dittert.

Christoph Dittert ist der vielseitigste *Die drei ???*-Autor – zumindest was das Format anbelangt. Er weiß nicht nur, wie man klassische Bücher und Fälle für *Kids* schreibt, sondern kann auch Kurzgeschichten, Mitratefälle und Midi-Bände verfassen. Von Letzteren kamen im Jahr 2013 drei auf einen Schlag heraus: *Das kalte Auge, Der Tornadojäger* und *Das Grab der Inka-Mumie.* Angeblich hatte Albert Hitfield (➤ S. 197) beim Aufräumen drei alte Manuskripte gefunden.

»Für das ›kalte Auge‹ hab ich ein besonderes Herz, da tauchen ein ganzer Haufen sehr, sehr skurriler Leute auf; das hat mir großen Spaß gemacht«, berichtet Dittert auf seinem Blog über seinen Lieblings-Midi-Fall. »In Rocky Beach sammeln sich aus einem bestimmten Grund Mystiker aus allen Himmelsrichtungen, und alle sind Typen der eigenen Art, sag ich mal. Treibt tatsächlich der Todesgeist des Croatoan sein Unwesen in Rocky Beach?« Der Vorraum im Hotel sehe übrigens genauso aus »wie der, in dem ich neulich auf einer Autorenkonferenz war«, plauderte er offen aus. Leider ließ Dittert dabei offen, ob es sich dabei um ein *Die drei ???*- oder ein *Perry Rhodan*-Treffen handelte.

Zu *Das Grab der Inka-Mumie* wurde Dittert von einem Testleser inspiriert, die seien doch spannender als die typischen ägyptischen Mumien, so der Autor auf seinem Blog:

> »Herausgekommen ist ein mysteriöser, unheimlich angehauchter, mit Abenteuerteilen versetzter *Die drei ???*-Band. Ich finde, er ist ein bisschen klassisch angehaucht – nach meinem Empfinden. Wer also die ???-Klassiker mag, wird hier (hoffentlich) auf seine Kosten kommen.«

Zu *Die drei ??? und der Tornadojäger* sagt Dittert:

> »Das Buch ist völlig anders als die anderen beiden. [...] Es ist eher ein Verwirrspiel. Ursprünglich wollte ich eine richtige knallige Superactionfolge draus machen, aber das hat sich im Lauf der Arbeit etwas geändert. Ein Kapitel ungefähr in der Mitte heißt ›Intrigen überall‹, und das beschreibt das Buch eigentlich ganz gut, glaub ich.«

In dem Fall besuchen Justus, Peter und Bob auch selbst ein Tornadogebiet. Bei seinen Recherchen fand Dittert heraus, dass er die drei Detektive dafür gar nicht so weit reisen lassen musste. Auch die Heimat der drei ??? wird ab und an von Tornados heimgesucht.

Obwohl die Rahmengeschichte den Eindruck erweckt, als würde es sich um alte, noch nicht veröffentlichte Fälle handeln, spielen alle drei in der Jetztzeit. Justus, Peter und Bob benutzen nicht nur sämtliche modernen Hilfsmittel, sondern betreten ihre Zentrale auch durch das Kalte Tor. Diesen Eingang gibt es jedoch erst, seitdem der Wohnwagen in *Feuermond* wieder von Schrott ummantelt ist (➤ S. 129). Hitfields Vor- und Nachworte sowie die Kommentare sind lediglich klassisch angehauchte Stilmittel. Der Autor hatte sich bewusst dagegen entschieden, alles auf alt zu trimmen. Auch hierzu bezog er in seinem Blog Stellung:

> »Das hätte die eigentliche Zielgruppe, eben Kinder, nun völlig verwirrt. Für den erwachsenen Leser wäre das schon nett gewesen, das sehe ich genauso. Ich hab drüber nachgedacht, auch die alten Figuren, vornehmlich Reynolds, mitspielen zu lassen – und mich dagegen entschieden.«

??? Rundumsound ???

Bei der Hörspielumsetzung der drei Midi-Bände ließ sich Europa etwas ganz Besonderes einfallen: Im Rahmen von 3-D-Hörspielveranstaltungen wurde in ausgewählten Planetarien ein ganz besonderes Hörerlebnis geboten. »Euch erwartet ein Hörspiel im Rundum-3-D-Sound, das ein regelrechtes Eintauchen in die Handlung ermöglicht – ganz ohne visuelle Ablenkung«, versprach und hielt die Ankündigung. 2017 kamen die Planetariumsfälle als (Doppel-)CD im Stereosound heraus.

Mitratefälle

Auch drei der bisher sechs erschienenen Spielbücher *Dein Fall* stammen von Christoph Dittert: *Hotel der Diebe*, *Höllenfahrt* und *Das Rätsel der Smart City*.

Das Hotel von *Hotel der Diebe* gibt es übrigens wirklich. Es handelt sich dabei um das Lindner Hotel & Residence Main Plaza gegenüber der Europäischen Zentralbank auf der anderen Mainseite in Frankfurt. In der Welt der drei ??? steht es allerdings am Los Angeles River. Justus, Peter und Bob klären dort mithilfe des Lesers nicht nur eine Reihe von Zimmereinbrüchen auf, sondern begegnen auch einer Reihe von Hotelangestellten. Dem Technikmeister des Hotels, Frank Krolop, setzte Dittert ein Denkmal – als Technikmeister Franzicek Krolop. Und die Auftraggeberin der drei ??? Monica Riker ist keine Geringere als die Lindner-Empfangschefin Monique Räker. Sie war es auch, die den Autor überhaupt auf die Buchidee brachte. Nachdem Dittert in einem Blogbeitrag von einem Aufenthalt im Main Plaza geschwärmt hatte, wandte sich die Empfangsdame ganz spontan an ihn. Schnell ließ sich Dittert begeistern; bereits während einer Führung hinter die Kulissen des 4-Sterne-Hotels hatte er grob die Handlung im Kopf.

Das Hotel ist mächtig stolz auf seine Gäste aus Rocky Beach. Man kann in den gleichen Betten wie Justus, Peter und Bob schlafen – in Zimmer 408 – oder an einer exklusiven Hausführung zu den Schauplätzen von *Hotel der Diebe* teilnehmen. Ganz billig ist dieses spezialgelagerte Sonderübernachtungsangebot allerdings nicht. Das *Die drei ???*-Arrangement (zwei Übernachtungen inklusive allerhand Drumherum) ist pro Person im Doppelzimmer ab 219 Euro zu haben. Es lohnt sich trotzdem.

Für die beiden anderen Mitratefälle waren ein alter Hase, nämlich Marco Sonnleitner (*Tödlicher Dreh*), und ein Frischling verantwortlich: Michael Kühlen. Kühlen wurde 1970 geboren. Nach seinem Studium arbeitete der Politikwissenschaftler ein Jahr lang für einen Abgeordneten in den USA, wo er schon zu Schulzeiten ein Austauschjahr verbracht hatte. Dann verschlug es ihn zur Bertelsmann Stiftung. Im Jahr 2006 wechselte er die Branche: Kühlen heuerte bei der Verlagsgruppe Beltz an und verstärkte dort die Marketingabteilung.

Als er hörte, dass Kosmos einen neuen Lektor suchte, bewarb er sich kurzerhand. Er war der einzige Bewerber, der sich die Mühe gemacht hatte, einen alten *Die drei ???*-Band nachzubearbeiten, und überzeugte so den Verlag. Von seiner Zeit in Amerika profitierte er dabei ungemein, wie er auf der Homepage der Universität Heidelberg, wo er später als Wissenschaftlicher Leiter am Heidelberg Center for American Studies arbeitete, mitteilte. Es gebe viele Unterschiede zwischen den USA und Deutschland zu beachten:

>»Das fängt mit so einfachen Dingen an wie Türknöpfen und Schiebefenstern in den USA im Unterschied zu Türklinken und Kippfenstern in Deutschland. Aber es geht auch darum, ob es in den USA so etwas gibt wie ein Vereinsheim für einen Fußballclub oder wie sich Menschen in bestimmten sozialen Situationen verhalten.«

Einmal durfte Kühlen ausnahmsweise selbst in die Autorenrolle schlüpfen: *Die weiße Anakonda* stammt von ihm. Einen Mitratefall zu verfassen, ist knifflig, erzählt er rückblickend:

>»Die Handlung verzweigt sich, fließt wieder zusammen, es gibt Sackgassen – man kann also nicht einfach linear eine Geschichte schreiben, sondern macht sich am besten ein Fließdiagramm. Man muss schauen, dass die Anschlüsse stimmen, und darauf achten, wie der Wissensstand der Leser zu einem bestimmten Zeitpunkt ist, was viel Arbeit bedeutet.«

Bei Kosmos blieb Kühlen nur drei Jahre. Danach zog es ihn in die Wissenschaft nach Heidelberg. Kurze Zeit später wechselte er zur gewerkschaftsnahen Hans-Böckler-Stiftung, wo er heute als Referatsleiter für Forschungsförderung zuständig ist.

Die Rückkehr von Marx und Minninger

Im Herbst 2012 hatten *Die drei ???*-Fans einen Grund zum Feiern: Die beiden Urgesteine André Marx und André Minninger meldeten sich zurück zum Dienst! Die Mitbegründer der neuen Ära steuerten zum Sammelband *Das Rätsel der Sieben* je eine Kurzgeschichte bei: *Die verschwundene Torte* (Marx) und *Der siebte Gast* (Minninger). Seitdem gehören die beiden Namensvettern wieder zum festen Autorenstamm. Das gemeinsame Comeback war aber reiner Zufall. Marx hatte gerade seine Kinderbuchreihe *Das wilde Pack* abgeschlossen und hielt nach einem neuen Projekt Ausschau:

»Zu den drei ??? zurückzukehren, war natürlich der einfachste Weg. Und den bin ich gegangen. Ich hätte auch einen schwierigeren gehen können. Aber anders als bei allen freien Projekten, die man als Autor angeht, gibt es bei *Die drei ???* eine gewisse Planungssicherheit, und das ist als Freiberufler manchmal viel wert. Das ist jetzt eine sehr nüchterne Antwort, aber so war es nun mal. Sowohl die Kurzgeschichte als auch ›Spur des Spielers‹ habe ich übrigens frisch geschrieben, nichts davon befand sich in der Schublade. ›Spur des Spielers‹ war übrigens ein extrem schwieriger Schreibprozess für mich, weil ich wahnsinnig verunsichert war, ob ich das überhaupt noch kann.«

Er konnte! *Die Spur des Spielers* wurde von den Fans zum Buch des Jahres 2013 gewählt. Seit seinem Comeback gewann André Marx jedes Jahr ein Goldenes Fragezeichen in der Kategorie »Beliebtester Autor«. Auch seine Bücher *Der Geist des Goldgräbers* (2014) und *Insel des Vergessens* (2016) wurden mit einem Goldenen Fragezeichen in der Kategorie »Buch des Jahres« ausgezeichnet. Nur im Jahr 2015 gelang es Kari Erlhoff einmal, mit *Die drei ??? und der Hexengarten*, André Marx auf Platz zwei (*Das Kabinett des Zauberers*) zu verweisen.

Von André Minninger stammt die erste Weihnachtsgeschichte *Die drei ??? und der 5. Advent*. Der Fall erschien zunächst nur als E-Book. Beim Hörspiel wurde ab dem 1. Dezember 2012 täglich ein neues Kapitel zum Download bereitgestellt. Auch der Fall selbst ist in einem Adventskalender versteckt: Anstelle von Schokolade findet die Auftraggeberin der drei Detektive hinter den Türchen mysteriöse Botschaften, die auf ein Verbrechen am 5. Advent hinweisen. Ein Wettlauf gegen die Zeit beginnt, denn bis Heiligabend muss der Fall gelöst sein.

In *Die drei ??? und die flüsternden Puppen* und *Signale aus dem Jenseits* widmete sich Minninger zwei alten Bekannten: Skinny Norris und Clarissa Franklin. »Zu den ›Flüsternden Puppen‹ hatte ich mich entschlossen, weil mir die Folgen der letzten vielen Jahre nicht gruselig genug erschienen!«, erzählt er. Mit *Die drei ??? und die Zeitrei-*

sende geht er neue Wege. In diesem Fall beharrt die Schauspielerin Gladys Pixie darauf, dass ihre vor vielen Jahren wie vom Erdboden verschluckte Tochter in die Zukunft gereist ist. Während die Detektive zunächst am Verstand der alternden Filmdiva zweifeln, belehrt ein Foto die drei ??? plötzlich eines Besseren.

Gerüchteküche rund um das Gespensterschloss

Das Jahr 2014 begann mit einem Paukenschlag: Ein anonymer Blogger behauptete, die Originalfassung von *Die drei ??? und das Gespensterschloss* zu besitzen. Spuernase, so sein Pseudonym, wollte lieber anonym bleiben, weil er rechtliche Schritte seitens des Verlags fürchtete. Auf seinem Blog veröffentlichte er Auszüge aus der angeblichen Urfassung, die ein völlig anderes Licht auf die drei Detektive warf – insbesondere auf Justus. Nicht nur die Fans diskutierten eifrig, auch die Autoren gaben sich ratlos. In seinem Blog kommentierte Christoph Dittert:

> »Ich muss sagen, das ist schon sehr seltsam, was man da liest. […] Na ja, sensationell wäre das schon, das gebe ich zu. Interessant wäre es auch. Und natürlich wird es auch eine ›Fassung vor Lektorat‹ geben, die aber irgendwie auch völlig uninteressant ist. Und die bestimmt keinen kotz-unausstehlichen Justus präsentieren würde. Oder …«

Je mehr Auszüge Spuernase aus seinem Fundus veröffentlichte, desto größer wurden allerdings die Zweifel an der Echtheit des Materials. Die wildesten Theorien wurden entwickelt und widerlegt. Die Skepsis war alleine deshalb schon gerechtfertigt, weil erst wenige Jahre zuvor die sogenannten *Arthur-Retan-Briefe* veröffentlicht worden waren. Dabei handelte es sich um die Korrespondenz von Robert Arthur mit seinem ersten Lektor Walter Retan aus den Jahren 1963/64. Als Random House im Jahr 2011 ausmistete, überließ der Verlag dem *Die drei ???*-Experten Seth T. Smolinske etliche Dokumente, Bücher etc. aus dem verlagseigenen *T3I*-Archiv. Einiges davon hat Smolinske der Öffentlichkeit mittlerweile auf seiner beeindruckenden Homepage threeinvestigatorsbooks.com zugänglich gemacht. Die Urversion von *Terror Castle* sah in der Tat anders aus, hatte aber trotzdem nichts mit dem zu tun, was Spuernase verbreitete (▶ S. 10).

Am Ende stellte sich heraus: Hinter alldem steckte der Kosmos Verlag – und auch Dittert war von Anfang an in alles eingeweiht gewesen! Die ganze Sache war der Startschuss für eine groß angelegte Marketingkampagne zum 50. Geburtstag der drei ???. Unter dem Motto »Rette die drei ???« sollten die Fans ihren drei Lieblingsdetektiven dabei helfen, den skrupellosen Rufmörder zu überführen. Die Kampagne lief fast das gesamte Jahr. Ein Einstieg in die laufenden Ermittlungen war zu jedem Zeitpunkt möglich, da man den aktuellen Stand immer auf der eigens dafür eingerichteten Homepage nachvollziehen konnte.

Da Kosmos die Fans bereits heiß gemacht hatte, brachte der Verlag den 50 Jahre alten Fall *Die drei ??? und das Gespensterschloß* in seiner ursprünglichen Fassung und alter Rechtschreibung heraus. Als Bonbon war der Band mit einem Wendecover ausgestattet. Eine Seite zeigte das alte Originalcover der ersten beiden Auflagen. Denn erst ab der dritten war Aiga Rasch (1941–2009) für die Illustrationen verantwortlich gewesen.

Kosmos veröffentlichte im Jahr 2014 mit *Die drei ??? und die geheimen Bilder* einen Bildband, der sich speziell der charakteristischen Umschlaggestaltung widmete. Darin sind nicht nur alle Cover abgebildet, sondern auch viele Entwürfe und Alternativvorschläge. Als i-Tüpfelchen verraten alle Autoren, welches Cover ihr persönlicher Favorit ist. Der Bildband kostet zwar 39,99 Euro, ist aber wirklich jeden Cent wert.

Ab März 2014 ging es für *Die drei ???*(-Sprecher) auch wieder auf große Fahrt. Zwei Jahre waren Oliver Rohrbeck, Jens Wawrczeck und Andreas Fröhlich kreuz und quer in Deutschland mit *Phonophobia* unterwegs. Dem Livehörspiel liegt der eigens dafür von Kari Erlhoff geschriebene Fall *Sinfonie der Angst* zugrunde. Und wie konnte es anders sein im großen Jubiläumsjahr, in dem sich alles um das Gespensterschloss drehte: Die drei Detektive kehrten genau hierhin zurück.

Zur Jubiläumskampagne gehörten zudem eine Kooperation mit McDonald's und eine Fortsetzungsgeschichte in der Kinderzeitschrift

Dein Spiegel. Das alles stemmte der Verlag aus dem laufenden Betrieb. Denn im großen Jubiläumsjähr 2014 stand mit Folge 175 auch der nächste große Jubiläumsdreiteiler ins Haus: *Schattenwelt.*

Der Jubiläumsband *Schattenwelt*
Mittlerweile war es schon Tradition, alle 25 Fälle eine Trilogie herauszubringen. Bei *Schattenwelt* war allerdings das Konzept neu: drei Teile von drei Autoren. Christoph Dittert, Kari Erlhoff und Hendrik Buchna übernahmen je einen Abschnitt des Falls, der an der Universität Ruxton spielt. Justus, Peter und Bob schnuppern hier für zwei Wochen in das Studentenleben hinein. Dabei kommen die drei Detektive nicht nur dem dunklen Geheimnis der Universität auf die Spur, sondern stoßen auch auf einen schwarzen Fleck in der Vergangenheit von Bobs Vater.

Zwar waren für *Die drei???* und der *dreiTag* ebenfalls drei Autoren verantwortlich, doch bei *Schattenwelt* handelt es sich um eine klassische zusammenhängende Geschichte. »Trotz der Verschiedenartigkeit beider Projekte gab es jedoch durchaus auch Gemeinsamkeiten – allen voran die vertrauensvolle, gestalterisch außerordentlich beflügelnde Zusammenarbeit als Autorentrio«, schwärmte Buchna später. Auch seine Kollegin Erlhoff zeigte sich begeistert von dem Gemeinschaftsprojekt:

> »Im Team ist es auf jeden Fall leichter, auf Ideen zu kommen. Man bleibt gedanklich nicht immer in seiner Ecke, sondern kann den Fall aus verschiedenen Blickwinkeln betrachten. Schwierig wird es, wenn die Vorstellungen zu weit auseinandergehen und man eventuell sogar ganze Szenen oder Lieblingscharaktere streichen muss. Zum Glück war das bei uns nicht der Fall.« (antolin.de)

Auch Dittert bewertete die Zusammenarbeit insgesamt positiv:

> »Für das einzelne Buch (also den Teilroman) war es sicher mehr Arbeit ... aber auch lohnender, weil eben ständig die Autorenkollegen auch kommentiert haben und Elemente aus den anderen Teilromanen vor- oder nachbereitet werden mussten.«

Keiner der drei Autoren hatte sich bei der Veröffentlichung des ersten Dreiteilers *Toteninsel* im Jahr 2001 auch nur träumen lassen, selbst einmal an einer Jubiläumsfolge mitzuarbeiten.

Die breite Produktpalette

Im Jahr 2018 gibt es ebenfalls reichlich Grund zum Feiern. Vor 50 Jahren kam in Deutschland das erste *Die drei ???*-Buch auf den Markt. Und Justus, Peter und Bob lösen mit dem Dreiteiler *Freuriges Auge* aus der Feder von André Marx ihren 200. Fall. Den 200. regulären Fall, um genau zu sein. Denn es gibt nicht nur den Serienableger *Die drei ??? Kids* und Computerspiele (seit 2015 sogar mit den Originalsprechern), sondern auch eine breite Auswahl an »irregulären« Fällen: Adventskalender, Midi-Bände und Mitratefälle. Die Produktpalette wurde gerade in den letzten Jahren stark erweitert.

Die Kurzgeschichten

Bei den Kurzgeschichten können die Autoren ihrer Kreativität freien Lauf lassen. Die eisernen Gesetze der Serie dürfen erweitert und auch mal überdehnt werden. Dabei kommen Fälle heraus, »die im regulären Kontext unmöglich wären«, so Hendrik Buchna. In *Leaving Nineteen Sixty-four* von Ben Nevis lösen die drei Detektive einen Fall während einer Zeitreise. »Immer und immer wieder« erlebt Peter dieselbe Szene in Hendrik Buchnas gleichnamiger Kurzgeschichte, deren Anstoß nach inspirierenden Ideen seiner Schwägerin schließlich die Kultkomödie *Und täglich grüßt das Murmeltier* lieferte. Besonders die Hörspielumsetzung ist »hörenswert«, denn die Szene wird hier wunderbar in *Die drei ??? und der magische Kreis* eingeflochten. Die Geschichte *Rückwärtsgang* wird von André Marx rückwärts erzählt. Am Anfang – oder besser gesagt am Ende? – wird Justus niedergeschossen. Jeder Sammelband ist (mit Ausnahme von *Die drei ??? und die Geisterlampe*) einem Grundthema zugeordnet. Bisher drehten sich die Kurzgeschichten um die Zahl Sieben, das Thema Zeit und die Farbe Schwarz.

Japanische Bindung

Einen gänzlich neuen Ansatz verfolgte André Marx in *Die drei ??? und das Grab der Maya*. Dieser Fall wird aus wechselnden Perspektiven erzählt. Die Idee dazu kam vom Verlag, Marx setzte sie mit Bravour um. In dem Buch gibt es verschlossene Seiten, die sich leicht öffnen lassen. Dort wird der Fall eine Zeit lang aus der Sicht der Gegenspieler der drei Detektive geschildert. Auf diese Weise sind die Leser ihren Lieblingsdetektiven manchmal sogar eine Nasenlänge voraus. *Die drei ??? und das Grab der Maya* »war das technisch und handwerklich herausforderndste Buch, das ich je für die Reihe geschrieben habe«, erzählt der Autor über den Band mit japanischer Bindung. Marx gibt auch einen Einblick in den Entstehungsprozess: »Ich versuchte mich zunächst an einer vollkommen anderen Geschichte mit noch mehr verschiedenen Perspektiven, gab aber nach ca. 50 Seiten auf, weil alles zu verworren und unspannend war. Ich fing noch mal von vorn an, diesmal mit der Geschichte, die dann am Ende *Das Grab der Maya* wurde.«

Die Graphic Novels

Mittlerweile sind zwei Graphic Novels erschienen: *Die drei ??? und der dreiäugige Totenkopf* (2015) und *Das Dorf der Teufel* (2017). Die Illustrationen stammen von Christopher Tauber. Der gebürtige Frankfurter (Jahrgang 1979) arbeitet freiberuflich als Comiczeichner. Der Hesse ist kein typisches Kassettenkind. Die Geschichten rund um Justus, Peter und Bob lernte er erst während seines Zivildienstes in einem Behindertenwohnheim kennen, denn ein Bewohner hörte die Kassetten rauf und runter. Auch Tauber ließ sich infizieren und schlief dabei regelmäßig auf der Dienststelle ein – natürlich nicht, weil er die Hörspiele langweilig fand.

Als Kosmos dann einige Jahre später bei ihm anfragte, ließ er sich nicht zweimal bitten. Tauber war aber nicht der einzige Kandidat, der Probeentwürfe einreichen sollte. »Dass ich den für den Verlag richtigen Ton treffe, hätte ich nie gedacht«, freut sich der Zeichner. Dass er mit seinen Illustrationen bei den Fans durchfallen könnte, machte ihm keine Angst:

»Ich hab es eher als Herausforderung für mich selbst gesehen. Und ja, auch meine ersten Entwürfe unterschieden sich zunächst von dem, was ich mir beim Hören vorgestellt hatte. […] Da ich durch die Arbeit ein ganz anderes Verhältnis zu diesen drei Typen bekommen hab, ist es für mich auch nicht so schlimm, wenn die Darstellung für andere nicht so greift. Im Falle der Graphic Novel kriegen die Leute halt visuell meine Vorstellung der ???, welche nur eine Vorstellung ist und keine universell geltende.«

Für die Texte und Dialoge sind Ivar Leon Menger und John Beckmann (geboren 1981 in Hamburg) verantwortlich, die aber erst später zum Team stießen. Beide hatten schon diverse Projekte gemeinsam gestemmt. So war Beckmann – genauso wie Hendrik Buchna – an Mengers Psychothriller-Serie *Darkside Park* beteiligt. Das Duo Menger-Beckmann trat hier übrigens nicht das erste Mal in Erscheinung. Gemeinsam hatten sie bereits die Buchfassung zum *dreiTag*-Hörspiel *Fremder Freund* verfasst.

Die Zusammenarbeit der beiden Texter lässt sich grob in zwei Phasen unterteilen. In der Konzeptionsphase »pitchen« die beiden via E-Mail oder Messenger Ideen und Inspirationen in Form von Einzeilern. »Was einen nämlich als Einzeiler schon nicht packt, wird meist auf 128 Seiten auch kein Renner. Früher oder später kristallisiert sich dann eine oder mehrere Ideen heraus, für die wir beide Feuer und Flamme sind – und diese verfolgen wir dann weiter«, gewährt Beckmann einen Blick hinter die Kulissen. Sobald die Kapitel und Szenen grob stehen, geht es in eine getrennte Schreibphase. »Zum Abschluss lesen wir den Teil des jeweils anderen und geben Feedback – wir lektorieren uns also quasi noch mal gegenseitig.« Natürlich habe eine Comicadaption in der Welt der drei ??? »eine gewisse Fallhöhe«. Aber die beiden machten sich ähnlich wie der Illustrator keinen großen Kopf darum, so Beckmann:

»Offen gestanden bin ich da […] recht schmerzlos – und Ivar geht es zum Glück genauso. Wer etwas veröffentlicht, stellt sich der öffentlichen Kritik, setzt sich also auch immer der Gefahr aus, dass sein Werk fein säuberlich in seine Einzelteile zerlegt wird. Der einzige Weg, wie man damit als Autor adäquat umgehen kann, ist, meiner Meinung nach, ein Werk abzuliefern, welches man selbst gut findet und hinter dem man steht.«

Die erste Graphic Novel ist mit ihrem »lockeren Strich« (Menger) gut bei den Fans angekommen. Bei *Das Dorf der Teufel* haben die drei nochmals eine Schippe draufgelegt. Auf der Suche nach einem Freund von Morton landen die drei Detektive in diesem Fall zusammen mit ihrem Chauffeur in einem Dorf, in dem die Zeit scheinbar stehen geblieben ist. Alles, was eine moderne Gesellschaft auszeichnet, ist hier nicht existent. Mit den Graphic Novels reagiert Kosmos auch auf Neuentwicklungen auf dem Buchmarkt, denn die Comics im Buchformat werden immer beliebter.

Bobs Archiv

Der jüngste Streich ist *Bobs Archiv: Der Fall Marty Fielding*. Dabei handelt es sich um eine Schuberbox mit Bobs persönlichen Fallnotizen. Insgesamt sind in der Box 24 Hefte à 8 Seiten; dazu gibt es einen Umschlag mit Beweismaterialien. Endlich kann man einmal Bob bei der Führung seiner Fallakten über die Schulter blicken! Für den Inhalt war Christoph Dittert, der Allrounder unter den Autoren, verantwortlich:

»Bei der Arbeit stellten sich mir viele Fragen – etwa die, ob Bob die Akte in der ersten Person führt … sind die drei ??? in den Akten also ›wir‹? Wie realistisch soll das Archiv werden … oder wie spielerisch? Was lässt sich realisieren, was eher nicht? Ein wichtiges Element wurden dann Bobs handschriftliche Notizen und seine Querverweise zwischen den Einzelakten, die gewissermaßen eine Metaebene bilden. Ich jedenfalls hatte Spaß bei der Arbeit …«

Der Schlüssel zum Erfolg

Kosmos reagiert insgesamt viel behutsamer und umsichtiger auf neue Trends als seinerzeit Random House in den USA. Man konzentriert sich auf den Markenkern, erweitert die Produktpalette aber gleichzeitig geschickt mit Nebentiteln. An dieses ungeschriebene Gesetz hält sich auch Europa bei der Produktion der Hörspiele. Es werden gezielt neue Akzente gesetzt, im Kern bleibt aber alles beim Alten. Es gibt sowieso keinen Grund, etwas an diesem Erfolgsrezept zu ändern. Die drei ??? begeistern Fans im Alter von 8 bis 80 Jahren.

Die drei ??? Kids eignen sich perfekt, um neue Fan-Generationen heranzuführen. Die Altersspanne der *Die drei ???*-Fans geht immer weiter auseinander. Der *Kids*-Ableger schafft aber auch die nötige Luft für erwachsenere Themen bei der Mutterserie. Die Autoren werden zwar nicht müde zu betonen, dass ihre Hauptzielgruppe bei Kindern und Jugendlichen liegt, aber spätestens bei den Hörspielen kommen die älteren Fans dazu. Beide Gruppen müssen sich gleichermaßen angesprochen fühlen.

Die Macher der Kinofilme hatten sogar drei Zielgruppen im Sinn: alte Fans, junge Fans und noch komplett Ahnungslose. Doch während *Das Geheimnis der Geisterinsel* (2007) noch 940.000 Zuschauer in die Kinosäle lockte, schauten sich im Jahr 2009 nur 587.000 Besucher *Das verfluchte Schloss* an. Das war ein klares Indiz dafür, dass der erste Film den hohen Erwartungen des Publikums nicht gerecht geworden war – trotz des amtlichen Budgets in Höhe von 11,5 Millionen Euro. Über die Gründe könnte man stundenlang diskutieren. Fakt ist: Obwohl insgesamt drei Filme sowie eine siebenteilige Serie vorgesehen waren, wurde der dritte Film erst gar nicht mehr produziert. Geplant war noch ein Streifen auf Grundlage von *Die drei ??? und die silberne Spinne.*

Der Flop an den Kinokassen hat der Marke *Die drei ???* jedoch nicht geschadet. Mehr als 17 Millionen *Die drei ???*-Bücher gingen in den letzten 50 Jahren über den Ladentisch. Die Verkaufszahlen von mehr als 7 Millionen *Die drei ??? Kids*-Bänden sind nicht weniger beeindruckend. Seit 1979 wechselten etwa 50 Millionen Tonträger (Vlnyl, Kassetten, CDs, Downloads) den Besitzer. Auch die Streamingdienste haben die Geschichten aus Rocky Beach im Repertoire. *Die drei ???* können bei den Verkaufszahlen locker mit jedem Popstar mithalten. Und auch die Stimmung bei den Liveauftritten ist ähnlich euphorisch.

Lange Zeit blieben Megamarke und Massenphänomen *Die drei ???* unter dem Radar der Öffentlichkeit. Schließlich wollte kaum ein Erwachsener zugeben, die Hörspiele und Bücher »immer noch« zu hören oder zu lesen. Das änderte sich erst allmählich. Gerade dank des Internets konnten sich die Fans miteinander vernetzen. Heute ist die

Serie omnipräsent und hat längst Kultstatus erreicht. Die *Wirtschafts-woche* (49/2013) widmete ihr sogar eine eigene Titelstory und arbeitete die Gründe für den nicht abebbenden *Die drei ???*-Hype heraus:

- Konzentration auf den Markenkern
- Keine Überschwemmung des Marktes
- Konstanz bei Qualität, Aufmachung und Preis
- Regelmäßigkeit der Veröffentlichungen
- Gutes Eventmanagement

TEIL II

Zentrale Schauplätze und wichtige Figuren

Wo würde Rocky Beach in der echten Welt liegen? Wie sieht es in der Zentrale aus? Und was ist eigentlich mit Justus' Eltern geschehen? Immer wieder gibt es in den Büchern und Hörspielen Beschreibungen der Charaktere, oft detaillierter als für das reine Vorantreiben der Handlung nötig. Doch diese Beschreibungen sind gerade in Bezug auf zentrale Figuren und Orte nur eingestreut, ergänzen sich oft und widersprechen sich sogar teilweise. Hier findet ihr eine vollständige Darstellung der drei Jungs und ihrer Heimatstadt – so vollständig, wie es eben möglich ist.

Und da die drei ??? nichts ohne ihre zahlreichen Klienten, Helfer und Gegner wären, ist den – aus meiner Sicht – wichtigsten von ihnen hier ebenfalls ein Kapitel gewidmet.

Rocky Beach – die Heimatstadt der drei ???

Der Schauplatz der meisten Geschichten ist Rocky Beach, eine fiktive Kleinstadt zwischen Los Angeles und Malibu in Südkalifornien. Die Stadt liegt direkt am Küsten-Highway in einer flachen Ebene. Nur wenige Kilometer außerhalb beginnt hügeliges Land, das Rocky Beach terrassenartig umgibt und langsam in die zerklüfteten Santa Monica Mountains übergeht. Teile der Stadt liegen auf einer Steilküste. Es gibt hier ausgedehnte Sandstrände und obwohl die Küstenlage relativ viele Nebeltage mit sich bringt, regnet es selten. Doch wenn es regnet, dann durchaus auch sintflutartig. Die meiste Zeit ist es ziemlich heiß, zumindest aber angenehm warm.

Die Lage von Rocky Beach

Obwohl Rocky Beach und das nähere Umland detailliert beschrieben werden, kann die genaue Lage der Stadt nicht treffsicher bestimmt werden. Den genauesten Hinweis gibt es in *Die drei ??? und die flüsternde Mumie*. Dort finden sich Peter und der libysche Junge Hamid nach einer längeren Fahrt versteckt in einem Sarkophag irgendwo in Los Angeles wieder. Peter äußert die Vermutung, dass die beiden »mindestens fünfundzwanzig Kilometer von Rocky Beach und fünfzehn Kilometer von Hollywood entfernt« sind. In Verbindung mit einer Straßenkarte der 1960er Jahre und dem Wissen, dass Rocky Beach direkt an der Pazifikküste liegt, würde diese Information zur Lagebestimmung ausreichen – wenn man denn wüsste, wo sich Peter und Hamid genau befanden. Los Angeles hatte bereits damals über 2,5 Millionen Einwohner! Und zu allem Übel weicht die Übersetzung vom Original ab: Während Peter in der deutschen Ausgabe vermutet, dass er »irgendwo im Industrieviertel« ist, heißt es im Original »somewhere in downtown«, also irgendwo in der Innenstadt. Auch wurden die Meilenangaben etwas ungenau in Kilometer umgerechnet, denn Peter und Hamid sind im

Original fünfzehn beziehungsweise zehn Meilen von Rocky Beach und Hollywood entfernt.

Da die drei Detektive viele ihrer Abenteuer außerhalb von Rocky Beach erleben, könnten Leser mit detektivischem Spürsinn auf die Idee kommen, von der Fahrzeit auf die Lage der Stadt zu schließen. Im Großraum von Los Angeles gibt es zwar ein dichtes Netz vier- bis achtspuriger Schnellstraßen, die teils sogar als Hochstraßen kreuzungsfrei und ohne Ampeln von A nach B führen. Das Verkehrsaufkommen ist aber Tag und Nacht sehr stark. Ab und an ist auch von Staus die Rede. Nach Los Angeles, Hollywood oder Santa Monica dauert es mit dem Auto vom Schrottplatz aus immer zwischen 45 und 60 Minuten. Komischerweise bewältigen die drei ??? die gleiche Strecke mit ihren Fahrrädern in ähnlicher Zeit. Die Entfernungen sind demnach nur symbolisch zu verstehen; diese Spur führt leider auch in eine Sackgasse.

Das Vorbild für Rocky Beach

Ein kurzer Blick auf die Landkarte verschafft ohnehin Klarheit: Es gibt Rocky Beach in Wirklichkeit nicht! Doch was hatten Robert Arthur und seine Nachfolger im Sinn, als sie über die Kleinstadt schrieben? In der Serienbibel heißt es: »Santa Monica liegt direkt östlich [von Rocky Beach].«

Santa Monica ist eine Stadt, die wiederum im Osten direkt an Westwood, einen Stadtteil von Los Angeles, grenzt. In Westwood sind die Jungs oft unterwegs, denn hier wohnt der Chauffeur Morton und hier befindet sich auch die Universität von Kalifornien. Wenn die drei Detektive nach Los Angeles fahren, ist nie die Rede davon, dass sie noch durch Santa Monica müssen. Und vieles mehr stimmt mit den Beschreibungen in den Büchern überein: die Lage an der Steilküste zwischen Malibu, Los Angeles und den Santa Monica Mountains, der Strand, der Highway, der kleine, aber aus vielen Hollywoodfilmen berühmte Vergnügungspark am Santa Monica Pier. Auch die 80.000 bis 90.000 Einwohner würden perfekt auf Rocky Beach und die örtlichen Begebenheiten passen. Aber: Santa Monica ist alles andere als eine »unbedeutende Kleinstadt« oder ein »Provinznest«.

Auch grenzt Rocky Beach im Gegensatz zu Santa Monica definitiv nicht direkt an eine andere Stadt – schon gar nicht an Los Angeles. Santa Monica ist hingegen von L. A. geradezu umzingelt. Zudem sind Justus, Peter und Bob ziemlich oft in Santa Monica unterwegs. In *Die drei ??? und der magische Kreis* jobben die drei Detektive beispielsweise dort als Hilfskräfte in einem Verlag.

Die Macher der *Die drei ???*-Kinofilme, allen voran ihr Produzent Ronald Kruschak, waren sich sicher, dass Robert Arthur in Pacific Palisades die Heimatstadt der drei Detektive sah. Doch nirgendwo ist die Rede davon, dass Rocky Beach ein Stadtteil von Los Angeles sei. Und so ziemlich alles, was gegen Santa Monica spricht, trifft auch 1 zu 1 auf Pacific Palisades zu.

Eine andere Theorie sieht in Topanga (Beach) das Vorbild für Rocky Beach. Die Lage ist mit der von Rocky Beach identisch; sogar Google Maps verortet die fiktive Kleinstadt hier. Topanga ist außerdem ein altes indianisches Wort und bedeutet so viel wie felsig. Auch könnte der dortige Strand, der mit vielen, zum Teil fußballgroßen Steinen übersät ist, Robert Arthur zur Namensgebung (rocky = felsig, steinig) inspiriert haben. In *Tatort Zirkus* werden die »niedrigen Felsen« am Strand explizit erwähnt. Das war es aber auch schon mit den Gemeinsamkeiten. Der zu Topanga Beach gehörende Ort Topanga liegt nicht direkt am Meer, sondern sieben Kilometer nördlich in den Santa Monica Mountains – nicht in einer flachen Ebene. Eine solche Ebene gibt es zwischen Santa Monica und Malibu aber ohnehin nicht. Und selbst wenn man beide Augen zudrückt, ist Topanga viel zu klein und verfügt überhaupt nicht über die Infrastruktur von Rocky Beach. Immerhin gibt es hier aber wohl einen Schrottplatz. Jedoch sind die drei Detektive auch manchmal im Topanga Canyon oder in Topanga Beach unterwegs. In *Die drei ??? und das Hexenhandy* heißt es: »Für Surfer war Topanga Beach ein beliebtes Ausflugsziel. Neben dem Strand erstreckten sich pastellfarbene Souvenir-Shops zwischen komfortablen Wohnhäusern.« Mit dem Fahrrad sind es von Rocky Beach aus bis hierhin immerhin nur 15 Minuten.

Auch Malibu wird hin und wieder als Vorbild für die Heimatstadt der drei ??? ins Spiel gebracht. Aber dagegen sprechen allein schon die Entfernungen zu Los Angeles. Mehrfach fahren die drei Detektive mit dem Fahrrad die Küste hinauf bis nach Malibu, wofür sie immer etwa (symbolische) 30 Minuten brauchen. Hier wohnt nicht nur ihr Freund Albert Hitfield, in und um Malibu spielen auch einige Fälle. Von Topanga Beach bis Malibu sind es 20 Kilometer, von Santa Monica knapp 30 Kilometer. Mit dem Auto ist diese Strecke (locker) in einer halben Stunde zu bewältigen. Mit dem Fahrrad müsste aber selbst ein schneller Fahrer wie Peter mindestens eine Stunde in die Pedale treten.

Rocky Beach in der Fantasie der Autoren

Über Rocky Beach zerbrechen sich nicht nur die Fans den Kopf, sondern auch die Autoren. In einem auf rocky-beach.com veröffentlichten Interview verortete William Arden die Stadt zunächst »irgendwo bei Malibu«, um seine Aussage dann im nächsten Atemzug wieder zu relativieren. Denn Bobs Vater pendelt schließlich nach Los Angeles zur Arbeit und die drei Detektive sind derart oft in L. A. und Umgebung unterwegs, dass Rocky Beach viel näher liegen müsste. Immerhin verortete William Arden Rocky Beach selbst in *Die drei ??? und das Riff der Haie* etwas mehr als 100 Kilometer von Santa Barbara entfernt – also irgendwo zwischen Los Angeles und Malibu.

Interessanterweise ist dieser Verweis auf Santa Barbara nicht vollkommen aus der Luft gegriffen. Denn William Arden und seine Frau G. H. Stone hatten immer Santa Barbara vor Augen, wenn sie über Rocky Beach schrieben. Ben Nevis besuchte das Autorenehepaar sogar einmal in dessen Heimatstadt und ließ sich überzeugen: Demnach liegt Rocky Beach auf Topanga Beach und ist ungefähr so groß wie Santa Barbara mit seinen etwa 90.000 Einwohnern.

Peter Lerangis stellt sich Rocky Beach ungefähr so wie Menlo Park oder Petaluma vor. Aber auch diese kleineren kalifornischen Städte sind mit ihren 30.000 bis 50.000 Einwohnern noch zu groß, um als »unbedeutende Kleinstadt« durchzugehen. Die Einwohnerzahl ist sowieso so eine Sache. Kari Erlhoff geht von 15.000 bis 35.000 Einwohnern aus. »Eventuell etwas mehr, wenn man die Randbezirke und den landwirtschaftlichen Teil dazurechnet. Der Kern von Rocky Beach ist aber schon eher dörflich«, sagt die Autorin. Sie stellt sich Rocky

Beach wie »eine Mischung aus Santa Barbara (in klein), Malibu und Topanga Beach (in groß)« vor. Dank André Minninger kommen wir des Rätsels Lösung noch ein Stückchen näher: »Damals als Jugendlicher war ich der Meinung, dass Rocky Beach ca. 5.000 Einwohner hat. Doch mit jedem weiteren Band wuchs das kleine Küstenstädtchen zu einer großen Metropole heran; allein schon durch ein Fußballstadion, eine Oper, zig Eisdielen usw. usw. Beim letzten Autorentreffen haben wir beschlossen, dass sich die Einwohnerzahl inzwischen auf 50.000 erhöht hat!«

André Marx geht mit der Großstadt im Kleinstadtformat pragmatisch um. »Ich bin dazu übergegangen, viele nachbarschaftliche und kleinstädtische Themen in Rocky Beach zu erzählen, die meisten anderen Dinge verlagere ich nach außerhalb. Damit spielt die Frage nach der genauen Größe der Stadt für meine Erzählungen eigentlich keine Rolle mehr«, erklärt der Autor.

Rocky Beach ist und bleibt ein Fantasieort. Doch jede Fantasie ist von der Realität inspiriert. Kosmos hat sich inzwischen festgelegt: Für den Verlag entspricht die Lage von Topanga Beach am ehesten der fiktiven Stadt. Denn dort soll es tatsächlich einen Schrottplatz mit einem ausrangierten Wohnanhänger geben. In *Zwillinge der Finsternis* werden die Koordinaten von Rocky Beach gleich mitgeliefert: N 118°, 34', 49.23 E 34°, 02', 22.57.

Die Geschichte von Rocky Beach

Natürlich existiert Rocky Beach in der Realität nicht. Doch die Autoren, allen voran William Arden, verwoben immer wieder historische Realität mit Fiktion und gingen bei den Beschreibungen der Kleinstadt teilweise so sehr ins Detail, dass die Geschichte von Rocky Beach und seiner Umgebung ziemlich gut rekonstruiert werden kann.

Die Ursprünge von Rocky Beach gehen auf die Zeit zurück, als in Kalifornien noch Spanisch gesprochen wurde. Kalifornien wurde erstmals 1542 von spanischen Eroberern in Besitz genommen und war von 1697 bis 1821 fester Bestandteil der spanischen Kolonie Neuspanien. An der Speerspitze der Kolonisation standen die Jesuiten und später auch die Franziskaner. Das waren katholische Missionare, die von Missionsstationen aus die einheimische Bevölkerung für den christlichen Glauben gewinnen wollten – was ihnen auch größtenteils gelang. Nur das sagenumwobene Volk der Winde ließ sich nicht bekehren und zog sich in die Berge zurück.

Zu den Missionsstationen gehörten auch Ranchos, also große landwirtschaftliche Güter, die mit der Zeit auch militärisch ausgebaut wurden. In *Die drei ??? und der Doppelgänger* wird erwähnt, dass es an der Küstenstraße vor Rocky Beach ein altes spanisches Missionsgebäude gibt. Einst soll auch eine alte spanische Mission auf einem Hügel in der Nähe der Stadt gestanden haben. La Purisima Mission – oder besser gesagt deren Überreste – musste aber irgendwann einem Neubaugebiet weichen. In den verschütteten Katakomben soll aber immer noch der tote Mönch umherspuken.

In *Die drei ??? und das Aztekenschwert* entführt William Arden die Leser in die Vorgeschichte von Rocky Beach. Weil dem spanischen König die Missionare allmählich zu mächtig wurden, verbannte er die Jesuiten aus Kalifornien. Der König wollte in seiner abgelegenen Kolonie aber kein Machtvakuum entstehen lassen, auf das Russland und England schon gierten. Deshalb beauftragte er 1769 Gaspar de Portolà mit einer Militärexpedition. In dessen Gefolge war auch ein gewisser Rodrigo Alvaro, der sich auf dem Weg Richtung Norden in das Gebiet verliebte, wo heute Rocky Beach liegt. Im Jahr 1784 erhielt Rodrigo Alvaro für seine Verdienste 5.500 Hektar Grund als Landzuweisung vom Gouverneur der Provinz Kalifornien.

??? Olé ???

Die drei ??? und der lachende Schatten sowie *Die drei ??? und das Aztekenschwert* spielen beide größtenteils auf ehemaligen spanischen Landgütern.

Als Argentinien und Spanien im Jahr 1818 Krieg gegeneinander führten, erteilte Argentinien Piraten Freibriefe zum Plündern von Siedlungen im spanischen Kalifornien. Eines der gebrandschatzten Dörfer war jenes unweit von Rocky Beach in der Piratenbucht, die aufgrund dessen ihren Namen erhielt. Die Piraten segelten weiter – bis auf einen: William Evans. Der Freibeuter kehrte in die Bucht zurück und errichtete dort einen Stützpunkt, von dem aus er viele Jahre Furcht und Schrecken verbreitete. Der steinerne Turm in der Piratenbucht konnte seinerzeit nie eingenommen werden und steht noch heute. Da William Evans immer purpurrote Kleidung trug, nannte ihn die Bevölkerung nur den »roten Piraten«.

Nachdem Mexiko im Jahr 1821 seine Unabhängigkeit von Spanien erlangte, wurde Kalifornien mexikanisch. Doch der Siedlungsdruck von englischsprachigen Amerikanern und der Expansionsdrang der Vereinigten Staaten nach Westen wurden immer größer. Nachdem es der amerikanischen Regierung mehrfach nicht gelungen war, den Mexikanern Kalifornien abzukaufen, kam es 1846 zum Krieg. Auch in Rocky Beach wurde gekämpft. Die Spanier hatten hier zur Verteidigung ein Fort errichtet, dessen Überreste sich heute unter dem Palisades Park befinden. Das half aber letztlich nicht; auch die Heimatstadt der drei Detektive wurde von amerikanischen Soldaten besetzt. Episoden aus diesem Konflikt spielen in *Die drei ??? und das Aztekenschwert* und *Die drei ??? und der rote Pirat* eine große Rolle. Dem alten Fort kommt in *Panik im Park* eine entscheidende Rolle zu.

In einem Friedensvertrag zwangen die siegreichen Amerikaner im Jahr 1848 Mexiko dazu, ihnen Kalifornien für eine stattliche Summe zu verkaufen. Seitdem ist Rocky Beach eine amerikanische Stadt. Im Laufe der Zeit kamen immer mehr amerikanische Einwanderer, besonders während des kalifornischen Goldrauschs von 1848 bis 1854 strömten viele Glücksritter und Siedler hierher. Das thematisiert William Arden in *Die drei ??? und das Gold der Wikinger*. Unter den Einwanderern befand sich auch ein gewisser Knut Ragnarson. Er schürfte jedoch nicht selbst nach Gold, sondern verkaufte Stiefel an die Goldgräber. Mit diesem Geschäft wurde er reicher als mancher mit dem Goldwaschen. Nach ihm ist eine kleine, felsige Insel vor der Küste von Rocky Beach benannt: Ragnarson Rock. Auch heute noch leben viele Nachfahren von Knut Ragnarson in Rocky Beach.

Ein anderer Abenteurer war weniger erfolgreich: John Dewey stieß im Jahr 1852 in den Bergen auf Gold – und wurde daraufhin vom Goldrausch gepackt. Als er jedoch nichts mehr fand, verdächtigte er die Arbeiter, die er angeheuert hatte. Vor Wut und Zorn zahlte er keinen Lohn, gab nur schlechtes Essen und prügelte seine Leute. Doch irgendwann war das Maß voll: Die Arbeiter hängten ihren Chef an einem Baum auf. Bevor John Dewey starb, belegte er jeden, der es wagen sollte sein Gold anzutasten, mit einem Fluch. Die Menschen nannten den Ort nach diesen grausamen Ereignissen nur noch Dead Man's Canyon. Mehr als 150 Jahre später kehrt John Dewey in *Der Geist des Goldgräbers* dorthin zurück.

Die Stadt der Vampire wurde im Jahr 1872 ebenfalls von einem Einwanderer, dem rumänischen Goldsucher Alexandru Zelea, gegründet. Er nannte die Siedlung in Anspielung an seine transsilvanische Heimat Yonderwood. Weil aber auch hier nicht mehr als ein paar Goldnuggets gefunden wurden, blieb der Ort letztlich ein Dorf.

In der zweiten Hälfte des 19. Jahrhunderts kam es in ganz Kalifornien zu einem explosionsartigen Bevölkerungswachstum. Zwischen 1850 und 1870 versechsfachte sich die Einwohnerzahl auf etwa 560.000. Auch der Bevölkerungsmix änderte sich. Viele Indianer starben an von Goldgräbern eingeschleppten Krankheiten, wurden vertrieben oder massakriert. Und auch bei den spanischstämmigen Einwohnern Kaliforniens stießen die Neuankömmlinge nicht überall auf Gegenliebe.

Die drei ??? und der Teufelsberg thematisiert den Guerillakampf eines Teils der spanischstämmigen Bevölkerung gegen die neuen Herrscher. Zu den Freiheitskämpfern gehörte auch ein gewisser Gaspar Ortega Jesus del Delgado y Cabrillo, besser bekannt als El Diabolo. Erst im Jahr 1898 konnten ihn die Amerikaner festsetzen und verurteilten den jungen Kämpfer zum Tode. El Diabolo gelang jedoch (schwer verletzt) die Flucht und er rettete sich in den Teufelsberg. Seitdem ertönt Abend für Abend sein Heulen im Tal der Wehklagen.

Ende des 19. Jahrhunderts strömten auch viele Chinesen ins Land und machten sich um den Eisenbahnbau verdient. Als billige Arbeitskräfte wurden sie gerne genommen, als Menschen waren sie aber nicht gerne gesehen. Davon handelt *Die drei ??? und der Geisterzug*.

In der Gegend um Rocky Beach ließen sich im 19. Jahrhundert aber nur vereinzelt Menschen nieder. Laut Angus Gunn war die Gegend um Rocky Beach im Jahr 1872 noch eine ziemliche Einöde. Gunn bezeichnet in seinem Tagebuch die gute Arbeit der Firma Ortega als »ein Wunder in diesem rauen neuen Land« (*Die drei ??? und der Phantomsee*). Viele Einwanderer bauten ihre Häuser nicht direkt an die Küste, sondern in abgelegene Canyons in den heutigen Außenbezirken von Rocky Beach. Das trifft zum Beispiel auf einen ehemaligen Kapitän zu, der es dank dem florierenden Orienthandel zu Reichtum gebracht hatte. Von seinem Fachwerkhaus im Remuda Canyon gibt es einige rätselhafte Bilder.

Die kurze Episode zur Geschichte von Rocky Beach in *Die drei ??? und der grüne Geist* ist besonders wertvoll, weil sie von Robert Arthur höchstpersönlich stammt. Als Bob in der Bibliothek über das Haus von Mathias Green recherchiert, findet er nichts. Der Dritte Detektiv erklärt diesen Umstand damit, dass Rocky Beach noch keine Stadt war und somit auch keine Bibliothek hatte, als der ehemalige Schiffskapitän Green in Rocky Beach sesshaft wurde. Das Haus selbst sei vor 60 oder 70 Jahren – also etwa um 1900 – gebaut worden. Die Gegend um Rocky Beach sei damals noch eine richtige Wildnis gewesen, berichtet Bob seinen Kollegen. Selbst Onkel Titus weiß in *Die drei ??? und die flammende Spur* von einer Zeit zu berichten, in der Rocky Beach nur aus einer Straße mit ein paar Häusern bestand. Es bleibt dabei aber leider unklar, ob er diese Zeit selbst erlebt hat oder nur aus Geschichten kennt.

Im Jahr 2005 erschien der dreiteilige Jubiläumsband *Feuermond*. In diesem Fall feiert die Stadt Rocky Beach ein großes Fest anlässlich ihres 200-jährigen Bestehens. Demnach muss Rocky Beach im Jahr 1805 – also noch unter spanischer Herrschaft – gegründet worden sein. Dazu passt, dass in *Geheimnisvolle Botschaften* fünf Spanier als Gründerväter genannt werden; einer von ihnen hieß José Luengo Campillo. Warum nur einer der Gründerväter – und dann auch nur der »dritte« – namentlich genannt wird, erklärt Christoph Dittert: »Nur J. L. Campillo war für meine Geschichte von Bedeutung – deshalb benenne ich auch nur ihn, um keine ›unnötigen Fakten‹ aufzubauen.« Das Gründungsjahr steht in einem gewissen Widerspruch zu der ältesten Karte von Rocky Beach, die sich in der Sammlung seltener Urkunden im städtischen Historischen Forschungsinstitut befindet. Sie ist aus dem Jahr 1790. Natürlich könnte die Karte auch lediglich die Gegend zeigen, wo einige Jahre später der Grundstein von Rocky Beach gelegt wurde.

Warum Rocky Beach nicht wie Los Angeles oder Santa Monica einen Namen spanischen Ursprungs trägt, wird wohl ein Rätsel bleiben. Auch was die Stadtgeschichte anbelangt, gibt es viele Widersprüche.

Dabei gibt es in Rocky Beach mannigfaltige Möglichkeiten, mehr über die Geschichte von Rocky Beach zu erfahren. Es gibt ein Historisches Forschungsinstitut und ein Heimatmuseum mit Dauerausstellung zur Stadtgeschichte. Das (nicht öffentliche) Stadtarchiv befindet sich in den Kellerräumen des Rathauses. In der Regel findet Bob allerdings alle Informationen in der gut sortierten Stadtbibliothek.

Das Stadtbild

Rocky Beach wurde von seinem Erfinder Robert Arthur ursprünglich als völlig normale amerikanische Kleinstadt konzipiert. Ausdrücklich erwähnt werden in den ersten Bänden der Schrottplatz, das Polizeipräsidium, die Bibliothek, eine Postfiliale, eine Autovermietung, ein Fischgeschäft, eine Bäckerei und eine ganztägig geöffnete Tank- und Rastanlage. Außerdem gibt es einen Park und einen Friedhof.

Zu Robert Arthurs Rocky Beach gehört zudem ein bewaldeter Außenbezirk, der an einem kleinen Fluss liegt. Dort steht das verlassene Anwesen von Mathias Green, in dem der grüne Geist seinen ersten Auftritt hat. Nicht weit davon entfernt liegt ein gepflegtes Neubauviertel. Um dorthin zu gelangen, muss Justus mit dem Fahrrad vom Schrottplatz durch die ganze Stadt fahren. Das war's.

Die Überladung und Aufblähung von Rocky Beach ist das (Gemeinschafts-)Werk seiner Nachfolger – beginnend mit William Arden und M. V. Carey. In nahezu jedem neuen Fall wächst Rocky Beach ein Stück nach innen und/oder nach außen. Vieles ist plausibel und kompatibel, aber vieles widerspricht sich auch. Einige Stadtviertel werden einmal betreten und dann nie wieder. Weil die Autoren sich untereinander nicht absprachen, lief die Sache irgendwann aus dem Ruder. Ständig wurden neue Eiscafés, Schnellimbisse und Pizzerien oder ganze Fastfoodketten eröffnet. Es gibt mehr Straßennamen als Sand am Meer, mehrere Villenviertel und einige Industriegebiete.

Die Expansion von Rocky Beach zeigt sich auch am Ausbau der Infrastruktur: Viele Jahre gab es nur den Bus, später kam die Bahn und im Jubiläumsband *Geisterbucht* gesellte sich oberhalb der Stadt ein kleiner Flugplatz dazu. Auf den Weltraumbahnhof müssen wir wohl noch warten. Es gibt mehrere Parks und sogar einen Botanischen Garten. Und wie es sich für eine Stadt am Meer gehört, hat auch Rocky Beach einen (Yacht-)Hafen.

Die Probleme sind aber nicht neu. In einem Brief aus dem Jahr 1971 empfahl eine Mitarbeiterin von Random House der Autorin M. V. Carey, sich am besten an den ersten beiden Bänden zu orientieren. Alle späteren Beschreibungen – selbst die von Robert Arthur – waren sehr vage. Die gegenseitige Abstimmung steckte noch in den Kinderschuhen. An Autorentreffen war nicht zu denken. Zwar gab es eine Serienbibel, die das Wichtigste festhielt, aber auch diese wurde ständig erweitert.

??? Mehr Abwechslung ???

Um abwechslungsreiche Kulissen muss man sich bei den *drei ???* keine Sorgen machen: Zwischen Los Angeles, Malibu und den Santa Monica Mountains stapeln sich die Buchten, Berge und Canyons, vor der Küste die Inseln.

Um innerhalb der Stadt von einem Ort zum anderen zu kommen, müssen manchmal Entfernungen von bis zu acht Kilometern überwunden werden.

Im Zentrum hat Rocky Beach ein planquadratisches Straßennetz mit einer großen, sehr belebten Hauptstraßenkreuzung. Gerade auf der Küstenstraße herrscht reger Verkehr. Die Prachtstraße, an der sich viele schöne Villen und Gärten befinden, heißt standesgemäß Sunset Boulevard und verläuft von der Küste weg in Richtung Hinterland. Es gibt generell viele schöne Alleen mit ordentlich geschnittenen Platanen. Natürlich wachsen hier auch viele Palmen und Eukalyptusbäume. In Rocky Beach gibt es keine Hochhäuser, das Straßenbild wird von Flachbauten beherrscht. Es gibt noch einige alte Bauten aus spanischen Tagen und immer wieder werden prächtige stuckverzierte Häuser erwähnt.

Im Hügelland im Nordwesten von Rocky Beach liegt Klein-Tokio, ein kleines Viertel, in dem fast nur Japaner wohnen. Dort gibt es auch ein japanisches Restaurant mit dem Namen Fujiyama. Ebenfalls im Westen befindet sich ein kleines Barrio, das Latinoviertel. Die Hispanics sind hier aber nicht komplett unter sich. In der Heimatstadt der drei Detektive gibt es keine Parallelgesellschaften. In diesem Viertel leben lediglich überdurchschnittlich viele Latinos, teilweise schon seit Generationen oder sogar seit der Zeit, als in ganz Kalifornien noch Spanisch gesprochen wurde. Es gibt hier viele bunt gestrichene Häuser und Cafés mit südländischem Flair, aber natürlich auch heruntergekommene Hotels und dunkle Kneipen.

Im Osten vor den Toren der Stadt befindet sich ein großes unbebautes Gelände, das als Rummelplatz genutzt wird. In *Die drei ???* *und die schwarze Katze* gastiert hier der kleine Wanderzirkus Carson. Auch die Eingangsszene von *Die drei ???* *und die Musikpiraten* spielt hier. An den Rummelplatz grenzt ein verlassener Vergnügungspark mit einer halb zerfallenen Berg- und Talbahn. Ebenfalls am Rand von Rocky Beach gibt es einen alten Zoo, auf dessen Gelände ein Großteil von *Die drei ???* *und die Rache des Tigers* spielt. Der Zoobetrieb wurde vor Jahren schon aus Kostengründen stillgelegt, aber immer noch flanieren Spaziergänger gerne auf dem Gelände.

Am Strand und im Meer ist immer was los: Surfer, Schwimmer und plantschende Kinder tummeln sich im Wasser. Der von Justus, Peter und Bob bevorzugte Badestrand Wills Beach liegt allerdings etwas außerhalb von Rocky Beach.

Kunst und Kultur

Die Stadt hat einige Sehenswürdigkeiten zu bieten. Dazu gehört neben dem Rathaus, in dem sich auch das Standesamt befindet, die Villa Markels, wo man neben einer großen Waffen- und Rüstungssammlung viele weitere Kunstschätze (zum Beispiel den weinenden Sarg) bestaunen kann. Im Hafen liegt ein Museumsschiff, der Ozeandampfer Queen of the South, vor Anker.

Was das kulturelle Angebot anbelangt, braucht sich die Heimatstadt der drei ??? nicht vor Los Angeles zu verstecken. In der Old Hall, einer ehemaligen Druckmaschinenfabrik, finden mindestens 600 Besucher Platz, um sich beispielsweise eine Modenschau anzusehen (*Schüsse aus dem Dunkeln*). Das alte Stadttheater mitten im Zentrum sieht von außen aus wie ein griechischer Tempel. Lange stand es leer, doch heute erfüllt es die Laiengruppe »Die Masken« wieder mit Leben (*Das Geheimnis der Diva*). Außerdem ist da noch die kleine, privat geführte Oper Califia, in der aber leider auch ein Feuergeist sein Unwesen treibt.

Als das berühmte County Museum in Los Angeles kurzfristig wegen eines Wasserrohrbruchs geschlossen werden muss, steht sofort die heimische Art Gallery Hall als alternativer Ausstellungsort bereit. Wer Ed Stingwoods »Grüne Eisenfrau« sehen will, kommt von L. A. (oder Frankreich) nach Rocky Beach und nicht umgekehrt. Darüber hinaus gibt es diverse Museen, zum Beispiel für Naturgeschichte oder asiatische Kunst.

Zum Tanzen kann man zwar auch nach L. A. oder Malibu fahren, das Planet Evil in Rocky Beach ist aber mehr als ein Geheimtipp. 30 Dollar Eintritt muss man hier berappen, wenn man DJ Norman Hamley aka Der Mann ohne Kopf an den Plattentellern sehen will. Und der Laden ist immer rappelvoll. Hamley ist nicht irgendwer: Er hat den Nummer-eins-Hit »Devil Dancer« mit Monique Carrera produziert. Und wenn man in Rocky Beach ins Kino geht, ist es nicht unwahrscheinlich, Stars wie Yan und Lys de Kerk zu begegnen.

Sport

Viele Fußballmannschaften machen in Rocky Beach ihr Trainingslager, zum Beispiel der 1. FC Borussia aus Deutschland oder die amerikanische Nationalmannschaft. Obwohl Rocky Beach vergleichsweise klein ist, hat die Stadt ein passables Stadion mit überdachten Tribünen. Da es zudem eine breit gefächerte Auswahl an Übernachtungsangeboten gibt, eignet sich die Stadt perfekt als Veranstaltungsort für (sportliche) Großereignisse: In *Der schwarze Skorpion* findet hier die Beachvolleyball-Weltmeisterschaft statt. In *Skateboardfieber* kommen Vertreter der Vereinten Nationen im beschaulichen Rocky Beach zusammen, um in einer Geheimkonferenz über die Verteilung von

Bodenschätzen zu verhandeln. Parallel dazu findet ein riesiges Skatertreffen statt.

Zwielichtige Ecken

Grundsätzlich ist Rocky Beach eine solide, gutbürgerliche Stadt. Aber auch hier ist nicht alles eitel Sonnenschein. Die Heimatstadt der drei ??? hat auch ihre Schattenseiten, zum Beispiel das Viertel Little Rampart mit seiner hohen Kriminalitäts- und Einbruchsrate. Hier haben Skinny Norris in einem der schäbigen Häuserblocks und Clarissa Franklin in einem schmucklosen Bungalow ihr Zuhause. Auch die Hafengegend mit ihren zwielichtigen Kneipen mit noch zwielichtigeren Gestalten darin sollte man besser meiden. Ein Besuch des verwahrlosten Burbank Park ist – gerade nach Anbruch der Dunkelheit – ebenfalls nicht empfehlenswert.

Wie nah Licht und Schatten beieinanderliegen können, zeigen Seven Pines und das Freeman-Gelände: In dem idyllischen Neubaugebiet nördlich von Rocky Beach musste eine Zeit lang sogar eine Bürgerwehr für Ordnung sorgen, weil sich auf dem benachbarten Gelände eine Gruppe von Rabauken – darunter auch Skinny Norris – niedergelassen hatte. Grundsätzlich herrschen in Rocky Beach – nicht zuletzt wegen der drei ??? – Recht und Ordnung. In einem Gespräch mit planet-interview.de aus dem Jahr 2014 sagte Andreas Fröhlich: »Jemand wie Bushido würde bei den *drei ???* sofort verhaftet werden. Zu Recht. Der müsste vielleicht gar nichts machen, der müsste bloß den Mund aufmachen und zwei Sätze sagen, dann wüssten alle: Der wird zum Schluss verhaftet. Das ist auch völlig in Ordnung so.«

Medien und Berichterstattung

Über die aktuellen Geschehnisse in und um Rocky Beach berichten zwei Tageszeitungen: die *Rocky Beach News* und die *Rocky Beach Today*, wobei Letztere deutlich mehr gelesen wird. Die *California News* veröffentlicht zwar auch Neuigkeiten über die Heimatstadt der drei Detektive, aber nicht ausschließlich. Eine Wochenzeitung gab es in Rocky Beach bereits in der ersten Hälfte des 19. Jahrhunderts. Die

Los Angeles Times ist ebenfalls ein beliebtes Medium; in der Bibliothek von Rocky Beach kann sie lückenlos auf Mikrofilm eingesehen werden.

Die beiden Radiostationen, K-F-U-N und K-H-O-T, werden von der Rocky Beach First United Bank gesponsert. Auch ein Fernsehsender ist in der Stadt ansässig: Sundown TV.

Bunte Hunde und Berühmtheiten

Obwohl Rocky Beach laut Justus »wahrhaftig ein Provinznest« ist, in dem Neue sofort auffallen, ist die Stadt ein Biotop für Exzentriker. Zum lokalen Kuriositätenkabinett zählen der Töpfer Alexander Potter, der grundsätzlich barfuß herumläuft und etwas abseits und hangaufwärts in seiner Werkstatt unterhalb vom Hilltop House wohnt, oder der Einsiedler Marcus Towne, von allen nur Dingo genannt, der der Nachwelt eine gefährliche Erbschaft hinterlässt. Der verrückte Mike verwickelt die Leute am Strand immer in komische Gespräche. Und nicht zu vergessen: der Stadtstreicher Rubbish-George.

Rocky Beach ist auch der Geburts- und/oder Wohnort vieler Stars und Sternchen, wie etwa der berühmten Schauspielerin Helena Darraz oder des weltbekannten Künstlers Maxwell James. Doch die drei bekanntesten Einwohner von Rocky Beach sind mit Sicherheit Justus Jonas, Peter Shaw und Bob Andrews!

Die Zentrale

Die »Zentrale« der drei ??? ist ein ausrangierter Wohnwagen auf dem Schrottplatz von Justus' Onkel Titus, dem Gebrauchtwaren-Center T. Jonas. Lange Zeit wollte dieser den bei einem Unfall stark ramponierten Campinganhänger gewinnbringend verkaufen, doch der damals schon uralte Wohnwagen entpuppte sich ausnahmsweise als Fehlinvestition. Die Wände waren so stark verbeult, dass sich kein Käufer fand. Irgendwann überließ Titus den Wohnwagen dann Justus, Peter und Bob, die sich darin zunächst ein Clubheim für ihren Knobelclub und später ihr Detektivbüro einrichteten.

Als Tarnung vergruben Justus, Peter und Bob den Campinganhänger mithilfe der beiden Schrottplatzmitarbeiter Patrick und Kenneth unter einem Berg aus Eisenstangen und Stahlträgern, einer verbogenen Feuerleiter, alten verrosteten Boilern, einem Haufen Bauholz und alten Kisten, einer schrottreifen Rutschbahn von einem Kinderspielplatz und vielem mehr. Mit der Zeit vergaßen selbst Onkel Titus und Tante Mathilda, was da gut getarnt in einem abgelegenen Winkel ihres Unternehmens stand.

Das Gebrauchtwaren-Center T. Jonas

Das Gebrauchtwaren-Center T. Jonas liegt am nördlichen Stadtrand von Rocky Beach in der Sunrise Road. Trotz der Randlage erreicht man das Zentrum aber recht schnell. Einst hieß das Familienunternehmen einfach nur »Schrotthandel Jonas«, doch Justus drängte seinen Onkel erfolgreich zu einer Namensänderung. Seitdem reagiert der Erste Detektiv allergisch darauf, wenn jemand das Wort Schrottplatz in den Mund nimmt, obwohl er es manchmal selbst benutzt.

Das Gebrauchtwaren-Center ist ein erstklassiges, weit über dem Branchendurchschnitt geführtes Unternehmen, das neben Schrott und Altmaterial auch allerlei Kuriositäten im Angebot hat. Nicht umsonst lautet der Werbespruch: »Jonas hat alles, was Sie brauchen.« Hier gibt es Wecker, Büsten, antike Spiegel, Tierkäfige, Flaschenschiffe und schwarze Katzen zu kaufen. Das lockt Interessenten von nah und fern an.

Der Haupteingang zum Gebrauchtwaren-Center besteht aus einem gewaltig hohen und reich verzierten Eisentor, das einst zu einem abgebrannten Gutshof gehörte. Vor der kiesbestreuten Einfahrt steht eine lebensgroße eiserne Rentierfigur. Der Hof ist mit Waren überfüllt. Zwischen den turmhohen Schrottbergen stehen Verkaufstische. Ein Plätzchen für eine frische Warenladung findet sich aber eigentlich immer. In *Geisterbucht* ist sogar für ein Flugzeug Platz! Manchmal finden Auktionen statt. Onkel Titus hat aber auch einen mobilen Verkaufsstand.

Als Büro dient eine kleine Holzbaracke direkt am Eingang. Die Kostbarkeiten bewahrt Onkel Titus in einem Schuppen auf. Den dazugehörigen Schlüssel hält er in der Dachrinne versteckt. Wetterempfindliche Waren stehen entweder in diesem Schuppen oder unter dem zwei Meter breiten Dach, das fast durchgehend an der Innenseite des Bretterzauns verläuft. Von außen hat Onkel Titus den Zaun zusammen mit ein paar Künstlern aus Rocky Beach bunt angemalt. Die Künstler revanchierten sich mit dieser Wochenendaktion dafür, dass sich Titus ihnen gegenüber immer großzügig gezeigt hatte. Der Zaun ist mit Bäumen, Blumen, grünen Teichen und Schwänen sowie einer Meerlandschaft bemalt.

Die geheimen Ein- und Ausgänge des Schrottplatzes

Das Grüne Tor I

Etwa 100 Meter vom Haupteingang entfernt befindet sich einer von zwei geheimen Ein- und Ausgängen auf das Schrottplatzgelände: das Grüne Tor I. Zum Öffnen muss man auf das Auge eines Fischs drücken, der gerade ein Schiffsunglück beobachtet.

??? Grün oder Fisch ???

In *Die drei ??? und der seltsame Wecker* heißt das Grüne Tor jedoch so, weil die beiden zur Seite schwingenden Bretter grün angestrichen sind. Von einem Fisch ist in dem Band keine Rede.

Das Rote Tor

Die Rückseite des Bretterzauns zeigt eine Darstellung der Erdbebenkatastrophe von San Francisco aus dem Jahr 1906. Hier befindet sich, etwa 20 Meter von der Ecke entfernt – ein weiterer Zugang: das Rote Tor. Mitten in der dramatischen Szene sitzt ein kleiner Hund, der traurig auf sein brennendes Zuhause schaut. Ein Auge wird dabei von einem Astloch gebildet, dessen Inneres man wie einen Korken herausziehen kann. Dahinter versteckt sich ein Riegel für eine aus drei Brettern bestehende Schiebetür. Die Öffnung ist groß genug, dass sogar ein Fahrrad hindurchpasst. Da hinter dem Schrottplatz eine schmale, im Dunkeln nicht beleuchtete Straße verläuft, ist das Rote Tor der am meisten genutzte Geheimzugang.

Die Freiluftwerkstatt

Zwischen dem Büro und dem Roten Tor hat sich Justus eine Freiluft-werkstatt eingerichtet. Ihr Zugang befindet sich zwar in der Nähe des Büros, doch die Werkstatt ist hinter Bergen von Altmaterial und Trö-del versteckt, durch die man sich zunächst hindurchschlängeln muss. Da die Werkstatt direkt an der Innenseite des Bretterzauns liegt, ist sie teilweise überdacht.

Justus verbringt hier viele Stunden, um an Erfindungen zu tüfteln oder kaputte Gegenstände zu reparieren. Die Werkstatt ist mit einer Motorsäge/Bandsäge, einer Schlagbohrmaschine, einer Drehbank, ei-ner Druckerpresse und vielem mehr ausgestattet. In *Tödliche Spur* fül-len die drei ??? mithilfe einer Schneidemaschine einen ganzen Geld-koffer mit Altpapier. Wie durch Zauberhand findet sich immer alles, was die Detektive gerade brauchen.

??? Die Falle ???

Für den äußersten Notfall ist in einem der Schrottürme, der die Freiluftwerk-statt begrenzt, eine geheime Falle installiert. Damit das Gerümpel in sich zu-sammenbricht, muss man zwei lange Bretter aus dem Stapel ziehen. In Die drei ??? und der Phantomsee setzen Justus, Peter und Bob auf diese Weise Java Jim außer Gefecht.

Die Ein- und Ausgänge in die Zentrale

Tunnel II

In der Freiluftwerkstatt befindet sich Tunnel II, der am häufigsten benutzte Ein- und Ausgang zur Zentrale: Scheinbar rein zufällig lehnt direkt hinter der Druckerpresse ein altes Eisengitter an einer Werkbank. Dahinter verbirgt sich jedoch eine 10 bis 15 Meter lange Wellblechröhre mit einem Durchmesser von etwa 60 Zentimetern. Die Röhre, die früher vermutlich zu einem Abzugskanal gehörte, ver-läuft von der Werkstatt teils unterirdisch, teils unter Stahlträgern und anderem Altmaterial vergraben in Richtung Zentrale. Um sich beim

Hindurchkriechen nicht die Knie aufzuscheuern, ist die Röhre mit Lumpen und alten Teppichstücken ausgelegt. Tunnel II endet direkt unter einer Falltür, die sich auch von unten öffnen lässt, wenn man gegen eine bestimmte Stelle drückt. Für den Fall, dass sich bereits jemand in der Zentrale befindet, haben Justus, Peter und Bob ein Klopfzeichen vereinbart.

Von der Freiluftwerkstatt in die Zentrale brauchen die drei ??? etwa 30 Sekunden. Die größten Schwierigkeiten, durch die Röhre zu kriechen, hat naturgemäß Justus. Doch auch der große und kräftige Peter muss sich jedes Mal flach auf den Bauch legen. Da hat es der wieselflinke Bob etwas leichter.

Gang III

Der einfachste Zugang zur Zentrale ist Gang III (im Original heißt er Easy Three), der auch Dicker Bauch oder Die Tür genannt wird. Justus, Peter und Bob benutzen diesen Eingang aber nur, wenn sie absolut sicher sind, dass niemand in der Nähe ist. Der Dicke Bauch ist tatsächlich eine große, schwere Eichentür, die samt Rahmen gegen einen Haufen Bauholz und Granitblöcken lehnt. Sie kann sogar verriegelt werden. Der große, rostige Eisenschlüssel ist in einem alten Blechtopf in der Nähe versteckt. Hinter der Tür befindet sich ein alter Eisenkessel, der einst zu einer riesigen Dampfmaschine gehört hat. Durch ihn muss man geduckt hindurch, bis man direkt vor einer Schiebetür an der Rückseite des Wohnwagens steht.

Tür IV

Auch vom Roten Tor aus können Justus, Peter und Bob ungesehen in ihre Zentrale gelangen. Über diesem Zugang hängt sogar ein Wegweiser »Zum Büro«, der in die richtige Richtung zeigt. Diesen auffallend unauffälligen Scherz konnten sich die drei Detektive leisten, weil wohl niemand außer ihnen auf die Idee kommen würde, darunter auf allen vieren durch einen Hohlweg durch Berge von Altmaterial zu robben. Anschließend gelangt man in einen engen Gang, der von noch höheren Schrott- und Trödelbergen gebildet wird, wo man ein Stück aufrecht gehen kann. Zuletzt heißt es wieder runter auf die Knie und ein paar Meter mit eingezogenem Kopf unter einem Haufen Holzbohlen hindurch, bis man sich wieder aufrichten kann – und direkt vor der Wohnwagentür steht. Auch hier gibt es ein vereinbartes Klopfzeichen: dreimal klopfen, kurze Pause und dann wieder dreimal klopfen.

??? Namenlos ???

Dieser Weg wird zwar bereits in *Die drei ??? und der Super-Papagei* ausführlich beschrieben, bleibt in der deutschen Übersetzung aber ohne Namen. Im englischsprachigen Original heißt der Zugang »Door Four«. Erst in *Die drei ??? und die Perlenvögel* wird Tür IV wieder benutzt und auch namentlich genannt.

Notausgänge

Für den Fall der Fälle haben Justus, Peter und Bob die beiden Notausgänge I und IV angelegt. Der Notfall wird mit der Parole »Alarmstufe rot! Höchste Gefahr! Ab durch die Mitte!« ausgerufen. Dann heißt es ab durch die Dachluke (Notausgang I). Vom Dach aus muss man flach liegend eine Rutsche hinunter, sonst stößt man sich ordentlich den Kopf. Denn am unteren Ende der Rutsche sind auf Hüfthöhe Stahlträger aufgetürmt. Um den Aufprall abzufedern, haben die drei Jungs den Boden mit Sägemehl ausgestreut. In *Die drei ??? und der verschwundene Schatz* entkommen die drei Detektive auf diese Weise einer Bande von Zwergen. Notausgang IV befindet sich hinter einem Stapel Holz.

Sicherheitsvorkehrungen ohne Geheimhaltung

Die drei ??? gehen allerdings ziemlich fahrlässig mit ihrem Geheimversteck um: Regelmäßig holen sie Auftraggeber, Freunde oder auch mal Doppelgänger in ihr Heiligtum, wundern sich aber dann, wenn sich zum Beispiel Michael aus Detroit zielstrebig auf Tunnel II zubewegt. Michael macht in *Die drei ??? und der weinende Sarg* einige Wochen Urlaub in Rocky Beach und möchte unbedingt die drei berühmten Amateurdetektive kennen lernen, die er aus den Erzählungen eines Brieffreunds aus Los Angeles kennt. Der Brieffreund hat ihm nicht nur von den spannenden Fällen, sondern auch detailliert von der Zentrale und den geheimen Zugängen erzählt. Da brauchen sich Justus, Peter und Bob nicht zu wundern, dass ihr Wohnwagen trotz aller Sicherheitsvorkehrungen von Zeit zu Zeit aufgebrochen wird.

??? Ungewöhnliche Gäste ???

Sogar Clarissa Franklin ließ Justus in *Signale aus dem Jenseits* in die Zentrale. In *Toteninsel* hatte Peter noch erfolgreich dagegen protestiert, dass Skinny Norris das Heiligtum der drei Detektive betritt.

Ausstattung der Zentrale

Im Innern bietet der mit seinen stolzen 10 Metern Länge und geschätzten 2,5 Metern Breite überaus geräumige Wohnwagen neben einem Büro auch ein Labor, eine Dunkelkammer sowie einen kleinen Waschraum.

Im hinteren Teil der Zentrale befindet sich das winzige Labor mit einer kompletten kriminaltechnischen Ausstattung. Es gibt dort ein Mikroskop, einen Vergrößerungsapparat für Fingerabdrücke, einen kleinen Wasserkessel, einen Bunsenbrenner, Reagenzgläser und weitere Gerätschaften sowie die unterschiedlichsten Chemikalien. Hier untersuchen die drei Detektive zum Beispiel mithilfe von Säuredämpfen Briefe auf Geheimschriften. Eine Dunstabzugshaube wird jedoch nie erwähnt. Die Arbeit im Labor dürfte also nicht gerade gesund sein.

Die Dunkelkammer benötigten die drei Detektive vor allen in frühen Jahren, damit sie sofort Filme entwickeln und die Fotos aufhängen konnten. Die Kammer wird mithilfe einer Plastikabdichtung abgedunkelt. Es wird nicht explizit gesagt, ob Labor und Dunkelkammer ein und derselbe Raum sind, es ist aber wahrscheinlich. In der Kurzgeschichte *Das Rätsel der schwarzen Nadel* wird Bob von einem Einbrecher in der Dunkelkammer überrascht.

Die Nasszelle wird sehr selten erwähnt. Es gibt in der Zentrale aber definitiv eine Dusche sowie ein kleines Waschbecken. Ob die

Zentrale über einen Wasseranschluss verfügt, ist nicht ganz eindeutig, denn wenn Justus sich hier die Zähne putzt, macht er dies (lieber) mit Mineralwasser. Auf dem Klo saß in der Welt der drei ??? ohnehin noch niemand.

Damit die drei ??? trotz der Schrottummantelung sehen können, was draußen vor sich geht, haben sie ein Guckrohr, das Justus aus einem alten Stück Ofenrohr selbst gebaut hat. Es ragt ähnlich wie bei einem U-Boot oben aus der Zentrale heraus. Später wird es gegen ein richtiges Periskop ausgetauscht, das Bobs Vater bei seinen Recherchen von einem alten U-Boot-Leutnant geschenkt bekommen hat. Damit können die drei Detektive nicht nur den gesamten Schrottplatz überblicken, sondern auch einen Teil der Straße. Das gute Stück selbst ist dabei vollkommen unauffällig. Wem würde schon ein altes Rohr auffallen, das aus einem Schrottberg herausragt?

Das Inventar der Zentrale besteht größtenteils aus in Eigenregie reparierten Gegenständen. Nur das Telefon wurde gekauft, dafür aber bis heute nicht durch ein neueres Modell ersetzt.

Zur Grundausstattung des engen Büros gehörten ein hölzerner Schreibtisch mit einer leicht verkohlten Platte sowie ein origineller Drehstuhl. Bei der Inneneinrichtung der Zentrale gibt es nur wenige Konstanten; es kam immer wieder etwas Neues hinzu und es änderte sich ständig etwas. So nahmen Justus, Peter und Bob im Verlauf ihrer Detektivkarriere schon auf (Dreh-)Stühlen, Hockern, einem Sofa, Polstersesseln, einem Klappstuhl sowie einem Schaukelstuhl Platz. Peters Hängesessel in den Kinofilmen setzte dem Ganzen noch die Krone auf. Auf dem Boden liegt ein Teppich, in den das Firmenlogo der drei ??? eingeknüpft ist.

Im Lauf der Zeit stellen Justus, Peter und Bob ihre Zentrale mit (stählernen) Aktenschränken und Regalen zu. An der Wand hängen ihre Walkie-Talkies, das Metallsuchgerät, ein alter Spiegel und eine Landkarte, die umgedreht als Leinwand für den Filmprojektor genutzt wird. In der bis an die Decke vollgestopften Zentrale stehen darüber hinaus ein Ventilator, ein Tonbandgerät und eine Schreibmaschine, die später von einem (oder mehreren) Computer ersetzt wird. Den PC nutzen die drei ??? aber nicht nur zur Arbeit, sie zocken auch gerne Videospiele. Natürlich haben die drei ??? auch einen Fernseher – zunächst schwarz-weiß, später in Farbe – und einen Videorecorder in der Zentrale (und eine Satellitenschüssel auf dem Dach). Auch ein Kopiergerät und eine Standuhr werden erwähnt und es gibt einen Kühlschrank.

Im Laufe der Zeit sammeln sich viele Trophäen und Erinnerungsstücke an: Gipsbüsten von Alfred Hitchcock und Shakespeare, eine kleine silberne Spinne, die Schlüssel von Anne Baxter und viele alte Fotos, zum Beispiel von dem Roadtrip mit Peters Opa quer durch die USA. Justus packt den ganzen Krimskrams irgendwann einmal in eine Kiste zusammen.

Mit Abstand am meisten Platz frisst aber Bobs Archiv. Die Schränke und Regale quellen aufgrund der vielen Fallprotokolle, Zeitungsberichte und der Kundendatei geradezu über.

Chaos!

In der *Crimebusters*-Ära (und einige Fälle danach) gab es in der Zentrale keine freie Fläche mehr. Der Wohnwagen wurde zu einem perfekten Anschauungsbeispiel für die Broken-Windows-Theorie. Auf dem Schreibtisch und den Schränken stapelten sich Akten, leere Fastfood-Wegwerfschalen und Pizzaschachteln. Die mit dreckigem Geschirr überhäufte Spüle glich einer Zuchtfarm für Schimmelpilze, wie selbst Justus einmal frustriert feststellt.

Trotzdem schläft der Erste Detektiv von Zeit zu Zeit in der Zentrale. Der geneigte Leser fragt sich zu Recht: Wo denn? Wenn man sich vorstellt, dass sich Justus auf einem kleinen Herd noch Wasser für seinen geliebten Früchtetee kocht, grenzt es schon an ein Wunder, dass die Zentrale noch nicht abgefackelt ist. Dasselbe gilt übrigens auch für den Bunsenbrenner im Labor. Immerhin gibt es seit geraumer Zeit einen Feuerlöscher. Da es in der Zentrale nur eine Dachluke, aber sonst kein Belüftungssystem, dafür aber viel Schmutz und Staub gibt, kann man sich vielleicht vorstellen, wie es dort (trotz Klimatisierung) stinken musste. Und in diesem Chaos hängt noch Blacky in seinem Käfig. Eigentlich ein Fall für den Tierschutzbund!

Zwar spendierte Tante Mathilda ihrem Neffen und seinen Freunden einmal eine Generalreinigung für einen gelösten Fall, doch der Zustand der Reinlichkeit hielt nicht lange an. In *Tatort Zirkus* entschloss sich Justus, die Zentrale zumindest etwas zu entrümpeln, machte die Bodenluke auf – und schmiss die Aktenordner einfach in den alten Tunnel II. Da lagen die Ordner erst einmal gut. Der unterirdische Zugang war nicht mehr in Gebrauch, seitdem der Schrotthaufen um die Zentrale herum abgetragen war.

Freilegung

Nachdem Tante Mathilda dem Schrotthaufen zweimal gefährlich nahe gekommen war, aber noch im allerletzten Moment abgelenkt werden konnte, ist es in *Die drei ??? und das Volk der Winde* so weit. Woher Mathilda auf einmal von dem Wohnwagen wusste, ist nicht bekannt. Jedenfalls zwingt sie Justus, Peter und Bob mit dem Argument, bei Kripo und FBI ginge es schließlich auch ordentlich zu, den Schrottberg wegzuräumen. Nur zwei Stunden brauchen die drei, um »untadelige Ordnung« um ihre Zentrale herum herzustellen.

Als Sofortmaßnahme sichern die drei ??? ihre Zentrale mit einer mechanischen Alarmanlage. Im Innern hängen sie an Bindfäden etliche Radkappen auf. Jede noch so kleine Berührung macht einen Höllenlärm. An der Tür spannen sie einen Faden, der eine Fotokamera auslöst, wenn jemand unbefugt den Wohnwagen betritt. Außerdem verstreuen sie auf dem Boden Puder, um im Fall der Fälle wenigstens Fußabdrücke zu haben. Eingebrochen wird natürlich trotzdem.

Der äußerliche Zustand des weißen Wohnwagens mit seinen blauen und silbernen Zierstreifen war damals noch ziemlich gut. Der Anhänger »erstrahlte [...] fast wie in seiner jahrelang zurückliegenden Glanzzeit auf den kalifornischen Highways«. Doch die Ernüchterung überwog die Freude deutlich. Auch wenn sich die drei Jungs jetzt nicht gegen Tante Mathilda erwehren konnten, fassten sie den festen Entschluss, den alten Zustand irgendwann wiederherzustellen.

Und in der Tat pfeift wenig später der Wind wieder »um den alten Campinganhänger hinter den Schrottbergen« und die drei ??? verlassen »ihre gut versteckte Zentrale durch einen ihrer Geheimausgänge« – als ob nie etwas gewesen wäre! Das Lektorat wusste offensichtlich selbst nicht, was es wollte, oder hatte kurz den Überblick verloren. Der Logikfehler passierte in der Zeit, als in den USA viele neue Autoren für die Serie schrieben. Wie es zu dem Fauxpas in *Die drei ??? und das Volk der Winde* kam, daran kann sich die Autorin Rose Estes heute nicht mehr erinnern: »Niemand hat mich darauf hingewiesen. Vielleicht hatte ich mich damals gerade über die Unordnung bei meinen eigenen Kindern geärgert.«

In den *Crimebusters*-Folgen wurde die Zentrale endgültig freigelegt. Justus, Peter und Bob mussten in dieser Zeit nicht mehr auf dem Schrottplatz schuften, das ausgeklügelte System von Geheimgängen hatte somit ohnehin seinen Sinn und Zweck verloren. Justus stattete das Hauptquartier nach und nach mit einem Sicherheitssystem aus: Ein elektronisches Türschloss, eine Überwachungskamera, eine Alarmanlage und ein spezielles Anti-Wanzen-Abwehrsystem sollten den Wohnwagen vor unbefugtem Zutritt schützen. Eingebrochen wurde weiterhin ab und zu.

Damals verbrachten die drei Detektive ihre Zeit aber generell lieber draußen vor der Zentrale oder in der Werkstatt. Neben der Zentrale hatte sich Peter eine Schmiergrube eingerichtet, wo er Stunden und Tage unter alten Autos verbrachte. Auf der anderen Seite des Wohnwagens reichte die mittlerweile komplett überdachte Freiluftwerkstatt wie ein Anbau direkt an die Zentrale heran. Sie hatte sich nach und nach zu einem richtigen Elektroniklabor entwickelt. Doch leider war »Frankensteins Labor«, wie Bob die Werkstatt einmal nannte, genauso vollgestopft und zugemüllt wie die Zentrale.

??? Blinkender Alarm ???

Wenn in der Zentrale das Telefon klingelte, leuchtete in der Freiluftwerkstatt ein rotes Lämpchen auf. Später baute sich Justus eine solche Vorrichtung sogar für sein eigenes Zimmer.

Schrottreif

Der innerlich und irgendwann auch äußerlich jämmerliche Zustand der Zentrale wurde zum Belastungsthema. Die Farbe bröckelte von den morschen Wänden. Alles war verrostet. Das Dach konnte jederzeit einstürzen. »Alles dem Untergang geweiht«, stellt Peter nüchtern in *Die drei ??? und die verschwundene Seglerin* fest. Als es auch noch anfängt hineinzuregnen, will der Zweite Detektiv den Wohnwagen am liebsten verschrotten: »Es ist sein verdammtes Recht, irgendwann einmal kaputtzugehen«, argumentiert er, was einen handfesten Streit auslöst – der sich allerdings mehr um die Entscheidungsgewalt im Team als um die Zentrale dreht. Als Justus schreit, dass er bestimmt oder sich die anderen einen neuen Anführer suchen sollen, brüllt Bob zurück: »Verdammt noch mal! Du bist vielleicht unser Anführer, aber wir haben dich nicht zum Alleinherrscher ernannt! Spiel dich gefälligst nicht so auf!« Kurz bevor es zu einer Prügelei kommt, geht Bobs Freundin Elizabeth beherzt dazwischen. Glücklicherweise werden die drei Detektive von einem spannenden Fall rund um eine verschwundene Seglerin abgelenkt. Und als Honorar für die wie immer bravouröse Lösung repariert der hochzufriedene Auftraggeber Onkel Titus höchstpersönlich das Dach.

Als sich Justus im Jubiläumsfall *Feuermond* in den Kopf setzt, die Zentrale als »mobilen Beobachtungsposten« einzusetzen, offenbart sich aufs Neue ihr jämmerlicher Zustand. Die drei ??? müssen die Ärmel gewaltig hochkrempeln, um ihre »Dame« wieder fahrtüchtig zu machen: Der Boden wird fast komplett ausgetauscht, Onkel Titus spendiert neue Reifen und irgendwo auf dem Schrottplatz findet Justus auch noch ein Gebilde, das einer Anhängerkupplung ähnelt. Nach mehreren Tagen schweißtreibender Knochenarbeit steht die Zentrale, einem »Flickenteppich« gleich, abfahrbereit auf dem Schrottplatz. Was dann folgt, ist die wohl spektakulärste Fahrt in der Geschichte der drei ???: Als Zugmaschine für den »schäbigen, ausgeblichenen, dreckigen, verbeulten, geflickten und dazu noch riesigen Campinganhänger« dient Mortons auf Hochglanz polierter Rolls-Royce!

Am Einsatzort angekommen, versinkt die Zentrale in tagelangem Dauerregen und Schlamm. Nur mit größter Mühe gelingt es Peter, mit seinem MG den Wohnwagen zu befreien. Dann folgt der Alb-traum auf der Küstenstraße: Bei einer Verfolgungsjagd verliert Peter die Kontrolle über das Gespann, die Bremsen versagen im Starkregen. Der Wohnwagen schlittert zwischen Abgrund und Felsenwand hin und her, bis er sich schließlich verkeilt. Niemand könnte die Szenerie besser beschreiben als André Marx selbst: »Die Zentrale lehnte […] an der Steilwand wie ein zu Tode gehetztes Tier. Sie war ein Wrack.«

Mithilfe eines Jeeps schaffen die drei ??? ihre dem Lebensende nahe Zentrale zurück auf den Schrottplatz. Nach einer abermaligen Komplettreparatur beschließen die drei Detektive, ihre Zentrale »nie, nie, nie, nie, nie, nie, nie, nie, nie wieder von der Stelle« zu bewe-gen. Sie nutzen die Gunst der Stunde und lassen eine komplette La-dung Altmaterial über den Wohnwagen ergehen. Seitdem ist die Zen-trale wieder wie früher unter einem Schrottberg begraben.

??? Ähnliches Schicksal ???

In *DiE DR3i und der kopflose Reiter* geschah übrigens am Ende mehr oder weniger dasselbe, allerdings ohne dass die Zentrale auf Tour ging.

Das Kalte Tor

Natürlich brauchten die drei Detektive nun auch neue Geheimgänge. In *Schwarze Madonna* betritt Justus das erste Mal die Zentrale durch das Kalte Tor. Dabei handelt es sich um einen sehr großen, komplett entkernten Kühlschrank. Inmitten des Schrotthaufens fällt das uralte Gerät genauso wenig auf wie einst die massive Eichentür. Die Rück-wand des Kühlschranks lässt sich mithilfe eines versteckten Mecha-nismus' im Inneren beiseiteschieben. Dahinter befindet sich ein enger Gang, der neben allerlei Gerümpel von einem schräg angelehnten ver-rosteten Wellblech gebildet wird und schnurstracks zur Zentrale führt.

In den beiden Kinofilmen betreten die drei Detektive ihre Zent-rale allerdings durch ein altes Auto. »Die Amerikaner haben uns er-klärt, dass man das nicht machen darf – man darf in Filmen nicht zeigen, wie Kinder in Kühlschränke gehen, da hat es wohl mal einen tödlichen Unfall gegeben«, erklärte der Regisseur Florian Baxmeyer in einem Interview anlässlich des Kinostarts von *Das Geheimnis der Geisterinsel.*

Blacky

»Ich bin Blackbeard der Pirat! Meinen Schatz vergrub ich in finsterer Nacht, wo die Toten halten ewig Wacht. Johoo – und 'ne Buddel Rum!«

Blacky ist das Maskottchen der drei ???. Der zerfledderte schwarze Vogel mit dem gelben Schnabel gehört zum Inventar. Aufgrund der unterschiedlichen Veröffentlichungsreihenfolge von Büchern und Hörspielen regiert, gerade was Blacky betrifft, das Chaos.

Aber der Reihe nach. Bei Blacky handelt es sich um Blackbeard aus *Die drei ??? und der Super-Papagei.* Dabei ist er gar kein Papagei, sondern ein Mynah (Beo) – also ein Star. Der »Super-Star« spielt unter den Papageien eine wichtige Rolle. Während Schneewittchen, Lucullus, Robin Hood, Sherlock Holmes, Käpt'n Kidd und Al Capone jeweils nur einen einzigen Rätselspruch aufsagen können, beherrscht Blackbeard sie alle – und führt die drei Detektive geradewegs zu den »Steinen jenseits der Gebeine«. Seitdem hängt sein Käfig wahlweise in der Zentrale oder irgendwo auf dem Schrottplatz.

In *Die drei ??? und die flüsternde Mumie* und *Die drei ??? und der Fluch des Rubins* ist von einem zahmen Raben die Rede, der ebenfalls den Namen Blacky trägt. Das hat mit dem bereits erwähnten Veröffentlichungschaos zu tun. In der Post-Arthur-Ära wurde Blacky nur in *Die drei ??? und der unheimliche Drache* beiläufig erwähnt.

??? Mynah statt Katze ???

Fast wäre auch die schwarze Katze aus dem gleichnamigen Fall zum Firmenmaskottchen der drei ??? geworden. Zumindest wollte Peter das Stofftier aus genau diesem Grund auf dem Zirkusgelände schießen.

Mit dem ausgestopften Raben, der in *Die drei ??? und der rote Pirat* in der Zentrale steht, konnte glücklicherweise nicht Blacky gemeint sein. Denn dieser krächzte zumindest in den Hörspielen munter weiter. Viele Jahre war der zahme, aber äußert gesprächige Vogel ein (fast) reines Hörspielphänomen. Immer wenn die drei Detektive in ihrer Zentrale sitzen, hört man im Hintergrund Blacky – meistens ruft er »Telefon! Telefon!«. Das Gekrächze stammt übrigens von der Hörspielproduzentin Heikedine Körting höchstpersönlich.

In einem Interview mit 3fragezeichen.de bekannte die Autorin Kari Erlhoff im Herbst 2008:

> »So überlege ich gerade eine Antwort auf die Frage, was eigentlich all die Jahre mit Blacky war. Im Hörspiel taucht er nach wie vor auf, aber in den Büchern ging er einfach irgendwann verloren. Ein kleines Mysterium, das man mal in einem Nebensatz klären sollte …«

Erlhoff ließ ihren Worten Taten folgen. Im 2011 erschienenen Sammelband *Die drei ??? und die Geisterlampe* widmete sie Blacky eine eigene Kurzgeschichte. In *Der verschwundene Superstar* wird Blacky heimlich gegen einen anderen Mynah vertauscht. Justus, Peter und Bob bemerken das natürlich sofort.

In *Fremder Freund* wird Blacky entführt und die drei ??? werden erpresst. Nur wenn sie Peter aus dem Detektivtrio schmeißen, sollen sie ihr geliebtes Maskottchen heil zurückbekommen. Blackys körperliche Unversehrtheit steht natürlich über allem. Ivar Leon Menger, von dem diese Geschichte stammt, sagt dazu:

> »Ich wollte Blacky einfach mal aus seinem Käfig holen. Nein, im Ernst – für mich ist Blacky der vierte Detektiv der Fragezeichen und so lag es für mich nahe, ihn intensiv in das Geschehen einzubauen. Ich wollte mit meiner Folge daran erinnern: Was wären die drei Fragezeichen ohne Blacky?«

Hendrik Buchna nutzte die Freiheit, die den Autoren in den Kurzgeschichten gegeben wird, um »den Vogel jetzt mal so richtig ›aufdrehen‹ zu lassen«. Zu den Hintergründen der abgedrehten Persiflage erzählt der Autor:

»Gestützt auf frühere Ideen von meinen Geschwistern und mir, ist schließlich eine Persiflage auf so ziemlich jedes Klischee der Seriengeschichte entstanden – von Justus' glühender Bastelleidenschaft bis hin zum berühmten
Juniorausweis.«

In dem »Fall« lehnt sich Blacky gegen seine keinesfalls artgerechte
Käfighaltung in der stickigen Zentrale auf. Er besorgt Dokumente,
aus denen eindeutig hervorgeht, dass der schwarze Vogel »Senior-
präsident und generalbevollmächtigter Personalchef« der drei ???
und »Inhaber der Aktienmehrheit am ›Gebrauchtmüllcenter Titus
Jonas‹« ist. Blacky reißt sogleich die Macht an sich und kündigt Justus, Peter und Bob. Nachdem er die drei Exdetektive auch noch aus
Kalifornien verweist, gönnt sich Seine Exzellenz Blacky erst einmal
einen Cheeseburger und ein kaltes Bier. So wird aus der Zentrale für
kurze Zeit *Das schwarze Nest*.

Erster Detektiv: Justus Jonas

»*Dieses neunmalkluge Dickerchen vom Schrottplatz. Ich hab' mich nach ihm
erkundigt – es heißt, der Junge habe ein Gehirn wie ein Computer, auch
wenn er aussieht wie ein Dummkopf.*«
aus: Die drei ??? und der Fluch des Rubins

Justus Jonas ist als Erster Detektiv der unangefochtene und geniale Anführer der drei ???. Seine Kollegen nennen ihn oft einfach nur Just; im
amerikanischen Original heißt er aber eigentlich Jupiter »Jupe« Jones
(ganz am Anfang sogar Jason »Genius« Jones). Er lebt bei seinen Adop-
tiveltern, Onkel Titus und Tante Mathilda. Seine Eltern starben, als Justus noch ein kleiner Junge war. Erinnern kann er sich nicht mehr an sie.
Justus hat glatte, manchmal aber auch lockige, oft zerzauste
schwarze Haare und ein rundes, rotbackiges Gesicht mit aufmerksamen dunkelbraunen Augen. Der Teenager hat eine stämmige, untersetzte Figur. Er isst zu viel und treibt keinen Sport. Wenn er nicht
gerade einen Fall löst, hockt Justus lieber den ganzen Tag vor dem

Computer, als sich einer unnötigen körperlichen Anstrengung – dazu zählt er auch Angeln – auszusetzen. Stabhochsprung findet Justus lediglich unter »physikalischen Gesichtspunkten« interessant. Nur im Wasser bewegt er sich mit seinen starken Beinen filigran wie ein Seehund. Wenn es um Leben und Tod geht, kann Justus aber auch an Land ein beachtliches Tempo aufnehmen. Der Erste Detektiv ist resistent gegen jegliche Modetrends, dafür aber sehr umweltbewusst. Ein Markenzeichen ist das Kneten der Unterlippe. Dann läuft sein Gehirn auf Hochtouren.

Justus und die Schauspielerei

Justus' Eltern waren im Showbusiness beheimatet. Als Tanzpaar gewannen sie landauf, landab viele Preise und spielten in etlichen erfolgreichen Musikfilmen mit. Eines Tages – Justus war gerade einmal zwei Jahre und elf Monate alt – stellten sie ihren Sohn einem befreundeten Regisseur vor. Auf dessen Frage, ob denn der kleine Justus auch einmal ein Star werden wollte, antwortete der Junge: »Nein. Ich interessiere mich für ganz andere Sachen. Ich benutze lieber meinen Verstand als meine Muskeln. Körperliche Hochleistungen liegen mir nicht besonders. Dafür ist mein Gehirn überdurchschnittlich.« Der Regisseur war völlig baff und missinterpretierte Justus' altkluge Absage als schauspielerische Kostprobe eines wahren Naturtalents.

Gegen seinen Willen wurden mit dem Jungen ein paar Tage später Probeaufnahmen gemacht. Und mit gerade einmal drei Jahren – damals ähnelte Justus einem »Posaunenengel« – spielte er das Pummelchen Baby Fatso in der Comedyserie *Die kleinen Strolche*. Der Titel erinnert zu Recht an die gleichnamige TV-Serie, die zwischen 1922 und 1944 in den USA produziert wurde. Auch hier geht es um Abenteuer und Streiche einer Gruppe von (Klein-)Kindern.

Justus war in der Tat ein Naturtalent. Die Dialoge lernte er spielend leicht, mit dem Regisseur verstand er sich blind. Er konnte auf Knopfdruck weinen oder lachen. Der kleine Justus war der Star am Set. Dabei spielte er eigentlich nur sich selbst: »einen altklugen Dreijährigen mit dem Wortschatz eines College-Abgängers«. Seine Rolle bestand aber im Großen und Ganzen nur daraus, sich als drolliges Pummelchen von den anderen, älteren Kindern ärgern, fesseln oder bemalen zu lassen. Seine Texte waren dabei nicht besonders anspruchsvoll: »Loflaffen. Laf mich lof, bittefön. Ich will nicht die Mafern haben.«

Doch leider lachten die Leute nicht mit, sondern über Justus – und das nicht nur vor den Bildschirmen, sondern auch auf offener Straße. Als ihn dann Onkel Titus und Tante Mathilda nach dem Tod seiner Eltern fragten, ob er weiterhin bei *Die kleinen Strolche* mitspielen wollte, gab Justus unmissverständlich zur Antwort: »Auf gar keinen Fall.« Damit endete Justus' Schauspielkarriere schon nach einem Jahr. Auf sein Schauspieltalent greift er heute nur noch zurück, wenn es den Ermittlungen dienlich ist. Aus dem jüngsten »Exstar der Welt« wurde so allmählich der Erste Detektiv.

Justus und seine vielen Talente

Als Kompensation für sein unvorteilhaftes Aussehen stopfte sich Justus mit Wissen aus allen Bereichen voll. Sein fotografisches Gedächtnis half ihm dabei, alles zu behalten, was er einmal gelesen hatte. Der Bücherwurm las sich querbeet durch ganze (Fach-)Bibliotheken und schmökerte bereits als kleiner Junge in der Zeitung. Auf diese Weise mutierte Justus zu einem wandelnden Lexikon und Fremdwörterbuch. Man braucht ihm nur ein Stichwort zu nennen und er spult automatisch sein Wissen ab. Zweifellos weiß er aus dem Effeff, dass ein Entomologe Insekten erforscht, eine Anamorphose die verzerrte Darstellung eines Gegenstands ist, Spheksophobie Angst vor Wespen und Gephyrophobie Angst vor Brücken bedeutet. Der Erste Detektiv kennt auch seltene Krankheiten wie etwa Agnosie (die teilweise oder vollkommene Unfähigkeit, sensorische Reize wahrzunehmen) und im Zusammenhang mit Stuttgart fällt ihm wie selbstverständlich der Philosoph Georg Wilhelm Friedrich Hegel ein.

In der Schule ist Justus in jedem Fach ein Ass, was kaum überraschen dürfte, mal abgesehen von Sport und Kunst. Justus bekommt noch nicht einmal ein passables Strichmännchen aufs Papier. Doch handwerklich geschickt ist er: Was kaputt ist, repariert er im Handumdrehen. Ohne ihn könnte Onkel Titus seinen Schrottplatz wohl dichtmachen. Fast alles, was die drei ??? bei ihren Ermittlungen benutzen, hat Justus zuvor zusammengeschraubt. Sein Erfindergeist ist einmalig. Er sagt es nicht laut, hält sich aber selbst »für einen zweiten Edison«.

Viele Fremdsprachen beherrscht Justus fließend. Gerade seine Latein- und Spanischkenntnisse sind Gold wert, doch auch in Französisch staubt er nur Bestnoten ab. Deutsch kann er nicht so gut. Dafür kennt er von vielen anderen Sprachen wenigstens ein paar Worte, was sich durchaus als hilfreich erweist. So kann der Erste Detektiv beispielsweise das Geheimnis der Särge nur lösen, weil er weiß, dass »mlynár« auf Slowakisch »Müller« heißt.

Justus ist aber nicht nur sprachbegabt, sondern auch ein Mathegenie. In *Die drei ??? und das Riff der Haie* errechnet er im Handumdrehen, wie schwer eine zusätzliche Last sein muss, damit sich die Fahrzeit bei gleicher Kraftstoffmenge um 15 Minuten verlängert: »Nach der Motorleistung in Seemeilen je Gallone Kraftstoff, der Geschwindigkeit, der Entfernung und dem Quantum, das […] am Ende der Fahrt fehlte, kam ich auf ein Gewicht von etwa tausend Kilogramm«, rechnet der kleine Magister aller Fakultäten den verblüfften Erwachsenen – natürlich ohne Taschenrechner oder Computer! – vor. Während seine Kollegen regelmäßig vor Klassenarbeiten zittern, freut sich Justus regelrecht auf sie. Peter ist davon überzeugt, dass einzig und allein die Staatsschulden der USA größer als Justus' IQ sind. Daher hat Justus auch viele Spitznamen, die direkt auf seine Intelligenz Bezug nehmen: Mr Megahirn, Mr Oberschlau oder Computerhirn. Von der SynRea-Sekte bekommt Justus den Namen Whiz Kid (*Brainwash – Gefangene Gedanken*).

Justus weiß zwar nicht immer alles, aber zumindest von allem etwas. Und damit hält er auch nicht hinterm Berg. Wissenslücken überspielt er in der Regel galant oder blufft einfach. Mit seiner belehrenden Art und seinem Hang zum Dozieren trieb Justus schon früh die Erwachsenen – allen voran seine Lehrer – an den Rand der Verzweiflung. In den Augen von Bobs Mutter ist Justus ein »sonderbarer Junge«, dem man oft überhaupt nicht folgen könne. Seine geschwollene Ausdrucksweise gehört zu Justus wie die Butter aufs Brot. Selbstironisch stellt Justus in *Die drei ??? und die silberne Spinne* fest: »Mich

kann man nicht gerade typisch nennen. In den Augen mancher Zeitgenossen bin ich eingebildet und rede hochgestochen und trete dau-
ernd ins Fettnäpfchen. Nichts zu machen, leider.«

Trotzdem hat Justus einen großen und festen Freundeskreis. Seine
Detektivkollegen würden für ihren Ersten durchs Feuer gehen. Umgekehrt gilt das natürlich genauso. Zwischen die drei passt kein Blatt
Papier. Mit Personen, die ähnlich wie er gestrickt sind, hat Justus jedoch so seine Probleme – allen voran mit Jelena Charkova (➤ S. 210).

??? Nur einer ???

In *Botschaft aus der Unterwelt* wird Justus aber vor eine schreckliche Wahl
gestellt: Er muss sich zwischen Peter und Bob entscheiden. Seine Wahl fällt
letztlich auf Peter.

Justus verfügt über alle grundlegenden Eigenschaften, die ein erfolg-
reicher Detektiv braucht. Die wichtigste ist – so sagt er selbst immer:
Man muss denken wie ein Detektiv. Logik ist für Justus bei allen Er-
mittlungen das oberste Gebot. Das macht den Ersten Detektiv auch
absolut unempfänglich für Aberglauben jeglicher Art oder solchen
Hokuspokus wie Horoskope. Justus verfügt über eine unglaubliche
Beobachtungs- und Kombinationsgabe. Gerade unter Druck ist er zu
Höchstleistungen – auch Auge in Auge mit dem Feind – in der Lage.
Das Kombinieren und Knacken von Computerpasswörtern gehört zu
seinen leichtesten Übungen.

Justus ist Perfektionist. Was er begonnen hat, möchte er auch erfolgreich abschließen. Nichts bringt ihn dann davon ab, keiner kann
ihn umstimmen. In *Die Rache des Tigers* raucht Justus sogar eine Zigarette, um an die Fingerabdrücke eines Verdächtigen zu kommen.
Nachts liegt er manchmal stundenlang wach, bis er endlich die Lösung
ausgetüftelt hat. In *Die drei ??? und der Super-Papagei* heißt es: »Gab
man Justus Jonas einen geheimnisvollen Fall zu lösen, so war das, als
halte man einer Bulldogge einen saftigen Knochen hin. Er würde ihn
nicht wieder loslassen, ehe er das Letzte herausgeholt hatte.« Seine

Kollegen erfüllt das mit großer Ehrfurcht. Ein Genie möchte der Erste Detektiv dennoch nicht genannt werden. »Nenn mich bloß nicht so. Ich bemühe mich lediglich, meine angeborene Intelligenz durch ständiges Üben voll zu entfalten«, entgegnet er Peter beispielsweise in *Die drei ??? und das Gespensterschloss*.

Doch auch der Erste Detektiv hat nicht nur Sternstunden. In *Die drei ??? und der sprechende Totenkopf* oder *Die drei ??? und der lachende Schatten* gibt Justus leichtgläubig gegenüber Gegenspielern Ermittlungsergebnisse preis. In *Die drei ??? und der rasende Löwe* benennt der Erste Detektiv sogar einen falschen Hauptverdächtigen. In *Pfad der Angst* gehen Justus, Peter und Bob den Granville-Brüdern auf den Leim, brechen bei einem renommierten Erfinder ein, stehlen das Oculus audiens und werden schließlich polizeilich gesucht. Auch der tollkühne Trip in den Dschungel Venezuelas sollte hier nicht unerwähnt bleiben. Doch den Tiefpunkt in seiner Detektivkarriere erreicht Justus in *Das Erbe des Meisterdiebs*, als er vor Liebestollheit kurz davor ist, den größten Fehler seines Lebens zu begehen.

Justus und die Machtfrage

Ohne Justus' Genialität wären die drei ??? nicht vorstellbar. Doch in dem Detektivunternehmen sieht er vordergründig alles andere als eine One-Man-Show. »Wir drei arbeiten zusammen. Ohne Hilfe von Peter und Bob hätte ich nie etwas erreicht«, stellt der Erste Detektiv in *Die drei ??? und der verschwundene Schatz* klar. Sein Demokratieverständnis ist jedoch zweifelhaft, denn die Marschrichtung bestimmt Justus letztlich trotzdem. Interne Abstimmungen »gewinnt« er in aller Regel mit 1:2 gegen Peter und Bob. Wenn es Spitz auf Knopf steht, verblüfft er seine Kollegen bei »Stein, Schere, Papier« eben mit einem völlig neuen Zeichen – einem Fragezeichen. Oftmals weiht er seine Kollegen noch nicht einmal in seine Pläne ein. In der Anfangszeit stellten Peter und Bob in ihrer Gutmütigkeit erst gar keine Fragen.

Dahinter steckte aber auch ein besonderes Erzählmuster: Indem Justus die Rolle des undurchsichtigen Genies besetzt, sind die Leser auf dem gleichen Wissensstand wie Peter und Bob und erleben die Geschehnisse quasi durch deren Augen. Das änderte sich mit der Zeit – zumindest ein bisschen: Justus' Gedankenwelt wurde für Außenstehende greifbarer; Peter und Bob erkannten zwar weiterhin Justus' Führungsanspruch an, ließen aber nicht mehr einfach alles widerspruchslos über sich ergehen. Ab und an arteten Meinungsverschiedenheiten sogar in bitterbösen Streit aus. »Du bist derjenige, der Entscheidungen trifft, Justus Jonas. Ich komme nie zu Wort. Und wenn doch, werde ich ignoriert«, platzt es in *Geheimsache Ufo* aus Peter heraus. In diesem Fall war der Zweite Detektiv drauf und dran, aus den drei ??? auszusteigen.

Nicht nur Peter stößt sich regelmäßig an Justus' Egomanie, sondern ab und an auch der in sich ruhende Bob. »Ich verlange, dass wir jeden weiteren Schritt im Fall ›Mrs Holligan‹ demokratisch abstimmen. Und damit meine ich: 2:1 ist überstimmt und nicht umgekehrt, wie wir es sonst von dir gewohnt sind«, so Bob in *Stimmen aus dem Nichts*. In *Die drei ??? und der Schatz der Mönche* setzt es für Justus sogar einen Dämpfer vonseiten des buddhistischen Mönchsoberhaupts Lama Geshe: »Du hast deine Prinzipien, Justus. Und sie sind nicht die verkehrtesten. Nur über eins könntest du dir vielleicht mal … Gedanken machen: Du liebäugelst ein bisschen mit großen Auftritten. Frag deine Freunde, wie gerne sie das sehen.«

Justus und der Kampf gegen die Fettpolster

Justus könnte der vollkommenste aller Helden sein – wenn er nur nicht so dick und unsportlich wäre! Sogar Alfred Hitchcock führte Justus in *Die drei ??? und das Gespensterschloss* als »Fettwanst« ein. Später wurde die Bezeichnung etwas milder und Justus nur noch als »stämmig« und »gut gepolstert« beschrieben.

Schon bei seiner Geburt soll der Arzt gesagt haben: »Gratuliere, Mrs Jonas, Sie haben soeben ein acht Pfund schweres Lexikon zur Welt gebracht!« Seitdem musste Justus noch viel mehr unvorteilhafte Vergleiche über sich ergehen lassen: Im Bademantel soll er mit gekreuzten Beinen wie ein kleiner Buddha aussehen, mit ernstem Gesicht einer weisen Eule gleichen, die Statur einer Waschmaschine haben, auf dem Bauch liegend an ein Walfischbaby oder eine wohlgenährte Katze erinnern. Im Musical *Gefahr im Verzug* musste er einen

Wasserball spielen, weil ihm die Rolle im wahrsten Sinne des Wortes auf den Leib geschrieben war.

Bereits als kleiner Junge wurde Justus »Dickerchen« gerufen. Wenn er hinfiel, kugelte er sich auf dem Boden und die Erwachsenen lachten sich über ihn kaputt. Sein Selbstbewusstsein litt darunter nicht – ganz im Gegenteil. Dennoch hasst Justus es seit jenen Tagen zutiefst, ausgelacht zu werden. Dass der Erste Detektiv wegen seines Übergewichts von Gegenspielern und Konkurrenten regelmäßig als »fettes, schwachsinniges Frettchen«, »Nashorn«, »fette Qualle«, »Speckgesicht«, »Dickwanst«, »Fettkloß«, »Speckhals«, »dicker Schlaumeier« oder »verfluchter Fleischkloß« beleidigt wird, steckt er genauso locker weg, wie er die feinen Spitzen von Verwandten und Freunden überhört. Einmal zum Beispiel soll Titus »dem Dicken« etwas von einer Gruppe Zigeunern ausrichten: »Ich weiß, Justus, du bist nicht dick, nur gedrungen und muskulös – aber die Leute nennen dich nun mal Dicker.« Und obwohl Tante Mathilda an Justus' Übergewicht sicher nicht ganz unschuldig ist, warf auch sie ihm schon seine überschüssigen Kilos vor: »Schau dich doch an, du wirst ja immer dicker.«

Justus irgendwo hochzuziehen oder durchzuquetschen, ist immer problematisch. In *Die drei ??? und der heimliche Hehler* bleibt der Erste Detektiv sogar in einem Speisenaufzug stecken. Bevor ihm Peter und Bob mit einem Seil aus der Patsche helfen, bekommt er die Häme seiner Kollegen ab. Hilflos muss der sonst so souveräne Meisterdetektiv über sich ergehen lassen, wie Bob die Szene genüsslich fotografiert – für das Erinnerungsalbum der drei ???. In *Tatort Zirkus* hätte Justus seinen Stellvertreter Peter beinahe hochkant aus dem gemeinsamen Detektivunternehmen geschmissen: Nachdem Peter beim Wettschwimmen mit Justus nur zweiter Sieger wurde, rieb ihm der schlechte Verlierer die Theorie »Fett schwimmt oben« unter die Nase. Das kam bei dem sonst so dickhäutigen Justus überhaupt nicht gut an. Peter entschuldigte sich gerade noch rechtzeitig.

Sein Übergewicht brachte aber in so manchen Situationen Vorteile mit sich: In *Die drei ??? und der unheimliche Drache* profitiert Justus von seinem XXL-Gürtel und in *Die drei ??? und der Doppelgänger* schafft er es letztlich dank seines Gewichts, sich unter dem Fußboden einer Hütte vor seinen Entführern zu verstecken. Er ist eben so dick, dass sich die Balken biegen. In *Der schwarze Skorpion* zerquetscht er das Spinnentier, als er rückwärts mit seinem Rucksack darauf fällt. Nachdem er mehrfach lauthals eine Diät angekündigt hat, macht er in *Die drei ???* *und die Perlenvögel* das erste Mal Ernst – oder versucht es zumindest.

In den *Crimebusters*-Fällen wurde Justus nicht nur ein paar Jahre älter, sondern auch noch dicker. In der damaligen Serienbibel wurden die Autoren dazu verpflichtet, Justus' Übergewicht und seinem erfolglosen Kampf gegen die Speckröllchen viel Platz einzuräumen. Die Liste der gescheiterten *Crimebusters*-Diäten – oder »Ernährungsprogramme«, wie Justus sie nannte – ist lang: Grapefruit-Hüttenkäse-Diät, Erdnussbutter-Bananen-Diät, Grapefruit-Kartoffelchips-Diät, Ananas-Frischkäse-Diät, Popcorn-Diät, Wassermelonen-Diät (auf Empfehlung seiner Nachbarin und »persönlichen Diätassistentin« Mrs Teitelbaum), Salzstangen-Trockenpflaumen-Diät oder Butterbrot-Diät. Justus probierte auch sinnvolle Diäten, aß viel Fisch und Geflügel, wenig Fleisch, schon gar nicht gegrillt oder frittiert. Auch mit dem guten alten Grundsatz »FdH – Friss die Hälfte« versuchte er es, nahm aber innerhalb von zwei Wochen nur mickrige 250 Gramm ab. Vielleicht hätte er mehr abgenommen, wenn er anstatt *nur* einem Karamelleisbecher – anstelle der üblichen zwei – einfach mal das Eisfach zugelassen hätte. Zudem sollte einem Genie wie Justus klar sein, dass eine Diätkost nicht zu Gewichtsverlust führen kann, wenn man sie zusätzlich zum normalen Essen einnimmt. Ein paar Tage Kjell Hasselblads Energie-Diät machen aus einer birnenförmigen Gestalt noch lange keinen Muskelprotz und ein paar Protein-Milchshakes keinen durchtrainierten Filmstar – auch wenn sich Justus am Set von *Atemlos 2* das Gegenteil bestätigen lässt.

Justus versuchte es auch mit Dehnübungen oder geistiger Disziplin. Vor dem ersten Bissen wartete er 15 Minuten, bevor er sein Pumpernickel-Sandwich mit Sojasprossen und Käse verschlang. Ironischerweise gelang es Justus nur ein einziges Mal, nennenswert abzunehmen: Als der Erste Detektiv in *Die drei ???* *und der riskante Ritt* in den Bergen von Mexiko gezwungenermaßen auf Reis mit Bohnen umsteigen muss, verliert er innerhalb kürzester Zeit stolze fünf Kilo und kann seinen Gürtel endlich ein Loch enger schnallen. Doch nach dem Trip schwört er sich: Nie wieder Reis mit Bohnen!

Vordergründig trug Justus sein Gewicht mit Humor. Seine weit geschnittenen Klamotten tragen Sprüche wie »Fasten bringt Frust«, »Ich esse – also bin ich«, »Der Mensch ist, was er isst«, »Festen, nicht fasten«, »Is' was? Dann iss was!« oder »Wort-Jogger: Mir läuft der Mund über.« Seine Leibesfülle ließ ihn aber trotzdem nicht so kalt, wie es nach außen hin den Anschein machte. Denn sie brachte einen zentralen Nachteil mit sich: Die Chancen bei den Mädchen waren gleich null. Na ja, sagen wir fast bei null.

Justus und die Frauenwelt

Zu einem erfüllten Leben fehlte Justus eigentlich nur eine Freundin, die ihn auch mit ein paar Kilos zu viel auf den Rippen liebhatte. Aber er konnte machen, was er wollte, Wirkung entfaltete er nur auf Frauen jenseits der fünfzig. Die gehörten aber nicht ganz zu seiner Zielgruppe. Justus steht eher auf kleine, schlanke Mädchen mit kurzen, dunklen, gerne auch lockigen Haaren. Wenn sie dazu noch blaue Augen haben, umso besser. Südstaatenakzent findet er auch süß. Er ist aber hinsichtlich seiner Vorlieben nicht gänzlich festgefahren.

Justus ist gegenüber Mädchen total schüchtern. In *Die drei ??? und das Narbengesicht* gerät er allein beim Anblick einer hübschen jungen Frau mit blonden Haaren ins Stottern (»Die ist ja … sehr liebenswürdig«). Lieber begegne er nachts auf freiem Feld einem Räuber, als mit einem ihm unbekannten Mädchen ins Kino zu gehen, sagt er selbst. Denn sobald ihn ein Mädchen anlächelt oder mit ihm flirtet, verschlägt es dem sonst so schlagfertigen Ersten Detektiv die Sprache. Er wird knallrot und bekommt sogar motorische Störungen. Je hübscher ein Mädchen ist, desto dümmer stellt sich Justus an.

Justus ist alles andere als ein Meister des Smalltalks; er hasst das übliche belanglose Geschwätz auf Partys. Deswegen meidet er sie auch. In *Die drei ??? und die Comic-Diebe* wäre Justus dennoch fast bei dem Stellara Stargirl gelandet. Wie es zu dieser letztlich tragischen Liebesgeschichte kam, erzählte der Autor William McCay Jahre später in einem Interview auf rocky-beach.com:

> »Als ich mich in die *Crimebusters* einarbeitete, fiel mir auf, dass die anderen Autoren sich auf den armen Justus Jonas eingeschossen hatten. Es schien, als bestraften sie Just für seine überragende Persönlichkeit, die er in den früheren Geschichten zur Schau stellte. Vielleicht war es, weil Just und ich uns in der Leibesfülle ähnlich, auf jeden Fall hatte ich irgendwie Mitleid mit ihm. Viele intelligente, selbstbewusste Kinder werden in den Wirren der Pubertät aus der Bahn geworfen. Also konnte es keinen besseren Subplot für mein erstes *Drei ???*-Buch geben, als Justus sich verlieben zu lassen.«

??? Justus und Kelly ???

Peter vermutet, dass Justus insgeheim auf seine Freundin Kelly steht. Warum sonst sollte Justus wohl einen ganzen Abend versucht haben, ihr Einsteins Relativitätstheorie zu erklären? Die Tatsache, dass Justus in der Lage ist, sich mit Peters attraktiver Freundin stotterfrei zu unterhalten, spricht aber eher gegen diese Vermutung. Sonst hätte Justus wohl kein Wort herausbekommen.

Die Not hatte vorläufig ein Ende, als Justus in *Angriff der Computer-Viren* Lys de Kerk kennen lernte. Justus war vom ersten Moment an richtig verknallt in die etwas ältere Schauspielerin. Zur Verwunderung aller stieß er bei der attraktiven Lys auf Gegenliebe. Denn die beiden waren seelenverwandt. Lys' Einfluss auf Justus war von Anfang an sehr gut. Er schaffte es, dank gesunder Ernährung, Sport und Disziplin endlich abzunehmen. Die Zeit der durchgeknallten Diätpläne war vorbei. Müsli, Salat und Sodawasser standen jetzt statt Cornflakes, Burger und Limonade auf dem Speiseplan. Sie schaffte es sogar, Justus vom Rechner wegzuholen und den Ersten Detektiv auf eine Modenschau mitzuschleppen und – zumindest eine Zeit lang – für Fußball zu begeistern. Von halb Rocky Beach wurde der Erste Detektiv für seine Beziehung zu der intelligenten Schönheit beneidet.

Nachdem Lys einige Jahre gar nicht mehr vorkam, schied sie in *Der geheime Schlüssel* endgültig aus der Serie aus. Da war aber schon längst nicht mehr klar, ob sie die oder nur noch eine Freundin von Justus war. Kari Erlhoff vermutet, dass Justus und Lys nie wirklich zusammen waren:

>»Aber mal ehrlich? Lys und Justus haben doch immer nur so getan, als wären sie zusammen. Das war eine raffinierte Show von zwei talentierten Schauspielern. So hatte Justus endlich mal Ruhe vor den Kommentaren seiner Freunde. Toll fand er sie natürlich trotzdem.«

Diese Theorie hat durchaus etwas für sich. Denn in *Das Erbe des Meisterdiebs* verknallt sich Justus bis über beide Ohren in Brittany. Es gibt sogar eine Knutschszene. Der heißen Brittany ist Justus' Speck anscheinend völlig egal. Am Ende durchlebt Justus aber die schlimmste Zeit seines Lebens. Mit dem Pech in der Liebe ging auch wieder eine Gewichtszunahme einher. Justus' Gefräßigkeit ist immer für eine Anekdote gut. Weil er in *Das düstere Vermächtnis* zu gierig auf einen Eiswagen zustürzt, stürzt er selbst und bricht sich das Bein. Die Zeiten, in denen sich Justus mit seinen Diätplänen zur Witzfigur machte, sind heute aber vorbei.

Justus und seine vielen Interessen

Hobbys im eigentlichen Sinn hat Justus nicht; er sammelt keine Briefmarken oder Ähnliches. Seine Interessen sind trotzdem breit gefächert: Er ist Vorsitzender des Naturkundeclubs, Mitglied im Verein für kalifornische Geschichte, im Computerclub aktiv, macht bei der Chemie-AG mit und vieles mehr.

Für Kultur hat Justus verhältnismäßig wenig übrig. Opern und Musicals mag er gar nicht. Sein Musikgeschmack bleibt unkonkret. Im Gegensatz zu seinen Kollegen begeistert er sich auch nicht so richtig für Rockmusik, lässt sich aber manchmal von Bob auf Konzerte mitschleifen. Er entspannt sich lieber mit Mozart.

Was Justus nach der Schule machen will, weiß er selbst noch nicht so richtig. Mal will er der »angesehenste Polizei- und Gerichtsreporter« der ganzen USA werden, mal möchte er Jura studieren. Vielleicht gründet er später auch einmal ein großes Technologieunternehmen wie Apple oder wird Filmregisseur. Den Posten als Polizeichef von Los Angeles lehnt er aber jetzt schon ab – viel zu stressig. Ob Justus jemals in die Fußstapfen von Reynolds oder Cotta tritt, wird sich zeigen. Bis dahin wird noch viel Zeit verstreichen.

Justus Jonas passt in keine Schublade, er ist ein Schrank, er ist untypisch ganz und gar. Und vielleicht wird er gerade deshalb gleichermaßen innig geliebt wie auch angefeindet. Hendrik Buchna ist ein großer Justus-Jonas-Fan:

»Mit all seinen beeindruckenden Gaben und liebenswerten Schwächen, Launen und Widersprüchen ist Justus Jonas (nicht zuletzt auch aufgrund seiner tragischen Familiengeschichte) eine sehr komplexe und authentische Figur. Mal brillant, mal altklug, mal selbstlos, mal egoistisch – aber immer aufrichtig und glaubhaft.«

Kurz und knackig bekennt auch Peter Lerangis: »Jupiter [Justus] war mit Abstand mein Favorit.« Marco Sonnleitner möchte sich nicht festlegen, für ihn sind Justus, Peter und Bob gleichermaßen »Herz, Kopf und Seele der Serie. Alle drei in allen drei Bereichen zu ihrem Anteil. Da ist für jeden was dabei«.

Zweiter Detektiv: Peter Shaw

»Wenn ich gewusst hätte, wie das ist, wäre ich nie Detektiv geworden.«
Peter

Peter Shaw ist der Zweite Detektiv. Ursprünglich wurde er in den USA aber Peter »Pete« Crenshaw getauft. Mit Zweitnamen heißt er Dunstan. Er ist der Größte der drei Detektive, dazu muskulös und athletisch und hat dunkle Haare, die genaue Farbe variiert aber immer ein bisschen. In *Dopingmixer* ist sogar von einem blonden Haarschopf die Rede.

??? Spezialgelagerter Sonderfall ???

Es war ursprünglich Peter, der Justus in *Die drei ???* und der *Super-Papagei* vorgeschlagen hat, von einem »spezialgelagerten Sonderfall« zu sprechen. Letztendlich hat sich aber die Übersetzerin den kultigen Ausdruck ausgedacht, denn im amerikanischen Original heißt es: »This case is a real skullbuster.«

Peter ist der perfekte zweite Mann. Er ist nicht so verkopft wie Justus, aber aufgrund seiner körperlichen Beschaffenheit für die drei ??? unersetzbar. Einen Führungsanspruch erhebt er nicht. Das ist auch besser so. Denn er handelt nicht selten unbedacht, verplappert sich oder ist spontan viel zu laut.

Peter der Angsthase

Peter liebt das Abenteuer, scheut aber auch das Risiko – eine etwas merkwürdige Kombination. Das war aber schon immer so. Im Alter von fünf Jahren kletterte er über einen Baum in das Dachgeschoss eines leerstehenden Hauses, dessen Fenster in den unteren Etagen vernagelt waren. Es kostete ihn viel Überwindung, den gleichen Weg wieder zurück zu nehmen. Noch Jahre später beschäftigte ihn dieses Erlebnis. Aus Situationen wie diesen hat er gelernt, besser früher an später zu denken. Seitdem neigt er zu Nervosität und Panikattacken – meistens bevor überhaupt etwas passiert ist. Der »Hasenfuß vom Dienst« hat überspitzt gesagt schon Angst, wenn nachts eine Maus über den Schrottplatz läuft. Jedenfalls sieht das Justus so.

Eigentlich wollte der Zweite Detektiv von Anfang an lieber kleinere Brötchen backen. Der Aufstieg der drei ??? zu einem weit über die Grenzen von Rocky Beach bekannten Detektivunternehmen ging ihm etwas zu schnell. Die Suche nach entlaufenen Haustieren füllte ihn voll und ganz aus. Mit der Spezialisierung auf »mysteriöse Vorkommnisse und Geheimnisse aller Art« konnte sich Peter auch später nicht so richtig anfreunden: »Können wir nicht mal einen ganz normalen Auftrag bekommen? Jemanden beschatten, weil seine Frau vermutet, dass er fremdgeht zum Beispiel. Oder Unfallzeugen ausfindig machen. Normale Sachen halt«, beschwert sich der Zweite Detektiv im Jubiläumsband *Toteninsel*.

Die Fälle, bei denen der Zweite Detektiv nicht auf einen vorzeitigen Abbruch drängt, sind überschaubar. Doch aufgrund seiner Athletik und körperlichen Robustheit muss gerade Peter fast ausnahmslos alle gefährlichen und anstrengenden Aufgaben übernehmen. Da halfen ihm von Anfang an auch keine Diskussionen, schon gar nicht mit Justus Jonas. »Dass wir aus Heldenmut Selbstmord begehen wie Kamikaze-Flieger, haben wir nicht vereinbart«, lamentiert Peter zum Beispiel in *Die drei ??? und der unheimliche Drache*. Für den Fall der Fälle hat er mittlerweile ein Testament verfasst.

»Peter zieht es vor, unnötigem Ärger aus dem Weg zu gehen«, drückte es Chauffeur Morton einmal diplomatisch aus. Man könnte sein Verhalten auch einfach nur klug nennen, wenn da nicht seine Anfälligkeit für Aberglauben und Schauermärchen wäre. Peter glaubt an Geisterschiffe, Ufos und die Men in Black, Indianergeister, wandelnde Moorleichen, Vampire, den Schachgeist und vieles mehr. Eigentlich hält Justus seinen Freund Peter für ein »schlaues Kerlchen«. Umso mehr verzweifelt der Erste Detektiv in *Stadt der Vampire* daran, dass sein Kollege nicht einfach mal seinen »geistigen Kräften« vertraut und sich seines »gesunden Menschenverstandes« bedient, anstatt sich immer gleich »dem nächstbesten Aberglauben in die Arme zu werfen«.

Peter der Kämpfer

Aber: Wenn es darauf ankommt, steht Peter seinen Mann. Seine Hände sind »meldepflichtige Waffen« und er hat einen schwarzen Gürtel in Karate. In *Die drei ??? und der seltsame Wecker* zerlegt der Zweite Detektiv zwei Gangster im Alleingang, während Justus zu Stein erstarrt. Am Ende von *Die drei ??? und die gefährliche Erbschaft* überwindet Peter trotz einer Pistole an der Schläfe seinen Gegner heldenmutig mit der Mutter aller Akrobatikeinlagen. In *Feuerturm* vertreibt er einen Bären und in *Die drei ??? und die schwarze Katze* bändigt er einen freigelassenen Löwen und verhindert nicht weniger als eine Massenpanik auf einem Zirkusgelände. Zu Recht wird er für seine

Taten mit Lob (»einmalig«, »tapfer«, »mutig« und »geschickt«) über-häuft. Das macht ihn aber eher verlegen, denn ein Prahler war Peter Shaw noch nie.

Peter ist ein »Meister in Körperbeherrschung«. Im Notfall beweist er ein hohes Maß an Selbstdisziplin. In *Die drei ??? und die rätselhaften Bilder* hält er stundenlang mit eingeschlafenen Beinen und einem Krampf in einem heißen, stickigen Schrank Wache. Zudem hat er einen ausgesprochen guten Orientierungssinn. Egal ob zu Fuß, mit dem Auto oder dem Boot, ob es hell oder dunkel ist, Peter verfügt über einen sechsten Sinn, der ihn und seine Freunde sicher zum Ziel führt.

Peter der Schlossknacker

Geschicklichkeit beweist er beim Knacken jeglicher Schlösser. Doch das war nicht immer so. Peters berühmter Dietrich kommt das erste Mal in *Tatort Zirkus* bei einem Wohnwageneinbruch zum Einsatz – wird aber noch nicht so bezeichnet. Dass die drei Detektive irgendwo unerlaubt einsteigen, kommt zwar in früheren Fällen schon vor, doch in der Regel war das Trio bislang auf zufällig offen stehende Fenster angewiesen. In *Die drei ??? und die Comic-Diebe* muss Peter über einen Nachbarbalkon in ein Hotelzimmer einsteigen – und stürzt bei der Aktion in den Swimmingpool.

Wenn einer in den frühen Fällen Türen aufbrach, dann war das meistens Justus mit seinem Schweizer Taschenmesser, zum Beispiel in *Die drei ??? und der Fluch des Rubins*. Namentlich wird der Dietrich erst in *Die drei ??? und der verrückte Maler* eingeführt und ist somit eine Erfindung von Brigitte Johanna Henkel-Waidhofer. Es gibt auch nicht nur einen Dietrich; Peter hat eine ganze Sammlung, die sich wahlweise in einem kleinen schwarzen Koffer oder einem Etui befindet.

??? Offene Türen ???

Peter hat, egal wo, grundsätzlich immer den richtigen Dietrich am Schlüsselbund. Eigentlich braucht er gar keine Schlüssel, sondern nur seinen Dietrich.

Peter die Schulniete

In der Schule ist Peter nicht der größte Held. Einen deutlichen Hinweis hierauf gibt es schon früh in *Die drei ??? und der Super-Papagei*. Als zwei Papageien ihre Sprüche (vermeintlich) nicht fehlerfrei aufsagen, sieht Peter darin keine versteckten Hinweise. »Zwei – was ist das schon? – … Jedes Mal wenn wir eine Klassenarbeit schreiben, habe ich mehr als zwei Fehler drin.« In *Die drei ??? und die Musikpiraten* ist Peter gut drauf, weil er bei der Zeugnisvergabe ganz knapp an einer Fünf in Mathe vorbeischlitterte. Damit ist der Zweite in der Tat gut bedient, denn Peter kapiert noch nicht einmal den Satz des Pythagoras ($a^2 + b^2 = c^2$) oder wie ein Flaschenzug funktioniert. Dabei waren Mathe und Physik einst seine Lieblingsfächer gewesen, später berechnete Peter lieber Kellys Kurven.

Über seine Fremdsprachenkenntnisse erfährt man wenig, wahrscheinlich weil sie bescheiden sind. Der Geschichtsunterricht ist für Peter ein besonderer Graus. Peter liest auch im Gegensatz zu seinen Kollegen nicht gerne. Wenn, dann blättert er durch eine Sportillustrierte oder eine Autozeitschrift.

Unter dem Strich kann man sagen: Der Zweite hat in jedem Fach schlechte Noten – außer in Sport. Er ist in jedem Schuljahr vom Sitzenbleiben bedroht. Peter erscheint auch sonst relativ ungebildet. In *Die drei ??? und der verschwundene Schatz* hält der Zweite Detektiv ein Minarett für »irgendein Ungeheuer«. Dass »666« die Zahl des Teufels ist, hört er in *Die drei ??? und das Hexenhandy* das erste Mal. Dem Internet gegenüber ist Peter zunächst ebenfalls äußerst skeptisch: »Das ist keine seriöse Informationsquelle, sondern eher ein Tummelplatz für Leute, die nichts Besseres zu tun haben, als nachts in die Sterne zu starren und sich Märchen auszudenken.« Entgegen seiner Erwartung setzte sich das Internet aber schließlich auch bei den drei ??? durch.

Auch wenn Peter keine große Leuchte ist, hat auch er einige geistige Sternstunden. In *Codename: Cobra* knackt er den Code, wofür er das wohl größtmögliche Lob von Justus einheimst (»Du wirst befördert, Zweiter!«). Auch in vielen anderen Fällen liefert er den entscheidenden Hinweis, zum Beispiel in *Gefährliches Quiz*, *Tödliche Spur* oder *Die drei ??? und der verschollene Pilot*. In *Schwarze Madonna* rettet er einen mexikanischen Jungen aus dem Meer.

Peter die Sportskanone

Peter ist ein ausgezeichneter Sportler. Nur im Wasser und beim Schach ist ihm Justus überlegen. Um sich fit zu halten, macht er jeden Tag nach dem Aufstehen 30 Kniebeugen und 20 Liegestütze und geht regelmäßig joggen.

Seine Sportleidenschaft ist der Ausgangspunkt für viele Fälle. In *Gekaufte Spieler,* dem ersten Sportfall in der Geschichte der drei ???, gerät Peter mitten in eine Bestechungsaffäre. Während Peter in den amerikanischen Fällen eher typisch amerikanische Sportarten wie Basketball betreibt, entwickelt er sich später zu einem richtig guten Fußballer. In *Fußball-Gangster* reißt er sich zwar das Kreuzband, bleibt aber trotzdem am Ball. In *Verdeckte Fouls* überzeugt er im Trainingsspiel (trotz eines 1:9) mit seinen Rocky Beach Boys gegen den deutschen Bundesligisten 1. FC Borussia sogar den Star der Mannschaft Julio DaElba. Es ist also nur folgerichtig, dass Peter in *Fußballfieber* sogar vom Trainer der U18-Nationalmannschaft beobachtet wird.

Peter der Autofanatiker

In der Schmiergrube neben der Zentrale schraubt Peter in der *Crimebusters*-Ära entweder alleine oder mit Justus' Vetter Ty stundenlang an Autos herum. Mit den Autoreparaturen verdient er sich in dieser Zeit das nötige Kleingeld, um seine Freundin Kelly bei Laune zu halten. Ab und zu kauft Peter auch alte Autos, um sie wieder in Schuss zu bringen und dann gewinnbringend zu verkaufen.

Die Liste von Peters Autos gleicht einer Ahnengalerie. Er fuhr bereits einen Fiero, einen Scirocco, einen weißen Chevrolet, einen Toyota Corolla, einen kleinen orangefarbenen Vega (Baujahr 1977), einen Chevy Bel Air (Baujahr 1967), einen hellblauen Dodge Aries sowie einen Mp65 Bel Air. Die letzten beiden tunte er. Peter ist dabei vollkommen egal, wie heruntergekommen ein Auto ist: Wenn man es starten kann, kann man es auch fahren. Letztlich legte er sich auf ein rotes MG Cabrio fest, das er bis heute noch fährt. Nur in *DiE DR3i und der kopflose Reiter* düst er auf einmal in einem Jeep herum.

Peter der Tierfreund

Peter ist sehr tierlieb; er besitzt sogar einen eigenen Hund, der ihm in *Späte Rache* zugelaufen ist – der irische Wolfshund seines Entführers: Shadow. Dieser lebte zunächst in einer Hundehütte auf dem Schrottplatz, lief aber immer wieder zu Peter nach Hause. Leider wollten seine Eltern auf gar keinen Fall einen Hund haben. Schweren Herzens brachte Peter seinen treuen Gefährten daraufhin bei Verwandten auf einer Obstplantage im Hinterland von Los Angeles unter.

??? Niedergestreckt ???

In *Dreckiger Deal* feiert Shadow ein kurzes Comeback in Rocky Beach. Der hüfthohe Hund überwältigt am Ende des Falls sogar einen Bösewicht.

Peter der Mädchenschwarm

Peter hatte als Erster der drei Freunde – und für lange Zeit auch als Einziger – eine feste Freundin: Kelly Madigan. Die beiden tauschen auch in der Öffentlichkeit Zärtlichkeiten aus, zum Beispiel Küsschen auf die Nasenspitze. Peter nennt seine Freundin liebevoll »Kleines«. Kelly versuchte anfangs noch vergeblich, ihrem Freund ein modischeres Outfit zu verpassen, denn vom Stil her fährt Kelly eigentlich voll auf Bob ab. Peter trägt aber lieber weiter seine T-Shirts mit Bandlogos, Surf-, Tier- oder Automotiven und dazu für gewöhnlich Jeans und weiße Sportschuhe.

Die attraktive Kelly ist sehr pflege- und zeitintensiv, was Peter ständig unter Druck setzt. Im Zweifelsfall versetzt er aber eher seine Freundin, als die drei ??? zu vernachlässigen. Trotzdem schaffen es die beiden, oft miteinander auszugehen. Ihre Beziehung ist die einzige, die bis heute noch intakt ist. Manchmal hängt Peter aber auch lieber mit seinem Surfkumpel Jeffrey ab. Peter ist zwar stark, aber leider nicht immer willensstark. In *Der Mann ohne Kopf* schmeißt sich Peter in der Disco Planet Evil eine Pille ein, weil er nicht als Feigling gelten möchte. Ein Tiefpunkt, der aufgrund zweier glücklicher Umstände folgenlos bleibt. Immerhin widerstand Peter den unzweideutigen Avancen einer Prostituierten im Silver Henhouse (*Straße des Grauens*).

Trotz – oder vielleicht gerade auch wegen – seiner Schwächen ist Peter die Lieblingsfigur vieler *Die drei ???*-Autoren. André Marx ist Peter-Fan: »Ein wunderbarer Mensch. Sehr aufrichtig.« Marco Sonnleitner bekannte sich in einem Interview auf ciao.de zum Zweiten Detektiv, »weil Peter [...] am facettenreichsten angelegt [ist] und man aus ihm am meisten machen kann«. Hendrik Buchna sagt:

> »Peter Shaw ist in gewisser Weise eine gespaltene Persönlichkeit. Einerseits das mutige Sportass, das sich für seine Freunde auf jeden noch so gefährlichen (realen) Gegner stürzen würde, andererseits schafft es Peter mit seiner Furcht vor dem Übernatürlichen aber auch regelmäßig, den Vollblut-Realisten Justus auf die Palme zu bringen. Gerade diese Gegensätze machen ihn in meinen Augen aber erst recht liebenswert.«

Und über diese öffentliche Liebeserklärung von Kari Erlhoff auf 3fragezeichen.de würde sich Peter bestimmt ganz besonders freuen:

> »[Peter] ist der Detektiv, dem man viel zumuten kann, der überraschen kann, der für unterschiedlichste Einsätze taugt und bei dem Denken und Handeln kaum voneinander abweichen. Ein Angsthase ist er jedoch nicht. Ich glaube, ich hätte bei der Hälfte von Justus Plänen auch ›Nein danke, das machst du mal schön alleine, Erster!‹ gesagt. Wer hätte das nicht?«

Recherchen und Archiv: Bob Andrews

»Der ausgeglichene Bücherwurm und Hochklasse-Rechercheur, der regelmäßig als beschwichtigender Vermittler agiert, wenn es zwischen seinen Kollegen mal wieder hoch her geht.«

Hendrik Buchna

Bob Andrews ist der einzige der drei Detektive, der im amerikanischen Original schon diesen Namen trug. Er hat blonde Haare und blaue Augen, ist kleiner als seine Kollegen, schlank und hat eine Sehschwäche.

Deshalb muss er eine Brille oder Kontaktlinsen tragen. Bob wird nicht als »Dritter Detektiv« bezeichnet, sondern ist für »Recherchen und Archiv« zuständig. So steht es auch auf der Visitenkarte. Denn Bob hatte kurz vor der Gründung der drei ??? beim Bergwandern einen schweren Unfall. Fast zweihundert Meter purzelte er einen Abhang hinunter und brach sich sein Bein gleich mehrfach. Deshalb ist er zu Beginn der Serie gehandicapt und hat zeitweise sogar ein Gipsbein.

Zwischen Justus und Peter nimmt Bob das ausgleichende Element ein. Denn er ist zwar ein Verstandesmensch, aber nicht zu verkopft und zugleich abenteuerlustig. Obwohl alle drei die gleiche Sprache sprechen, muss Bob oft für Peter übersetzen. Darüber hinaus musste er in der Geschichte der drei ??? schon den einen oder anderen Streit zwischen seinen beiden Freunden schlichten. Ohne ihn hätte der Zweite das Detektivtrio vielleicht schon längst verlassen. Doch auch der besonnene Bob will von Justus keinesfalls wie ein Komparse behandelt werden.

Bob und seine Liebe zu akribischen Recherchen

Bei seinen Recherchen geht Bob immer streng wissenschaftlich vor. Mit viel Spürsinn gräbt er sich tief in die unterschiedlichsten Sachverhalte ein und liefert mit seinen Nachforschungen eine sehr gute Wissensbasis. Was Bob einmal gelesen hat, bleibt in seinem Kopf. Sein erster Weg führt immer in die Bibliothek von Rocky Beach, wo er in den Anfangstagen der drei ??? auch jobbte. Doch er recherchiert nicht nur dort oder im Zeitungsarchiv, er besorgt sich auch Bücher über Fernleihe aus der großen Universitätsbibliothek in Los Angeles oder lässt sich Artikel faxen.

Nach Schule und Studium möchte er seinem Vater nacheifern und Journalist werden. Dazu belegte er bereits in der Schule Kurse in Stenografie und Maschinenschreiben. Beides beherrscht er sicher. Schon lange gehört er zur Redaktion der Schülerzeitung. Manchmal träumt er aber auch davon, ein berühmter Romanautor oder ein Rockstar zu werden.

Da Bob für die lückenlose Chronik der Ereignisse zuständig ist, hat der geborene Buchhalter immer sein (gelbes) Notizbuch und ein paar Bleistifte dabei. Für unterwegs hat er sich extra eine eigene Kurzschrift ausgedacht. Oft kommt er aber erst abends dazu, seine Erinnerungen zu notieren. Am Ende eines jeden Falls verfügt er über einen dicken Stapel Aufzeichnungen. Manchmal braucht er zwei Tage, um daraus ein Fallprotokoll zu erstellen. Bob sammelt darüber hinaus alle Zeitungsartikel über die drei ??? und klebt diese zusammen mit Fotos in ein großes Album. In *Die drei ??? und der Nebelberg* führt er sogar Tagebuch über ihre mehrtägige Wandertour durch die Rocky Mountains. *Bobs Archiv – Der Fall Marty Fielding* gibt einen guten Einblick in Bobs Aktenführung (➤ S. 108).

Bob ist zwar nicht so stark und durchtrainiert wie Peter, aber auch nicht gerade unsportlich, manchmal sogar wieselflink. Wenn es darauf ankommt, beweist er ein tapferes Herz und Löwenmut. Einen ganz großen Auftritt hat Bob zum Beispiel im Finale von *Die drei ??? und der verschwundene Schatz*, wo er zusammen mit Patrick seinen beiden Kollegen (wahrscheinlich) das Leben rettet. Auch wenn Justus oft mit seiner Kombinationsgabe im Mittelpunkt steht, hat Bob ebenfalls große Auftritte, zum Beispiel in *Die drei ??? und der sprechende Totenkopf, Die drei ??? und die Rache des Samurai* oder *Die drei ??? und die feurige Flut.*

Bob wäre einer Vergrößerung des Detektivtrios grundsätzlich nicht abgeneigt. In *Die drei ??? und der grüne Geist* bedauert der Dritte Detektiv, dass der chinesische Junge Charles Chang Green nicht in Rocky Beach, sondern in der Nähe von San Francisco wohnt. Denn dessen Kombinationsgabe würde hervorragend zu Justus passen. Doch ein Justus Jonas erträgt keine fremden Götter neben sich. Und so lehnt der Erste Detektiv auch den österreichischen Jungen Toni vehement ab, den Bob in *Pistenteufel* beim Snowboarden kennenlernt. Justus passt Tonis Anwesenheit gar nicht. Dennoch werden längere Passagen in diesem Fall aus Sicht des Wieners geschildert, der als (de facto) Vierter Detektiv am Ende sogar zum heimlichen Helden wird. Auch gegenüber Mädchen war Bob schon relativ früh aufgeschlossen. Im Fall *Die drei ??? und der Fluch des Rubins* lernt er Lisa Logan kennen und denkt ernsthaft darüber nach, das Mädchen Justus als viertes Mitglied ihres Detektivunternehmens vorzuschlagen. Dass ausgerechnet Bob irgendwann Jelena Charkova (➤ S. 210) anschleppte, ist also kein Wunder.

Bob und seine Liebe zu den Frauen

Bob veränderte sich in der *Crimebusters*-Ära am stärksten: Recherchen und Archiv rückten in den Hintergrund; viel interessanter waren auf einmal Mädels und Musik. Justus dachte einmal sogar laut über eine Umbenennung in die zweieinhalb Fragezeichen nach. Alles begann damit, dass Bob seine Brille durch Kontaktlinsen ersetzte. Sein Zahnpastalächeln und sein Modebewusstsein taten das Übrige.

Obwohl Bob der mit Abstand am besten aussehende und gekleidete der drei Detektive ist, hatte er lange keine feste Freundin. Oder vielleicht gerade deshalb. Denn »Bobby« hatte die freie Wahl und legte deshalb seinen Schwerpunkt auf Abwechslung – und ging seinen Kollegen damit schwer auf die Nerven. Gegenüber Justus hielt Bob einmal ein flammendes Plädoyer auf die holde Weiblichkeit: »Mädchen sehen hübscher aus als Jungs. Sie riechen besser. Sie haben eine zarte Haut. Sie haben ganz andere Ansichten. Mädchen machen uns einfach an.«

Zu Hochzeiten hatte Bob manchmal bis zu fünf Mädels im Schlepptau, und für ihn war Peters (feste) Beziehung mit Kelly lange Zeit ein abschreckendes Beispiel. Er wollte lieber frei sein und Spaß haben. Nachdem Kelly Peter wieder einmal ihren Willen aufzwang, gab Bob später in Abwesenheit seines Kollegen zum Besten: »Wegen solcher Szenen lasse ich mich von keinem Mädchen einfangen, nein danke! Immer schön unverbindlich bleiben, das ist das einzig Richtige.«

Bobs Liste der Damenbekanntschaften ist lang: Jennifer, Amy, Monica, Jessy, Alicia – um nur einige zu nennen. Justus warf seinem Kollegen einmal eine regelrechte Sammelleidenschaft vor. Bobs erste wirklich feste Freundin war Elizabeth und obwohl er mit ihr glücklich ist, buhlt er zwischendurch intensiv um ein Mädel namens Brenda.

Bob und seine Liebe zum VW Käfer

Im Gegensatz zu seinen Liebschaften legt Bob beim Thema Auto eine erstaunliche Konstanz an den Tag. Bob fährt seit Anbeginn seiner

Fahrtauglichkeit einen VW Käfer, der so klein ist, dass Justus und Peter ihn als »Schuhschachtel« verhöhnen. Das Gefährt wechselt auffällig oft seine Farbe. Zunächst war der Käfer rot, dann orange, bis er irgendwann gelb wurde. Mehrfach wird der Käfer demoliert oder zu Schrott gefahren. Bob würde aber eine Reparatur seiner geliebten »Klapperkiste« immer einem Neuwagen vorziehen.

??? Falsches Modell ???

In *Der verschwundene Filmstar* heißt es an einer Stelle, dass Bob einen VW Golf fährt. Hierbei muss es sich jedoch um einen Fehler handeln.

Bob und seine Liebe zur Musik

Zu Bobs *Crimebusters*-Imagewandel gehörte auch sein neuer Job bei der Musik- und Talentagentur Rock Plus von Sax Sandler. Damit zog der seit jeher musikbegeisterte Bob den Jackpot. Der Dritte Detektiv spielt sogar selbst leidlich Gitarre. Am liebsten hört er Rock, aber ausdrücklich auch Michael Jackson, Oldies, Reggae oder Hip-Hop. Eine Vorliebe für klassische Musik hat er nicht, dennoch ist er auch ihr gegenüber aufgeschlossen und besucht in *Musik des Teufels* ein Geigenkonzert. Eine Zeit lang fährt er auch auf den Big-Band-Sound der 1930er und 1940er Jahre ab. »Asphalt Cowboy« ist eines seiner Lieblingslieder.

Bobs Chef Sax Sandler ist etwa 40 Jahre alt und macht einen leicht heruntergekommenen Eindruck. Er hat lange, schon ergraute Haare, die er zu einem Pferdeschwanz zusammenbindet. Sein Gesicht ist zerfurcht. Der ehemalige Hippie trägt grundsätzlich schwarze Hosen und wohnt in einem Haus in Rocky Beach, in dem sich auch seine Agentur befindet. Als Firmenwagen dient Rock Plus ein umgebauter Leichenwagen, den sich Bob auch ab und an privat ausleiht.

Bei Rock Plus sind viele talentierte Nachwuchsbands unter Vertrag: Hula Whoops, Jammin' Jelly, The Survivors, Death Planet,

Beatclock's oder die Hot Pistons, die mit »Low to the Ground« bereits einen Tophit am Start haben. Dieses Lied gefällt übrigens auch Peter äußerst gut. Zusammen mit Bob singt er es, als die drei Detektive zusammen mit Mr Andrews nach einem Flugzeugabsturz in der Wildnis ausharren müssen: »Cruisin' in my Chevy down the Coast Highway ...«

Bob ist Saxs rechte Hand und bei Rock Plus das Mädchen für alles. Er gestaltet Werbeflyer, übernimmt Dienstfahrten und hilft als Roadie – bis hoch nach San Francisco – beim Auf- und Abbau der Konzerttechnik. Für Sax ist Bob die Feuerwehr, für die Musiker wahlweise Kummerkasten oder Sklaventreiber. Denn Bob ist auch dafür verantwortlich, dass die Bandproben diszipliniert ablaufen und die Gruppen pünktlich und vor allem nüchtern auftreten.

In *Brainwash – Gefangene Gedanken* finanziert Sax Sandler den drei Detektiven eine Reise an die Ostküste zum Hauptquartier der SynRea-Sekte. Dorthin ist Slide, der Gitarrist der Band Junk Food, abgetaucht. Bob soll ihn mithilfe seiner Kollegen zurückholen. Doch leider entpuppt sich Romeo (so lautet Bobs SynRea-Name) als anfällig für die Verheißungen der Sekte. Eigentlich passt Bob so gar nicht zu den vielen desillusionierten Teenagern. Auch möchte er bei Syn-Rea nicht wie Slide der Konsumgesellschaft abschwören, sondern sieht in der Sekte eher ein Mittel zum Zweck. Er wird für kurze Zeit sein eigener Sax Sandler und managt die Sekten-Rockband, in der Slide Gitarre spielt.

Wegen der Musik ging es in der Schule bei Bob zeitweise steil abwärts, bis seine Eltern ihm ein Ultimatum stellten: Entweder würde Bob sich deutlich steigern oder den Job bei Rock Plus an den Nagel hängen müssen. Bob paukte daraufhin, was das Zeug hielt, und fing sich wieder – allerdings nur auf mäßigem Niveau.

Ähnlich wie bei Justus und Peter wurden die krassesten (Fehl-) Entwicklungen und Überzeichnungen aus der *Crimebusters*-Ära später wieder behutsam zurückgefahren. Bob arbeitet in den späteren Geschichten zwar immer noch für Sax Sandler, aber deutlich weniger. Er wurde wieder der gewohnte »Spezialist für komplizierte Recherchen« und die Rolle des Womanizers hat mittlerweile sogar Peter übernommen.

Bob und die Liebe zur Vielseitigkeit

Bob überrascht immer wieder durch neue Eigenschaften und Interessen. Er ist der einzige der drei Detektive, der Deutsch kann. Er ist sehr kunstaffin und besucht regelmäßig Ausstellungen. Er belegt sogar selbst Malkurse und zeichnet auch passable Phantombilder. In *Fels der Dämonen* bringt Bob die drei ??? dank seiner Kunstkenntnisse auf die richtige Spur. Zudem kennt er sich am besten mit Pflanzen aus. In *Fluch des Piraten* beschert er dem Detektivtrio mit seinen Kenntnissen der Botanik einen Goldregen. In *Nacht der Tiger* tritt Bob sogar als Bauchredner in Erscheinung. Mit der Zeit entwickelt sich Bob zudem zu einem »brauchbaren Kriminaltechniker«: Briefbomben entschärft er mit ruhiger Hand und einer Pinzette und Drohbriefe auf Fingerabdrücke zu überprüfen, gehört zu seinen leichtesten Übungen.

Bob ist und bleibt der Unberechenbarste der drei Detektive. Bob hat mindestens eine Leiche im Keller – Brenda (➤ S. 189). Seine Kollegen haben davon nicht die geringste Ahnung. Bezeichnenderweise redet Bob nur mit der kriminellen Psychologin Clarissa Franklin (➤ S. 233) über seine Gefühle. In einem Interview mit 3fragezeichen. de gestand Kari Erlhoff ein, sich mit Bob etwas schwerer zu tun als mit Justus oder Peter:

»Bob ist […] ein schwieriger Charakter. In den Klassikern hatte er den Gips am Bein und blieb in der Zentrale oder der Bücherei zurück. In den *Crimebusters*-Folgen ist er sogar halb aus der Story geflogen und kam nur noch am Rand vor. Auch wenn die Fans ihn lieben, ist er manchmal das Stiefkind der Serie.«

Das sieht André Marx unabhängig von seiner Kollegin ganz ähnlich: »Bis heute ist es schwierig für mich, bei Bob den richtigen Ton zu treffen. In bestimmten Situationen verstehe ich ihn gut, aber nicht immer.« Buchna sieht den Dritten Detektiv weniger kritisch. Für ihn ist Bob »der ausgeglichene Bücherwurm und Hochklasse-Rechercheur, der regelmäßig als beschwichtigender Vermittler agiert, wenn es zwischen seinen Kollegen mal wieder hoch hergeht. Genau diese einzigartige Mischung ist es, die Justus, Peter und Bob von anderen Teams der Detektivwelt abhebt – seit jeher akustisch kongenial verkörpert von Oliver Rohrbeck, Jens Wawrczeck und Andreas Fröhlich.«

Familie Jonas

Titus und Mathilda lernten sich bereits in der Schule kennen. Bevor sie aber endgültig mit Titus zusammenkam, war Mathilda bis über beide Ohren in einen Kunstradfahrer, einen Freund des berühmten Clowns Jack Knivel, verliebt. Doch ihre Eltern hatten etwas gegen die Beziehung, weil sie ihnen als nicht standesgemäß erschien. In *Die drei ??? und der rote Rächer* bezeichnet Mathilda jedoch Titus unter ihren vielen Verehrern als »erste Wahl«. »Es war eine schöne Zeit, frei, ungebunden, voller Musik, jung und unbefangen«, schwärmt Mathilda.

Titus vertickte schon damals gebrauchte Schallplatten, Bücher und Modeschmuck auf dem Schulhof. Mit dem verdienten Geld konnte er Mathilda zu Rockkonzerten einladen. Die Wege der beiden trennten sich nach der Schule aber zunächst für einige Zeit. Titus landete beim Wanderzirkus und Mathilda arbeitete eine Zeit lang in einem Büro in Phoenix, Arizona.

Mittlerweile sind die beiden seit dreißig Jahren glücklich verheiratet. Titus und Mathilda sind zwar grundverschieden, passen aber dennoch perfekt zueinander. Die Hausarbeit teilen sich die beiden: Mathilda kocht und Titus macht dafür den Abwasch. Das erste Mal kommt es erst in *Die drei ??? und der verrückte Maler* zu einem kurzen, dafür aber heftigen Streit zwischen den beiden, als Titus ein knallgelbes Gemälde im Wohnzimmer aufhängt.

Onkel Titus

Onkel Titus ist aktuell schätzungsweise 50 Jahre alt, ziemlich klein und schlank. Seine lebhaften, lustigen Augen, die lange Nase und vor allem der gewaltige schwarze Walross-Schnurrbart verleihen ihm ein äußerst charakteristisches Aussehen. Dazu trägt er gerne einen Hut, eine Waschbärmütze oder eine andere Kopfbedeckung.

In jungen Jahren arbeitete Titus beim Zirkus, wo er an der Kasse Eintrittskarten verkaufte und die Dampforgel spielte. Auf diese Zeit beim fahrenden Volk ist er noch heute stolz. Später betrieb er eine

Tankstelle. Onkel Titus ist immer gut drauf und erlaubt sich gerne einmal einen Scherz mit Justus und seinen Freunden. Abseits der Arbeit ist er ein gemütlicher Typ. Auf einer alten Orgel spielt er nach Feierabend gerne Seemannslieder. Er raucht Pfeife, in der Regel nur morgens, manchmal aber auch wie ein Schornstein. Er sieht gerne fern, schläft dabei aber regelmäßig ein. Sein Lieblingsfilm ist der Westernklassiker *Zwölf Uhr mittags* mit Gary Cooper.

Titus schaltet zwar gerne ab, aber wenn er mit seinem vollen Namen Titus Andronicus Jonas angesprochen wird, ist er sofort bei der Sache. Über die Vorgänge in Rocky Beach ist er immer bestens informiert, nicht zuletzt weil er die *Rocky Beach Today* abonniert hat.

Onkel Titus ist sportbegeistert. Als junger Bursche war er ein guter Straßenfußballer, heute ist ihm Fußball zu europäisch und langweilig. Im Fernsehen sieht er sich lieber traditionelle amerikanische Sportarten wie Baseball oder Football an. Ab und an geht Titus auch zum Bowling. Titus pflegt darüber hinaus Brieffreundschaften. In *Diamantenschmuggel* besuchen Justus, Peter und Bob den ehemaligen Juwelier Robert Applebloom, einen von Titus' Brieffreunden, in London.

Das Gebrauchtwaren-Center T. Jonas betreibt Onkel Titus seit über zwei Jahrzehnten. Die meiste Zeit ist er unterwegs auf Einkaufstour, etwa bei Versteigerungen oder Wohnungsauflösungen. Er nimmt einfach alles. Hauptsache, es kostet wenig oder am besten gar nichts. Dankbar nimmt er auch Schrott oder Bruchware entgegen, sodass man den Eindruck gewinnen könnte, beim Gebrauchtwaren-Center handle es sich um ein Entsorgungsunternehmen. »Du bringst uns noch alle an den Bettelstab!«, rief Mathilda einmal der Verzweiflung nahe. Doch Onkel Titus hat ein gutes Näschen für Schnäppchen. Er kann sich darauf verlassen, dass Justus, Peter und Bob alle kaputten Waren geschickt reparieren. Und dank seines Verkaufstalents gelingt es ihm, auch den allerletzten Ladenhüter an den Mann zu bringen – und das ohne seine Kunden über den Tisch zu ziehen. Dennoch zeigt sich Onkel Titus manchmal knauserig: Eine Zeit lang müssen die drei Detektive sogar Standgebühren für ihren Stellplatz auf dem Schrottplatz entrichten, was das Detektivunternehmen fast in den Ruin treibt.

Das Gebrauchtwaren-Center T. Jonas wirft mal mehr und mal weniger ab. In *Die drei ??? und die Automafia* sind Titus und Mathilda aus dem Stegreif in der Lage, 75.000 Dollar Kaution für Justus' Vetter Ty hinzublättern. Nach dem noch einmal glimpflich ausgegangenen, aber leider auch kostspieligen Dschungelabenteuer in *Das leere Grab* machen alle gemeinsam noch ein paar Tage Urlaub in Venezuela. In *Feuerturm* sind Titus und Mathilda dann so pleite, dass Justus nicht mit auf die Klassenfahrt nach Schottland kommen kann. Wenig später fliegen Titus und Mathilda in *Toteninsel* aber selbst für zwei Wochen in Urlaub nach Irland. In *Verschollen in der Zeit* spendiert Titus den drei Jungs einen zweiwöchigen Urlaub auf den Bahamas, weil sie ihn so toll bei einer erfolgreichen Auktion unterstützt haben.

»Und was wären die drei ??? ohne die gemeinsamen Fahrten mit Onkel Titus zum Ankauf von Antiquitäten und hochwertiger Trödelware?«, fragt sich bestimmt nicht nur Hendrik Buchna. »Umso trauriger, dass nach dem Tod von Andreas Beurmann alias Onkel Titus eine der prägendsten Stimmen der Serie verstummt ist.« Andreas Beurmann, Mitbegründer des Hörspiellabels Europa, war mit Hörspielproduzentin Heikedine Körting verheiratet. Er verstarb am 24. April 2016.

Tante Mathilda

Tante Mathilda wird weniger konkret als wohlbeleibte Dame mit kräftiger Statur und grauem Pagenkopf beschrieben und einmal wird sogar ihr mächtiger Busen erwähnt. Kari Erlhoff stellt sich Tante Mathilda wie Tante Martha aus der Fernsehserie *Ein Heim für Tiere* vor. »Die Charaktere ähneln sich nicht nur optisch, sondern auch vom Wesen her«, so die Autorin.

Mathilda hat einen energischen und eisernen Charakter. Sie ist äußerst scharfzüngig, schlagfertig und greift hart durch, notfalls sogar mit Gewalt. In *Die drei ??? und der verrückte Maler* verhindert die resolute Frau mit einer doppelläufigen Flinte, dass die Zentrale das Opfer eines Brandanschlags wird. In *Die drei ??? und die gefährliche Erbschaft* schlägt sie einem Wüterich mit dessen eigenem Stock auf den Kopf. Sie hält es auch für ein probates Mittel, Einbrecher mit einem Baseballschläger niederzuschlagen. Dabei ist Mathilda grundsätzlich schon davon überzeugt, dass sich heikle Situationen am besten bei einer Tasse heißem Tee klären lassen.

Angst kennt Mathilda nicht, auch nicht vor übernatürlichen Phänomenen. Als sich der sprechende Totenkopf einmal einen Scherz mit ihr erlaubt, findet sie das eher frech als gruselig. Schon in ihrer Jugend sah sich Mathilda gerne Horrorfilme an, später zusammen mit ihrem Neffen Justus. Wie Titus sieht sie gerne fern, oder sie strickt. In ihrer Freizeit geht sie zudem gerne zum Entenfüttern in den Stadtpark. Hierfür liegt immer ein Säckchen Maiskörner bereit.

Mathilda ist Geschäftsfrau durch und durch und beim Gebrauchtwaren-Center für die Buchführung verantwortlich. Die meiste Zeit hält »die geborene Chefin« (Kari Erlhoff) die Stellung in der Bürobaracke auf dem Schrottplatz. Sauberkeit und Ordnung haben bei ihr oberste Priorität. Wenn Mathilda einen Anfall von Ordnungswut hat, ist nichts und niemand vor ihr sicher. Schlamperei lässt sie nicht durchgehen, Reklamationen oder Preiserstattungen sind ihr ein Graus.

Mathildas Leitspruch lautet »Arbeit schändet nicht!«. Sie knechtete Justus, Peter und Bob besonders in den frühen Fällen gerne und oft. Manchmal nahm sie die drei Jungen derart hart ran, dass ihnen noch nicht einmal die Zeit blieb, sich den Schweiß von der Stirn zu wischen. Währenddessen saß Mathilda selbst auf ihrem gusseisernen Gartenstuhl vor ihrem Büro und beobachtete die drei Jungs bei der Arbeit. Manchmal mussten die drei Detektive ihre Ermittlungen tagelang unterbrechen, weil sie auf dem Schrottplatz gebraucht wurden.

??? Versteckt ???

Ihre Zentrale vergruben die drei ??? unter einem Berg von Schrott und Altmaterial, um wenigstens einigermaßen vor Tante Mathilda sicher zu sein. Mathilda spürte das, ohne von dem versteckten Wohnwagen zu wissen: »Manchmal denke ich, der ganze Schrottplatz ist nur dazu da, damit ihr euch darin verstecken könnt!«

Wenn Mathilda mit ihrer weittragenden Stimme (»Justus! Juuuuustus!«) den Schrottplatz in eine Kaserne verwandelt, gibt es sowieso keinen sicheren Ort mehr. Peter ist sich sicher: »Vor Tante Mathilda kann man sich nicht verstecken. Scotland Yard, FBI und kanadische Gebirgsjäger in Personalunion – das ist sie!«

Die drei ??? konnten sich lange Zeit glücklich schätzen, dass Mathilda bei allem, was nicht direkt die Arbeit betraf, recht vergesslich war. Obwohl Justus seiner Tante von ihrem Detektivunternehmen erzählt hatte, ahnten weder sie noch Titus, was sich da unter dem Schrottberg eigentlich abspielte. Mathilda hielt die drei ??? lange Zeit für den Rätselklub aus den Anfangstagen. Im Laufe der Zeit gewöhnten sich Onkel Titus und Tante Mathilda daran, dass ihr Neffe »manchmal seltsame Dinge« tat. Doch nachdem Justus und Peter in *Die drei ??? und der verschwundene Schatz* nur knapp mit dem Leben davonkamen, missbilligte Titus ihre Detektivarbeit und verbot seinem Neffen ein für alle Mal, sich »wieder in einen Bankraub verwickeln« zu lassen. Irgendwann akzeptierten die beiden aber, dass Justus, Peter und Bob ein ernst zu nehmendes Detektivbüro betrieben. Spätestens als Justus, Peter und Bob in einer Late-Night-Radiosendung zu Gast waren, kapierte es auch Tante Mathilda. Sie rief sogar live beim Sender an und beklagte sich beim Moderator darüber, dass ihr »Neffe und seine beiden Freunde sich mit ihren Detektivspielen pausenlos irgendwelchen Gefahren ausliefern«.

In den *Crimebusters*-Folgen mussten Justus, Peter und Bob nicht mehr auf dem Schrottplatz schuften. Das hatten sie allein Justus zu verdanken, der das gesamte Inventar des Schrottplatzes mithilfe des Computers fein säuberlich katalogisierte und kategorisierte. Nun war es ein Kinderspiel, den Überblick zu behalten. Als Dank schikanierte Tante Mathilda fortan nur noch ihren Mann sowie Patrick und Kenneth. Die Digitalisierung hatte jedoch einen kleinen, aber feinen Nachteil: Was gelöscht ist, ist gelöscht. Einmal zerstörte Norton Romes Computer-Virus neben den Fallprotokollen und der Ermittlungsdatenbank auch Teile der Inventarliste. Viel gefährlicher als jeder Virus waren nur die beiden Computerlaien Titus und Mathilda, die mit ein paar Klicks die Inventardatei ins digitale Nirwana beförderten. Auch auf Handys reagiert Tante Mathilda geradezu allergisch. Ein solches »Monstrum« will sie nicht in ihrer Nähe haben.

Für alternative Lebensentwürfe hat Tante Mathilda nichts übrig. Die »wallenden Gewänder« des stets barfüßigen Potters stören Mathilda genauso wie dessen lange weiße Haare und sein Vollbart. Sobald ein Mann aus dem Strampler hinausgewachsen ist, muss er ihrer Ansicht nach Hosen tragen. Als Justus einmal in Badehosen am Frühstückstisch sitzt, setzt es sofort einen Rüffel. Auch alle Alternativen zur Schulmedizin, wie beispielsweise das Stoppen von Blutungen mit Spinnweben, lehnt sie angewidert ab. Gegenüber Zigeunern hat sie eine äußerst ausgeprägte Abneigung. Als sich in *Die drei ???* und der *sprechende Totenkopf* Zigeuner nach Justus erkundigen, warnt Mathilda ihn eindringlich und verächtlich davor, sich mit ihnen einzulassen. Beim Anblick einer Zigeunerin in *Die drei ???* und die singende *Schlange* kommt ihr nur ein »Grundgütiger Himmel!« über die Lippen.

Tante Mathilda aber nur als eiserne, die drei Jungs triezende Geschäftsfrau darzustellen, würde ihrem Charakter nicht gerecht. Sie ist »hart, aber herzlich« (Kari Erlhoff), unendlich gutmütig, liebenswürdig und – ganz im Gegenteil zu Morgenmuffel Justus – schon in der Früh bester Laune. Gegenüber Menschen in Not ist sie sehr großzügig und lässt den Rechenschieber beiseite. Das ist auch bei Onkel Titus so.

Am Esstisch der Familie Jonas ist nicht nur für Peter und Bob immer ein Platz frei. Belegte Brote, dazu Limonade oder Malzbier sind bei Tante Mathilda immer drin. Sie ist eine hervorragende Köchin, nur ihre hausgemachte Pflaumenmarmelade mag Justus nicht. Dafür lieben die drei Detektive Kirschkuchen umso mehr. Das war jedoch nicht immer so: In *Die drei ???* und der *Doppelgänger* wurde sie noch für ihren leckeren Apfelkuchen gerühmt. Der sagenhaft gute Kirschkuchen ist eine Erfindung von Brigitte Johanna Henkel-Waidhofer und wird das erste Mal von Justus, Peter und Bob in *Tatort Zirkus* verspeist.

An vielen Stellen kommt Mathildas weiches Herz zum Tragen. Gegenüber Justus, Peter und Bob zeigt sie sich oft genug nachsichtig. Auch wenn sie weiß, dass die drei Jungs mehr Ausreden als Tausendfüßler Beine haben, lässt sie es oft gelten. »Na ja, wenn ihr dem Kommissar damit helfen könnt«, heißt es dann.

Onkel Titus und Tante Mathilda als Detektivgehilfen

Mit der Zeit waren Onkel Titus und Tante Mathilda sogar richtig stolz auf Justus und seine beiden Detektivkollegen. In verschiedenen Fällen unterstützten die beiden die drei Jungs bei ihren Ermittlungen. In *Die drei ??? und der verrückte Maler* spielt Titus einen spleenigen Millionär, der seiner eigenen Bank misstraut und bei der Sicherheitsfirma Safer Security Limited nun einen eigenen Safe für zu Hause anschaffen will. In *Geheimsache Ufo* inszeniert Titus mit einem riesigen Scheinwerfer und einer Nebelmaschine eine Ufo-Landung. In *Die drei ??? und die verschwundene Seglerin* mimt Mathilda am Telefon eine Tote und in *Villa der Toten* tritt sie als Medium auf, um in spiritistischen Sitzungen mit einer Toten in Verbindung zu treten.

Die beiden beauftragen die drei ??? auch regelmäßig selbst, wenn sie in der Klemme stecken, und Mathilda empfiehlt die Dienste der Jungs gerne an ihre Freundinnen weiter. In *Dopingmixer* ermittelt Tante Mathilda sogar selbstständig – und erfolgreich! – im Fall eines Pflanzendiebstahls, weil die drei Jungs ihrer Meinung nach nicht genug Biss zeigen.

Onkel Titus und Tante Mathilda sind »die heile Welt hinter den drei Jungs. [Sie] sorgen dafür, dass man sich immer irgendwie zu Hause fühlt«, schwärmt Marco Sonnleitner. Für André Marx sind die beiden »ein echtes Dreamteam«. Mit ihrer »hohen emotionalen Intelligenz« seien die beiden schlicht der beste Onkel und die beste Tante der Welt! Hendrik Buchna sieht das ganz genauso: »Ein absolutes Traumduo, das sich in puncto Charakter und Eigenschaften perfekt ergänzt. Warmherzig, gewitzt, durchsetzungsstark.« Für Ben Nevis sind die beiden ebenfalls ein perfektes Team: »Ohne Mathilda würde der Schrottplatz im Schrott versinken und ohne Titus gäbe es dort nur leere geputzte Regale.«

Justus' Eltern

Justus' Eltern – Julius und Catherine Jonas – starben wahlweise bei einem Autounfall (*Die drei ??? und der riskante Ritt*) oder bei einem Flugzeugunglück (*Das leere Grab*), als ihr Sohn zwischen drei und fünf Jahre alt war. Die Angaben schwanken von Fall zu Fall. Die Wahrheit liegt sehr wahrscheinlich in der Mitte, jedenfalls kann sich Justus heute kaum noch an seine Eltern erinnern.

??? Fauxpas ???

In *Die drei ??? und der Super-Papagei* telefoniert Justus mit seiner Mutter. Dabei handelt es sich um einen Fehler in der Hörspielproduktion, denn Catherine Jonas ist zu diesem Zeitpunkt bereits tot.

Nachdem Justus' Suche nach seinen Eltern im Dschungel von Venezuela sogar ein eigener Fall gewidmet wurde, hat sich seit *Das leere Grab* die Flugzeugabsturz-Version durchgesetzt: Aufgrund eines technischen Fehlers stürzte die Maschine 100 Kilometer vor der Nordküste Südamerikas ins Meer. Es gab keine Überlebenden, es wurden aber auch nur wenige Leichen gefunden; Julius und Catherine Jonas waren nicht darunter. Letzten Endes wurden sie für tot erklärt und symbolisch auf dem Friedhof von Rocky Beach beerdigt. Die Absturzursache konnte nie aufgeklärt werden. Im Kinofilm *Das Geheimnis der Geisterinsel* vertraut Justus einem Mädchen an, dass er nur deshalb Detektiv geworden sei. Kein Geheimnis sollte mehr ungeklärt bleiben. Vielleicht wäre Justus heute wie seine Eltern ein gefeierter Showstar, wenn ihm das Schicksal nicht so übel mitgespielt hätte.

Nach dem Tod seiner Eltern wurde Justus von Titus und Mathilda Jonas adoptiert. Über das genaue verwandtschaftliche Verhältnis der drei zueinander gibt es ebenfalls widersprüchliche Angaben. In *Fußball-Gangster* teilt sich Justus für einige Zeit mit seinem Cousin Jimboy das Zimmer. Justus' Mutter war die Schwester von Jimboys Vater. Ihr eigener Vater – also Justus' Opa mütterlicherseits – war ein Bruder von Titus Jonas. Onkel Titus wäre demnach also Justus' Großonkel. In *Das leere Grab* hingegen wurde Justus' Vater als der Bruder von Titus bezeichnet. In diesem Fall werden auch noch weitere Details zur Familiengeschichte erzählt: Justus' Mutter Catherine und Onkel Titus sollen kein gutes Verhältnis gehabt haben. Es ging dabei um viel Geld, das sich Catherine von ihrem Schwager geliehen hatte – angeblich weil Justus' Vater in großen Schwierigkeiten steckte und selbst zu stolz war, seinen Bruder um Hilfe zu bitten. Doch das Geld gab Justus' Mutter ihrem eigenen Bruder. Warum dieser im Schlamassel steckte, ist nicht bekannt, jedenfalls sah Onkel Titus sein Geld nie wieder. Dieser Vertrauensbruch lag seitdem wie ein dunkler Schleier über der gesamten

Familie. Bei jeder Gelegenheit gab es Streit, bis Catherine Jonas irgendwann sämtliche Aufeinandertreffen mit Titus vermied. Auch ihrem Mann gelang es bis zu ihrem Tod nicht mehr, die Wogen zu glätten.

Der Streit belastete das Verhältnis zwischen Justus, Titus und Mathilda indes nicht. Nach dem Tod seiner leiblichen Eltern nahmen sie ihren Neffen wie ihren eigenen Sohn an. Seitdem lebt er in 45 Sunrise Road, Rocky Beach, in einem kleinen weißen Haus direkt gegenüber vom Gebrauchtwaren-Center T. Jonas. In manchen Geschichten steht das Wohnhaus aber auch auf dem Schrottplatzgelände.

Weitere Verwandte

Ty Cassey

Mit Ty Cassey ist Justus weitläufig verwandt. Seine Mutter Amy ist Mathildas Cousine; Ty und Justus sind also nicht direkt miteinander verwandt, dennoch ist immer von »Justus' Vetter Ty« die Rede. Mathilda hat ihre Cousine seit Kindheitstagen nicht mehr zu Gesicht bekommen, deren drei Töchter kennt sie gar nicht.

Ty ist 27 Jahre alt und kommt aus einem Provinznest in Long Island in der Nähe von New York. Er ist dünn und drahtig, hat lange rötlich braune Haare, eine schmale Habichtsnase und ein schiefes Lächeln, dafür aber dunkle, wachsame Augen. Justus' Vetter ist immer locker drauf und trinkt auch gerne mal ein Glas Bier. Äußerlich macht er einen abgerissenen Eindruck, was auf seinen unsteten Lebenswandel zurückzuführen ist. Ty ist nur ab und zu – ungefähr eine Woche pro Monat – in Rocky Beach und wohnt dann in der Regel im Gästezimmer der Familie Jonas. Die meiste Zeit ist er irgendwo zwischen Ost- und Westküste auf den Highways Amerikas unterwegs. Wie ein Blatt im Wind trampt er kreuz und quer durch die USA und hält sich mit Gelegenheitsjobs über Wasser.

In *Die drei ??? und die Automafia* wird Ty verdächtigt, Mitglied einer Bande von Autodieben zu sein. Er ist zwar unschuldig, der Polizei aber nicht unbekannt. In seiner jugendlichen Sturm-und-Drang-Phase war er im Alter von 17 Jahren aufgrund von Rowdytum und kleineren

Ladendiebstählen bereits in das Visier der Gesetzeshüter geraten und ist seitdem vorbestraft. Doch Tante Mathilda vertraut Ty so sehr, dass sie ihn gegen 75.000 Dollar Kaution aus der Untersuchungshaft holt.

Vor allem mit Peter versteht sich Ty blendend, da beide begeisterte Automechaniker sind. Obwohl Peter schon sehr begnadet ist, hat er in Ty seinen Meister gefunden. Beide schrauben stundenlang in Peters Schmiergrube neben der Zentrale, um alte Autos zu reparieren oder zu tunen.

Ty kommt in jedem zweiten Fall aus der *Crimebusters*-Ära vor. Er gehört zu den Charakteren, die (für lange Zeit) aus der Welt der drei ??? verschwanden, als die Serie von deutschen Autoren fortgesetzt wurde. In *Toteninsel* erinnert Mathilda Justus beiläufig an Tys Geburtstag »nächste Woche«. Erst Kari Erlhoff verhalf Ty Cassey zu einem richtigen Comeback. Er kommt in ihren beiden Fällen *Botschaft aus der Unterwelt* und *Die blutenden Bilder* vor. Ty konnte sich immer noch nicht für einen richtigen Beruf entscheiden und ist weiterhin auf Achse. Er repariert Justus' Motorrad und kümmert sich zusammen mit seinem Vetter und Onkel Titus um ein neues elektronisches Sicherheitssystem für den Schuppen auf dem Schrottplatz.

James Jonas alias Cousin Jimboy

Justus' Cousin Jimboy heißt eigentlich James Jonas. Er ist der Sohn von Onkel Derny, dem Bruder von Justus' Mutter. Ob Derny der Bruder ist, dem Catherine Jonas einst das Geld von Onkel Titus zuschob, kann nicht abschließend beantwortet werden. Lässt man einmal die vielen Ungereimtheiten im Familienstammbaum beiseite, kommt aber nur Derny infrage, weil ansonsten kein weiterer Onkel erwähnt wurde. Derny Jonas ist riesengroß und ein guter Fußballer – mehr ist über ihn nicht bekannt.

Jimboy ist im Gegensatz zu seinem Cousin Justus sportlich und durchtrainiert. Außerdem hat der begnadete Fußballer seine längeren Haare zu einem Zopf zusammengebunden. In *Fußball-Gangster* teilen sich beide für einige Zeit das Zimmer.

Jimboy tauchte bisher in keiner weiteren Folge mehr auf. Nur in *Der Biss der Bestie* erzählt Justus beiläufig, dass sein Cousin zwei streitwütige Streifenhörnchen besitzt, die ihm regelmäßig das Inventar seiner Bude im Studentenwohnheim zerlegen. »Wenn es [...] mal um Fußball gehen sollte (was allerdings nicht so mein Thema ist), würde ich auch über Jimboy nachdenken«, lässt Erlhoff ein Comeback von Jimboy offen.

Noch mehr Verwandte

Es gibt noch eine Reihe weiterer Verwandter von Justus Jonas, die nur einmal, kurz oder sogar nie auftauchen.

Mathilda hat noch eine Schwester namens Susanne. Sie wohnt in Santa Ynez, das etwa eine halbe Autostunde von Rocky Beach entfernt am Rand der Santa Monica Mountains liegt. In *Die drei ??? und der Super-Papagei* erfährt der Leser von einer schwer erkrankten Schwester – wobei unklar bleibt, ob es sich dabei um Susanne handelt.

An einer anderen Stelle wird noch Justus' 80-jähriger Großonkel Mathew erwähnt. In *Die drei ??? und die gefährlichen Fässer* repariert Peter einen alten Studebaker für einen namentlich nicht genannten weiteren Vetter von Justus. In der Kurzgeschichte *Dunkle Vergangenheit* tritt der Bankräuber Justin Jack Jonas, ein längst toter Vorfahre von Justus, auf.

Familie Shaw

Die Shaws wohnen weniger als einen Kilometer Luftlinie vom Schrottplatz entfernt in einer kleinen Siedlung inmitten eines Kiefernwäldchens am Rande von Rocky Beach. Ihr Haus ist ein typisches einstöckiges Einfamilienhaus mit Garage, Hof und (Winter-)Garten. Peters Zimmer liegt direkt unter dem Dach.

Henry Shaw

Peters Vater heißt Henry Shaw, in den Kinofilmen abweichend davon Al Shaw. Er ist wie sein Sohn groß und athletisch. Mr Shaw arbeitet in Hollywood beim Film. Er ist bei Wonderworld für die Spezialeffekte zuständig. Seine Künste sind sehr gefragt. Für den Horrorfilm *Atemlos 2* hat er als Requisite einen behaarten Arm gebastelt. Während die drei Detektive auf der Geisterinsel ermitteln, setzt er einen alten Vergnügungspark für die Schlussszene des Abenteuerfilms *Gejagt bis ans Ende der Welt* wieder instand. Wonderworld ist zwar kein absoluter Branchenriese, zählt aber auch Alfred Hitchcock zu seinen Kunden. Den Starregisseur kennt Peters Vater sogar persönlich aus gemeinsamen Projekten.

Mr Shaw ist zwar eher streng, dennoch unterstützt er die drei ??? im Rahmen seiner Möglichkeiten: Er besorgt zum Beispiel über die Filmgewerkschaft die Kontaktdaten von Madeline Bainbridge und den anderen Mitgliedern aus dem Magischen Kreis. In *Die drei ??? und der unheimliche Drache* leiht er den drei Detektiven seinen Filmprojektor, mit dem die Jungs eine Invasion von Monsterameisen inszenieren. Im Mitratefall *Tödlicher Dreh* verschafft er den Jungs einen Job als Nebendarsteller in einem Hollywoodfilm.

Mit der Zeit entwickelt sich Mr Shaw zu einem richtigen Fan der drei ???. Besonders auf Justus hält er große Stücke. In *Labyrinth der Götter* beauftragt er das Trio damit, den legendären Film *Utopia* aufzuspüren, denn er ist brennend an dessen (vermeintlich) wegweisenden Spezialeffekten interessiert.

Über Hobbys und Interessen von Mr Shaw jenseits der Arbeit erfährt man wenig. Beim Heimwerken singt Peters Vater gerne ein altes Gewerkschaftslied (»Wir werden nicht wanken und weichen …«). Dabei muss Peter nicht selten mit anpacken, den Keller aufräumen oder den Rasen mähen. Peters Vater ist Stressraucher: Als sein Sohn in *Späte Rache* entführt wird, greift er zum Glimmstängel.

Mrs Shaw

Über Peters Mutter ist kaum etwas bekannt – noch nicht einmal ihr Vorname. Sie ist Hausfrau und manchmal backt auch sie Kirschkuchen, der aber nicht so gut schmeckt wie der von Tante Mathilda. Mrs Shaw hasst Spinnweben und hält Spinnen sogar für giftig. Außerdem kann sie es überhaupt nicht leiden, wenn jemand in ihren persönlichen Sachen herumschnüffelt. Manchmal greift Peters Mutter zu kleinen Notlügen, zum Beispiel wenn sie am Telefon endlich ihre Tante loswerden möchte.

Peters Mutter hat eine große Klassiksammlung und spielt auch selbst gerne Klavier. Dank ihrer Kenntnisse im Bereich der klassischen Musik stoßen Justus, Peter und Bob in der Beethoven Street 94 auf die Spur des Raben.

Mrs Shaw legt ihrem Sohn zwar keine Steine in den Weg, aber so ganz überzeugt von den drei ??? ist sie nicht. »Immer wenn Justus dich braucht, gerätst du in Schwierigkeiten«, sagt sie so oft, dass Peter seine Mutter in Abwesenheit sogar nachäfft. In »seinem« dreiTag *Fremder Freund* verdächtigt Peter allen Ernstes seine eigene Mutter, etwas mit Blackys Entführung zu tun zu haben.

Mrs Shaw ist »seit Jahren (Jahrzehnten!) im dritten Monat schwanger« – allerdings bisher nur im Kopf von Rekordautor André Marx. »Ich würde Peter so sehr eine kleine Schwester gönnen!«, erzählte Marx in einem Gespräch. »Aber ich kann keine Schwangerschaft erzählen, ohne auch Justus, Peter und Bob dabei altern zu lassen.«

Bennington Peck

Peter hat einen sehr exzentrischen Großvater: Bennington »Ben« Peck. Er wohnt ebenfalls in Rocky Beach und ist für sein fortgeschrittenes Alter noch ziemlich rüstig. Er hat blaue Augen, ist drahtig und schlank. In seiner Jugend besuchte er das legendäre Woodstock-Festival, wo er auch mit verbotenen Substanzen in Kontakt kam.

Er ist sehr leicht erregbar und jähzornig. Als Mitarbeiter vom Straßen- und Grünflächenamt von Rocky Beach einmal vor seiner Haustür einen Baum fällen wollten, jagte er sie mit einem Baseballschläger davon. Seitdem ist er wegen »ungebührlichen Verhaltens« vorbestraft. Der Baum durfte dafür aber stehen bleiben.

Ben Peck spielt gerne Schach, ist aber ein äußerst schlechter Verlierer. Da passt es gut, dass sein Schachpartner Mr Castro schwerhörig ist. Die beiden sind auch Teil einer größeren Pokerrunde. Die Alten setzen dabei derart unglaubliche Summen, dass Peck zwischenzeitlich 500 Millionen Dollar Spielschulden bei seinem Kumpel Harry Jacobson hatte.

Das Verhältnis zwischen Mr Shaw und seinem Schwiegervater ist belastet. Die regelmäßigen Diskussionsduelle zwischen den beiden werden niemals mit einem Friedensschluss, sondern nur mit einem Waffenstillstand beendet. Das liegt ausnahmsweise nicht nur an Peters Opa. Auch »Mr Shaw kann manchmal ganz schön unfreundlich sein«, meint Kari Erlhoff.

Ben Peck ist von Beruf Erfinder. Für seine Neuschöpfungen ist er berühmt und berüchtigt. Der Kirchengemeinde schenkte er einst eine Brandschutzanlage für den Gemeindesaal. Als sich der Pfarrer eine Zigarette anzünden wollte, wurden sofort alle klatschnass und Peters Mutter blamierte sich bis auf die Knochen. Dafür sind seine Rauchbomben praxistauglich. Eine ganze Motorradgang konnte er damit schon in Schach halten. Die meisten seiner Erfindungen werden aber gezielt von Wirtschaft und Industrie geheim gehalten – vermutet zumindest Ben Peck.

In *Die drei ??? und der unsichtbare Gegner* fährt Peters Opa eigens mit dem Auto nach New York, um dort seine neueste Errungenschaft vorzustellen. Auf dringenden Wunsch von Mrs Shaw begleiten ihn Peter und seine Freunde, obwohl Justus eindringlich betont: »Wir sind Detektive, keine Leibwächter.« Auf dieser Reise quer durch die USA lernt Peter seinen Großvater erst so richtig kennen, der zwar streitsüchtig und impulsiv, aber auch sehr liebevoll und begeisterungsfähig ist.

Es dauerte über 30 Jahre, bis Astrid Vollenbruch Ben Peck wieder aus der Schublade holte. In *Pfad der Angst* wurde er zunächst nur erwähnt. Das (Mini-)Comeback folgte in *Geisterbucht*, wo er dem Detektivtrio auch gleich seine neueste Erfindung präsentiert: einen ferngesteuerten Rasenmäher. Die drei ??? lobt er mittlerweile, wann und wo er nur kann. Sein halbes Wohnzimmer ist mit Zeitungsartikeln über die drei ??? zugepflastert.

In *Insel des Vergessens* wandelt Ben Peck sogar auf den Spuren seines Enkels: Er ermittelt inkognito als Demenzkranker in der Seniorenresidenz Sunny Island. Dabei gerät er in allerlei Schlamassel und wird sogar verdächtigt, eine Tankstelle überfallen zu haben. Immerhin liegt die Beute in seinem Handschuhfach und die Überwachungskamera zeigt eindeutig eine Waffe in seiner Hand. Dennoch sind die drei ??? von Pecks Unschuld überzeugt. Obwohl sich der Fall hauptsächlich um Peters Opa dreht, sollte Ben Peck zunächst gar nicht darin vorkommen, erzählt André Marx:

>>Ich wollte eigentlich einen Fall über Epilepsie schreiben. Daraus wurde eine Geschichte über Medikamententests. Daraus wurde eine Geschichte über Medikamententests im Altenheim. Daraus wurde eine Geschichte über ein Altenheim ohne Medikamententests. Daraus wurde eine Geschichte über ein Altenheim, in der Ben Peck vorkommt.<<

Weitere Verwandte

Die anderen Großeltern von Peter sind bislang noch weitgehend mit Fragezeichen belegt. Peters Oma (Ben Pecks Frau) ist schon lange tot. Erinnern kann er sich kaum noch an sie, außer dass sie leckeren Apfelkuchen backte. Auf ihrem Trip durch die USA zeigte Mr Peck seinem Enkel auch die Geburtsstadt seiner Oma, La Crosse in Wisconsin am Mississippi.

Peters Großmutter väterlicherseits lebt noch. Die »rüstige Dame von bald achtzig Jahren« trat aber selbst noch nicht in Erscheinung. In *Die drei ??? und der verrückte Maler* plädiert Peter dafür, ihr das grässlich-gelbe Bild zu schenken. Mit ihrem Enkel Peter hat sie den Hang zum Aberglauben gemeinsam. Peters Opa väterlicherseits wurde bislang noch nicht erwähnt.

Familie Andrews

Familie Andrews lebt in der Nähe vom Seaview Hill am Waldrand in einem Einfamilienhaus – nicht weit vom Schrottplatz entfernt. Bob hat sein Zimmer im oberen Geschoss. Mr und Mrs Andrews sind die »Bildungsbürger« im *Die drei ???*-Universum (André Marx). Mr Andrews hat braune oder schwarze Haare, ist groß, breitschultrig und schlank. Von der Statur gleicht er eher einem Bauarbeiter als einem Akademiker, denn er hat Hände wie Baggerschaufeln.

John William Melvin Roger Andrews

Bobs Vater ist der Mann mit den vielen Vornamen. Der Erfinder der drei ???, Robert Arthur, taufte ihn auf den Namen William »Bill« Andrews. In der Henkel-Waidhofer-Ära wurde er jedoch wahlweise mit John, Mel oder Roger angesprochen. In *Der namenlose Gegner* löste Kari Erlhoff diesen Widerspruch auf: Bobs Vater heißt demnach mit vollem Namen John William Melvin Roger Andrews. Er wird aber nur von seiner Frau so angesprochen – immer wenn es ernst (für ihn) wird.

Wie viele Erwachsene raucht auch Bobs Vater Pfeife. In seiner Freizeit segelt Mr Andrews gelegentlich mit Freunden und er ist Fan der Los Angeles Dodgers.

Mr Andrews begann sein Journalismusstudium an der Universität Ruxton, bis er bei seinen Recherchen dem Teumessischen Fuchs und der universitären Schattenwelt zu nahe kam. Aus dieser Zeit stammt auch sein Spitzname Lailaps. In der griechischen Mythologie jagt dieser unsterbliche Hund den menschenfressenden Fuchs, bis beide von Zeus in Stein verwandelt werden. Mr Andrews recherchiert zwar genauso verbissen, zwischen ihm und der Schattenwelt besteht aber ein Stillschweigeabkommen. Um seine Familie zu schützen, beendete Mr Andrews sein Studium an der University of California in Los Angeles. Als die drei ??? 20 Jahre später an der Universität Ruxton ein zweiwöchiges Schnupperstudium absolvieren, ist er alles andere als begeistert, denn er hat Geheimnisse vor seiner Familie.

Mr Andrews' erste Station als Journalist war die *Rocky Beach Today*. Heute arbeitet er für die *Los Angeles Post* (manchmal auch *Los Angeles Times*). Dort ist er je nach Bedarf wahlweise für Lokales, Politik oder Wirtschaft verantwortlich. Egal für welches Ressort er gerade schreibt, Bobs Vater gehört zu den besten Reportern der (Morgen-)Zeitung. Über die Ermittlungen der Polizei von Rocky Beach konnte sich Bobs Vater lange Zeit direkt bei seinem Nachbarn Samuel Reynolds erkundigen. Für seinen Kumpel »Sam« – die beiden duzen sich – hielt Mr Andrews manchmal auch brisante Informationen vor der Öffentlichkeit zurück.

Bobs Vater ist für die drei ??? von unschätzbarem Wert. Er ist ein wichtiger Impuls- und Ideengeber. Dank seiner Arbeit verfügt er über ein breit gefächertes Wissen und viele Hintergrundinformationen. Wenn Mr Andrews selbst nicht helfen kann, kann er die drei Juniordetektive zumindest immer an einen Kollegen vermitteln. Dank ihm steht Bob das riesige Zeitungsarchiv der *Los Angeles Post* zur Verfügung. Ab und an dürfen die drei Detektive ihn auch auf eine Dienstreise begleiten, zum Beispiel in *Die drei ??? und das Riff der Haie*. Manchmal beauftragt er die drei Jungs auch selbst, aber nicht als Detektive. Sie sollen dann in der Regel für ihn Fotos schießen oder kleinere Berichterstattungen übernehmen. Mr Andrews ist im Gegensatz zu Peters Vater eher ein »Knuddelpapa« (Marco Sonnleitner). Er will zwar auch nicht, dass sich sein Sohn in Gefahr begibt, ist aber sehr nachsichtig und gelassen – selbst dann noch, als er wegen Bob Drohbriefe erhält und seine Autoreifen zerstochen werden.

Zu Justus hat Bobs Vater ein ambivalentes Verhältnis. Einerseits schätzt er den klugen Jungen sehr und erkennt in ihm ein Genie. Dass Justus mit dem Selbstverständnis eines souveränen Diktators agiert, sieht er hingegen kritisch. Er befürchtet – zu Recht oder nicht –, dass der Erste Detektiv seine Kollegen unterbuttert. Aus diesem Grund dürfe man Justus auch nicht loben. Daher berichtet die *Los Angeles Post* stets äußerst zurückhaltend über die drei ???.

??? Wer ist hier der Autor ???

Bobs Vater ist der eigentliche Autor der frühen *Die drei ???*-Bücher. Zumindest steht das schwarz auf weiß in *Die drei ??? und das Gespensterschloss*. Vielleicht ist das auch der Grund, warum über das Privatleben von Mr und Mrs Andrews so wenig bekannt ist.

Mrs Andrews

Bobs Mutter ist eine hübsche Frau mit braunen Haaren und einer schlanken Figur. Die Immobilienmaklerin macht in ihrer Freizeit gerne Yoga und interessiert sich für Kunst. Ihren Sohn Bob nennt sie – zumindest in den früheren Geschichten – auffallend oft Robert.

Daraus sollte man nicht auf ein unterkühltes Mutter-Sohn-Verhältnis schließen. Dennoch ist sie um einiges strenger als der Papa.

Das Detektivunternehmen ihres Sohnes nimmt sie zunächst nicht ernst und spricht nur von den »sogenannten Fällen«. Sie macht sich oft über die drei ??? lustig und erfindet beispielsweise zum Grünen Tor spaßeshalber die Lila Luke. Sie denkt sich auch eigene Rätselsprüche aus, die ihr Justus angeblich am Telefon hinterlassen haben soll. Den Ersten Detektiv hält sie ohnehin für einen äußerst sonderbaren Jungen. Als Mrs Andrews realisiert, dass die drei ??? kein Spaß sind, hat sie zunehmend Angst um ihren Sohn. Bob muss seine Mutter deswegen gelegentlich anflunkern. Kari Erlhoff vermutet, dass auch Mrs Andrews irgendwelche Geheimnisse hütet. Es würde zumindest zur Familie passen!

??? Gegensätze ziehen sich an ???

Während Mr Andrews der Mann mit den meisten Vornamen in der Welt der drei ??? ist, bleibt Bobs Mutter namenlos.

Weitere Verwandte

Im Gegensatz zu Justus oder Peter hat Bob viel mehr Verwandtschaft, die über die Vereinigten Staaten verteilt ist. Aber keinem seiner Verwandten wurde bislang so viel Platz eingeräumt wie zum Beispiel Justus' Vetter Ty oder Peters Opa Ben Peck. Eines steht aber fest: Von seinen Cousinen hält sich der Dritte Detektiv lieber fern – auch wenn es ihn Diskussionen mit seiner Mutter kostet.

Die Freundinnen der drei ???

Lys de Kerk

Lys de Kerk war einige Zeit Justus' feste Freundin. Im amerikanischen Original trägt sie den Namen Qute den Zorn. Lys kommt ursprünglich aus einem kleinen Dorf in Florida. Sie ist bereits 18 Jahre alt und – ebenso wie ihr Zwillingsbruder Yan de Kerk (im Original Hack den Zorn) – ein richtiger Filmstar. Beide spielen eine Hauptrolle im Science-Fiction-Blockbuster *Cosmic Trek*. Lys sieht umwerfend gut aus. Sie ist relativ groß und hat weißblonde, glatte, schulterlange Haare.

Justus lernt Lys zufällig in *Angriff der Computer-Viren* kennen. Natürlich erkennt er sie sofort. Wirklich beeindruckt ist der Erste Detektiv aber vor allem von ihrem IQ. Und umgekehrt steht Lys nicht auf Bodybuilder, sondern auf Typen mit Hirn. Lys und Justus eint eine Leidenschaft für Kuriositäten aus der Wissenschaft. Gegenseitig beeindrucken sie sich mit ihrem Nischenwissen, zum Beispiel die Anzahl der Moleküle in einem Teelöffel Meerwasser aus dem Atlantik.

So geschieht das Unvorstellbare: Justus Jonas, der bisher den Misserfolg beim anderen Geschlecht für sich gepachtet hatte, hat eine Freundin, um die ihn jeder andere Junge beneidet. Als Justus noch nicht in festen Händen war, appellierte er gerne an das Pflichtbewusstsein seiner Kollegen; später verbrachte er selbst fast täglich Zeit mit seiner attraktiven Freundin. Um sein Liebesleben mit seiner Tätigkeit als Detektiv unter einen Hut zu bringen, beraumte er auch schon mal Besprechungen der drei ??? am Strand ein. Früher wäre das unvorstellbar gewesen!

--- ??? **Getrennt** ??? ---

Eigentlich sollte Justus' Beziehung mit Lys nur ein kurzes Intermezzo sein. Denn in *High Strung – Unter Hochspannung* ist die junge Schauspielerin bereits nach Paris umgezogen. Auf Empfehlung von Justus studiert sie dort Biologie. Doch dieser Fall wurde in den USA nicht mehr veröffentlicht und demzufolge nicht mehr ins Deutsche übersetzt. Also kam es anders.

Lys stand eine große Schauspielkarriere bevor. Dennoch entschied sie sich dafür, aufs College zu gehen. Seit *Tatort Zirkus* wohnte sie in einem kleinen Apartment in Rocky Beach, für das sie aber eine horrend hohe Miete zahlen musste. Lys beteiligte sich eine Zeit lang aktiv an den Ermittlungen der drei Detektive – besonders wenn die

Fälle im Schauspielmilieu spielten. Es war zum Beispiel ihre Idee, als akustisches Geheimzeichen den Ruf des Rotbauchfliegenschnäppers zu imitieren. Denn Lys ist nicht nur äußerst tierlieb, Tier- und Vogelstimmen sind darüber hinaus ihr Spezialgebiet.

Justus' Angst, Lys zu verlieren, war so groß, dass er ihr einmal sogar heimlich nachstellte. Eifersucht ist jedoch eine Eigenschaft, die die temperamentvolle Lys gar nicht vertragen kann. Dennoch kam es zwischen den beiden nie zum Streit. Während die Freundinnen von Peter und Bob klammern, ist Lys viel selbstständiger und selbstbewusster. Bei ihr sollte man nicht davon ausgehen, als Mann automatisch der Boss zu sein – auch wenn sie keine Hosen, sondern ihren atemberaubenden blauen Catsuit anhat.

Die Beziehung verlief lange Zeit äußerst harmonisch und liebevoll, wurde aber in einem schleichenden Prozess in eine rein platonische Freundschaft umgedeutet. Auf diese Weise konnte sich Justus ohne schlechtes Gewissen in *Wolfsgesicht* von Sandy Allen den Kopf verdrehen lassen. Die Autorin Katharina Fischer ließ den Ersten Detektiv für die junge Verkäuferin schwärmen, weil sie der »Barbiepuppe« Lys nichts abgewinnen konnte.

In *Der geheime Schlüssel* muss Justus dann aber doch schweren Herzens zugeben, dass Lys mittlerweile in New York aufs College geht. Dieser eher beiläufige Abschied von Lys de Kerk aus der Welt der drei ??? war ursprünglich gar nicht so geplant gewesen. In der Urfassung gab es eine Szene, in der André Marx das Beziehungsende etwas ausführlicher beschrieb. An den genauen Inhalt konnte er sich im Jahr 2017 aber nicht mehr erinnern: »Ich weiß nicht, ob ich sie noch habe. Falls ja, bin ich mir sehr sicher, dass sie nicht spannend oder interessant ist, sondern einfach nur zu lang, sonst hätte ich sie ja nicht gekürzt. […] [Dieses] Nähkästchen bleibt geschlossen.« Schade!

Kelly Madigan

Kelly Madigan kam ein halbes Jahr vor *Die drei ??? und der giftige Gockel* mit Peter zusammen – in *Die drei ???*-Zeitrechnung. Das Mädchen hatte damals beschlossen, dass Peter Shaw unbedingt eine Freundin brauchte. Peter ließ das alles ohne Widerstand über sich ergehen. Ihre wohlhabenden Eltern gewöhnten sich mit der Zeit an den spezialgelagerten Freund ihrer Tochter. Kelly wohnt noch in ihrem Elternhaus am nördlichen Stadtrand von Rocky Beach, in der Nähe des Vororts Seven Pines.

Es hätte den Zweiten Detektiv aber auch schlimmer treffen können, denn Kelly ist überaus hübsch. Sie hat eine sehr gute Figur, ist einen Kopf kleiner als Peter und hat grüne Augen. Ihren Look ändert sie regelmäßig. Sie färbt sich gerne die Haare und hat auch nicht immer dieselbe Frisur. Auch ihre Kleidung ist immer modisch und meistens figurbetont. Schon Monate vor anderen trägt sie, was später angesagt ist. »Bei Kelly muss ich immer an einen Charakter aus der Serie ›Alf‹ denken: Lynn Tanner«, verrät Kari Erlhoff.

Kelly ist sehr sportlich. Sie spielt gerne Fußball und Tennis, trainiert dazu regelmäßig im Fitnessstudio. Sie mag Jazztanz und ist Cheerleaderin. Sie achtet im Allgemeinen sehr auf ihren Körper. Geraucht hat sie noch nie. Kelly passt zu Peter wie die Faust aufs Auge. Sie mag gerne leichte Unterhaltung. Sie ist ebenfalls nicht so verkopft und leider auch in Mathe eine Niete. Beide sind tierlieb und neigen zu Hysterie – Kelly vor allem beim Anblick von Spinnen.

In einigen Fällen ist Kelly mit von der Partie: Mit ihrer Videokamera filmt sie in *Die drei ??? und die Rache des Tigers* zufällig eine Explosion. In *Die drei ??? und die Automafia* dient der Sportwagen ihres Vaters, ein silberner Jaguar XJ6, als Lockmittel. In diesem Fall beteiligt sich Kelly auch an Verfolgungsjagden und bringt am Ende sogar eine Schusswaffe an sich, mit der sie die Gangster in Schach hält. Als ihr Freund in *Späte Rache* nach einem gemeinsamen Discobesuch entführt wird, ist sie bei der Suche sehr engagiert. In *Verdeckte Fouls* ermittelt sie als Undercover-Zimmermädchen in einem Sporthotel.

In *Poltergeist* werden die drei Detektive in der Nebenhandlung von Kellys Großtante Eleonor beauftragt, ein verschwundenes Medaillon aufzustöbern. Aufgrund ihres unerträglichen Charakters drängt Peter mehrfach erfolglos auf einen Abbruch der Ermittlungen, was aber gerade wegen des Firmenmottos der drei Detektive für Justus nicht infrage kommt. Eigens wegen Kellys Großtante druckt Peter anschließend neue Visitenkarten mit dem Zusatz: »Wir übernehmen *fast* jeden Fall«.

Im Gegensatz zu Lys ist Kelly sehr eifersüchtig. Ihr stinkt es, hinter den drei ??? und Peters Autoleidenschaft (in der *Crimebusters*-Ära) oftmals nur an dritter Stelle zu stehen. Doch Kelly blieb ihrem »wandelnden Schraubenschlüssel« treu, obwohl andere Verehrer bereits auf eine Trennung geierten. Scherzhaft ermittelte Kelly zunächst noch in ihrem eigenen Fall »Der verschwundene Freund« und schenkte Peter ein T-Shirt mit dem Aufdruck »Kelly Madigan«. Als sie über die humorvolle Schiene keine Besserung erreichte, versetzte sie Peter ebenfalls und ging nicht mehr ans Telefon. Zwischen den beiden kriselte es gewaltig. Bob riet Peter in dieser Phase ganz trocken zu einer Trennung. Auf diese Weise könne eine verglühte Liebe wieder aufflammen. Der äußerst eifersüchtige Zweite Detektiv hatte aber viel zu viel Angst, Kelly damit endgültig zu verlieren. Justus fand Peters Verhalten vollkommen irrational. »Warum handeln sich Jungs neuen Stress ein, nur damit es mit dem alten weitergehen kann?«, fragte der Erste Detektiv einmal in die Runde. Doch Peter und Kelly überstanden die Beziehungskrise und sind bis heute ein glückliches Paar – und sogar verlobt. Ob es jemals zur Hochzeit kommt, steht in den Sternen. »Kelly ist immer kurz davor, den Serientod zu sterben, kann sich aber immer irgendwie retten«, verrät Marco Sonnleitner.

Elizabeth Zapata

Bob war nur mit einem Mädchen über einen längeren Zeitraum zusammen: Elizabeth Zapata. Die beiden lernten sich kurz vor Beginn der Handlung von *Angriff der Computer-Viren* in einem Plattenladen kennen. Elizabeth hat lange dunkle Haare und große braune Augen.

??? Wer ist diese Frau ???

In *Poltergeist* verpasste André Marx Elizabeth kurze rötliche Haare und mit Carroll sogar einen vollkommen anderen Nachnamen – aus Unachtsamkeit.

Elizabeth ist ein richtiges Feierbiest und passt perfekt zum Lebemann Bob Andrews. Sie tritt allerdings viel seltener in Erscheinung als Lys oder Kelly. Die drei Mädchen verstehen sich aber gut und freunden sich an. Ihren größten gemeinsamen Auftritt haben sie in *Fußball-Gangster*, als sie Die drei !!! gründen. Elizabeth scheint aber nicht so gut auszusehen wie Lys und Kelly. Auch wenn es natürlich ein subjektiver Eindruck ist, hätte sich der Österreicher Toni Bobs Freundin ein bisschen »herziger« vorgestellt *(Pistenteufel)*.

Auch Bob und Elizabeth haben ab und an Streit. Besonders in *Dreckiger Deal* kracht es zwischen den beiden. Als der Kioskbesitzer Malcolm King wegen Verdacht auf Drogenhandel verhaftet wird, ist Bob von dessen Unschuld überzeugt. Elizabeth hat jedoch überhaupt kein Verständnis für Dealer. Eine ihrer ältesten Freundinnen muss seit Monaten eine harte Entzugstherapie durchmachen, um endlich von der Sucht loszukommen.

Wie lange Bob letztlich mit Elizabeth (oder *Elisabeth*, wie sie im Deutschen später geschrieben wird) zusammen war, kann nicht definitiv gesagt werden. »Erst Elisabeth, dann Brenda, kürzlich Mina – ganz zu schweigen von Lesley und Jelena«, zählte Peter in *Der Meister des Todes* die (vermeintliche) Ahnenreihe von Bobs Ex-Freundinnen auf. Und damit wird klar: Bob und Elizabeth waren zu dem Zeitpunkt schon lange kein Paar mehr. »Im Exposé [...] war geplant, Bobs Ex Elisabeth [...] durch einen Unfall sterben zu lassen. Sie passte dann aber nicht in die Geschichte und ich habe sie relativ schnell rausgeworfen«, erklärte Kari Erlhoff in einem Interview. Elizabeth »hat jetzt garantiert einen neuen Freund. Der hat dann auch endlich mal Zeit für sie«, so die Autorin weiter.

Brenda

Obwohl Bob und Elizabeth »wie füreinander geschaffen« waren, konnte der Dritte Detektiv seine Finger nicht von anderen Frauen lassen. Seine Inkognito-Therapiesitzung in *Stimmen aus dem Nichts* nutzt Bob dazu, um von der Psychologin Dr. Franklin einen Rat einzuholen, wie er eine gewisse Brenda für sich gewinnen könnte. Hinter Elizabeths Rücken hatte sich Bob an sie herangemacht und von ihr eine Abfuhr erster Güte bekommen. Bob wollte aber nicht wahrhaben, dass er, der sonst so heißbegehrte Bob Andrews, einfach nicht Brendas Typ war.

Dr. Franklin vermutet hinter dem Liebeskummer aber eine »andere, tief verwurzelte Ursache«, die bis weit in Bobs Kindheit zurückreichen soll. »Brenda ist höchstens das Ventil«, erklärt sie dem Dritten Detektiv. Da Bob und die ahnungslose Elizabeth zu diesem Zeitpunkt schon seit vier Jahren zusammen sind, halten Justus und Peter die Liebeskummer-Nummer für einen Trick.

Hinter Brenda steht bis heute ein großes Fragezeichen. In der Kurzgeschichte *Der Raub der Zehntausend* gibt es ein Brenda's Bookstore and Café in Rocky Beach. Beim Betreten des kleinen Ladens stolpert Bob über den Fußabtreter und reißt beim Fallen den Postkartenständer um. »Diese Brenda war aber sehr nett und hat nur gelacht«, erzählt Bob seinen Kollegen. Ob es sich dabei um *die* Brenda handelt? Bob lässt sich zumindest nichts anmerken.

Diese Geschichte ist jedenfalls noch nicht zu Ende erzählt. André Minninger, der Autor von *Stimmen aus dem Nichts*, sagt: »Ich bin mir ziemlich sicher, dass sie und Bob sich noch einmal über den Weg laufen werden. Allerdings wird diese Begegnung anders verlaufen als erwartet ...«

Abschied von den Mädels

Die Blütezeit von Lys, Kelly und Elizabeth ist aber ohnehin schon lange vorbei. Bereits auf einem Autorentreffen um das Jahr 2000 war entschieden worden, Lys und Elizabeth aus der Serie zu nehmen. André Marx erklärt dazu:

> »Es ging dabei allerdings weniger darum, die Freundinnen loszuwerden, als vielmehr darum, dass alle an einem Strang ziehen und wir mehr Kontinuität in die Serie bringen. Für mich persönlich bedeuten weniger Freundinnen auch ganz einfach mehr Platz für den Fall.«

Nur Kelly durfte dank der Fürsprache von Ben Nevis bleiben:

> »Ich persönlich finde das – gelegentliche – Auftreten von Freundinnen und Mädchen eher positiv. Alles andere wäre ja auch unrealistisch, oder? Ich weiß zudem, dass die Mädchen unter den Lesern Mädchenfiguren sehr zu schätzen wissen.«

André Minninger begründete den Schritt kompromisslos knapp in einem Fan-Chat: »Die Freundinnen haben ausgedient! Waren zu nichts nutze!«

Brigitte Johanna Henkel-Waidhofer hatte schon früh die »dienende« Rolle der drei Mädchen in den *Crimebusters*-Fällen bemängelt: »Mit Zustimmung des Verlags habe ich sie viel stärker als handelnde und selbst entscheidende, oft auch mit den Jungen konkurrierende Charaktere ins Zentrum gerückt.«

Bei den Lesern und Hörern kamen die Freundinnen weiterhin nicht gut an. »Viele Fans haben Probleme damit, wenn die Jungs sich eher mit Dates als mit Fällen beschäftigen. Das kann ich verstehen. Wenn Mädchen vorkommen, muss es zum Fall passen«, äußerte sich Kari Erlhoff im Herbst 2008 gegenüber 3fragezeichen.de. Genauso verhält es sich beispielsweise mit Lesley Dimple. Sie arbeitet als Verkäuferin in der Buchhandlung Booksmith. Ihren ersten Auftritt hat sie in Katharina Fischers *Der rote Rächer*, als auf Booksmith ein Brandanschlag verübt wird. Besonders mit Bob, der Stammkunde in der Buchhandlung ist, versteht sich die 16-Jährige auffallend gut. Sie schenkt ihm sogar ein Freundschaftsbändchen. Mehr – außer ein paar Sticheleien von Justus und Peter – ist über das Verhältnis von Bob und Lesley nicht herauszubekommen. Und dabei wird es wohl auch bleiben. In einem Fan-Chat sagte Ben Nevis: »Manchmal würde ich gerne die ein oder andere Szene etwas weiter ausleuchten. […] Was spielt sich eigentlich zwischen Lesley und Bob ab? Aber Aussparungen haben auch etwas für sich …«

Auch Jahre später hält sich Nevis fast wortgleich bedeckt:

> »Ach, da läuft immer mal was oder auch nicht zwischen dieser und jenem. Zum Beispiel zwischen Bob und Lesley? Vielleicht. Jelena? Möglich. Gab es nicht auch mal eine Sandy? Manches bleibt halt ein wenig im Verborgenen und Ungewissen.«

Jeffrey Palmer und die Frage nach der Homosexualität

»Tja, was läuft da zwischen ihm und Peter?«, fragt sich auch Marco Sonnleitner in Bezug auf Jeffrey Palmer. Peters Surffreund ist ein Mysterium in der Welt der drei Detektive. Er tauchte bislang erst einmal, nämlich in *Die drei ??? und der Mann ohne Kopf*, auf. Ansonsten ist er eine Figur, die man nur vom Hörensagen kennt. Er ist groß, hat braune Haare und ist sehr sportlich – also wie geschaffen für gemeinsame Unternehmungen mit Peter. Weil die beiden auch manchmal gemeinsam abends um die Häuser ziehen, sehen einige in Peter und Jeffrey ein Liebespaar.

Der Effekt wird dadurch verstärkt, dass bei der Hörspielproduktion aus Kelly immer Jeffrey gemacht wird – warum auch immer. Deshalb haben Kelly und Jeffrey auch beide am 16. Dezember Geburtstag. Die Diskussion über eine mögliche homosexuelle Beziehung entbrannte vollends, als Peter in *Die drei ??? und das Geisterschiff* alleine mit Jeffrey in Malibu in der Disco war. Das hatte jedoch einzig und allein mit dem Plot zu tun, denn Peter musste in der Eingangsszene unbedingt alleine auf dem Küsten-Highway unterwegs sein. »Hätte Peter Kelly allein in der Disco zurückgelassen, hätten sich doch alle Hörer gewundert! Deshalb machte er die Sause mit Jeffrey. […] Letztendlich steckt auch ein Spaß dahinter, keiner weiß genau, was nun mit Jeffrey ist, eine Art Running Gag«, stellte André Minninger in einem Fan-Chat auf rocky-beach.com klar.

Zur Aufklärung in der Jeffrey-Frage kann André Marx, der Erfinder der Figur, beitragen. Einmal sei er gefragt worden, ob er sich auch einmal eine »schwule Figur« vorstellen könnte. »Ich antwortete, dass es die längst gibt – Jeffrey, ein Surffreund von Peter. Alles, was danach passierte, war ein Selbstläufer, der so nicht geplant gewesen war.« Also: Jeffrey ist schwul, Peter aber mit Kelly zusammen. Kari Erlhoff stellt sich Jeffrey übrigens wie Orlando Bloom in seiner Rolle als Legolas vor – »nur mit etwas kürzeren Haaren und nicht ganz so spitzen Ohren«.

Einige Fans interpretieren auch in die Freundschaft von Peter und Bob eine heimliche Liebesbeziehung hinein. Selbst die Hörspielsprecher kokettieren ein wenig damit und liefern immer wieder neuen Stoff für die Gerüchteküche. Der Höhepunkt wurde mit »Worte nur Worte« anlässlich der Hörspieltournee zu *Die drei ??? und der seltsame Wecker* im Jahr 2009 erreicht. In dem Liebesduett schmachten sich die Sprecher Jens Wawrczeck und Andreas Fröhlich regelrecht an und küssen sich am Ende sogar. Doch Peter Shaw und Bob Andrews sind trotz aller humoristischen Anspielungen nicht schwul. In den Buchvorlagen gibt es für Homosexualität keinen ernsthaften Hinweis. Ganz im Gegenteil. Kelly sitzt bei Peter nach wie vor fest im Sattel. Und Bob hat was mit Jelena (➤ S. 213). Auch André Minninger betont:

> »Schwul? Hetero? Oder gar beides? Langsam geht mir diese Homo-Diskussion mächtig auf den Senkel! Die drei ??? sind weder schwul noch hetero oder bi, das ist doch albern und spielt in den Geschichten keine Rolle.«

Das Thema Liebe spielt bei den drei ??? tatsächlich grundsätzlich keine Rolle (mehr). »Wer eine Mischung aus Krimi, Alltag und Liebe möchte«, solle besser bei *Die drei !!!* zugreifen, empfiehlt Kari Erlhoff.

Freunde, Verbündete, Unterstützer

Alfred Hitchcock

> »Der Anker zur Realität, der die Serie so glaubwürdig gemacht hat.
> Ein ganz großer Geniestreich, vielleicht der größte der gesamten Reihe.
> Unwiederholbar.«
>
> André Marx

Alfred Hitchcock wurde am 13. August 1899 in England geboren. Schon in jungen Jahren landete er beim Film und im Jahr 1939 zog er in die USA, wo er in der Traumfabrik Hollywood wirkte. Hitchcock gilt bis heute als einer der bedeutendsten Regisseure und Produzenten der Filmgeschichte. Er war aber auch ein Meister der Selbstvermarktung, produzierte eigene Fernsehserien und brachte unter seinem Namen unzählige Bücher und Zeitschriften heraus. Eine davon war die Jugendkrimiserie *The Three Investigators*. Mit den Inhalten der Serie hatte er aber – wie bereits erwähnt – rein gar nichts zu tun. Die Vorworte wurden immer von Ghostwritern geschrieben. Random House musste jedoch jedes einzelne Buchcover von Hitchcock persönlich absegnen lassen. Der Regisseur wollte offensichtlich die Kontrolle darüber bewahren, was in seinem Namen veröffentlicht wurde.

Hitchcocks Kommentare und Hinweise im laufenden Text sind eine deutsche Erfindung. Sie gehen auf eine gemeinsame Idee des Kosmos Verlags und der langjährigen Übersetzerin Leonore Puschert – in Anlehnung an andere Hitchcock-Titel – zurück. Viele Jahre später erinnerte sich die »heimliche Autorin« in einem Interview mit rocky-beach.com:

> »Die ›strategischen‹ Überlegungen (an welcher Stelle werden die Kommentare eingebaut, worauf sollen sie den Leser aufmerksam machen oder auch mal hinters Licht führen?) und die Formulierung der Einschaltungen stammen von mir. [...] Diese zusätzliche Aufgabe hat mir immer sehr viel Freude gemacht!«

Hitchcocks Vorworte sind sich oft sehr ähnlich, manchmal sogar fast wortgleich. Das ließ sich aber kaum verhindern, da die Einseiter immer denselben Inhalt hatten: Ein Kurzporträt der drei Detektive, eine Vorschau auf den Fall sowie eine Warnung an die Leser. Arthur, Arden, Carey & Co. konnten sich dabei nicht beliebig viele Varianten aus den Fingern saugen.

Die drei ??? und ihr erster Fall

Alfred Hitchcock gehört aber nicht nur äußerlich zum Gründungsmythos der drei ???, er tritt auch selbst als Protagonist auf. Er ist der väterliche Freund und Förderer der drei Detektive. Wie der berühmte Regisseur widerwillig zum ersten Auftraggeber der drei Detektive wird, davon erzählt ihr erstes Abenteuer *Die drei ??? und das Gespensterschloss*: Justus hat sich von Anfang an in den Kopf gesetzt, dass kein anderer als Hitchcock selbst den Startschuss für seine Detektivkarriere geben soll. Peter findet über seinen Vater heraus, dass der berühmte Gruselregisseur für seinen nächsten Film ein Gespensterschloss als Kulisse sucht. Mit dieser Suche wollen die drei ??? nun beauftragt werden – ganz offiziell! Zunächst werden Justus und Peter (Bob muss in der Bücherei arbeiten) konsequent abgewimmelt, schaffen es dann aber dank Justus' Schauspieltalent und ihres

Rolls-Royce doch noch am Pförtner der Universum-Filmstudios in Hollywood vorbei. Im Vorzimmer von Hitchcocks Büro wartet bereits die nächste Herausforderung: die Sekretärin Henrietta Larson (Spitzname »Feldwebel«). Sie kennt die beiden Jungs noch aus der Schule und ist alles andere als angetan davon, dass sich Justus als Neffe ihres Chefs ausgibt.

Just in diesem Moment betritt Hitchcock höchstpersönlich das Büro. Als Justus sich als Juniordouble für ein mögliches autobiografisches Filmprojekt ins Spiel bringt, rastet der renommierte Regisseur aus. Doch letztlich lockt Justus Hitchcock mit seinen Imitationskünsten erfolgreich aus der Reserve. Unter der Bedingung, dass Justus nie wieder auch nur im Ansatz versucht, ihn nachzuäffen, beauftragt er die ambitionierten Amateurdetektive mit der Suche nach einem geeigneten Spukhaus für seinen nächsten Gruselfilm.

Obendrein verspricht er noch, ein Vorwort zu schreiben. Denn wie bei allen großen Detektiven – Justus verglich sich schon damals mit Sherlock Holmes – würde es zu jedem Fall natürlich auch eine Buchausgabe geben. Für Alfred Hitchcock war dieses Zugeständnis nur eine Finte, um die beiden aufdringlichen Jungs endlich loszuwerden. Verdenken konnte man es dem Regisseur nicht, dass er gerade Justus für größenwahnsinnig hielt. Doch er wurde eines Besseren belehrt: Am Ende ihres ersten Falls hatten die drei ??? nicht nur das Gespensterschloss aufgespürt, sondern auch den für tot gehaltenen Stummfilmstar Stephen Terril aufgestöbert. Hitchcock hielt sein Versprechen und schrieb das Vorwort.

Im Laufe der Zeit vermittelte der berühmte Regisseur den drei Detektiven viele Aufträge. Zwar handelte es sich dabei meistens nur um entflogene Papageien, entlaufene Hunde oder im Garten tanzende Kobolde, es war aber auch eine verfluchte Mumie dabei. Das waren allesamt Fälle, bei denen die Polizei entweder keinen Finger rühren wollte oder das Opfer für verrückt erklären würde. Den drei ??? war es egal. Sie spezialisierten sich genau auf diese mysteriösen Vorkommnisse.

In der Regel treffen die drei Detektive am Anfang und/oder am Ende eines jeden Falls auf Hitchcock oder hören zumindest von ihm. Es gibt aber auch Ausnahmen. In *Die drei ??? und der unheimliche Drache* zeigt er den drei Detektiven einen alten Horrorfilm und bringt sie so der Lösung ein Stück näher. Er vermittelt ihnen auch regelmäßig Kontakte, die er dank seiner Tätigkeit in Hülle und Fülle hat. Manchmal holt Hitchcock auch Erkundigungen für sie ein, zum Beispiel bei der mexikanischen Einreisebehörde in *Die drei ??? und der Super-Wal*. In *Die drei ??? und die gefährliche Erbschaft* rastet Hitchcock – wunderbar klischeehaft – aus, als sich die drei Detektive nach dessen Bekanntschaft mit Dingo erkundigen, und knallt sogar den Telefonhörer auf die Gabel.

Die Schlussszene findet in den meisten Fällen in Hitchcocks Büro statt, wo sich der berühmte Regisseur im Beisein der drei Detektive in aller Seelenruhe Bobs Protokoll durchliest. Oftmals erfährt man erst hier alle Hintergründe, wenn Justus alles noch einmal genau erklärt und Hitchcocks kritische Fragen beantwortet. Manchmal gibt es aber auch ein Abschlussessen. Die Einladung zur Party von Madeline Bainbridge am Ende von *Die drei ??? und der magische Kreis* schlägt der Regisseur aber aus: »Hexen machen mich überhaupt nicht nervös … Aber Reformkost – nein, danke!«

Aus Dankbarkeit schenkten Justus, Peter und Bob ihrem väterlichen Freund schon viele wertvolle Andenken. Mit der Zeit kam der Regisseur auf eine beachtliche Sammlung und könnte glatt ein *Die drei ???*-Museum einrichten. Die eindrucksvollsten Exponate wären sicherlich eine Golddublone von der Geisterinsel, eines der rätselhaften Bilder des Kunstfälschers Joshua Cameron, ein goldener Becher aus dem Schatz der Chumash und die Pistole von El Diablo. In *Die drei ??? und der Phantomsee* schenkten die drei Detektive Hitchcock einen juwelenbesetzten Kris, einen Dolch aus Malaysia. Als Andenken aus der Silbermine erhielt er ein Goldkorn. Beim verlorenen Ohrring aus *Die drei ??? und der Doppelgänger* ist der ideelle Wert sicherlich weitaus höher als der materielle. Denn dieser Ohrring brachte Peter und Bob auf die Spur von Justus' Entführern. Gleiches gilt wohl auch für den Schnappschuss vom falschen Bonehead.

Einmal schenkte Hitchcock dem Detektivtrio ein Buch mit Detektivgeschichten. In *Die drei ??? und die silberne Spinne* gab Hitchcock den Lesern einen nicht ganz uneigennützigen Buchtipp und empfahl die Lektüre von *Alfred Hitchcocks Krimi-Box*. Das Buch ist heute übrigens antiquarisch für einen müden Cent zu haben.

Als Alfred Hitchcock am 29. April 1980 im Alter von 80 Jahren starb, erklärte Random House den Regisseur nach langem Zögern auch in der Serie für tot. Einen typischen Serientod starb Hitchcock aber nicht. In M. V. Careys Buch *Scar-Faced Beggar* (*Die drei ??? und das Narbengesicht*), das 1981 nach mehr als einjähriger Pause erschien, wurde Hitchcock durch den fiktiven Krimiautor Hector Sebastian ersetzt.

Random House passte in der Folge das Buchcover an die neuen Realitäten an. Anstelle von Hitchcock wurde nun neben den drei ??? ein Schlüsselloch als Seriensymbol verwendet. Auch bei den Neuauflagen wurde Hitchcock peu à peu gegen Sebastian ausgetauscht.

??? Ausnahmen bestätigen die Regel ???

Im Gespensterschlossfall wurde Hitchcock von Reginald Clarke ersetzt, weil nur ein Regisseur in den Plot passte.

Albert Hitfield

In der deutschen Übersetzung wurde aus Hector Sebastian Albert Hitfield. Der berühmte Schriftsteller wohnt in Malibu und wird als kleiner, hagerer Mann mit grauen Haaren, strahlend blauen Augen und buschigen Augenbrauen beschrieben. Früher lebte er in Brooklyn und war wie die drei ??? Privatdetektiv. Doch als bei einem Flugunfall sein Bein zerschmettert wurde, musste er seine Karriere an den Nagel hängen. Seitdem geht er am Stock. Irgendwann begann er, Bücher auf der Grundlage seiner früheren Fälle zu verfassen. Mit seinem Erstlingswerk *Die Nachtwache* gelang ihm prompt der Durchbruch. Auch *Dunkles Vermächtnis* und *Eiskalte Rechnung* wurden Bestseller und sogar verfilmt – aber eben nur in der Welt der drei ???.

Die drei Detektive lernen Albert Hitfield in *Die drei ??? und das Narbengesicht* eher zufällig kennen. Der Schriftsteller war den drei ??? gegenüber von Anfang an aufgeschlossen und übernahm Hitchcocks Rolle als Mentor und Vorwortschreiber 1 zu 1. Am äußeren Erscheinungsbild ging der Wechsel von Hitchcock zu Hitfield jedoch nicht spurlos vorüber. Hitchcocks Konterfei verschwand vom Cover, das die drei Detektive jetzt höchstpersönlich zierten. Auch die Kommentare und Hinweise kamen nun von den drei Detektiven. Neben einem Konterfei der drei Jungs stand dann zum Beispiel: »Die drei ??? würden gerne wissen«, »Peter an alle: Auf dem Weg zur Zentrale wollte mir das nicht aus dem Kopf gehen. […] Aber wir wollen sehen, was Justus dazu sagt« oder »Justus an alle«.

Die Schlussszenen sollten ab sofort im Haus von Albert Hitfield stattfinden.

Die wundersame Wiederauferstehung

Doch schon ab der zweiten Auflage von *Die drei ??? und das Narbengesicht* ließ der Kosmos Verlag Alfred Hitchcock wieder von den Toten auferstehen. Alles war wieder beim Alten. Und alles, was in der ersten Auflage auf Hitchcocks Tod hindeutete, wurde getilgt. Am Ende saß der Regisseur sogar bei seinem alten Freund Hitfield mit am Tisch und ließ sich ebenfalls von den drei ??? berichten.

Kosmos konnte sich die Reaktivierung Alfred Hitchcocks erlauben, weil die Entkopplung der Kunstfigur vom tatsächlichen Hitchcock schon weit fortgeschritten war. Auch war der Tod des Regisseurs trotz dessen Bekanntheit in Deutschland weniger im öffentlichen Bewusstsein verankert als in den USA. Hierzulande tat man einfach so, als wandle der Meister noch unter den Lebenden. Das ging bis *Die drei ??? und der schrullige Millionär* so. Danach tauchte er nicht mehr als handelnde Person auf, zierte aber einstweilen noch das Cover.

Albert Hitfield verschwand aber nach Hitchcocks »Rückkehr« nicht komplett in der Mottenkiste. In *Die drei ??? und die Perlenvögel* besuchen die drei Detektive den Schriftsteller. Hitfields vietnamesischer Koch übersetzt für die drei Detektive hier eine japanische Botschaft, die eine der toten Tauben am Fuß trug.

In *Die drei ??? und der riskante Ritt* unterlief Leonore Puschert ein Schnitzer: Aus Mexiko anrufend, bitten die drei Detektive Hector Sebastian um Hilfe. Als die Übersetzerin im Jahr 2004 in einem Interview mit rocky-beach.com gefragt wurde, warum sie Hector Sebastian nicht wie sonst üblich in Albert Hitfield (oder Alfred Hitchcock) umgewandelt hätte, war Puschert völlig überrascht:

»Diese Tatsache ist mir bis jetzt nicht bekannt gewesen. So einen gravierenden Fehler kann ich mir eigentlich nicht erklären. Ich hatte während meiner Übersetzerarbeit für *Die drei ???*-Reihe von 1966 bis 1991 immer Bücher zum Übersetzen da, wie am Fließband. Tja, eine Ungehörigkeit, die wohl keiner im Lektorat bemerkt hatte. So was!«

Wie auch immer – um alles über den Burro, eine relativ kleine in Nordamerika vorkommende Eselsart, zu recherchieren, loggt sich Sebastian in diesem Fall per Fernabfrage in die Datenbank der drei Detektive ein. Wer schon immer einmal das Passwort der drei ??? wissen wollte, es lautet: D-E-T-E-C-T.

In *Das leere Grab* bringt Albert Hitfield Justus auf die vermeintliche Spur von Julius und Catherine Jonas. Der Schriftsteller lernt auf einer Recherchereise für sein neuestes Buch in Suerte, der Diamantenstadt im Dschungel von Venezuela, ein Ehepaar kennen. Als die beiden angeben, dass sie aus einer kleinen Stadt in der Nähe von Los Angeles kommen, wird er hellhörig.

??? K(l)eine Sünden ???

Bevor sich Justus auf die Suche nach seinen Eltern begibt, trinkt er bei Hitfield zu Hause das erste Mal in seinem Leben Whiskey. »Widerliches Zeug. Aber jetzt spüre ich meinen Körper wenigstens wieder«, kommentiert Justus die Erfahrung. André Marx war selbst ein wenig überrascht, dass das Lektorat ihm die Whiskeyszene durchgehen ließ.

Im Jahr 2005 liefen die Rechte zur Nutzung von Alfred Hitchcocks Namen und Konterfei aus. Der Kosmos Verlag verzichtete aus Kostengründen auf eine Verlängerung. Seitdem ziert das von Kosmos registrierte Markenlogo mit dem weißen, roten und blauen Fragezeichen den oberen Buchrücken. Hitchcocks Name verschwand vom Cover. Das letzte Buch im alten Design war *Spur ins Nichts*. Die Vorworte und Kommentare waren ohnehin schon lange Geschichte und in den Neuauflagen wurde Alfred Hitchcock ohne inhaltliche Anpassungen durch Albert Hitfield ersetzt. Der Rechtsstreit zwischen Kosmos und Europa (Sony BMG) hatte damit jedoch überhaupt nichts zu tun – auch wenn die beiden Ereignisse sich zeitlich überlappten.

Mittlerweile hat Elvira Zuckerman Hitchcocks Büro in den Universum-Filmstudios bezogen. In der Schreibtischschublade fand die Filmproduzentin noch eine alte Visitenkarte der drei ???. Bis auf ein Bild von Hitchcock an der Wand erinnert nichts mehr an die guten alten Zeiten.

Im Jahr 2013 erschienen drei *Die drei ???*-Bücher im Midi-Format: *Das kalte Auge*, *Der Tornadojäger* und *Das Grab der Inka-Mumie*. Die Manuskripte fand Albert Hitfield zufällig in seinem Schreibtischchaos. Es soll sich dabei um ältere, aber noch unveröffentlichte Fälle handeln. Der Autor Christoph Dittert versah diese Bände wie früher mit einem Vor- und Nachwort sowie Kommentaren und Hinweisen im Text, um den Büchern eine klassische Atmosphäre zu verleihen.

Ob Albert Hitfield wohl jemals selbst wieder in der Welt der drei ??? auftaucht? Immerhin hatte er seinen letzten (regulären) Auftritt in *Das leere Grab*. Hendrik Buchna meint dazu:

»Der Kriminalschriftsteller Albert Hitfield aus dem Fall ›Narbengesicht‹ war mir durchaus sympathisch, vor allem in der skurrilen Konstellation mit seinem vietnamesischen Freund Huang Van Don. Als Nachfolger von Alfred Hitchcock hat er mich indes nie überzeugen können. Dafür waren die Fußstapfen einfach zu groß.«

Auch André Marx gibt wenig Hoffnung: »Hitfield war immer nur ein schwacher Ersatz für Hitchcock, ich war nie glücklich mit der Figur.« Wenigstens Marco Sonnleitner hält Hitfield im Rennen: »Hitfield … mal sehen …« Wie auch immer, Hitfield kann Hitchcock nicht im Ansatz das Wasser reichen. »Hitchcock – Mentor, Markenzeichen und Meilenstein der drei ???-Geschichte. Den kann Albert Hitfield einfach nicht ersetzen«, so Kari Erlhoff. »Hitchcock ist großartig. Als meine Kindheitserinnerung – aber auch sonst«, meint Christoph Dittert. Und auch Buchna ist voll des Lobes:

»Alfred Hitchcock als Galionsfigur der Klassikerära und zentrale Bezugsperson für Justus, Peter und Bob war ein Bravourstück, wie es heute nicht mehr vorstellbar ist. Ein unschätzbarer Glücksfall für die Serie und elementarer Grundpfeiler ihres Erfolgs. In der Hörspielserie kam dann noch die großartige Besetzung mit Peter Pasetti hinzu, der die Rolle des väterlichen Mentors der drei Detektive fabelhaft ausfüllte. Und seine begleitenden Kommentare waren einfach legendär (›Bravo, Justus! Mr Harris wird es noch bereuen, seine Zähne statt in ein Roastbeef-Sandwich nicht lieber in einen Rettich geschlagen zu haben‹).«

Morton und der Rolls-Royce

»Sehr wohl, die Herrschaften, wie die Herrschaften wünschen.«

Morton

Der Rolls-Royce und der Chauffeur Morton gehören wie Alfred Hitchcock zu den Urgesteinen der *Die drei ???*-Welt. Denn in Kalifornien sind die Möglichkeiten begrenzt, größere Entfernungen ohne eigenen fahrbaren Untersatz zu überwinden. Rätselknacken konnten Justus, Peter und Bob in ihrem Wohnwagen auf dem Schrottplatz. Wenn sie aber richtige Detektive werden wollten, brauchten sie ein eigenes Auto.

Die Rettung nahte, als die örtliche Mietwagenfirma Gelbert & Co. als Werbegag ein Preisausschreiben veranstaltete. Im Schaufenster der Firma stand ein großer Topf mit Bohnen. Wessen Schätzung am nächsten an die genaue Stückzahl Bohnen herankam, der sollte als Preis für 30 Tage einen Rolls-Royce samt Fahrer bekommen. Doch Justus Jonas schätzte nicht – drei Tage rechnete er hin und her und am Ende war der Gewinn nur noch Formsache. Noch am selben Tag gründeten Justus, Peter und Bob ihr Detektivbüro und nannten sich fortan Die drei ???.

Doch nach Ablauf der 30 Tage standen die drei Amateurdetektive wieder vor dem alten Problem. Bob schlug mit Verhandlungsgeschick zwar noch zwei Freifahrten heraus, aber die Perspektive fehlte. »Als Detektive sind wir erledigt«, stellt Peter in *Die drei ??? und der Fluch des Rubins* ernüchtert fest. Am Ende dieses Falls trifft der dankbare Auftraggeber der drei Detektive, August August, jedoch mit dem Inhaber der Autovermietung eine »gewisse finanzielle Regelung«, sodass dem Trio der Rolls-Royce seitdem unbefristet zur Verfügung steht. Die Kostenübernahme ist dabei nicht an ein bestimmtes Fahrzeug oder einen bestimmten Fahrer gebunden, auch wenn die Präferenz der drei Detektive klar bei Morton und dem Rolls-Royce liegt.

Der Rolls-Royce selbst ist älteren Baujahrs und wurde einst speziell für einen arabischen Scheich gebaut. Die Luxuslimousine ist eckig und kastenförmig, hat riesige runde Scheinwerfer und ihre Kühlerhaube ist extrem lang. Der Lack ist schwarz und immer auf Hochglanz poliert. Die Stoßstange, die Türgriffe und alle Zierleisten sind vergoldet. Die Innenausstattung des Rolls-Royce ist nicht minder luxuriös: Die Sitze sind aus echtem, dunkel gegerbtem Leder. Und auch hier ist alles Mögliche vergoldet. Es gibt zudem einen kleinen, immer mit Getränken gefüllten Kühlschrank und sogar ein Autotelefon.

Der Fahrer dieses Gefährts heißt Morton (in der amerikanischen Originalausgabe Worthington). Der Brite ist beinahe zwei Meter groß, schlank und muskulös. Er hat ein langes und gutmütiges Gesicht und schwarze Haare. In jungen Jahren arbeitete er in England auf einem alten Schloss. Er hat selbst ein Faible für mysteriöse Vorkommnisse. Einst reiste er sogar nach Loch Ness, um dort das berühmte Seeungeheuer aufzuspüren. Er lebt in einer Dreizimmerwohnung in einem großen Mietblock am Wilshire Boulevard 2895 in Los Angeles.

Kurz bevor er vor 20 Jahren (*Die drei ???*-Zeit) in die USA auswanderte, ließ er sich von seiner Schwester Susanne (indirekt) in ein krummes Ding hineinziehen. Morton half ihr dabei, Verbrecher um eine Million Dollar zu prellen. Morton deponierte das Geld aber in einem Bankschließfach in Los Angeles. Anstatt sich ein lockeres Leben zu machen, heuerte er lieber bei Gelbert & Co. als Fahrer an.

Sein Chef hält ihn zu Recht für seinen besten Mann. Morton fährt sogar mit gebrochenem Bein. Er ist ein sicherer, von den Kunden geschätzter Fahrer und immer pünktlich. »Ein Chauffeur ist mehr als ein teurer Taxifahrer. Ein Chauffeur muss offen für jeden Menschen und gleichzeitig verschwiegen wie ein Grab sein«, stellte er einmal gegenüber den drei ??? klar, als sie ihn über einen anderen Stammkunden ausfragen wollten.

Weil Morton in der Regel die Reichen und Schönen durch die Gegend kutschiert, sind seine Haltung und Ausdrucksweise ohne Fehl und Tadel. Während der Arbeit trägt er eine Uniform samt Dienstmütze. Auch Justus, Peter und Bob siezt er, ihre Aufträge und Anweisungen nimmt er mit einem »Sehr wohl, die Herrschaften« entgegen. Ein Wort wie »Obdachloser« oder gar »Penner« würde ihm nie über die Lippen kommen. Für Morton handelt es sich dabei schlichtweg um »Mitbürger eines speziell interessanten Typs«.

In *Die drei ??? und die Rache des Tigers* lässt sich der sonst so sachliche Morton einmal gehen: »Kerle, die von morgens bis abends Müsli fressen, nur in Sandalen herumlaufen, sich vier Mal bekreuzigen, bevor sie in ein Auto steigen, am liebsten das Rauchen auch noch in den eigenen vier Wänden verbieten würden und so tun, als wäre die Welt gerettet, wenn sie ihre Stromrechnung um zwanzig Prozent drücken«, könne er einfach nicht ausstehen. Und genau so einer ist sein Verwandter Fred Hall – jedenfalls vordergründig.

Für die drei ??? wird Morton schnell mehr als ihr Chauffeur. Der Brite entwickelt sich zum treuen, fast freundschaftlichen Begleiter der drei Detektive. Und auch für Morton sind Justus, Peter und Bob mehr als Klienten. Die Fahrten betrachtet er als willkommene Abwechslung zum sonst so spießigen Alltag.

Bei den Ermittlungen ist Morton mit Feuer und Flamme dabei. In *Die drei ??? und die flüsternde Mumie* sagt er kämpferisch: »Für den jungen Herrn Jonas nehme ich es mit jedem ägyptischen Fluch auf.« Meistens hält sich Morton jedoch bei den Ermittlungen diskret im Hintergrund. In *Die drei ??? und der weinende Sarg* mimt Morton ausnahmsweise einen reichen skandinavischen Kunstsammler, um einem Hehler auf die Schliche zu kommen. Weil der Rolls-Royce so auffällig ist, fährt Morton seine drei jugendlichen Klienten manchmal auch mit seinem Privatauto, einem sehr gepflegten grauen Ford. Für eine Fahrt durchs Hinterland leiht er sich sogar eigens von einem Freund einen Geländewagen mit Allradantrieb.

Morton fährt die drei Detektive zwar an die unmöglichsten Orte, achtet aber – auch bei den wildesten Verfolgungsjagden – peinlich genau darauf, dass sein Rolls-Royce keinen Kratzer abbekommt. In den Wartepausen poliert er die Limousine spiegelblank, ungern lässt er den

Wagen alleine. Als Justus und Peter nicht aus dem Gespensterschloss zurückkommen, schnappt er sich dennoch seine große Notsignalleuchte und einen schweren Hammer – beides hat er immer im Kofferraum – und macht sich mit Bob auf die Suche. »Der junge Herr Jonas und sein Freund sind wichtiger als ein Automobil«, begründet er den Verstoß gegen die Dienstvorschriften.

In *Spuk im Netz* springt Morton dann gänzlich über seinen Schatten. Nachdem er die drei ??? in höchster Not aus einem Sumpf rettet, dürfen sie nass und verschlammt auf der Rückbank der Limousine Platz nehmen. In *Nacht in Angst* versperrt Morton mit seinem Rolls-Royce eine Einfahrt, um Diebe auf Kosten eines Blechschadens an der Flucht zu hindern. In *Das Geheimnis der Diva* liefert der Chauffeur den entscheidenden Hinweis zur Enttarnung der falschen Helena Darraz. In *Nacht der Tiger* schlägt er einen Gangster mit einem Regenschirm nieder – wird im gleichen Fall aber ebenfalls niedergeschlagen. In dem Fall dient der Rolls-Royce auch als Lockmittel für eine Bande von Autodieben – mit ins Armaturenbrett gebohrter Kamera. Morton bezeichnet sich völlig zu Recht als »Vierter Detektiv außer Konkurrenz«.

Der »begeisterte Amateurdetektiv« hilft den drei ??? gerne auch nach Feierabend. Das sei ihm allemal lieber, als wieder einmal gegen sich selbst im Schach zu verlieren, versichert er den drei Detektiven in *Die drei ??? und die flammende Spur*. Hinter dieser Aussage steckt mehr, als man im ersten Moment meinen könnte. Denn Morton ist offensichtlich ein Einzelgänger, über sein Privatleben ist wenig bekannt.

André Marx wollte dem Chauffeur schon immer einen eigenen »Fall Morton« widmen. In seinem Kurzexposé zu dem nie veröffentlichten Band »Die drei ??? und der gestohlene Rolls-Royce« wird Morton fälschlicherweise unterstellt, die Luxuslimousine geklaut zu haben. Doch eigentlich geht es dabei nicht um den Rolls-Royce selbst, sondern um etwas, das in ihm versteckt ist.

In *Tödliche Spur* griff Marx teilweise auf diese Idee zurück. Auch hier ist etwas in der Limousine versteckt. Es verschwindet aber nicht der Rolls-Royce, sondern Morton selbst. Die Nachricht von Mortons Tod trifft die drei ??? bis ins Mark. Obwohl Justus, Peter und Bob kaum etwas Persönliches über den Chauffeur wissen, stand ihm wohl keiner so nahe wie die drei Detektive. Seine Schwester Susanne wohnt in Australien und Fred Hall, Mortons entfernter Verwandter aus *Die drei ???* *und die Rache des Tigers*, konnte dieser nicht ausstehen. Auf Bitten von Inspektor Cotta müssen die drei ??? den schweren Gang ins Leichenschauhaus antreten. Doch der Tote ist gar nicht Morton! Marx hatte zunächst tatsächlich mit dem Gedanken gespielt, Morton tödlich verunglücken zu lassen.

Der Chauffeur ist bis heute eine der beliebtesten Nebenfiguren in der Welt der drei ???. Sogar Alfred Hitchcock konnte es kaum erwarten, bis er den berühmten Fahrer in *Die drei ???* *und der höllische Werwolf* persönlich kennen lernen durfte. Und sogar Tante Mathilda änderte ihre Meinung über den »aufgeblasenen Schlitten« – spätestens nachdem sie Onkel Titus einmal als Geburtstagsüberraschung in der piekfeinen Limousine ausführte.

Am 26. April 2017 verstummte die markante Stimme Mortons für immer. Der Hörspielsprecher Andreas von der Meden verstarb im Alter von 74 Jahren. Die Figur Morton wird den Fans dennoch erhalten bleiben. »Der Tod von Andreas von der Meden ist traurig, ebenso der von Andreas E. Beurmann [Stimme von Onkel Titus, Anm. d. Verf.], aber auf mein Erzählverhalten wird das keinen Einfluss haben, denn sonst wäre Rocky Beach über kurz oder lang entvölkert«, gibt André Marx zu bedenken. »Morton ist einfach klasse!«, sagt Kari Erlhoff. »Und in den Büchern wird er auch weiterhin seine Auftritte haben. Dass es seinen Sprecher nicht mehr gibt, ist trotzdem sehr traurig.« Das sieht auch ihr Kollege Christoph Dittert so:

> »Der Tod des Sprechers ist natürlich eine menschliche Tragödie. Ganz ohne jeden Zweifel. Aber auf die Bücher hat das keinen Einfluss. Wir schreiben literarische Figuren – keine Hörspielvorlagen. Sollte Morton irgendwann bei mir anklopfen und melden, dass der Rolls-Royce bereitsteht, werde ich einsteigen und schauen, wohin die Fahrt geht. Sehr wohl, die Herrschaften!«

Patrick & Kenneth O'Ryan

Auf dem Schrottplatz arbeiten die beiden irischen Brüder Patrick und Kenneth O'Ryan. Die beiden bewohnen ein kleines Häuschen hinter dem Wohnhaus der Familie Jonas. Die beiden Muskelprotze verrichten die Schwer- und Schwerstarbeit. Einer von ihnen begleitet Titus Jonas zudem immer auf seinen Einkaufstouren. Obwohl sie hart anpacken müssen, kommen sie immer gepflegt zur Arbeit. Mehr als körperliche Arbeit ist aber nicht drin.

??? Bayerisch ???

Im amerikanischen Original heißen die beiden Hans und Konrad Schmid und kommen aus Bayern. Die Übersetzerin Leonore Puschert machte aus den beiden blonden, über 1,90 Meter großen Burschen kurzerhand zwei rothaarige Klischee-Iren.

Auch wenn Kenneth älter als Patrick sein soll, sind beide untereinander wahllos austauschbar. Keinem von ihnen werden in den Erzählungen eigene charakteristische Eigenschaften zugeordnet. In manchen Fällen tritt auch nur einer der Brüder in Erscheinung. Die beiden Iren sind sehr entspannte, gesellige Zeitgenossen. Zusammen mit Titus an der Orgel singen sie nach Feierabend gerne Seemannslieder. Eines ihrer Lieblingsstücke ist »Asleep in the Deep«. Wie es sich für Iren (und Bayern) gehört, sind sie für ein Bier immer zu haben – auch während der Arbeitszeit (Kenneth: »Bier ist immer gut«). Sie rauchen auch gerne Pfeife. Ihre Freizeit verbringen sie oft zusammen, zum Beispiel im Autokino.

Patrick und Kenneth sind sehr abergläubisch. In *Die drei ??? und der verlorene Schatz* vertritt Patrick offensiv seinen (Aber-)Glauben an Gnome, Kobolde und Trolle. Zwar habe noch nie jemand einen Kobold gesehen, aber sehr viele von ihnen würden tief in den Wäldern seiner irischen Heimat, im Schwarzwald oder in Skandinavien leben. Jeder, der dort wohne, wisse das. Beide Brüder warnen die Detektive eindringlich vor den Gnomen. Wer die kleinen Wesen nicht in Ruhe lasse, werde von ihnen zu Stein verwandelt. In ihrer alten Heimat gebe es zahlreiche Felsblöcke und Baumstämme, die eigentlich verwandelte Menschen seien. In *Die drei ??? und die flammende Spur* fürchtet sich Patrick davor, in das Haus des Potters zu gehen, weil dort der Geist des Töpfers als barfüßige Spukgestalt umherlaufen soll.

Und doch sind sie die Einzigen, die nicht an die Existenz des Bergmonsters glauben, obwohl es ihnen leibhaftig in dem gleichnamigen Fall der drei ??? über den Weg läuft. In der Geschichte stehen Patrick, Kenneth sowie ihre Cousine Kathleen O'Hara im Mittelpunkt. Obwohl sie ihre Verwandte seit den gemeinsamen Kindheitstagen in Irland nicht mehr gesehen haben, ist ihre Beziehung innig. Kathleen lebt im Gegensatz zu ihren beiden »Lieblingsvettern« erst zehn Jahre in den USA und betreibt in einem kleinen Wintersportort namens Sky Village im Bergland der Sierra Nevada eine Pension. Justus, Peter, Bob, Patrick und Kenneth sind dort für einige Tage zu Gast. Dass Kathleen ein falsches Spiel spielt, fällt erst allmählich – und nur Justus – auf, weil die vermeintliche Cousine nicht auf Gälisch, der irischen Muttersprache, von Patrick und Kenneth, sprechen möchte.

Die beiden Brüder sind sehr gutmütig. Gerne kutschieren sie Justus, Peter und Bob bei Bedarf mit einem der beiden Wagen durch die Gegend. Meistens verbinden sie die Fahrt mit einer ohnehin geplanten Tour oder warten geduldig im Wagen. Das kostet zwar Zeit und somit Geld, die drei Jungs packen dafür aber sehr oft auf dem Schrottplatz mit an. Dennoch haben die beiden Iren Angst, von ihrer Chefin Mathilda beim Trödeln erwischt zu werden.

Dennoch: Justus, Peter und Bob können sich auf die beiden Iren und ihre Muskelkraft uneingeschränkt verlassen: In *Die drei ??? und der seltsame Wecker* packt Patrick einen Störenfried mit seinen gewaltigen Händen und schwenkt ihn »wie ein unartiges Kind« durch die Luft und lässt ihn schließlich »wie einen Sack Mehl zu Boden fallen«. In *Die drei ??? und der verschwundene Schatz* beteiligt sich Patrick federführend an der Befreiungsaktion von Justus und Peter: Er durchbricht mit dem Lastwagen ein Tor samt Maschendrahtzaun und schleudert wenig später zwei bewaffnete Gangster ins Hafenbecken.

Polnischer Abgang zweier Iren

Nichts deutete in *Tatort Zirkus* darauf hin, dass dies der letzte Fall mit den »in ganz Rocky Beach für ihre lose Zunge« bekannten Brüdern sein würde. Wie eh und je belädt Kenneth in der Geschichte den kleinen Lastwagen mit Altmaterial, während Patrick Paletten stapelt. Doch die beiden packt das Heimweh. Lange lassen sie nichts von sich hören, bis in *Toteninsel* eine Postkarte von ihnen eintrudelt. In diesem Jubiläumsband erfüllen sich Onkel Titus und Tante Mathilda auch einen lang gehegten Wunsch und besuchen ihre ehemaligen Angestellten für zwei Wochen in deren Heimat im Westen Irlands.

In einem Interview auf 3fragezeichen.de äußerte die Autorin Astrid Vollenbruch im März 2005 ihr Unverständnis darüber, dass die beiden Iren ersatzlos aus der Serie verschwanden:

> »Onkel Titus wird nicht jünger, und Justus geht irgendwann aufs College […]. Ich bin der Meinung, dass ein oder zwei Helfer auf dem Schrottplatz dringend nötig wären – ob das nun Patrick und Kenneth sein müssen, darüber kann man sich streiten.«

In *Die blutenden Bilder* werden die beiden Brüder wieder einmal erwähnt. »Seit Patrick und Kenneth fort sind, haben wir nur Ärger mit unseren Aushilfen«, sagt Justus und stellt damit nebenbei klar, dass Onkel Titus sehr wohl weiterhin Angestellte auf dem Schrottplatz beschäftigt. Einer davon, Brock Duff, ist aber für den Job als Schrottplatzgehilfe nur bedingt geeignet. Er verkauft nicht nur Bilder deutlich unter dem Einkaufswert, sondern verrät auch Betriebsgeheimnisse. In *Dämon der Rache* erinnert Peter kurz an die beiden Iren, von denen er ein paar Brocken Gälisch gelernt hat.

Ob es jemals zu einem Comeback der beiden Iren kommt – und in welcher Form – wissen nur die Götter. »Ich mochte sie früher auch immer gern. Aber bislang hat sich eine Rückkehr noch nicht aufgedrängt«, so André Marx. Immerhin wurde das Thema bereits während eines Autorentreffens diskutiert. »Ein Wiedersehen mit Kenneth und Patrick ist nicht ausgeschlossen. Aber auch hier muss es zum Fall passen. Ob die drei ??? dann in Irland ermitteln oder die beiden Iren mal wieder nach Rocky Beach kommen, hängt dann auch von der Grundidee ab«, erzählt Kari Erlhoff. Auch Hendrik Buchna ist für eine Rückkehr der »charismatischen irischen Brüder« offen: »Mal schauen, wie sich diese Pläne entwickeln.«

In gewisser Weise hatten die beiden irischen Brüder ihr Comeback schon. In *Zeit der Opfer, Zeit der Wunder*, einer *Die drei ???*-Kurzgeschichte von Christoph Dittert, die in der Wikingerzeit spielt, leben Patrick und Kenneth im gleichen Dorf wie Justus, Peter und Bob. Doch die beiden Sklaven sollen den Göttern geopfert werden, damit sich die Prophezeiungen einer weisen Frau nicht erfüllen.

Allie Jamison

Allie Jamison ist eine von M. V. Carey geschaffene Nebenfigur. Sie ist im gleichen Alter wie Justus, Peter und Bob und wohnt nur ein paar Straßen vom Schrottplatz entfernt in einem alten Herrenhaus im Südstaatenstil. Sie ist dünn, hat lange hellbraune Haare und ebenso hellbraune Augen. Sie entstammt einem reichen Elternhaus, reitet gerne und hat sogar ein eigenes Pferd.

Weil sie den Jungs nachspioniert hat, kennt Allie die geheimen Eingänge zur Zentrale. Sie erpresst Justus, Peter und Bob in *Die drei ??? und die singende Schlange* damit, alles Tante Mathilda zu verraten, wenn sie ihr nicht helfen, den furchteinflößenden Asmodi zu vertreiben. Denn während Allies Eltern auf einer Europareise sind, nistet sich dieser bei ihr zu Hause ein und macht sich den Aberglauben ihrer Tante Patricia Osborne für seine dunklen Machenschaften zunutze.

In *Die drei ??? und die Silbermine* begleiten Justus, Peter und Bob Allie zu ihrem Onkel, der in Twin Lakes eine Weihnachtsbaumplantage hat. In dem verschlafenen Nest geschehen viele Dinge, die zunächst nur Allie misstrauisch machen – bis nachts Schüsse fallen und in der Mine eine Leiche gefunden wird. Auch hier hatte Allie mit ihrem angeborenen Misstrauen von Anfang an den richtigen Riecher.

Allie ist Sender, kein Empfänger – und genau das macht sie mit Justus inkompatibel. Sie ist sehr aufbrausend und auch kleine Lügen sind ihr ein willkommenes Mittel zum Zweck. Gegenüber Erwachsenen ist sie oft vorlaut, was zwar nervig, manchmal aber auch von Vorteil ist. In *Die drei ??? und die Silbermine* setzt sie sich in sengender Hitze mit einem Sitzstreik gegen ihre Entführer durch. Sie bewegt sich auch dann keinen Zentimeter, als sie mit dem Gewehr bedroht wird. Während Morton Allie als »junge Dame mit eisernem Willen« charakterisiert, ist sie in Peters Augen einfach nur eine freche »Göre«. Nach zwei Auftritten war Allie Jamison wieder Geschichte. M. V. Carey schickte sie aufs Internat.

In *Das leere Grab* erhalten die drei ??? wieder einmal ein Lebenszeichen von Allie, die mittlerweile in San Francisco aufs College geht. Sie schreibt den dreien eine Postkarte. Zu einem richtigen Comeback kommt es aber erst in *Die drei ??? und die feurige Flut*: Allie hat sich seit dem letzten Treffen mit Justus, Peter und Bob ganz schön verändert. Sie ist nicht nur um einiges gewachsen, sondern mittlerweile auch ziemlich attraktiv. Das Verhältnis zwischen ihr und dem Detektivtrio ist auch nicht mehr so konfliktbeladen wie früher. Weil Allies Eltern auf Europareise sind, muss sie für einige Zeit bei ihrer Tante Patricia unterkommen. Patricia Osborne – abergläubisch wie eh und je – arbeitet mittlerweile als Traumdeuterin und wohnt zusammen mit einer Handleserin, einer Geisterbeschwörerin, einem Astrologen und einigen anderen obskuren Gestalten in einer »Zauberer-WG« in Santa Monica. Allie und der nur wenig ältere Emerald Pendragon haben beim unerlaubten Öffnen eines Buchs allem Anschein nach den tödlichen Fluch eines Alchemisten auf sich geladen. Um an das dringend benötigte Gegenmittel zu kommen, müssen Allie und »Emmi« bis zur nächsten Vollmondnacht ein alchemistisches Rätsel knacken. Verzweifelt wendet sich die eigentlich gegen alles Esoterische immune Allie an die drei Detektive. Ein Wettlauf mit der Zeit beginnt – denn bis zur nächsten Vollmondnacht sind es weniger als 24 Stunden.

Jelena Charkova

Jelena Sergejewna Charkova ist eine von André Marx geschaffene Nebenfigur, die Allie Jamison zwar recht ähnlich, aber deutlich reifer ist. Zusammen mit ihren Eltern wanderte die gebürtige Russin von Nowosibirsk nach Kalifornien aus. Ihre Mutter (Jahrgang 1956) stirbt jedoch schon wenig später nach einer kurzen, aber schweren Krankheit. Seitdem lebt Jelena alleine mit ihrem Vater in einer Villa im Hinterland zwischen Rocky Beach und Santa Monica. Ihr Geburtstag ist am 18. April.

Das Mädchen mit den dunkelblonden Haaren ist seit einem tragischen Autounfall auf einen Rollstuhl angewiesen. Mitleid möchte sie aber genauso wenig wie geschoben werden.

Jelena ist trotz der vielen Schicksalsschläge sehr selbstbewusst. Sie ist musikalisch sehr talentiert und spielt Geige. Das künstlerische Talent wurde ihr von den Eltern in die Wiege gelegt: Ihre Mutter war Bildhauerin, ihr Vater Sergej ist Professor an der Musikhochschule von Santa Monica und führte sie schon in jungen Jahren an die klassische Musik heran. Von Zeit zu Zeit veranstaltet der Vater Privatkonzerte im kleinen Konzertsaal der Charkov-Villa.

In *Musik des Teufels* ist Bob bei einem dieser Konzerte dabei und gerät wie alle Gäste in den Bann des Teufelsgeigers Vanderhell. Obwohl er sich gar nicht für klassische Musik interessiert, ist der Dritte Detektiv nach dem Konzert vollkommen abgedreht und aggressiv. Bob belügt sogar seine Eltern! Justus und Peter sehen sich gezwungen, ihrem Kollegen nachzuspionieren. Als die beiden besorgten Freunde während eines weiteren Konzerts des Teufelsgeigers heimlich in die Charkov-Villa einsteigen, werden Justus und Peter von Jelena entdeckt. Ihr Misstrauen gegenüber Vanderhell ist aber größer als ihre Empörung über die beiden Detektive, sodass die drei ??? und das resolute Mädchen eine Zweckgemeinschaft zur Überführung des Teufelsgeigers bilden.

Ihren zweiten Auftritt hat Jelena ebenfalls in einem Fall aus der Feder von André Marx. In *Botschaft von Geisterhand* erfährt das russische Mädchen zufällig davon, dass jemand das *Popol Vuh*, ein altes Buch der Maya-Indianer, stehlen will. Als Jelena kurze Zeit später spurlos verschwindet, bittet ihr Vater die drei Detektive um Hilfe.

Zwischen Justus und Jelena besteht von der ersten Sekunde an eine äußerst ausgeprägte Antipathie, aus der beide auch kein Geheimnis machen. Justus hält Jelena für »äußerst vorlaut, schnippisch und hartnäckig«. Aus Jelenas Sicht macht sie lediglich »Dinge, die sonst niemand macht«: »Justus Jonas eins auswischen«. Es sei ihr Lieblingssport, Justus zu provozieren. In einem Interview mit 3fragezeichen.de aus dem Jahr 2005 bekannte André Marx, dass er »sehr, sehr großen Spaß« daran habe, Justus mit Jelena den Spiegel vorzuhalten und Paroli zu bieten. Immer wieder fordert das Mädchen den Ersten Detektiv heraus. In *Botschaft von Geisterhand* entwickelt sie nur deshalb eine Geheimtinte.

Justus und Jelena haben aber mehr Gemeinsamkeiten, als ihnen lieb ist. Beide wollen bestimmen, wo es langgeht, und das letzte Wort haben. Trotz des konstant schwelenden Kleinkriegs bilden Justus und Jelena – wenn es wirklich darauf ankommt – ein perfektes Team, zum Beispiel wenn es darum geht, sich gemeinsam aus einem Keller zu befreien. Mit Jelena haben die drei ??? immer ein Ass im Ärmel. Da sie an den Rollstuhl gefesselt ist, hilft sie dem Trio aber vor allem bei der (Telefon-)Recherche.

Ihren größten Auftritt hatte Jelena bisher in *Toteninsel*. Ohne ihre Vierte Detektivin wären Justus, Peter und Bob in ihrem Jubiläumsfall aufgeschmissen gewesen und ihrem bis dato gefährlichsten Gegner – dem US-Geheimdienst – nie entkommen. Denn es gelingt ihr, zur Rückkehr der Detektive aus Makatao die komplette Presselandschaft am Flughafen von Los Angeles zusammenzutrommeln. Eine Verhaftung der drei Jungs im medialen Blitzlichtgewitter traut sich die CIA nicht. Den »größten Politskandal der letzten Jahre« konnten die drei ??? somit nur dank Jelenas Hilfe ungeschoren aufklären.

Seitdem hat sich auch das Verhältnis zwischen Justus und Jelena marginal – aber immerhin – gebessert. In *Geister-Canyon* springt der Erste Detektiv über seinen Schatten und bittet sie sogar selbst (telefonisch) um Hilfe. In dem Fall um die entführte Geige liefert das Mädchen sodann zuverlässig den entscheidenden Hinweis. Ansonsten ist es Bob, der bei Jelena anklopft, was allerdings nach ihrem großen Auftritt in *Toteninsel* und *Geister-Canyon* nur noch selten der Fall ist. In *Spur ins Nichts* hilft sie Bob bei der Suche nach Justus und Peter, in *Die Villa der Toten* wird sie (im Buch) nur kurz erwähnt. Als Bob in *Tödliches Eis* Jelena anrufen und um Hilfe bitten will, protestiert Justus zunächst noch: »Warum ausgerechnet Jelena?« Als Peter dann aber Kelly ins Spiel bringt, sieht der Erste Detektiv ein, dass Jelena ein »wahres Genie [ist], wenn es darum geht, etwas herauszufinden«. Ohne ihre Hilfe hätten die drei ??? ihren Alaskafall nicht lösen können. Als kleines Dankeschön bringt ihr Bob eine Federtasche in Bärenform mit.

In der Eingangsszene von *Fels der Dämonen* sind die drei Detektive mit Bobs Käfer auf einer holprigen Piste unterwegs. Peter bittet

Bob mit dem Hinweis, er solle sich einfach vorstellen, mit Jelena unterwegs zu sein, um einen gediegeneren Fahrstil. »Jelena hat aber sehr viel weniger Haare an den Beinen als du. Und außerdem riecht sie besser«, antwortet ihm Bob daraufhin abfällig. Läuft da also was zwischen Bob und Jelena? Diese Frage stellten sich schon viele Fans. Und ja, zwischen den beiden läuft was. »Aber da ich die Serie seit geraumer Zeit ziemlich romantikfrei erzählte, findet sich das nicht zwischen den Buchdeckeln wieder«, erzählte André Marx in einem Interview.

Der letzte Auftritt des russischen Mädchens im Rollstuhl in der Welt der drei ??? liegt schon Jahre zurück. Marx sagt dazu: »Ich würde Jelena eigentlich gern mal wieder auftauchen lassen, möchte mich aber auch nicht wiederholen. Aber vielleicht kann ich irgendwann eine neue Facette von ihr zeigen.«

Rubbish-George

Rubbish-George hat lange gelblich graue Haare, einen Bart und fleckige Zähne. Er ist ungepflegt und müffelt. Lange Zeit »wohnte« er in einem notdürftig zusammengezimmerten Holzverschlag in einem Hinterhof von Little Rampart in Rocky Beach – in der Nachbarschaft von Skinny Norris und Clarissa Franklin. Seit einiger Zeit lebt er aber auf einem Boot, das in einer Ecke des Hafens vor Anker liegt. Rubbish-George ist oft auf der Strandpromenade anzutreffen. Wenn er nicht gerade Spaziergänger anschnorrt, durchwühlt er Mülltonnen nach Ess- und Verwertbarem. Er hat seine Augen und Ohren überall und gibt den drei ??? manchmal wichtige Hinweise – natürlich gegen Cash.

Rubbish-George heißt eigentlich George Cooper. Er lebte früher in Ägypten und arbeitete bei einer Bank in Kairo. Als dort eines Tages ein Einbruch verübt wurde, geriet Cooper fälschlicherweise unter Verdacht, etwas damit zu tun zu haben. Sein Leben wurde daraufhin aus den Angeln gehoben. Selbst seine Freundin war nicht von seiner Unschuld überzeugt und verließ ihn. Auch seinen Arbeitsplatz verlor er. Nachdem sein altes Leben wie ein Scherbenhaufen vor ihm lag, verschlug Cooper nach Los Angeles. Dort war ihm aber zu viel Trubel und so zog er nach einiger Zeit ins beschauliche Rocky Beach um.

Seinen ersten Auftritt hat Rubbish-George in *Die drei ??? und der Schatz der Mönche* – allerdings nur im Buch. Beim Durchwühlen der Mülltonnen stößt der Stadtstreicher auf ein Kästchen, das die drei Detektive fälschlicherweise für jenes halten, hinter dem alle her sind. Das kommt aber erst heraus, nachdem der ehrliche, aber auch schlitzohrige Rubbish-George die zehn Dollar Finderlohn eingesackt hat. Ebenfalls zehn Dollar muss Peter für Informationen zum Brand im alten Verwaltungsgebäude der Stadt im ersten Teil von *Feuermond* blechen. Am Ende zeigt sich der geschäftslose Geschäftsmann gnädig und knöpft dem Zweiten Detektiv nur 9,85 Dollar ab. Die Informationen sind aber diesmal jeden Cent wert.

Zehn Dollar sind es auch in *SMS aus dem Grab*, die Peter Rubbish-George für eine verlorene Wette vorbeibringen möchte. Doch der Stadtstreicher ist verschwunden, seine Bretterbude in einem chaotischen Zustand. Als dann plötzlich Layla auftaucht und sich als die Tochter von George Coopers Exfreundin zu erkennen gibt, beginnt eine Reise in Rubbish-Georges Vergangenheit. Die drei ??? ermitteln in diesem Fall erstmals in Afrika und einem muslimischen Land. Am Ende lösen die Detektive wie gewohnt alle Rätsel und beweisen nach vielen Jahren George Coopers Unschuld. Doch obwohl ihm seine alte Liebe eine neue Chance geben möchte, hat sich Rubbish-George mittlerweile zu sehr an das freie Leben unter der kalifornischen Sonne gewöhnt.

In *Der Fluch des Drachen* nimmt Rubbish-George zwar wieder die gewohnte (Neben-)Rolle ein, nähert sich seitdem aber wieder in kleinen Schritten einem bürgerlichen Leben. Er kann es sich jetzt leisten, auf einem kleinen, alten Boot zu wohnen, weil er im Hafen Gelegenheitsarbeiten verrichtet. In *Skateboardfieber* besorgt Rubbish-George den drei ??? nicht nur den Chip von Peters geklauter Kamera, sondern hilft dem Zweiten Detektiv auch fachkundig dabei, sich als Penner zu verkleiden. Dank seiner Tarnung als verwahrloster Teenager auf einem Skatertreff gelingt es den drei Detektiven letztlich, die Geheimdienste mehrerer Länder gegeneinander auszuspielen.

Rubbish-George ist eine Erfindung von Ben Nevis: »Stadtstreicher gehören einfach zum Leben von Rocky Beach. Als ich einmal in Santa Monica war, konnte ich mich davon vor Ort überzeugen. George ist ein knurriger Typ, vor dem die drei ??? zwar großen Respekt haben, aber dann steht er doch auf der richtigen Seite.«

Auch André Marx setzt die Figur gerne ein: »Den mag ich sehr! Er ist so schön gegen den Strich gebürstet.«

Die Gesetzeshüter

Samuel Reynolds

Samuel Reynolds war lange Zeit der Polizeichef von Rocky Beach. Der Hauptkommissar (in den USA Chief Reynolds) hat eine untersetzte, kräftige Statur »mit beginnender Glatze«. Bis zu seiner Pensionierung lebte er alleine in Bobs Nachbarschaft. Seine Wirkungsstätte, die Polizeidirektion von Rocky Beach, liegt direkt im Stadtzentrum. Im obersten Stockwerk befindet sich ein (Untersuchungs-)Gefängnis. Die härteren Kaliber landen aber im Distriktgefängnis am Santa Clara River jenseits der Santa Monica Mountains.

Reynolds raucht – auch im Büro – Zigarre. Sein Schreibtisch ist immer mit Ermittlungsakten überhäuft. Seinen ersten Auftritt hat der Hauptkommissar in *Die drei ??? und der seltsame Wecker*. Zu diesem Zeitpunkt waren ihm Justus, Peter und Bob aber schon längst – sehr wahrscheinlich aus der Schlussszene von *Die drei ??? und die flüsternde Mumie* – bekannt. (Achtung: Buchreihenfolge!)

Zu dem Detektivtrio hat Reynolds ein zwiespältiges Verhältnis. Einerseits schätzt er die drei ??? sehr. Schon einige Male waren sie der Freund und Helfer der Polizei – und nicht umgekehrt. Aus diesem Grund ernannte er Justus, Peter und Bob sogar zu seinen Junior-Assistenten. Als solche können sie sich auch mit einem grünen Kärtchen ausweisen:

> Der Inhaber dieses Ausweises ist ehrenamtlicher Junior-Assistent und Mitarbeiter der Polizeidirektion von Rocky Beach. Die Behörde befürwortet jegliche Unterstützung von dritter Seite.
>
> gez. *Samuel Reynolds*, Hauptkommissar

Mit der Zeit konnte man Reynolds' Verhältnis zu den drei Amateurdetektiven sogar freundschaftlich-kollegial nennen. Ihr »alter Freund« spielt ihnen gelegentlich Informationen zu und leistet Gefälligkeitsdienste.

Andererseits ärgert es ihn, dass die drei ??? in der Regel ihre Ermittlungsergebnisse vor der Polizei zurückhalten. Immer wieder spricht Reynolds (Ver-)Warnungen aus, sich aus den Angelegenheiten anderer Leute herauszuhalten. Manchmal verbietet er den drei Detektiven auch ausdrücklich jede weitere Ermittlung: »Los, geht schon und spielt Fußball, oder was andere Jungen sonst machen«, brüllt er ihnen zum Beispiel in *Die drei ??? und die flammende Spur* entgegen.

Doch im Grunde ist Reynolds mächtig stolz auf Justus, Peter und Bob. Zu einem Mitarbeiter sagt er einmal anerkennend: »Nicht Freunde, Sergeant, sondern Junior-Assistenten. Sie wären überrascht, wenn sie wüssten, wie oft diese Jungen uns tatsächlich schon geholfen haben.« Besonders auf Justus hält der Polizeichef große Stücke: »Er ist zwar ziemlich dick und recht langsam auf den Füßen. Aber verflixt schnell im Kopf!« Die Polizei könne froh sein, den Ersten Detektiv auf ihrer Seite zu haben.

Immer wenn die Polizei selbst nicht tätig werden kann, empfiehlt Reynolds die Dienste der drei ??? – zum Beispiel bei der Jagd nach umherwandelnden Vogelscheuchen. Der Hauptkommissar selbst glaubt nicht an Geister. Er wurde sogar richtig wütend, als ihm die drei Jungs allen Ernstes weismachen wollten, dass unter Umständen auch ein Totenkopf sprechen kann. Als ihm aber einmal selbst auf dem Friedhof von Rocky Beach ein grüner Geist erschien, bat er die drei Detektive um Hilfe. Allerdings nur im Buch. In der Hörspielversion wurde diese lesenswerte Szene leider herausgekürzt.

Wenn Hauptkommissar Reynolds nicht da ist, haben die drei ??? ein Problem, denn seine Vertreter interessieren sich in der Regel einen feuchten Dreck für ihre Ermittlungen. In *Die drei ??? und der sprechende Totenkopf* bekommen es Justus, Peter und Bob mit dem äußerst unsympathischen Inspektor Carter zu tun: »… wenn ich was nicht leiden kann, dann sind es aufdringliche Wunderknaben. Mag sein, dass der Chef euch manchmal mitwursteln lässt, aber ich persönlich bin der Meinung, dass sich Dreikäsehochs wie ihr besser nicht in alles einmischen sollten.« Inspektor Kershaw hat die drei Detektive ebenfalls auf dem Kieker. Kershaw taucht verhältnismäßig oft auf, das erste Mal in *Poltergeist*.

Von Reynolds zu Cot(t)a

In den *Crimebusters*-Fällen wurde Reynolds Präsenz deutlich zurückgefahren, der Hauptkommissar trat kaum noch in Erscheinung. Die drei ??? bekamen auf einmal sogar einen zusätzlichen Ansprechpartner bei der Polizei: Sergeant Cota, den Computerexperten. Er ist klein und dunkelhaarig. In *Die drei ??? und die Automafia* besorgt er den drei Detektiven eine Liste mit allen aktuellen Autodiebstählen von Santa Monica bis Ventura.

In *Tatort Zirkus* verständigen die drei ??? wieder Sergeant Cota, weil sich Reynolds auf Dienstreise in Boston befindet. Danach wird der Hauptkommissar klammheimlich pensioniert.

??? Verwirrend ???

Seit *Die drei ??? und der verrückte Maler* arbeiten Justus, Peter und Bob nur noch mit Inspektor Cotta zusammen – als ob es nie einen Hauptkommissar Reynolds gegeben hätte. Sergeant Cota tauchte seitdem ebenfalls nie wieder auf. Sogar die drei ??? waren verwirrt. In *Späte Rache* musste Bob klarstellen: »Er heißt Cotta. Außerdem ist er nicht Sergeant, sondern Inspektor.«

Wie aus Hauptkommissar Reynolds schleichend Inspektor Cotta wurde, kann auch die verantwortliche Autorin Henkel-Waidhofer nicht mehr plausibel erklären. »Soweit ich weiß, hab ich den Cotta geerbt – als sich irgendwann eingeschmuggelter Übersetzungsfehler«, sagte die Autorin in einem Interview mit rocky-beach.com. Für Reynolds habe sie dann schlichtweg keine Verwendung mehr gehabt.

Es gibt eine weitere Reynolds-Cotta-Theorie, die mit der Hörspielproduktion zusammenhängt: Viele Jahre lang lieh Horst Frank dem Hauptkommissar seine charakteristische Stimme, musste jedoch ab *Die drei ??? und der höllische Werwolf* altersbedingt von einem anderen Sprecher ersetzt werden. Einige Fans vermuten im Wechsel von Reynolds zu Cotta ein Zugeständnis vom Kosmos Verlag an die Macher der *Die drei ???*-Hörspiele.

Nach dem Ende seiner Dienstzeit zog Reynolds aus Rocky Beach weg und kaufte sich von seinen Ersparnissen eine kleine Wohnung mit Meerblick in einer Wohnanlage außerhalb der Stadt. Erst in *Wolfsgesicht* hat er auf einem Polizeifest einen kurzen Auftritt. Seine neu gewonnene Freizeit verbringt der Hauptkommissar a. D. damit, seine spannendsten Fälle niederzuschreiben – und später auch die der drei Detektive.

Mit *Auf tödlichem Kurs* widmete Ben Nevis dem pensionierten Hauptkommissar einen eigenen Fall. Als aus Reynolds Wohnung ein Ölgemälde gestohlen wird, beauftragt er natürlich sofort die drei ???. Das Bild ist kein Kunstwerk, aber von großem ideellem Wert. Es war das Abschiedsgeschenk der drei Detektive anlässlich seiner Pensionierung. In *Die drei ??? und die brennende Stadt* beauftragt er Justus, Peter und Bob abermals – diesmal in einer Familienangelegenheit. Sein längst verstorbener Bruder Adam, das schwarze Schaf der Familie, hat ihm einen mysteriösen Brief hinterlassen. Gemeinsam reisen sie nach Centralia, um in der lodernden Unterwelt der Stadt das dunkle Familiengeheimnis zu lüften.

??? Ewiges Feuer ???

Die Stadt Centralia gibt es wirklich. Sie liegt in Pennsylvania und unter der Stadt brennt es seit dem Jahr 1962. Die Behörden haben mittlerweile jegliche Löschversuche aufgegeben. Es leben in der Tat nur noch eine Handvoll Leute dort.

Inspektor Cotta

Inspektor Cotta möchte seinen Vornamen unbedingt geheim halten. Selbst seine Schwester Caroline, mit der er zusammen in der Nähe des Yachthafens von Rocky Beach (alternativ: in der Nähe von Seven Pines) wohnt, ruft ihn nur mit dem Nachnamen. Im Verlauf der Zeit wurden seine schwarzen Haare weniger und grauer; die Hornbrille ersetzte er durch ein randloses Modell. In seinem Büro hängt ein vergilbtes, überdimensioniertes Poster von Humphrey Bogart, mit dem Cotta selbst ein wenig kokettiert. Auch bei dem Inspektor geht es »nicht immer nur tierisch ernst« zu. Er ist aber kein Witzbold. Sein Humor ist trocken, man könnte sogar sagen: staubtrocken.

Auch wenn beide Figuren ähnlich angelegt sind und die gleiche Funktion erfüllen, ist Inspektor Cotta keine originalgetreue Kopie von Reynolds mit anderem Namen. Hendrik Buchna bezeichnet den Inspektor zu Recht »als Neudefinierung der Vertrauensperson im Rocky Beach Police Department mit ganz eigenen Facetten und Schwerpunkten«. Reynolds war zudem Polizeichef.

Cotta fing seine Polizeilaufbahn einst als Verkehrspolizist an und ist mittlerweile einfacher Kommissar, auch wenn auf seiner Kaffeetasse »Big Boss« steht. Als er in *Feuermond* Victor Hugenay (nicht ganz ohne Hilfe der drei ???) dingfest macht, steht er kurz vor einer Beförderung. Obwohl er lange Zeit genau darauf hingearbeitet hat, verzichtet er letztlich darauf – zu viel Bürokratie.

Das Verhältnis zwischen dem Polizeibeamten und seinen »freien Mitarbeitern« ist sehr gut und freundschaftlich. »Aber Reynolds war natürlich immer ein bisschen väterlicher«, findet André Marx. Wenn Justus anruft, begrüßt ihn Cotta schon mal mit den Worten: »Tag, Sherlock Holmes. Wo kann ich Al Capone abholen?« Die drei ??? können sich zu jeder Tages- und Nachtzeit bei ihm melden, da er ohnehin gefühlt rund um die Uhr im Büro ist. Justus kennt seine Nummer mittlerweile auswendig. Peter schickt dem Inspektor aber am liebsten SMS. Cotta hilft den drei Detektiven, wo immer er kann, manchmal zwar mit etwas Murren – aber ohne Knurren. Wenn er selbst keine Zeit oder Lust hat, beauftragt er auch mal einen Praktikanten damit, etwas für Justus, Peter und Bob zu recherchieren.

Der Inspektor geht dabei noch weiter als Hauptkommissar Reynolds, obwohl dieser als Chef viel mehr Spielraum hatte. Cotta leistet nicht nur die typischen Gefälligkeitsdienste wie Nummernschildabfragen, sondern weiht die drei Detektive sogar in laufende Ermittlungen ein. Oftmals kommen dabei Deals zwischen der Polizei und ihren

Junior-Assistenten zustande. Der Inspektor umgeht alle datenschutz-rechtlichen Bestimmungen, weil er die »ausdrückliche und eisern ein-gehaltene Zusage« der drei ??? hat, die Daten nicht an Dritte weiterzu-geben. Dass es sich bei Justus, Peter und Bob genau genommen selbst um ebensolche Dritte handelt, spielt dabei nur eine untergeordnete Rolle. Justus kennt sogar Cottas Zugangsdaten für das polizeiinterne Netzwerk, weil er den Inspektor einmal unauffällig bei der Eingabe seines Passworts beobachtet hat.

Cotta empfiehlt und lobt die drei ??? nach außen zwar über den grünen Klee, manchmal kracht es aber auch zwischen ihnen. In *Das schwarze Monster* bittet er die drei Detektive eindringlich darum, bis zu seinem nächsten Urlaub nicht mehr über irgendein krummes Ding zu stolpern. Richtig sauer ist er, als die drei Jungs in *Der Fluch der Shel-don Street* mitten in eine Polizeiaktion platzen. Gelegentlich muss der Inspektor sogar einen oder alle drei Detektive verhaften. Seit *Schwar-ze Madonna* sind die Fingerabdrücke von Justus, Peter und Bob ak-tenkundig. Am Ende dieses Falls schrammen die drei Detektive ganz knapp daran vorbei, ihren Status als ehrenamtliche Junior-Assistenten zu verlieren.

Die härteste Abfuhr ihrer Detektivlaufbahn erhalten die drei ??? aber in *Nacht der Tiger*. Inspektor Cotta wird hier regelrecht beleidi-gend und stellt die Detektive vor versammelter Mannschaft bloß. In der Folge gerät der Polizist selbst in Verdacht, ein kriminelles Dop-pelleben zu führen. Doch erstens kommt es anders und zweitens als man denkt.

Als Samuel Reynolds in *Straße des Grauens* gekidnappt wird, über-schreiten die drei ??? bei ihren Ermittlungen ungeahnte Grenzen: Sie hacken sich ins Polizeinetzwerk ein, benutzen gefälschte Ausweise, füh-ren geladene Schusswaffen mit sich, klauen ein Auto und machen sogar einen Deal mit einem Mafiaboss. Am Ende des Falls schreit Inspektor Cotta die drei Detektive eine Stunde lang an – bis er heiser ist. Aber er sorgt auch dafür, dass Justus, Peter und Bob letztlich ungeschoren da-vonkommen. Und so sind die drei ??? bis heute nicht vorbestraft. Doch Justus, Peter und Bob haben Cotta noch viel mehr zu verdanken: ihr Leben. Am Ende von *Der Mann ohne Kopf* rettet der Inspektor sie vor dem sicheren Tod aus einer mit Auspuffgasen verpesteten Garage.

Ob in Rocky Beach oder sonst wo: Inspektor Cotta ist überall – am Ende meistens zusammen mit seinem treuen Hilfspolizisten Goodween. Goodween war viele Jahre ein reines Hörspielphänomen. Sein obligatorisches »Verstanden, Inspektor!« wird übrigens immer von André Minninger gesprochen. Minninger war es auch, der Goodween in *Signale aus dem Jenseits* zu seinem ersten Buchauftritt verhalf.

??? Ersetzt ???

Bei *DiE DR3i* wurde Inspektor Cotta aus rechtlichen Gründen von der inhaltlich identischen Figur Dave »The Snake« Milton ersetzt.

Erzfeinde, Schurken, Gegenspieler

Skinny Norris

Skinner »Skinny« Norris ist der Erzfeind der drei ???. Allein der Name genügt als Vorwarnung. Denn Skinner ist kein geläufiger Vorname – auch in den USA nicht; wörtlich bedeutet das nichts Geringeres als Abdecker, Hautabzieher oder Schinder. In der englischsprachigen Buchausgabe wird Skinny als »E. Skinner Norris« vorgestellt. Das »E.« könnte die Abkürzung für dessen wirklichen Vornamen oder ein weiterer Wortwitz sein, zum Beispiel für »extremely« (extremely skinny = extrem dünn) stehen. Für Peter stehen die Initialen S. N. für nichts anderes als »schreckensbleiches Nervenbündel«.

Skinny ist groß, hager und hat tatsächlich ein blasses Gesicht. Seine lange Nase verleiht ihm eine krähenhafte Visage. Sein Grinsen ist boshaft, sein Lachen gleicht dem Wiehern eines Ponys – zumindest laut Peter. Obwohl Skinny nur ein bisschen älter ist als Justus, Peter und Bob, hat er bereits früh ein eigenes Auto. Den dazugehörigen Führerschein besitzt er, weil er aus einem anderen Bundesstaat mit einer niedrigeren Altersgrenze als 16 Jahre kommt.

Skinny geht auf ein Internat. Nur die Ferien verbringt er zusammen mit seinen Eltern in Rocky Beach, wo diese ein großes Holzhaus mit direktem Strandzugang haben. In Skinnys Gesellschaft finden sich immer ein paar halbwüchsige und halbstarke Jungen. Sie mögen zwar nicht unbedingt seinen Charakter, dafür aber sein Geld, seine Partys und seinen blauen Sportwagen.

Skinny ist zerfressen von Neid auf die drei Detektive, denen er seine – nicht vorhandene – Überlegenheit beweisen will. Justus hasst er ganz besonders. Er nennt den Ersten Detektiv verächtlich nur »Justus MacSherlock, der weltberühmte Detektiv«, »Justus Baby Fatso Jonas« oder »Sherlock Holmes in Breitformat und seine zwei vertrottelten Spürhunde«. Peter und Bob bezeichnet er als »Schisser Shaw« und »Mr Langweilig«. Skinny würde alles dafür tun, seinen drei Erzfeinden möglichst großen Schaden zuzufügen – und lässt nichts unversucht.

Doch Skinny kann dem Ersten Detektiv nicht im Ansatz das Wasser reichen. In *Die drei ??? und das Gespensterschloss* übergibt er Justus eine Schachtel mit einer toten Ratte. Höhnisch lachend beauftragt er die drei ??? mit der Aufklärung dieses Kapitalverbrechens. Der schlagfertige Justus ist keinesfalls angewidert, sondern spielt mit: Mit todernster Miene zeigt der Erste Detektiv vollstes Verständnis dafür, wie nah Skinny der Tod eines engen Freundes geht.

Skinny erringt – wenn überhaupt – nur Etappensiege: In *Die drei ??? und die flüsternde Mumie* erfährt er über die Telefonlawine, dass ein blaues Fragezeichen an irgendeiner Hauswand im Industriegebiet von Los Angeles gesucht wird. Skinny und seine Kumpane übersäen daraufhin das ganze Viertel mit Fragezeichen, sodass die drei Detektive unweigerlich von einem ahnungslosen Anrufer in die Irre geführt werden.

In *Die drei ??? und der Super-Papagei* verbündet sich Skinny sogar mit Victor Hugenay, wird von dem Franzosen aber nur ausgenutzt und in den Bergen ausgesetzt. Schmachvoll muss er darum betteln, dass die drei Detektive ihn zurück in Richtung Rocky Beach mitnehmen. In *Die drei ??? und der lachende Schatten* vermittelt Skinny den drei Detektiven zwar mehr oder weniger unfreiwillig einen Fall, sperrt dann aber Peter und Bob im Vegetarierhaus ein. Doch genießen kann er diesen kleinen Erfolg nicht – weil der »fette Schlauberger« nicht dabei ist. Als Bob Skinny durch die verschlossene Tür vorhält, dass er sich niemals trauen würde, gegenüber Justus so frech zu sein, rastet Norris aus: »Und ich bin DOCH schlauer als dieser fette Angeber!«

Vor seinem Vater, einem erfolgreichen Geschäftsmann, kuscht Skinny hingegen. Wenn dieser von den Problemen seines Sohnes wüsste, würde er ihn »windelweich« schlagen. Seine Mutter sucht indes die Schuld immer bei anderen – vorzugsweise bei Justus, Peter und Bob. »Immer wenn Skinny dir und deinem nichtsnutzigen Freund Justus Jonas in die Quere kommt, rasselt er in irgendwas rein!«, wirft sie Peter vor, nachdem Skinny in *Die drei ??? und die rätselhaften Bilder* gekidnappt wurde. Zum Schluss sind es aber die drei Detektive, die ihn befreien. »Ich hätte nie gedacht, dass ich noch einmal froh wäre, euch zu sehen«, sagt Skinny am Ende dieses Falls mit zitternder, angsterfüllter Stimme. »Ehrlich, es tut mir wirklich leid, dass ich euch Ärger machen wollte.«

Lange hält diese Dankbarkeit allerdings nicht an. In *Die drei ??? und die gefährliche Erbschaft* liefert er sich ein Kopf-an-Kopf-Rennen mit seinen Langzeitkonkurrenten und verübt dabei nicht weniger als zwei (Mord-)Anschläge auf die drei Detektive. Einsichtig ist er immer nur dann, wenn ihm das Wasser Oberkante Unterlippe steht.

In *Die drei ??? und das Aztekenschwert* kauft Skinnys Vater – vermutlich als Geldanlage – eine Ranch in unmittelbarer Nähe von Rocky Beach. Obwohl Mr Norris mehrere gute Angebote gemacht hat, scheitern alle Versuche, auch die benachbarte Alvaro-Ranch aufzukaufen. Fortan versucht er es mit unlauteren Mitteln. Auch Skinny ist mittendrin, als die Alvaros zweimal das Opfer schwerer Brandstiftung werden. Mit einer Falschaussage bringt er den unschuldigen Pico Alvaro sogar für einige Tage hinter Gitter.

Am Ende war auch für Skinny einstweilen der Zenit erreicht. Zwar holten Papas Anwälte noch eine Bewährungsstrafe für ihn raus, doch seine Eltern schickten ihn dann weit weg von Rocky Beach in eine Kadettenanstalt. Somit verschwand Skinny Norris für viele Jahre von der Bildfläche. Nachdem ihn William Arden mehrfach in seine Geschichten eingebaut hatte, störte er sich allmählich an der Eindimensionalität seines Charakters. Vielleicht wurde es Arden auch zu kompliziert. Bei keiner anderen Figur gab es von Anfang an so viele Ungereimtheiten und Widersprüche hinsichtlich Alter, Wohnort etc. wie bei Skinny Norris.

Erst Ben Nevis holte ihn 1999 nach über 20 Jahren aus dem *Die drei ???*-Fundus. In *Feuerturm* feierte er in einem Burger-Restaurant ein Minicomeback. Die Autoren stimmten zwar damals schon vieles miteinander ab, »aber das war meiner Erinnerung nach nicht besprochen«, erzählte Nevis viele Jahre später. »Es hat sich so ergeben. Ich hatte mir ehrlich gesagt im Vorfeld keine großen Gedanken drum gemacht.« Völlig egal, Skinny war zurück! Er ging zwar noch aufs Internat, führte aber wie gewohnt mit drei Kumpanen viel Ungutes im Schilde. Seit ihm seine Eltern kein Geld mehr zuschoben, geriet er vollends auf die schiefe Bahn.

Im Jubiläumsdreiteiler *Toteninsel* zieht Skinny die drei ??? in seine kleinkriminellen Machenschaften hinein. Er beauftragt seine Erzfeinde damit, dass Rätsel der Sphinx zu lösen. Zunächst ahnen Justus, Peter und Bob nicht, dass Skinny hinter alldem steckt. Doch selbst als sie es herausfinden, gehen sie ihm auf den Leim. Skinny geht es nur darum, seine eigene Haut zu retten. Während er noch rechtzeitig von Bord eines Forschungsschiffs kommt, wird Peter von der Besatzung mit Skinny verwechselt. Zähneknirschend spielt Peter mit, was nicht einer gewissen Tragik entbehrt. Denn keiner hasst Skinny so sehr wie Peter. »Er ist ein blöder, dummer, arschiger, hinterhältiger, selbstgefälliger, schleimiger, anmaßender, egozentrischer, missgünstiger Penner«, lässt der Zweite Detektiv keinen Zweifel daran, wie es um Skinnys Sympathiewerte bestellt ist. An anderer Stelle fasst sich der Zweite Detektiv kürzer und bezeichnet ihn schlicht als »Kotzbrocken«.

Seit seinem großen Auftritt in *Toteninsel* ist Skinny Norris wieder eine feste Größe in der Welt der drei ???. Als Justus in *Der Schatz der Mönche* von einem Messerwerfer verfolgt wird, verhilft ihm Skinny mit einem »Steig ein, Dicker!« zur Flucht. Doch die vermeintliche Rettungstat geht fließend in eine Entführung über. Denn im Grunde ist Skinny – wie alle anderen – hinter einem mysteriösen Kästchen her. Die Szene mit Skinny bleibt eine Randnotiz im Buch und findet im Hörspiel gar keine Erwähnung.

Mit *Der finstere Rivale* widmete André Marx dem Erzfeind der drei ??? sogar einen eigenen Fall. Als ein mit 200.000 Dollar gefüllter

Geldkoffer über den Zaun zum Schrottplatz geschmissen wird, ahnen Justus, Peter und Bob noch nicht, dass Skinny – wieder einmal – dahintersteckt. Eigentlich soll er das Geld nur überbringen, will aber lieber zwei Alpha-Gangster gegeneinander ausspielen und die Kohle selbst einsacken. Mit der Beute möchte er sich ein schönes Leben in Südamerika machen. Doch auch wenn Skinny zunehmend gerissener agiert, geht der Plan natürlich in die Hose. Um seine eigene Haut zu retten, geht er mit den drei ??? ein Zweckbündnis ein. Bei aller Verlockung, Skinny ans Messer zu liefern, möchten die drei Detektive doch lieber die beiden Großkaliber hinter schwedische Gardinen bringen. Am Ende fordert Skinny sogar dreist für sich zehn Prozent Finderlohn ein. Dabei kann er auf die Unterstützung von Justus zählen: Ein Rocky Beach ohne Skinny Norris ist dem Ersten Detektiv mehr wert als 20.000 Dollar.

Wenn Skinny überhaupt einen müden Cent »Finderlohn« erhielt, so verprasste er ihn jedenfalls relativ schnell. Denn in *Der Fluch des Drachen* wohnt er in einem Apartment in Little Rampart, einem heruntergekommenen Viertel von Rocky Beach. Um an Geld zu kommen, muss er wieder einmal den drei ??? das Leben schwermachen. Doch ein paar Mausefallen genügen, um ihn einstweilen vom Schrottplatz zu vertreiben.

In *Der namenlose Gegner* haust Skinny in einem Bauwagen auf dem Freeman-Gelände unweit von Seven Pines. In diesem Fall verliert Bob nach einem Unfall sein Gedächtnis und landet bei den Rowdies. Skinny nimmt sich seines alten Freundes »Stan Silver« an und verleitet den völlig ahnungslosen Dritten Detektiv zum Rauchen und trichtert ihm allerlei Boshaftigkeiten über die drei ??? ein. Bob hält Justus und Peter daher kurzzeitig für seine Feinde. Bei einer Prügelei mit den beiden schießt er sogar mit einer Armbrust auf Justus und schlägt auf Peter ein. Erst als sich Bob erneut den Kopf stößt, kommt er wieder zur Besinnung. »Skinnys Abgang am Ende ist richtig bewegend«, findet Christoph Dittert.

In *Im Zeichen der Schlangen* beauftragt die umwerfend gut aussehende Sheila Masters die drei ??? damit, mehr über einen gewissen Seanford Newman herauszufinden. Die hübsche Kunststudentin lernte Seanford (»groß, dunkelhaarig und unglaublich gut aussehend«)

auf einer Party kennen und ist seitdem »verknallt bis über beide Ohren«. Doch sobald sie ihm eine persönliche Frage stelle, mache ihr Schwarm dicht. Die drei ??? sollen aufklären, warum ihr Traummann so verschlossen ist. Justus, Peter und (ganz besonders) Bob fallen fast vom Hocker, als ihnen Sheila ein Foto ihres Freundes präsentiert. Es ist kein Geringerer als Skinny Norris! Der Fall scheint relativ leicht gelöst: Skinny lebt wieder im Haus seiner Eltern, hat aus all den krummen Dingern in der Vergangenheit gelernt. Er ist als selbstständiger Eventmanager tätig und allem Anschein nach auch erfolgreich. Skinny fleht die drei ??? an, ihm jetzt nicht in die Parade zu fahren. Er möchte Sheila selbst alles erklären.

Je perfider Skinny agiert, desto leichtgläubiger sind leider auch die drei ???. Am Ende helfen Skinny aber auch nicht »falsche Liebschaften, böse Riesen, hässliche Zwerge, Westernrätsel, Scheinfirma und Kranwagen«. Die drei ??? erkennen im allerletzten Moment, dass nicht nur ihr Erzfeind ein falsches Spiel spielt. Eine unbedachte Beleidigung wie »Mützenclown« reicht aus, damit ihm »Sherlock Wampe«, »Schisser Shaw« und »Dr. Planlos« vom »Trotteltrio« auf die Schliche kommen.

In *Die flüsternden Puppen* heckt Skinny einen hinterhältigen Plan aus, damit Justus, Peter und Bob an seiner Stelle Drogen über die Grenze schmuggeln. Am Ende kann »Skeletor« – wie Skinny von seinen Auftraggebern genannt wird – nur deshalb seinen Kopf aus der Schlinge ziehen, weil ihn Justus nicht bei der Polizei verpfeift. Denn immer wenn die Aussicht auf die Überführung dicker Fische besteht, verzichtet der Erste Detektiv lieber auf den Beifang. Skinny weiß selbst nicht, warum ihn seine Erzfeinde immer wieder davonkommen lassen.

Skinny Norris ist bis heute – trotz der vielen unauflösbaren Widersprüche – einer der beliebtesten Nebencharaktere. Robert Arthur, William Arden, Ben Nevis, André Marx, Marco Sonnleitner, Kari Erlhoff, Hendrik Buchna und auch André Minninger bauten ihn mal mehr, mal weniger prominent in ihre Fälle ein. In einem Interview mit 3fragezeichen.de sagte André Marx im Januar 2005: »Skinny hat Potenzial, aber man darf ihn nicht überstrapazieren. Er taucht nur auf, wenn ich wirklich eine Idee für ihn habe. Nicht als Lückenbüßer – das hat er nämlich nicht verdient.« Doch gerade in *Grusel auf Campbell Castle* kommt ihm diese Rolle zu, als am Ende völlig überraschend Skinny als (Mit-)Täter aus dem Hut gezaubert wird.

In *Die flüsternden Puppen* machte André Minninger den Nostalgikern unter den Fans und Traditionalisten eine kleine Freude: Während er bereits im Hörspiel von *Im Zeichen der Schlangen* eine Szene mit dem Lied unterlegte, machte er den bekannten *Die drei ???*-Klassiker »In the Middle of the Night« in seinem eigenen Fall zum Lieblingslied von Skinny Norris. Das Lied – eines der wenigen Soundtrack-Stücke mit Gesang – stammt übrigens von Phil Moss. Ursprünglich landete der Titel mehr oder weniger als »Verzweiflungstat« (André Minninger) im Hörspiel von *Die drei ??? und der heimliche Hehler* und wurde über die Jahre zum Serienkult.

Astrid Vollenbruch bekannte in ihrer Fragenbox auf rocky-beach.com, dass sie mit Skinny Norris wenig anfangen konnte:

> »[Skinny] ist seltsam angelegt – laut Robert Arthur sind seine Eltern reich, aber er benimmt sich wie ein billiger Prolet und wurde auch in vielen späteren Geschichten so dargestellt. [...] Ich finde es auch unglücklich, dass Skinny für fast jede kleinere Schurkerei im direkten Umfeld der drei ??? herangezogen wurde. Im ersten Buch war er noch ein beleidigter Gockel, der auf Justus' Schlauheit eifersüchtig war, später versuchte er, ihm bei Rätseln zuvorzukommen, aber mittlerweile ist er einfach nur noch kriminell.«

In dem im Jahr 2017 erschienenen Sammelband *Die drei ??? und der schwarze Tag* machte Hendrik Buchna Skinny Norris sogar zum Autor von »Das schwarze Nest«. Mit diesem Satirefall will der Erzfeind der drei Detektive an einem Kurzgeschichtenwettbewerb der *Rocky Beach Today* teilnehmen. So viel Kreativität hätte Skinny wohl keiner zugetraut, doch leider verpasst er den Einsendeschluss.

»Ich liebe Skinny und mag es besonders, wenn ich die Gelegenheit habe, die Welt durch seine Augen zu sehen. Dann werden Justus, Peter und Bob nämlich plötzlich zu unerträglichen Klugscheißern, ohne dass sich ihr Verhalten ändert. Diesen Perspektivwechsel finde ich faszinierend«, so André Marx.

??? Stimmgewaltig ???

Was haben Skinny Norris und Morton gemeinsam? Beiden lieh Andreas von der Meden über viele Jahre seine facettenreiche Stimme. Selbst Hörspiel-Junkie Hendrik Buchna muss zugeben, dass ihm jahrelang nicht aufgefallen sei, »dass diese komplett gegensätzlichen Figuren tatsächlich von nur einer Person gesprochen wurden, mitunter [...] in derselben Folge!« Er sieht in dem Sprecher einen wahren »Meister seines Fachs, der ungemein fehlen wird. Umso dankbarer bin ich im Rückblick, dass er bei der Hörspielfassung meines Erstlings ›Im Zeichen der Schlangen‹ ein letztes Mal den legendären Erzfeind Skinny Norris verkörperte.«

Victor Hugenay

Victor Hugenay ist der erklärte Lieblingsgegenspieler der drei Detektive. Der Franzose ist groß und schlank, hat zurückgekämmte Haare und einen schmalen schwarzen Schnurrbart. Er ist immer elegant gekleidet und dazu ein Meister der Maskerade. Er hat einen geradezu aristokratischen Habitus, ist intelligent, charmant und stets gut aufgelegt. Auch in brenzligen Situationen raucht er gerne Zigarre. Wenn er mal flucht, dann nur in seiner Muttersprache.

Victor Hugenay erblickte als Ignace Chander Jaccard in einer Kleinstadt in der Nähe von Paris das Licht der Welt. Sein Vater, der berühmte Maler und Bildhauer Jean Marie Jaccard, nahm jedoch wenig Notiz von seinem Sohn. Da Ignace Chander nie die erhoffte Anerkennung und Liebe erhielt, verließ er früh sein Elternhaus. Um seine Vergangenheit hinter sich zu lassen, benannte er sich in Victor Hugenay um. Den Namen hatte er auf einer Ahnentafel seiner Freundin – und angeblichen Großtante – Lydia Cartier entdeckt.

Seinen ersten Kunstraub beging Hugenay, um einer gewissen Julianne Wallace zu imponieren. Er klaute auf einer Ausstellung seines Vaters ein Gemälde ihres Lieblingsmalers Raoul Hernandez. Er beeindruckte das Mädchen mit seiner kühnen Tat und beide verschrieben sich fortan dem Kunstraub. Sie wurden erbitterte Konkurrenten – aber kein Liebespaar. In seiner langen Karriere als Meisterdieb ließ der Franzose bereits in Museen von neun Ländern, zum Beispiel im Pariser Louvre und dem British Museum in London, weiße Wände zurück. Er rühmte sich lange Zeit, die Polizei dreier Kontinente zum Narren zu halten.

Hugenay ist nicht nur ein Meisterdieb, sondern auch ein Medienstar. Die Presse leckt sich die Finger nach Neuigkeiten über den Franzosen. Im Fernsehen laufen sogar Dokus über ihn.

Aufgrund der unterschiedlichen Veröffentlichungsreihenfolge in den USA und Deutschland hat Hugenay wahlweise seinen Premierenauftritt in *Die drei ??? und der Super-Papagei* (Buchausgabe USA, Hörspiel Deutschland) oder *Die drei ??? und der seltsame Wecker* (Buchausgabe Deutschland). Nach diesen beiden Fällen ließ Hugenay viele Jahre nichts mehr von sich hören.

In der Zwischenzeit begann die Verklärung des Kunstdiebs. »Er ist ein Gentleman. Er würde uns niemals etwas antun, so weit geht er nicht. Sein Spezialgebiet ist Kunstraub, nichts weiter«, so Bob in *Poltergeist*. Ganz ähnlich charakterisiert Justus den Franzosen in *Das Erbe des Meisterdiebs*: »Er war kein brutaler Verbrecher, eher ein Gentleman, der körperliche Gewalt verabscheute. Das hatte er gar nicht nötig, dafür war er viel zu clever. Hugenay hat uns niemals etwas angetan.« Die drei ??? vergaßen dabei offensichtlich, was der Franzose schon alles auf dem Kerbholz hatte. Denn er gebrauchte bei seinen ersten beiden Auftritten sehr wohl Gewalt. In *Die drei ??? und der Super-Papagei* attackiert er Justus – zumindest im Hörspiel; im Buch sind es seine Helfer. Und auch sonst droht er gerne und oft mit roher Gewalt. Die drei Detektive drängte er einmal in einer rasanten Verfolgungsjagd fast von der Straße ab. Am Ende zog er nur den Kürzeren, weil Justus, Peter und Bob »in die Röhre« guckten. Im Zweifelsfall überlässt er die Drecksarbeit sowieso seinen grobschlächtigen Kumpanen, die in *Die drei ??? und der seltsame Wecker* zwei große Automatikpistolen im Anschlag haben. Von Gewaltlosigkeit kann im Zusammenhang mit Victor Hugenay also keine Rede sein.

Was Hugenay einzigartig macht: Er ist gerissener als alle anderen Gegenspieler der drei ??? – zusammen. Auch wenn ihm der Strick schon am Hals kratzt, bewahrt er Ruhe und hat für alles eine passende

Erklärung parat. Die Polizeiuniformen seiner Komplizen verkauft er als »harmlosen Ulk«. Sein Tun stellt er als selbstloses Handeln »im Interesse der Allgemeinheit auf der Suche nach gestohlenen Kunstwerken« dar. Und der Polizei droht er mit einer millionenschweren Klage wegen Freiheitsberaubung, wenn sie ihn nicht laufen lassen sollte. Am Ende ist es immer das gleiche Spiel: Entweder es fehlen die Beweise oder der Meisterdieb entwischt.

Das Verhältnis zwischen Hugenay und den drei ??? ist von Faszination und Respekt geprägt. Der Meisterdieb tischt dem Trio in *Poltergeist* eigens mithilfe von Lydia Cartier einen Parallelfall auf, um die drei Detektive von ihrer Suche nach dem verschwundenen Medaillon von Kellys Tante Elenor Madigan abzulenken. Denn deren Untermieter steckt mit Hugenay unter einer Decke. Aus nachvollziehbaren Gründen macht es sich aus Sicht Hugenays nicht gut, wenn die drei ??? genau dieses Haus von oben bis unten unter die Lupe nehmen. Ansonsten hätte er sich den perfekt inszenierten Wasserrohrbruch im County Museum of Art in Los Angeles auch von Anfang an sparen können.

In *Das Erbe des Meisterdiebs* erfahren die drei ??? von Hugenays tragischem Unfall beim Bergsteigen in den französischen Alpen. In seinem mit Rätseln gespickten Testament hinterlässt der Meisterdieb seinem Lieblingskonkurrenten Justus Hinweise auf verstecktes Diebesgut. Dass er sich in seinem letzten Willen gerade an Justus wendet, ist kein Wunder. Der Erste Detektiv ist der Einzige, der mit ihm mithalten kann.

Die Charaktere von Justus Jonas und Victor Hugenay sind ähnlich. Doch das Schicksal wollte, dass aus dem einen ein Meisterdetektiv und aus dem anderen ein Meisterdieb wurde. Beide lasen in ihrer Kindheit gerne und entwickelten ein Faible für Rätsel aller Art. Beide standen in ihrer Jugend vor der Entscheidung, für eine Liebe ihren ersten Kunstraub zu begehen – und beide wurden schwach: Blind vor Liebe trifft der Erste Detektiv in *Das Erbe des Meisterdiebs* die folgenschwere Entscheidung, die Gemälde nicht der Polizei zu übergeben, sondern auf dem schwarzen Kunstmarkt zu verkaufen, um die Augenoperation der hübschen, aber mittellosen Brittany zu bezahlen.

Justus ahnt nicht, dass Hugenay noch lebt und Brittany auf ihn angesetzt hat, damit er die Bilder – hinter denen der Franzose selbst her ist – aufspürt. Am Ende wird Justus »mit mehr Glück als Verstand« vor dem schlimmsten Fehler seines Lebens bewahrt. Doch es ist wieder das gleiche Spiel: Hugenay entkommt, aber ohne Beute. Dafür schaffen die drei ??? dem Franzosen seinen härtesten Konkurrenten vom Hals. In einem Abschiedsbrief feiert sich Hugenay dafür, dass es ihm im vierten Anlauf gelungen ist, den sonst so moralisch einwandfreien Ersten Detektiv wenigstens ein bisschen auf die schiefe Bahn zu locken. Vordergründig habe Justus nur »ein gutes Werk« tun wollen. Aber letztlich habe der Erste Detektiv alles nur für sich selbst getan. Denn Liebe sei nichts anderes als »grenzenloser Egoismus«. Hugenay legt den Finger tief in Justus' Wunde und schreibt: »Du bist schwach geworden, Justus Jonas. Du warst bereit, deine Ideale für deinen Egoismus zu opfern.«

Von diesem Tiefpunkt seiner Detektivkarriere konnte sich Justus erst erholen, als es im großen Jubiläumsdreiteiler *Feuermond* zum Showdown zwischen Victor Hugenay und den drei ??? kommt. Der Franzose hat sich die ganze Zeit über in einem Strandhaus zwischen Rocky Beach und Malibu versteckt. Nach seiner Entdeckung flieht der Kunstdieb mit einem Buggy, lässt sich aber am Strand widerstandslos von der Polizei festnehmen. Doch Hugenay nutzt einen Stromausfall während der 200-Jahr-Feier von Rocky Beach, um aus der Untersuchungshaft zu entkommen.

Er flieht aber nicht. Sein Weg führt schnurstracks nach Knox Island, einer Insel vor der Küste von Rocky Beach, wo sich das Anwesen des Millionärs Charles Knox – und dessen Gemälde *Feuermond* – befindet. Das Bild, ein echter Jaccard, ist eine Anamorphose (➤ S. 72). Nur wer den Globus des Weltensehers richtig davorhält, erkennt darin ein weiteres, völlig anderes Bild: das Porträt eines jungen Mannes. Nur Justus gelingt es, das doppelte Geheimnis des Gemäldes zu entschlüsseln. Die drei ??? behalten es jedoch auf Bitten von Hugenay für sich. Das rechnet der Franzose dem Ersten Detektiv in einem Brief aus dem Gefängnis hoch an: »So oder so, falls wir uns wiedersehen, dann wird diese Begegnung sicherlich unter anderen Umständen stattfinden als die letzten Male. Das ist mein Versprechen.«

Zu einem Wiedersehen kam es bisher nicht. Hugenay sitzt weiterhin im Gefängnis. Zwar klärten die drei ??? seitdem noch einige weitere Kunstdiebstähle auf (*Fels der Dämonen*, *Schwarze Sonne*, *Die blutenden Bilder* oder *GPS-Gangster*), doch hinter diesen steckte der französische Meisterdieb nicht.

Nur in den beiden *Die drei ???*-Kinofilmen trafen die drei Detektive erneut auf Victor Hugenay. Darin tritt der Franzose jedoch als Kunstfälscher und nicht als Meisterdieb in Erscheinung. In den Filmen neigt er auch wieder mehr zur Gewaltanwendung. In *Das verfluchte Schloss* wird sogar der Eindruck erweckt, Hugenay könnte etwas mit dem Tod von Justus' Eltern zu tun haben. Womöglich sollte alles im dritten Kinofilm (nach Motiven von *Die drei ??? und die silberne Spinne*) aufgeklärt werden. Doch der Film wurde nie produziert.

Wer holt Hugenay zurück aus dem Knast? André Minninger sagt hierzu mit einem Lächeln: »Ich persönlich werde Hugenays Entlassung André Marx überlassen; da er ihn ja auch in den Knast gesteckt hat!« Auch Ben Nevis möchte das weitere Schicksal des Meisterdiebs seinem Kollegen überlassen: »Hugenay ist inzwischen so sehr André [Marx], ich würde mich kaum dranwagen. Aber André [Marx] hätte wohl null Probleme damit, wenn er bei einem anderen Autor auftritt, da bin ich mir sicher.«

Vielleicht übernimmt Kari Erlhoff diese spannende Aufgabe. Sie sagt: »Da ich momentan keine Fälle mit dem Thema ›Kunst‹ plane, habe ich noch gar nicht darüber nachgedacht. Hugenay kann und darf auftauchen – aber es muss natürlich passen.« Und auch Marco Sonnleitner hat keine Bedenken: »Hugenay kann von jedem aus der Mottenkiste gezogen werden. Wird sich zeigen ...«

Und was sagt André Marx? Sein Wort dürfte Gewicht haben, wenn die Thematik auf dem jährlichen Autorentreffen zur Sprache kommt. Schließlich ist er, abgesehen von *Die drei ???*-Erfinder Robert Arthur, der einzige Autor, der die Figur verwendet hat: »Für mich ist Hugenay auserzählt. Er kommt erst dann aus dem Gefängnis frei, wenn es einen wirklich, wirklich guten Grund dafür gibt. Also vielleicht nie.«

Clarissa Franklin

Dr. Clarissa Franklin ist eine (ehemalige) Psychotherapeutin. Sie wurde am 18. Juni 1946 in Boston geboren. Sie hat dunkelblonde glatte Haare. Bevor sie auf die schiefe Bahn geriet, war die auch sozial engagierte Ärztin eine Koryphäe ihres Fachs. In ihrer Praxis in Los Angeles ließen sich viele Mitglieder der High Society behandeln.

Während ihrer Gesprächstherapie mit der im Sterben liegenden Metzla Holligan fasst Dr. Franklin in *Stimmen aus dem Nichts* den teuflischen Plan, sich zunächst das Vertrauen und dann das millionenschwere Erbe von Abigail Holligan, der Schwester ihrer Patientin, zu erschleichen. Der Psychologin und ihrem Lebensgefährten, dem bankrotten Notar Jack Cliffwater, spielt dabei das schlechte Verhältnis der beiden Schwestern in die Hände. Obwohl sich Abigail liebevoll um sie kümmert, schlagen Metzlas Abneigung und Neid in abgrundtiefen Hass um. Während ihrer Therapiegespräche stachelt die Psychotherapeutin ihre Patientin Metzla zu immer krasseren Tiraden und Beschimpfungen an und nimmt alles auf.

Nach dem Tod der Schwester gelingt es der Psychotherapeutin schließlich, dass Abigail ihr gesamtes Vermögen einer noch nicht gegründeten Stiftung für Tumorkranke vermacht. Clarissa Franklin hat natürlich nicht vor, eine solche Stiftung tatsächlich ins Leben zu rufen.

Doch das Erbschleicherpaar hat keine Lust zu warten, bis Abigail Holligan eines Tages eines natürlichen Todes stirbt. Mithilfe von Psychoterror wollen die beiden die Herzkranke so schnell wie möglich ins Grab bringen, um an die 20 Millionen Dollar zu kommen.

Dr. Franklin spielt Abigal die hasserfüllten Aufnahmen ihrer Schwester am Telefon vor, sodass diese glaubt, die Tote würde sie aus dem Jenseits verfluchen. Um diese schrecklichen Erlebnisse zu verarbeiten, begibt sich Abigail Holligan wiederum in eine Gesprächstherapie bei Dr. Franklin. Sogar auf der Praxistoilette hört die alte und verzweifelte Dame nun schon die Stimme ihrer Schwester! Da sich Justus' Hausarzt Dr. Hendrixen und Dr. Franklin die Praxisräume teilen, bekommt der Erste Detektiv die Szene zufällig live mit. Er ist der Einzige, der auch nur ansatzweise in Erwägung zieht, dass hier etwas nicht stimmen könnte. Genau hier beginnt *Stimmen aus dem Nichts*, das *Die drei ???*-Autorendebüt von André Minninger.

Auch Peter und Bob sind nach anfänglicher Skepsis davon überzeugt, dass Abigail Holligan nicht verrückt, sondern ein Opfer unbekannter Täter ist. Dass Dr. Franklin ihrer Patientin eingebläut hat, unter keinen Umständen mit irgendjemandem über die Stimmen zu sprechen, macht sie in den Augen der drei ??? verdächtig. Justus und Peter wollen die Wohnung der Psychotherapeutin näher unter die Lupe nehmen. Um sie in der Zwischenzeit abzulenken, erklärt sich Bob zu einem Therapiegespräch bereit. Bob tischt der Ärztin jedoch kein Märchen auf, sondern nutzt die Gelegenheit, um Dr. Franklin von Brenda zu erzählen. Bob lässt sich auf eine Hypnose ein, die die misstrauische Psychotherapeutin dazu nutzt, dem Jungen ein Betäubungsmittel zu spritzen. In Franklins Wohnung kommt es dann zum großen Finale, in dessen Verlauf Cliffwater sogar auf Justus schießt. Der Erste Detektiv überlebt nur dank eines Diktiergeräts in seiner Jackentasche.

Die Wege des verbrecherischen Liebespaars trennen sich am Ende nicht nur wegen der Verhaftung durch Inspektor Cotta. Denn der Notar hat in das Testament heimlich eine Klausel eingebaut, dass nach dem Tod seiner Geliebten das Stiftungsvermögen auf ihn übergehen soll. Franklin wäre in diesem skrupellosen Spiel wohl das nächste Opfer gewesen.

Ihre Haftstrafe verbüßt Clarissa Franklin in einer geschlossenen Psychiatrie – auch weil sie ihr Handeln geschickt als Folge einer Tablettensucht darstellt. In der Klinik missbraucht sie ihre Hypnosefähigkeiten aber aufs Neue, diesmal um hinter das Geheimnis der »Nachtigall« zu kommen. Dahinter verbirgt sich der Bruder eines landesweit bekannten Radiomoderators. Der Radiostar selbst ist eigentlich vollkommen untalentiert. Alle Sprüche und Gags schreibt sein (nur aus diesem Grund) mit Medikamenten vollgepumpter Bruder, der auch in der geschlossenen Anstalt lebt. Seitdem Franklin diesen Zusammenhang kennt, setzt sie den Moderator mit Anrufen in seiner Late-Night-Radiosendung *Prime Time* unter Druck. Beim dritten Anruf von Mystery erkennt Bob die Stimme der ehemaligen Psychotherapeutin wieder.

Bob erkundigt sich daraufhin bei Inspektor Cotta nach dem Aufenthaltsort von Franklin und fährt – ohne seine Kollegen einzuweihen – zu ihr ins Best Hope nach Pasadena. Die ehemalige Ärztin hat sich äußerlich stark verändert und ihre einstige Eleganz gänzlich verloren. Bobs Verdächtigung, sie könnte hinter Mystery stecken, weist sie scharf und zunächst auch glaubhaft von sich. Nichtsdestotrotz kommen ihr die drei Detektive auf die Schliche.

Franklin ist aber wieder einmal auf dem besten Weg, vom Täter zum Opfer zu werden. Denn der Radiomoderator und der mit ihm unter einer Decke steckende Arzt Dr. Freeman denken gar nicht daran, auf Mysterys Forderung »250.000 Dollar und ein Attest« einzugehen. Um ihr Geheimnis zu wahren, nehmen sie lieber einen Mord auf sich. Doch im letzten Moment vereiteln die drei ???, dass die beiden der Erpresserin eine Überdosis Nervengift spritzen.

In *Signale aus dem Jenseits* tritt Clarissa Franklin abermals auf. Nach ihrer Entlassung aus der geschlossenen Anstalt wohnt sie mittlerweile in Little Rampart, dem Schandfleck von Rocky Beach. Arbeit hat sie als »geheimnisvolle Spiritistin Astrala« beim Homeshopping-Kanal Spirit Network gefunden. Wieder ist es Bob, der Clarissa Franklin – trotz ihrer Maskerade mit schwarzen schulterlangen Haaren und einer großen Sonnenbrille – instinktiv sofort wiedererkennt, als er sie im Fernsehen vor einer Kristallkugel und Räucherstäbchen sitzen sieht. Franklin ruft bei Bob immer noch etwas zwischen Faszination und Schauergefühl hervor. Eine innere Stimme befiehlt ihm, sich sofort mit der Psychologin zu treffen.

Bob bringt ihr nicht nur ungefragt eine Pizza mit, sondern fährt sie nach dem Gespräch auch noch nach Hause. Kurz nachdem Franklin vor ihrer eigenen Haustür niedergeschossen wird, schlägt jemand den Dritten Detektiv von hinten nieder. Als Bob später zusammen mit Justus und Peter bei der Spiritistin klingelt, streitet Franklin ab, dass überhaupt irgendetwas geschehen ist. Einen Tag später besucht sie jedoch die drei ??? in ihrer Zentrale und behauptet das Gegenteil, verschwindet dann aber.

Im Verlauf dieses Falls aus der Feder von André Minninger passieren noch viele weitere mysteriöse Dinge. Unter anderem kommt es zu einem unerfreulichen Wiedersehen mit Laura Stryker, der schwarzen Haushaltshilfe von Mrs Hazelwood aus *Insektenstachel*. Und Bob gerät am Ende sogar unter Verdacht, an einem Ödipuskomplex zu leiden.

Der Dritte Detektiv sei zunächst auf seine eigene Mutter fixiert gewesen, später habe sich seine Neigung auf alle älteren Frauen – inklusive oder anders gesagt insbesondere auf Clarissa Franklin – übertragen. Das ist natürlich Unsinn, aber dennoch ist Bob seit seiner Hypnose in *Stimmen aus dem Nichts* nicht mehr er selbst, wenn er Franklins Stimme hört. Als sich Peter einmal über Bobs schwieriges Verhältnis zu Franklin lustig macht, weist ihn der Dritte Detektiv zurück: »Ich bin nicht der coole Bob Andrews, ich habe auch sensible Seiten. Tritt nicht unnötig darauf herum.«

Clarissa Franklin ist eine Nebenfigur, die von André Minninger erfunden und bislang von keinem der anderen Autoren aufgegriffen wurde. Wer ihn zu der kriminellen Psychotherapeutin inspiriert hat, möchte Minninger nicht preisgeben: »All die Figuren aus meinen Geschichten existieren auch in der Realität! Nur die kriminellen Neigungen habe ich ihnen angedichtet!«

Dick Perry

Dick Perry ist ein Privatdetektiv aus Santa Monica mit zweifelhaften Grundsätzen und noch zweifelhafteren Auftraggebern. Perry ist klein, dick und ungepflegt. Auf seiner Visitenkarte verspricht er vollmundig: »Mit Dick Perry buchen Sie den Erfolg!« »Ein merkwürdiger Typ, ein wenig durchtrieben, ein Trickser. Allerdings […] keine zu unterschätzende Konkurrenz«, charakterisiert Inspektor Cotta den schmierigen Detektiv, mit dem die drei ??? das erste Mal in *Gift per E-Mail* aufeinandertreffen. »Dick Perry ist aus der Idee entstanden, den drei ??? einen nervenden und erwachsenen Konkurrenten an den Hals zu hängen. Das kann zu sehr witzigen Situationen führen. Vielleicht haben mir Filme mit Danny deVito geholfen, ihn mir vorzustellen. Ernst Hilbich ist eine wunderbare Besetzung für die Hörspiele«, erklärt Ben Nevis, der die Figur Dick Perry erfunden hat.

Leider entscheidet sich die potenzielle Auftraggeberin in *Gift per E-Mail* für den vermeintlich erfahreneren – weil älteren – Dick Perry. Justus, Peter und Bob ermitteln trotzdem, weil sie auch ohne Mandat beweisen wollen, dass sie die besseren Detektive sind. Sie bitten ihren Mitschüler Tom Wood darum, den wahren Absender der Quallen-E-

Mail aufzuspüren. Als der Computernerd wenig später verschwindet, hat natürlich auch Perry seine Finger im Spiel. Am Ende entscheiden die drei ??? das detektivische Wettrennen mit Dick Perry und seiner durchtriebenen Assistentin Barbara Stevens natürlich für sich. Seitdem ist Perry genau genommen gar kein Detektiv mehr, sondern gibt sich nach Verlust seiner Zulassung nur noch als solcher aus.

In *Geister-Canyon* folgt der einstige Privatdetektiv Justus, Peter und Bob auf ihrem weiten Weg zu einer Lösegeldübergabe wie eine Klette. Als sie ihn abhängen wollen, geraten die drei ??? in eine Polizeikontrolle. Die in einer Papiertüte versteckte Million Dollar wird ironischerweise letztlich nur deshalb nicht entdeckt, weil sich Dick Perry mit seiner Detektivmarke für die drei »Grünschnäbel« einsetzt. Die Marke ist zwar »antik«, also abgelaufen, was den Ordnungshütern aber nicht auffällt. Auch am Ende dieses Falls stellt er unter Beweis, dass sein Leitspruch »Will dir jemand an den Kragen – musst du nur Dick Perry fragen!« eigentlich »Willst *du* jemandem an den Kragen – musst du nur Dick Perry fragen!« heißen müsste.

Dick Perry kreuzt erst wieder in *Die drei ??? und der dreiTag* auf. Natürlich lässt er auch hier nichts unversucht, um die Ermittlungen des Detektivtrios zu durchkreuzen. In *Fremder Freund* bewirbt er sich als Nachfolger von Peter als Zweiter Detektiv. Dass Perry hinter seinen Konkurrenten aus Rocky Beach bislang immer nur zweiter Sieger war, hat sich keinesfalls auf sein übersteigertes Selbstbewusstsein ausgewirkt. Denn eigentlich will er das erfolgreiche Detektivunternehmen kapern und alleine weiterführen.

Auch wenn er nur sporadisch auftritt, wird es vermutlich ein Wiedersehen geben, nicht zuletzt weil der von Ben Nevis erfundene Privatdetektiv mittlerweile auch von anderen Autoren verwendet wird.

Ein Blick in die Zukunft

Nirgendwo sind Justus, Peter und Bob so beliebt und erfolgreich wie hierzulande. In den USA kann heute kaum jemand mehr etwas mit *The Three Investigators* anfangen; die Chancen auf eine Wiederbelebung der Buchreihe sind gering. Das sehen auch die amerikanischen Autoren so. »Ich glaube nicht an ein Comeback in den USA. Bücher für junge Leser sind heute ganz anders und unterscheiden sich sehr von dem unschuldigen Spaß der *drei ???*«, so Bill Stine. Auch Peter Lerangis sieht für eine Rückkehr der *T3I* keine Anzeichen. »Aber das Verlagsgeschäft ist unvorhersehbar«, gibt der Autor zu bedenken.

Ganz im Gegensatz dazu ist in Deutschland kein Ende in Sicht. Die Serie hat sich schon oft gehäutet – aber nur um zu wachsen!

Natürlich gab es Rückschläge. *Die drei ???* nutzten aber letztlich jeden Schritt zurück, um zwei nach vorne zu machen. Aber: Auch *Die drei ???* sind kein Perpetuum mobile. Das wissen auch die Verantwortlichen. Wer sich auf den Erfolgen von gestern ausruht, kann morgen schon Geschichte sein.

Die Marke steht über allem, jeder ist ersetzbar. Obwohl – wirklich jeder? Die Stimmen der drei ???, Oliver Rohrbeck, Jens Wawrczeck und Andreas Fröhlich, sind sowohl das Zugpferd als auch die Achillessehne der Marke. Was passiert, wenn tatsächlich einer oder alle drei den Stecker ziehen? Wawrczeck, der Sprecher von Peter Shaw, ließ bereits vor einigen Jahren in einem Interview mit dem Weserkurier durchblicken, dass die drei ??? irgendwann einmal in Rente gehen werden, aber noch nicht so schnell:

»Es war tatsächlich einmal angedacht, dass Folge 200 ein guter Ausstieg wäre. Aber die 200. Folge ist gar nicht mehr so weit weg. Wir werden uns das sicher noch einmal überlegen. Die 250 ist auch eine schöne Zahl.«

In einem Gespräch mit *Planet Interview* gab Andreas Fröhlich ganz grundsätzlich zu bedenken:

> »Wir haben uns das noch nicht überlegt, aber es stimmt natürlich, wir müssen irgendwann sagen: Es ist jetzt ein Punkt erreicht, wo wir das auch nicht überstrapazieren dürfen. Wenn wir da mit 60 noch auf der Bühne rumhampeln ...«

Das sagte Fröhlich im Jahr 2014. Für alle, die sich ein mögliches Ende der Hörspielserie ausrechnen wollen: Die Stimme von Bob Andrews wurde 1965 geboren. Oliver Rohrbeck erblickte im gleichen Jahr das Licht der Welt. Nur Jens Wawrczeck ist zwei Jahre älter.

Aber das sind alles Spekulationen – ohne wirklichen Anhaltspunkt. »Im Grunde sind die Bücher komplett unabhängig. Schließlich gab es die Bücher schon über ein Jahrzehnt vor den Hörspielen. Trotzdem sind Hörspiel und Buch bei der Serie eine schöne Kombi, die hoffentlich noch lange erhalten bleibt«, sagt Kari Erlhoff zur Zukunft der Serie. Hendrik Buchna sieht im Verhältnis zwischen Büchern und Hörspielen keine Abhängigkeit, sondern eine Partnerschaft, »die im Laufe der Jahrzehnte schon so manche stürmischen Zeiten überstanden hat. Deshalb bin ich fest überzeugt davon, dass unser gemeinsames Flaggschiff auch in Zukunft spannenden Abenteuern entgegensegeln wird.«

In den Augen und Ohren von Ben Nevis sind die Hörspiele »tendenziell etwas einflussreicher geworden«. Manchmal liefen die Hörspielstimmen beim Schreiben der Dialoge im Kopf des Autors sogar automatisch mit. »Aber ich versuche, dem nicht zu viel Raum zu geben, sondern mich auf ein Buch zu konzentrieren. Nicht weil ich etwas gegen die Hörspiele hätte, im Gegenteil«, erzählt er weiter.

»Natürlich verdanken die *drei ???* ihre Popularität zu einem großen Teil den Hörspielen. Aber es ist nicht so, dass die Reihe sich ohne die Adaptionen nicht rechnen würde. Die Buchverkäufe sind seit Jahren gut und stabil. Ein Ende der Hörspiele wäre schmerzhaft, aber deshalb nicht gleichbedeutend mit dem Ende der *drei ???*«, gibt *Die drei ???*-Urgestein André Marx zu bedenken. »Die Planungen fürs nächste Jahrtausend laufen bereits ...«, verrät Marco Sonnleitner.

Wir dürfen also auf die Zukunft und mehr von den drei Detektiven aus Rocky Beach gespannt sein!

Das Archiv

Hier findet ihr eine Aufstellung der bisher erschienenen Bücher und Hörspiele der drei ??? nach folgendem System: Deutscher Titel (englischer Originaltitel): Autor, Erscheinungsjahr in Deutschland (Erscheinungsjahr der Originalausgabe in den USA), Nummer der Hörspielfolge mit Erscheinungsjahr.

- Die drei ??? und das Gespensterschloss (The Secret of Terror Castle): Robert Arthur 1968 (1964), Hörspiel Nr. 11 (1980)
- Die drei ??? und die flüsternde Mumie (The Mystery of the Whispering Mummy): Robert Arthur 1969 (1965), Hörspiel Nr. 10 (1980)
- Die drei ??? und der Fluch des Rubins (The Mystery of the Fiery Eye): Robert Arthur 1970 (1967), Hörspiel Nr. 5 (1979)
- Die drei ??? und der seltsame Wecker (The Mystery of the Screaming Clock): Robert Arthur 1970 (1968), Hörspiel Nr. 12 (1980)
- Die drei ??? und der sprechende Totenkopf (The Mystery of the Talking Skull): Robert Arthur 1971 (1969), Hörspiel Nr. 6 (1979)
- Die drei ??? und der lachende Schatten (The Mystery of the Laughing Shadow): William Arden 1971 (1969), Hörspiel Nr. 13 (1980)
- Die drei ??? und die schwarze Katze (The Secret of the Crooked Cat): William Arden 1971 (1970), Hörspiel Nr. 4 (1979)
- Die drei ??? und der Super-Papagei (The Mystery of the Stuttering Parrot): Robert Arthur 1972 (1964), Hörspiel Nr. 1 (1979)
- Die drei ??? und der unheimliche Drache (The Mystery of the Coughing Dragon): Nick West 1972 (1970), Hörspiel Nr. 7 (1979)
- Die drei ??? und der verschwundene Schatz (The Mystery of the Vanishing Treasure): Robert Arthur 1973 (1966), Hörspiel Nr. 22 (1981)
- Die drei ??? und die Geisterinsel (The Secret of Skeleton Island): Robert Arthur 1973 (1966), Hörspiel Nr. 18 (1980)
- Die drei ??? und der rasende Löwe (The Mystery of the Nervous Lion): Nick West 1974 (1971), Hörspiel Nr. 15 (1980)
- Die drei ??? und der Teufelsberg (The Mystery of the Moaning Cave): William Arden 1974 (1968), Hörspiel Nr. 19 (1980)
- Die drei ??? und der grüne Geist (The Mystery of the Green Ghost): Robert Arthur 1975 (1965), Hörspiel Nr. 8 (1979)
- Die drei ??? und die singende Schlange (The Mystery of the Singing Serpent): M. V. Carey 1975 (1972), Hörspiel Nr. 25 (1981)
- Die drei ??? und die rätselhaften Bilder (The Mystery of the Shrinking House): William Arden 1976 (1972), Hörspiel Nr. 9 (1979)

- Die drei ??? und das Bergmonster (The Mystery of Monster Mountain): M. V. Carey 1976 (1973), Hörspiel Nr. 14

- Die drei ??? und der Phantomsee (The Secret of Phantom Lake): William Arden 1977 (1973), Hörspiel Nr. 2 (1980)

- Die drei ??? und der Zauberspiegel (The Secret of the Haunted Mirror): M. V. Carey 1977 (1974), Hörspiel Nr. 16 (1980)

- Die drei ??? und die gefährliche Erbschaft (The Mystery of the Dead Man's Riddle): William Arden 1978 (1974), Hörspiel Nr. 17 (1980)

- Die drei ??? und der Karpatenhund (The Mystery of the Invisible Dog): M. V. Carey 1978 (1975), Hörspiel Nr. 3 (1979)

- Die drei ??? und die flammende Spur (The Mystery of the Flaming Footprints): M. V. Carey 1979 (1971), Hörspiel Nr. 20 (1980)

- Die drei ??? und der tanzende Teufel (The Mystery of the Dancing Devil): William Arden 1979 (1976), Hörspiel Nr. 21 (1980)

- Die drei ??? und die Silbermine (The Mystery of Death Trap Mine): M. V. Carey 1980 (1976), Hörspiel Nr. 26 (1981)

- Die drei ??? und das Aztekenschwert (The Mystery of the Headless Horse): William Arden 1980 (1977), Hörspiel Nr. 23 (1981)

- Die drei ??? und die silberne Spinne (The Mystery of the Silver Spider): Robert Arthur 1981 (1967), Hörspiel Nr. 24 (1981)

- Die drei ??? und der magische Kreis (The Mystery of the Magic Circle): M. V. Carey 1981 (1978), Hörspiel Nr. 27 (1981)

- Die drei ??? und der Doppelgänger (The Mystery of the Deadly Double): William Arden 1982 (1978), Hörspiel Nr. 28 (1982)

- Die Originalmusik, Hörspiel Nr. 29, 1. Version 1982, 2. Version 1996

- Die drei ??? und das Riff der Haie (The Secret of Shark Reef): William Arden 1982 (1979), Hörspiel Nr. 30 (1982)

- Die drei ??? und das Narbengesicht (The Mystery of the Scar-Faced Beggar): M. V. Carey 1982 (1981), Hörspiel Nr. 31 (1983)

- Die drei ??? und der Ameisenmensch (The Mystery of the Sinister Scarecrow): M. V. Carey 1983 (1979), Hörspiel Nr. 32 (1983)

- Die drei ??? und die bedrohte Ranch (The Mystery of the Blazing Cliffs): M. V. Carey 1983 (1981), Hörspiel Nr. 33 (1983)

- Die drei ??? und der rote Pirat (The Mystery of the Purple Pirate): William Arden 1984 (1982), Hörspiel Nr. 34 (1984)

- Die drei ??? und der Höhlenmensch (The Mystery of the Wandering Caveman): M. V. Carey 1984 (1982), Hörspiel Nr. 35 (1984)

- Die drei ??? und der Super-Wal (The Mystery of the Kidnapped Whale): Marc Brandel 1985 (1983), Hörspiel Nr. 36 (1985)

- Die drei ??? und der heimliche Hehler (The Mystery of the Missing Mermaid): M. V. Carey 1985 (1983), Hörspiel Nr. 37 (1985)

- Die drei ??? und der unsichtbare Gegner (The Mystery of the Trail of Terror): M. V. Carey 1986 (1984), Hörspiel Nr. 38 (1986)

- Die drei ??? und die Perlenvögel (The Mystery of the Two-Toed Pigeon): Marc Brandel 1986 (1984); Hörspiel Nr. 39 (1986)

- Die drei ??? und der Automarder (The Mystery of the Smashing Glass): William Arden 1987 (1984), Hörspiel Nr. 40 (1986)

- Die drei ??? und das Volk der Winde (The Case of the Dancing Dinosaur, Find Your Fate Nr. 2): Rose Estes 1987 (1985), Hörspiel Nr. 41 (1987)

- Die drei ??? und der weinende Sarg (The Case of the Weeping Coffin, Find Your Fate Nr. 1): Megan & H. William

Stine 1988 (1985), Hörspiel Nr. 42 (1987)

- Die drei ??? und der höllische Werwolf (The Mystery of the Creep-Show Crooks): M. V. Carey 1988 (1985), Hörspiel Nr. 43 (1988)
- Die drei ??? und der gestohlene Preis (The Mystery of the Rogues' Reunion): Marc Brandel 1988 (1985), Hörspiel Nr. 44 (1988)
- Die drei ??? und das Gold der Wikinger (The Mystery of Wreckers' Rock): William Arden 1989 (1986), Hörspiel Nr. 45 (1989)
- Die drei ??? und der schrullige Millionär (The Mystery of the Cranky Collector): M. V. Carey 1989 (1987), Hörspiel Nr. 46 (1989)
- Die drei ??? und die Comic-Diebe (Funny Business, Crimebusters Nr. 4): William McCay 1990 (1989), Hörspiel Nr. 49 (1990)
- Die drei ??? und die gefährlichen Fässer (Rough Stuff, Crimebusters Nr. 3): G. H. Stone 1990 (1989), Hörspiel Nr. 48 (1990)
- Die drei ??? und der giftige Gockel (Murder To Go, Crimebusters Nr. 2): Megan & H. William Stine 1990 (1989), Hörspiel Nr. 47 (1990)
- Die drei ??? und die Automafia (Hot Wheels, Crimebusters Nr. 1): William Arden 1991 (1989), Hörspiel Nr. 53 (1991)
- Die drei ??? und die Musikpiraten (Reel Trouble, Crimebusters Nr. 7): G. H. Stone 1991 (1989), Hörspiel Nr. 52 (1991)
- Die drei ??? und der verschwundene Filmstar (Thriller Diller, Crimebusters Nr. 6): Megan & H. William Stine 1991 (1989), Hörspiel Nr. 50 (1991)
- Die drei ??? und der riskante Ritt (An Ear For Danger, Crimebusters Nr. 5): Marc Brandel 1991 (1989), Hörspiel Nr. 51 (1991)
- Gekaufte Spieler (Long Shot, Crimebusters Nr. 10): Megan & H. William Stine 1992 (1990), Hörspiel Nr. 55 (1992)

- Gefahr im Verzug (Foul Play, Crimebusters Nr. 9): Peter Lerangis 1992 (1990), Hörspiel Nr. 54 (1992)
- Angriff der Computer-Viren (Fatal Error, Crimebusters Nr. 11): G. H. Stone 1992 (1990), Hörspiel Nr. 56 (1992)
- Tatort Zirkus: Brigitte Johanna Henkel-Waidhofer 1993, Hörspiel Nr. 57 (1994)
- Die drei ??? und der verrückte Maler: Brigitte Johanna Henkel-Waidhofer 1993, Hörspiel Nr. 58 (1994)
- Giftiges Wasser: Brigitte Johanna Henkel-Waidhofer 1993, Hörspiel Nr. 59 (1994)
- Dopingmixer: Brigitte Johanna Henkel-Waidhofer 1995, Hörspiel Nr. 60 (1994)
- Die drei ??? und die Rache des Tigers: Brigitte Johanna Henkel-Waidhofer 1994, Hörspiel Nr. 61 (1995)
- Spuk im Hotel: Brigitte Johanna Henkel-Waidhofer 1994, Hörspiel Nr. 62 (1995)
- Fußball-Gangster: Brigitte Johanna Henkel-Waidhofer 1995, Hörspiel Nr. 63 (1995)
- Geisterstadt: Brigitte Johanna Henkel-Waidhofer 1995, Hörspiel Nr. 64 (1995)
- Diamantenschmuggel: Brigitte Johanna Henkel-Waidhofer 1995, Hörspiel Nr. 65 (1994)
- Die drei ??? und die Schattenmänner: Brigitte Johanna Henkel-Waidhofer 1995, Hörspiel Nr. 66 (1995)
- Geheimnis der Särge: Brigitte Johanna Henkel-Waidhofer 1996, Hörspiel Nr. 67 (1996)
- Schatz im Bergsee: Brigitte Johanna Henkel-Waidhofer 1996, Hörspiel Nr. 68 (1996)
- Späte Rache: Brigitte Johanna Henkel-Waidhofer 1996, Hörspiel Nr. 69 (1996)
- Schüsse aus dem Dunkel: Brigitte Johanna Henkel-Waidhofer 1996, Hörspiel Nr. 70 (1996)
- Die verschwundene Seglerin: Brigitte Johanna Henkel-Waidhofer 1996, Hörspiel Nr. 71 (1996)

- Dreckiger Deal: Brigitte Johanna Henkel-Waidhofer 1996, Hörspiel Nr. 72 (1996)
- Poltergeist: André Marx 1997, Hörspiel Nr. 73
- Die drei ??? und das brennende Schwert: André Marx 1997, Hörspiel Nr. 74 (1997)
- Die Spur des Raben: André Marx 1997, Hörspiel Nr. 75 (1997)
- Stimmen aus dem Nichts: André Minninger 1997, Hörspiel Nr. 76 (1997)
- Pistenteufel: Ben Nevis 1997, Hörspiel Nr. 77 (1997)
- Das leere Grab: André Marx, Hörspiel Nr. 78 (1998)
- Im Bann des Voodoo: André Minninger 1998, Hörspiel Nr. 79 (1998)
- Geheimsache Ufo: André Marx 1998, Hörspiel Nr. 80 (1998)
- Verdeckte Fouls: Ben Nevis 1998, Hörspiel Nr. 81 (1998)
- Die Karten des Bösen: André Minninger 1998, Hörspiel Nr. 82 (1998)
- Meuterei auf hoher See: André Marx 1998, Hörspiel Nr. 83 (1999)
- Musik des Teufels: André Marx 1998, Hörspiel Nr. 84 (1999)
- Feuerturm: Ben Nevis 1999, Hörspiel Nr. 85 (1999)
- Nacht in Angst: André Marx 1999, Hörspiel Nr. 86 (1999)
- Wolfsgesicht: Katharina Fischer 1999, Hörspiel Nr. 87 (1999)
- Vampir im Internet: André Minninger 1999, Hörspiel Nr. 88 (1999)
- Tödliche Spur: André Marx 1999, Hörspiel Nr. 89 (2000)
- Der Feuerteufel: André Marx 1999, Hörspiel Nr. 90 (2000)
- Labyrinth der Götter: André Marx 2000, Hörspiel Nr. 91 (2000)
- Todesflug: Ben Nevis 2000, Hörspiel Nr. 92 (2000)
- Die drei ??? und das Geisterschiff: André Marx 2000, Hörspiel Nr. 93 (2000)
- Das schwarze Monster: André Marx 2000, Hörspiel Nr. 94 (2000)
- Botschaft von Geisterhand: André Marx 2000, Hörspiel Nr. 95 (2001)
- Die drei ??? und der rote Rächer: Katharina Fischer 2000, Hörspiel Nr. 96 (2001)
- Insektenstachel: André Minninger 2001, Hörspiel Nr. 97 (2001)
- Tal des Schreckens: Ben Nevis 2001, Hörspiel Nr. 98 (2001)
- Rufmord: André Minninger 2001, Hörspiel Nr. 99 (2001)
- Toteninsel: André Marx 2001, Hörspiel Nr. 100 (2001)
- Die drei ??? und das Hexenhandy: André Minninger 2001, Hörspiel Nr. 101 (2001)
- Doppelte Täuschung: André Marx 2001, Hörspiel Nr. 102 (2002)
- Das Erbe des Meisterdiebs: André Marx 2002, Hörspiel Nr. 103 (2002)
- Gift per E-Mail: Ben Nevis 2002, Hörspiel Nr. 104 (2002)
- Die drei ??? und der Nebelberg: André Marx 2002, Hörspiel Nr. 105 (2002)
- Der Mann ohne Kopf: André Minninger 2002, Hörspiel Nr. 106 (2002)
- Die drei ??? und der Schatz der Mönche: Ben Nevis 2002, Hörspiel Nr. 107 (2003)
- Die sieben Tore: André Marx 2002, Hörspiel Nr. 108 (2003)
- Gefährliches Quiz: Marco Sonnleitner 2003, Hörspiel Nr. 109 (2003)
- Panik im Park: Marco Sonnleitner 2003, Hörspiel Nr. 110 (2003)
- Die Höhle des Grauens: Ben Nevis 2003, Hörspiel Nr. 111 (2003)
- Schlucht der Dämonen: Marco Sonnleitner 2003, Hörspiel Nr. 112 (2003)
- Das Auge des Drachen: André Marx 2003, Hörspiel Nr. 113 (2003)
- Die Villa der Toten: André Marx 2003, Hörspiel Nr. 114 (2004)
- Auf tödlichem Kurs: Ben Nevis 2004, Hörspiel Nr. 115 (2004)
- Codename: Cobra: Marco Sonnleitner 2004, Hörspiel Nr. 116 (2004)

- Der finstere Rivale: André Marx 2004, Hörspiel Nr. 117 (2004)
- Das düstere Vermächtnis: Ben Nevis 2004, Hörspiel Nr. 118 (2004)
- Der geheime Schlüssel: André Marx 2004, Hörspiel Nr. 119 (2004)
- Der schwarze Skorpion: Marco Sonnleitner 2004, Hörspiel Nr. 120 (2005)
- Spur ins Nichts: André Marx 2005, Hörspiel Nr. 121 (2008)
- Die drei ??? und der Geisterzug: Astrid Vollenbruch 2005, Hörspiel Nr. 122 (2008)
- Fußballfieber: Marco Sonnleitner 2005, Hörspiel Nr. 123 (2008)
- Geister-Canyon: Ben Nevis 2005, Hörspiel Nr. 124 (2008)
- Feuermond: André Marx 2005, Hörspiel Nr. 125 (2008)
- Schrecken aus dem Moor: Marco Sonnleitner 2005, Hörspiel Nr. 126 (2008)
- Schwarze Madonna: Astrid Vollenbruch 2006, Hörspiel Nr. 127 (2008)
- Schatten über Hollywood: Astrid Vollenbruch 2006, Hörspiel Nr. 128 (2009)
- SMS aus dem Grab: Ben Nevis 2006, Hörspiel Nr. 129 (2009)
- Der Fluch des Drachen: André Marx 2006, Hörspiel Nr. 130 (2009)
- Haus des Schreckens: Marco Sonnleitner 2006, Hörspiel Nr. 131 (2009)
- Spuk im Netz: Astrid Vollenbruch 2006, Hörspiel Nr. 132 (2009)
- Fels der Dämonen: Marco Sonnleitner 2007, Hörspiel Nr. 133 (2009)
- Der tote Mönch: Marco Sonnleitner 2007, Hörspiel Nr. 134 (2009)
- Fluch des Piraten: Ben Nevis 2007, Hörspiel Nr. 135 (2009)
- Die drei ??? und das versunkene Dorf: André Marx 2007, Hörspiel Nr. 136 (2010)
- Pfad der Angst: Astrid Vollenbruch 2007, Hörspiel Nr. 137 (2010)

- Die geheime Treppe: Marco Sonnleitner 2007, Hörspiel Nr. 138 (2010)
- Das Geheimnis der Diva: Astrid Vollenbruch 2008, Hörspiel Nr. 139 (2010)
- Stadt der Vampire: Marco Sonnleitner 2008, Hörspiel Nr. 140 (2010)
- Die drei ??? und die Fußball-Falle: Marco Sonnleitner 2008, Hörspiel Nr. 141 (2010)
- Tödliches Eis: Kari Erlhoff 2008, Hörspiel Nr. 142 (2010)
- Die drei ??? und die Poker-Hölle: Marco Sonnleitner 2008, Hörspiel Nr. 143 (2010)
- Zwillinge der Finsternis: Marco Sonnleitner 2008, Hörspiel Nr. 144 (2011)
- Die drei ??? und die Rache der Samurai: Ben Nevis 2009, Hörspiel Nr. 145 (2011)
- Der Biss der Bestie: Kari Erlhoff 2009, Hörspiel Nr. 146 (2011)
- Grusel auf Campbell Castle: Marco Sonnleitner 2009, Hörspiel Nr. 147 (2011)
- Die drei ??? und die feurige Flut: Kari Erlhoff 2009, Hörspiel Nr. 148 (2011)
- Der namenlose Gegner: Kari Erlhoff 2009, Hörspiel Nr. 149 (2011)
- Geisterbucht: Astrid Vollenbruch 2010, Hörspiel Nr. 150 (2011)
- Schwarze Sonne: Marco Sonnleitner 2009, Hörspiel Nr. 151 (2012)
- Skateboardfieber: Ben Nevis 2010, Hörspiel Nr. 152 (2012)
- Die drei ??? und das Fußballphantom: Marco Sonnleitner 2010, Hörspiel Nr. 153 (2012)
- Botschaft aus der Unterwelt: Kari Erlhoff 2010, Hörspiel Nr. 154 (2012)
- Die drei ??? und der Meister des Todes: Kari Erlhoff 2010, Hörspiel Nr. 155 (2012)
- Im Netz des Drachen: Marco Sonnleitner 2010, Hörspiel Nr. 156 (2012)
- Im Zeichen der Schlangen: Hendrik Buchna 2011, Hörspiel Nr. 157 (2012)

- Die drei ??? und der Feuergeist: Marco Sonnleitner 2011, Hörspiel Nr. 158 (2012)
- Nacht der Tiger: Marco Sonnleitner 2011, Hörspiel Nr. 159 (2013)
- Geheimnisvolle Botschaften: Christoph Dittert 2011, Hörspiel Nr. 160 (2013)
- Die blutenden Bilder: Kari Erlhoff 2011, Hörspiel Nr. 161 (2013)
- Die drei ??? und der schreiende Nebel: Hendrik Buchna 2011, Hörspiel Nr. 162 (2013)
- Die drei ??? und der verschollene Pilot: Ben Nevis 2012, Hörspiel Nr. 163 (2013)
- Fußball-Teufel: Marco Sonnleitner 2012, Hörspiel Nr. 164 (2013)
- Im Schatten des Giganten: Kari Erlhoff 2012, Hörspiel Nr. 165 (2013)
- Die drei ??? und die brennende Stadt: Christoph Dittert 2012, Hörspiel Nr. 166 (2014)
- Die drei ??? und das blaue Biest: Hendrik Buchna 2012, Hörspiel Nr. 167 (2014)
- GPS-Gangster: Marco Sonnleitner 2012, Hörspiel Nr. 168 (2014)
- Die Spur des Spielers: André Marx 2013, Hörspiel Nr. 169 (2014)
- Straße des Grauens: Kari Erlhoff 2013 Hörspiel Nr. 170 (2014)
- Die drei ??? und das Phantom aus dem Meer: Marco Sonnleitner 2013, Hörspiel Nr. 171 (2014)
- Die drei ??? und der Eisenmann: Ben Nevis 2013, Hörspiel Nr. 172 (2014)
- Dämon der Rache: Hendrik Buchna 2013, Hörspiel Nr. 173 (2014)
- Die drei ??? und das Tuch der Toten: Marco Sonnleitner 2013, Hörspiel Nr. 174 (2015)
- Schattenwelt: Christoph Dittert, Kari Erlhoff & Hendrik Buchna 2014, Hörspiel Nr. 175 (2015)
- Die drei ??? und der gestohlene Sieg: Marco Sonnleitner 2014, Hörspiel Nr. 176 (2015)
- Der Geist des Goldgräbers: André Marx 2014, Hörspiel Nr. 177 (2015)
- Der gefiederte Schrecken: Christoph Dittert 2014, Hörspiel Nr. 178 (2015)
- Die Rache des Untoten: Marco Sonnleitner 2014, Hörspiel Nr. 179 (2016)
- Die drei ??? und die flüsternden Puppen: André Minninger 2015, Hörspiel Nr. 180 (2016)
- Das Kabinett des Zauberers: André Marx 2015, Hörspiel Nr. 181 (2016)
- Im Haus des Henkers: Marco Sonnleitner 2015, Hörspiel Nr. 182 (2016)
- Die drei ??? und der letzte Song: Ben Nevis 2015, Hörspiel Nr. 183 (2016)
- Die drei ??? und der Hexengarten: Kari Erlhoff 2015, Hörspiel Nr. 184 (2016)
- Die drei ??? und der Mann ohne Augen: Christoph Dittert 2016, Hörspiel Nr. 185 (2017)
- Insel des Vergessens: André Marx 2016, Hörspiel Nr. 186 (2017)
- Die drei ??? und das silberne Amulett: Marco Sonnleitner 2016, Hörspiel Nr. 187 (2017)
- Signale aus dem Jenseits: André Minninger 2016, Hörspiel Nr. 188 (2017)
- Die drei ??? und der unsichtbare Passagier: Hendrik Buchna 2016, Hörspiel Nr. 189 (2017)
- Die drei ??? und die Kammer der Rätsel: Ben Nevis 2016, Hörspiel Nr. 190 (2017)
- Verbrechen im Nichts: Kari Erlhoff 2017, Hörspiel Nr. 191 (2018)
- Im Bann des Drachen: Christoph Dittert 2017, Hörspiel Nr. 192 (2018)
- Schrecken aus der Tiefe: Marco Sonnleitner 2017, Hörspiel Nr. 193 (2018)
- Die drei ??? und die Zeitreisende: André Minninger 2017, Hörspiel Nr. 194 (2018)
- Im Reich der Ungeheuer: Hendrik Buchna 2017, Hörspiel Nr. 195 (2018)
- Die drei ??? und der grüne Kobold: Marco Sonnleitner 2018
- Im Auge des Sturms: Kari Erlhoff 2018

- Die Legende der Gaukler: Christoph Dittert 2018
- Höhenangst: André Minninger 2018
- Das weiße Grab: Ben Nevis 2018
- Feuriges Auge: André Marx 2018

Sondereditionen & Specials

- Master of Chess (Live): Stefanie Burkart 2002, CD (2002), DVD (2008)
- Die drei ??? und der Super-Papagei (Neuvertonung & Live): Robert Arthur 2004 (1964), DVD
- Das Geheimnis der Geisterinsel (Verfilmung): Florian Baxmeyer 2007, Buchadaption (Sophie Matuschka alias Astrid Vollenbruch 2007), Hörspiel (2007)
- Das verfluchte Schloss (Verfilmung): Florian Baxmeyer 2009, Buchadaption (Sophie Matuschka alias Astrid Vollenbruch 2009), Hörspiel (2009)
- Die drei ??? und der seltsame Wecker (Live): Robert Arthur 2009 (1968), DVD
- Der Fluch der Sheldon Street (Die drei ??? und der dreiTag): Hendrik Buchna 2010, Hörspiel (2010), Buchadaption (2011)
- Fremder Freund (Die drei ??? und der dreiTag): Ivar Leon Menger 2010, Hörspiel (2010), Buchadaption (2011, mit John Beckmann)
- Im Zeichen der Ritter (Die drei ??? und der dreiTag): Tim Wenderoth 2010, Hörspiel (2010), Buchadaption (2011)
- Die drei ??? und die Geisterlampe (12 Kurzgeschichten): Hendrik Buchna, Kari Erlhoff & Hendrik Buchna 2011, Hörspiel (2011)
- Brainwash – Gefangene Gedanken (Brain Wash, Crimebuster Nr. 12): Peter Lerangis 2011 (1989), Top Secret Edition Nr. 1, Hörspiel (2011)
- House of Horrors – Haus der Angst (The Case of the House of Horrors, Find Your Fate Nr. 7): Megan & H. William Stine 2011 (1986), Top Secret Edition Nr. 1, Hörspiel (2011)
- High Strung – Unter Hochspannung (High Strung, Crimebusters Nr. 13): G. H. Stone 2011 (1990), Hörspiel (2011)

- Tödlicher Dreh (Mitratefall): Marco Sonnleitner 2012
- Das Rätsel der Sieben (7 Kurzgeschichten): Hendrik Buchna, Christoph Dittert, Kari Erlhoff, André Marx, André Minninger, Ben Nevis & Marco Sonnleitner 2012, Hörspiel (2014)
- Die drei ??? und der 5. Advent (Adventskalender): André Minninger 2012, Hörspiel (2012)
- Das Grab der Inka-Mumie (Midi-Band): Christoph Dittert 2013, Hörspiel (2017)
- Die drei ??? und der Tornadojäger (Midi-Band): Christoph Dittert 2013, Hörspiel (2017)
- Die drei ??? und das kalte Auge (Midi-Band): Christoph Dittert 2013, Hörspiel (2017)
- Die drei ??? und der Feuerdiamant (Kurzgeschichte, Beilage zum gleichnamigen Brettspiel): Marco Sonnleitner 2013
- Hotel der Diebe (Mitratefall): Christoph Dittert 2013
- Die drei ??? und der Zeitgeist (6 Kurzgeschichten): Hendrik Buchna, Christoph Dittert, André Marx, André Minninger, Ben Nevis & Marco Sonnleitner 2014, Hörspiel (2016)
- Die weiße Anakonda (Mitratefall): Michael Kühlen 2014
- Das versunkene Schiff: André Marx 2014 (1995), Top Secret Edition Nr. 2
- Shoot the works – Im Visier (Shoot the Works, Crimebusters Nr. 8): William McCay 2014 (1990), Top Secret Edition Nr. 2
- Savage Statue – Grausame Göttin (The Case of the Savage Statue, Find Your Fate Nr. 8): M. V. Carey 2014 (1987), Top Secret Edition Nr. 2
- Phonophobia – Sinfonie der Angst (Buch & Live): Kari Erlhoff 2014, DVD

- Höllenfahrt (Mitratefall): Christoph Dittert 2015
- Die drei ??? und der dreiäugige Totenkopf (Graphic Novel): Ivar Leon Menger, John Beckmann & Christopher Tauber 2015
- Stille Nacht, düstere Nacht (Adventskalender): Hendrik Buchna 2015, Hörspiel (2015/2016)
- Das Rätsel der Smart City (Mitratefall): Christoph Dittert 2016
- Die drei ??? und das Grab der Maya (Japanbindung): André Marx 2016
- Die drei ??? und der schwarze Tag (6 Kurzgeschichten): Hendrik Buchna, Christoph Dittert, Kari Erlhoff, André Minninger, Ben Nevis & Marco Sonnleitner 2017
- Das Dorf der Teufel (Graphic Novel): Ivar Leon Menger, John Beckmann & Christopher Tauber 2017
- Bobs Archiv: Der Fall Marty Fielding (24 Ordner im Schuber): Christoph Dittert 2017
- Wüstenfieber (Mitratefall): Evlyn Boyd 2018
- Das Alleswisserbuch für Detektive (inkl. 3 Kurzgeschichten von Christoph Dittert & Kari Erlhoff): Andrea Köhrsen 2018

DiE DR3i

- Das Seeungeheuer: Hendrik Buchna 2006, Hörspiel Nr. 1
- Die Pforte zum Jenseits: André Minninger 2006, Hörspiel Nr. 2
- Verschollen in der Zeit: Hendrik Buchna 2006, Hörspiel Nr. 3
- Zug um Zug: Tim Wenderoth 2006, Hörspiel Nr. 4
- Das Haus der 1.000 Rätsel: Hendrik Buchna 2007, Hörspiel Nr. 5
- Tödliche Regie: André Minninger 2007, Hörspiel Nr. 6
- DiE DR3i und der kopflose Reiter: Tim Wenderoth 2007, Hörspiel Nr. 7
- Der Jahrhundertstein: Markus Winter 2007, Hörspiel Nr. 8
- Hotel Luxury End (Mitratefall): Ivar Leon Menger 2006, Hörspiel-Special

Sachbücher

- Das ABC der drei Fragezeichen: Björn Akstinat 2007
- Die drei ??? – 30 Jahre Hörspielkult: Christian Bärmann, Jörn Radtke & Uwe Tölle 2009
- Die drei ???, die Hörspielkönigin und vieles mehr: Andreas Beurmann 2011
- Die drei ??? und die geheimen Bilder (Bildband): Aiga Rasch, Silvia Christoph und viele andere 2014
- The Three Investigators: David Baumann & Seth Smolinske

Internet (Auswahl)

- www.threeinvestigatorsbooks.com: The Three Investigators – U.S. Editions Collector Site
- www.rocky-beach.com: Fanprojekt zu den drei ???
- www.3fragezeichen.de: Die Seite von Fans für Fans
- www.diedreifragezeichen.wikia.com: Die drei Fragezeichen Wiki
- www.felsenstrand.de: Alles über die drei Fragezeichen
- www.spezialgelagert.de: Spezialgelagerter Sonderpodcast

Register

Dank

Mein Dank gilt meiner wundervollen Frau Tatiana sowie meinen liebevollen Töchtern Katharina und Charlotte. Ohne die beispiellose Unterstützung aus meinem engsten familiären Umfeld hätte ich dieses Projekt nie verwirklichen können.

Ganz besonders danken möchte ich Sarah Schöbel vom riva Verlag. Sie ist verbindlich, freundlich und kompetent – das sind Eigenschaften, die selten gebündelt vorkommen. Vielen Dank für das Vertrauen! Dankbar bin ich auch Georg Hodolitsch, Julian Nebel, Anja Hartmann sowie Isabella Dorsch und Desirée Šimeg für die tolle Arbeit!

Für Hilfe, Anregungen und Inspiration bin ich Christine, Felix, Jonas, dem Mitbewohner sowie dem Guru aus Münster sehr verbunden. Dankbar bin ich auch Seth Smolinske von threeinvestigatorsbooks.com sowie den Machern von rocky-beach.com und 3fragezeichen.de, die mich allesamt mit ihren Projekten inspiriert und angespornt haben.

Dieses Buch wäre nie so geworden, wie es ist, wenn mich Anja Herre vom Kosmos Verlag nicht derart grandios unterstützt hätte. Die drei ??? sind nicht nur für ihre Fans, sondern auch für die Verantwortlichen dahinter eine Herzensangelegenheit. Das gilt auch für die vielen Autoren aus den USA und Deutschland, denen ich an dieser Stelle ebenfalls ganz herzlich für ihre Zeit, Geduld und Informationen aus erster Hand (in alphabetischer Reihenfolge) danken möchte: John Beckmann, Hendrik Buchna, Stefanie Burkart,

Christoph Dittert, Kari Erlhoff, Rose Estes, Brigitte Johanna Henkel-Waidhofer, Peter Lerangis, André Marx, Ivar Leon Menger, André Minninger, Ben Nevis, Marco Sonnleitner, Megan & H. William Stine, G. H. Stone, Christopher Tauber, Astrid Vollenbruch, Tim Wenderoth und Markus Winter.

Der Autor

Der Autor wuchs in einer hessischen Kleinstadt nicht ganz in der Nähe von Hollywood auf. Eines Tages – irgendwann Anfang der 1990er Jahre – schnappte er sich sein Fahrrad und fuhr mit zwei Freunden zum örtlichen Elektrofachmarkt. Dort kaufte er sich seine erste *Die drei ???*-Kassette: *Die drei ??? und der Super-Papagei.* Dieser Tag hat sein Leben verändert.

Die Liebe zu den Buchvorlagen entdeckte er erst viel später – als Erwachsener. Er war auf der vergeblichen Suche nach einem Buch, das sich mit Hintergründen, Fakten und Kuriositäten der Serie beschäftigt. Das gab es aber noch nicht. Also schrieb er es selbst. Ein Jahr verbrachte er fast seine komplette Freizeit eingegraben unter einem Berg von verstaubten, vergilbten und antiquarisch erworbenen Büchern in seinem Arbeitszimmer.

Der Autor lebt gemeinsam mit seiner Frau und seinen zwei Kindern in Berlin.

Für An- und Nachfragen, Anregungen, Kritik, aber natürlich auch Lob, ist er per E-Mail erreichbar: c.r.rodenwald@web.de.